原書名｜くわしい 中学国文法

專為自學者設計！

自學日語文法
看完這本就會用！

動詞活用＋助詞＋副詞＋接續詞＋敬語一次學會！

本書特色與使用方式

重要用語或重點會用粗體字或不同顏色來標示出來。

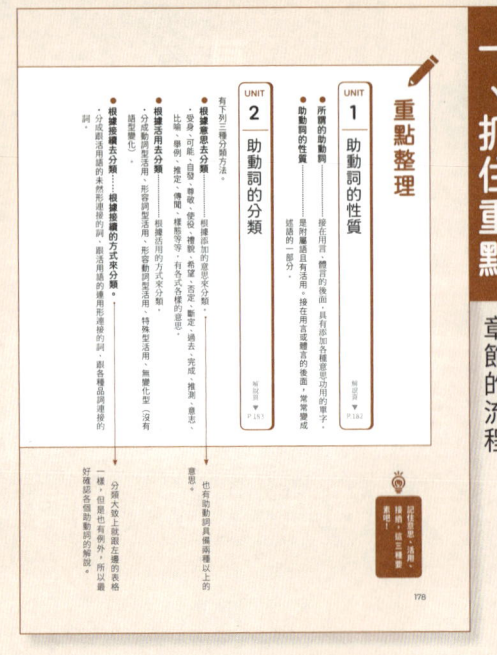

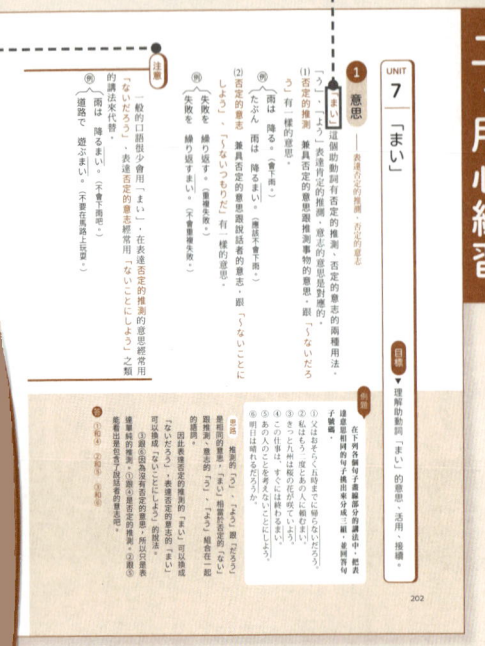

一、抓住重點
章節的流程

重點整理
簡單整理該章節學習的內容。也可以從想學習的頁面開始讀。

二、用心練習

正文
上半部為學習內容的詳細解說，下半部由例題跟練習題所構成，透過**上下交互練習來加深印象**。

透過壓倒性的「深入詳解」，掌握思考力

本書將豐富的資訊量整理成簡單易懂的文章。不是用死記硬背而是用一邊完整理解一邊推進學習的方式，加深自己的知識。

快樂學習日文文法吧！

2

三、驗收

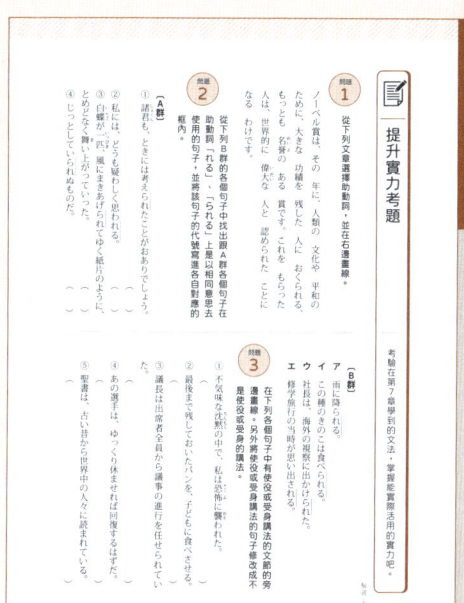

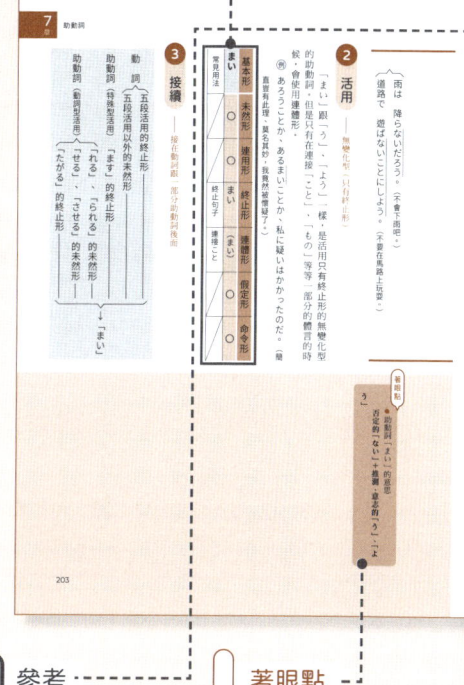

「辨別」跟「應用」等等，一起記住比較方便的部分，會整理成圖片或表格來呈現。

提升實力考題

每個章節最後會有考題，網羅從**基礎到活用**等級的難度。

◗ 參考

◗ 注意

列出與正文相關能拿來參考的事項或需要注意的部分並且解說。

◖ 著眼點

這裡會整理與正文內容有關的重點、語句的分辨方式等等的實用內容。

這些題目是設計給日本人的中學生寫的，對非日本人的學習者而言比較困難，挑戰時可隨時參考P360的解答・解釋，當作該單元的總複習來使用。不過若您能夠直接解決這些問題的話，代表您已擁有能夠輕鬆考過日檢N3的水準了！

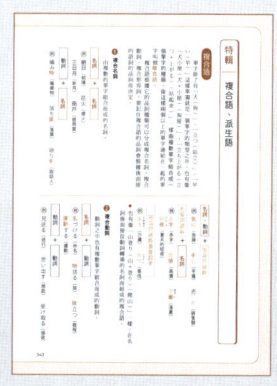

◖ 特輯／資料

可以整理學習內容，進一步加深自己的知識。

目錄 CONTENTS

1章 文法的基礎

- 重點整理 ……… 8
- 1 語彙與文法 ……… 12
- 2 語彙的單位 ……… 13
- 3 文節的功用與句子與文節的互相關係 ……… 16
- 4 句子成分與句子的構造 ……… 26
- 5 句子成分的位置與省略 ……… 32
- 6 句子成分的對應 ……… 35
- 7 單字的種類 ……… 37
- 8 指示語 ……… 42
- 提升實力考題 ……… 46

2章 名詞（體言）

- 重點整理 ……… 60
- 1 名詞的性質 ……… 62
- 2 名詞的種類 ……… 62
- 3 代名詞的種類 ……… 65
- 4 名詞的功用 ……… 67
- 提升實力考題 ……… 71

3章 副詞、連體詞

- 重點整理 ……… 76
- 1 副詞、連體詞的性質 ……… 78
- 2 副詞的種類跟功用 ……… 79
- 3 連體詞的種類跟功用 ……… 84
- 提升實力考題 ……… 86

4

4章　接續詞、感嘆詞

重點整理
1. 接續詞的性質跟功用 ……… 92
2. 接續詞的種類 ……… 93
3. 感嘆詞的性質跟功用 ……… 95

提升實力考題 ……… 99
……… 101

5章　動詞

重點整理
1. 動詞的性質 ……… 106
2. 動詞的活用 ……… 109
3. 動詞活用的種類 ……… 110
4. 各種活用形的常見用法 ……… 112
5. 自動詞、他動詞、可能動詞、補助動詞 ……… 124
6. 動詞的功用 ……… 127

提升實力考題 ……… 132
……… 135

6章　形容詞、形容動詞

重點整理
1. 形容詞、形容動詞的性質 ……… 144
……… 147

2. 形容詞的活用 ……… 149
3. 形容動詞的活用 ……… 153
4. 形容詞各種活用形常見用法 ……… 156
5. 形容動詞各種活用形常見用法 ……… 162
6. 形容詞、形容動詞的功用 ……… 167

提升實力考題 ……… 172

7章　助動詞

重點整理
1. 助動詞的性質 ……… 178
2. 助動詞的分類 ……… 182
3. 「れる」、「られる」 ……… 183
4. 「せる」、「させる」 ……… 186
5. 「ない」、「ぬ（ん）」 ……… 191
6. 「う」、「よう」 ……… 194
7. 「まい」 ……… 198
8. 「たい」、「たがる」 ……… 202
9. 「ます」 ……… 205
10. 「た（だ）」 ……… 209
11. 「そうだ」、「そうです」 ……… 211
12. 「ようだ」、「ようです」 ……… 215
……… 222

5

9章 敬語

- 重點整理
  - 1 敬語的意義跟種類 318
  - 2 尊敬語 321
- 提升實力考題 322

8章 助詞

- 重點整理
  - 1 助詞的性質 252
  - 2 助詞的種類跟功用 256
  - 3 格助詞的意思跟接續 257
  - 4 接續助詞的意思跟接續 265
  - 5 副助詞的意思跟接續 276
  - 6 終助詞的意思跟接續 289
- 提升實力考題 300
  - 13「らしい」 307
  - 14「です」 226
  - 15「だ」 229
  - 16 跟助動詞有相同功用的單字 233
- 提升實力考題 236 240

- 3 謙譲語 327
- 4 丁寧語 331
- 5 敬語正確的使用方式 334
- 提升實力考題 339

特集
- 複合語、派生語 343
- 句子的種類 347
- 古典文法 349

資料
- 動詞、形容詞、形容動詞的活用表 355
- 語詞的分辨 357

解答與解釋 360

第 1 章 文法的基礎

將自己的感受與想法整理或是傳達給別人的時候，我們會使用語彙。這個章節要學習語彙的基礎知識。

重點整理

先看一下文法的基礎吧。

UNIT 1 語彙與文法

- 語彙：有整理自己的想法、把想法傳達給別人的功用。
- 口語跟古語：現代使用的語彙是**口語**，古時候使用的語彙是**古語**。

解說頁 ▼ P.12

UNIT 2 語彙的單位

- 文章：以書面方式寫出有完整內容的東西。
- 段落：文章裡根據內容分割出來的部分。
- 句子：從句點（。）到句點之間一段連續的文字。
- 文節：在理解意思的範圍內盡可能把句子簡短分割的部分。
- 單字：語彙中具有功用的**最小單位**。

解說頁 ▼ P.13

一篇長篇小說跟一句俳句，無論長短都是一篇文章。

在文法中，文章與句子有著決定性的區分。

UNIT 3 文節的功用與文節的互相關係

- 文節的關係與承接：當兩個文節在意義上連結在一起時，前面的文節會與後面的文節有關係，後面的文節會承接前面文節的關係。

解說頁 ▼ P.16

例
關係文節 ぼくは 海水浴に
（我去海邊游泳。）
↓
承接的文節 出かけた。

8

第1章 文法的基礎

- **連文節**：將兩個以上連起來的文節的意思連結在一起，變成一個完整內容，具有跟一個文節相同的功用。

  例）先週の 日曜日に ぼくは 海水浴に 出かけた。
  （我上星期天去海邊游泳。）
  連文節「關係文節」 承接的文節
  主語　　述語

- **主語**：表達「何（だれ）が」與句子主題的文節。

  例）ばらの 花が きれいに 咲いた。
  （玫瑰花漂亮地盛開了。）
  主語

- **述語**：說明「怎麼做」、「怎麼樣」、「有（在、沒有）」跟表示主語的文節。

  例）ばらの 花が きれいに 咲いた。
  （玫瑰花漂亮地盛開了。）
  修飾語　　修飾語

- **修飾語**：詳細說明其他文節的文節。

  例）暖かいから、花が 咲いた。
  （因為很溫暖所以花開了。）
  接續語

- **接續語**：接在前面的句子或文節，把前後的句子或文節連在一起的文節。

  例）まあ、きれいな 花だ。
  （哇，漂亮的花。）
  獨立語

- **獨立語**：跟其他文節沒有直接性關連，相較之下獨立的文節。用來表達呼叫、感動、回答、提示。

  例）トンネルや 鉄橋が 多い。
  （隧道和鐵橋很多。）
  「並列關係」
  連文節

- **並列關係**：兩個以上的文節有著相同資格且對等並列的關係。並列關係一定會變成連文節。

  例）明かりが 消えて いる。
  （光線消失了。）
  「補助關係」
  連文節

- **補助關係**：下面的文節會直接補充上面文節內容的關係。補助關係一定會是連文節。

9

● 文節的互相關係……主語跟述語的關係、修飾跟被修飾的關係、並列關係、補助關係、接續的關係、獨立的關係，總共六種互相關係。

UNIT 4 │ 句子成分與句子的構造

解說頁 ▼ P.26

● 句子成分……文節跟連文節作為組成句子要素具備的功用。

● 句子成分的種類……主語（主部）、述語（述部）、修飾語（修飾部）、接續語（接續部）、獨立語（獨立部），總共五種類。存在連文節裡的用「〜語（詞）」，存在一個文節裡的用「〜部」稱呼。

● 句子的構造……不管多複雜的句子，都是由主語（主部）、述語（述部）、修飾語（修飾部）、接續語（接續部）、獨立語（獨立部），這五大類的句子成分組成。

UNIT 5 │ 句子成分的位置與省略

解說頁 ▼ P.32

● 主語（主部）、修飾語（修飾部）放在述語（述部）的前面。
● 述語（述部）放在句子的結尾。
● 主語（主部）跟修飾語（修飾部）彼此的位置沒有絕對先後順序。
● 接續語（接續部）、獨立語（獨立部）經常放在句子的開頭。
● 述語（述部）有時候會放在比其他成分前面的地方（倒敘法）。

例 赤い 夕日が とても きれいに 見えた。
主部（連文節） 修飾部（連文節） 述語（一個文節）
（紅色夕陽看起來非常美麗。）

例 雨が 降るので、行かない。
接續部
（因為下雨所以不去。）

例 そこの 人、左側を 歩け。
獨立部
（那邊的人靠左邊走。）

例 きれいだね この風景は。
述語　　　　主部
（很漂亮呢，這裡的風景。）

10

1章 文法的基礎

UNIT 6 句子成分的對應

- 主語（主部）跟述語（述部）沒有正確對應，會讓句子變得難以理解。
- 句子成分的位置與放置逗點（，）的地方不對，會讓意思變得不清楚。
- 每個成分都有被省略掉的時候（成分的省略）。

解說頁 ▼ P.35

（例）この絵は 美しい。しかも、（この絵は）力強い。
主部
（這幅畫好美。而且（這幅畫）有魄力。）
→省略了主部

UNIT 7 單字的種類

- 自立語⋯⋯一個單字就能組成一個文節，能夠單獨表達意思的單字。
- 附屬語⋯⋯接在自立語後面成為文節的一個要素的單字。
- 單字的活用⋯⋯單字語尾部分的變化。
- 品詞的分類⋯⋯單字在文法上可以做出更多詳細的分類。

解說頁 ▼ P.37

名詞、副詞、動詞、連體詞、接續詞、感嘆詞、助詞、助動詞，形容詞、形容動詞，總共十種品詞。

UNIT 8 指示語

- 指示語⋯⋯直接描述事物或性質、狀態等等的單字。這些稱作「こそあど」詞。

解說頁 ▼ P.42

（例）これ（名詞）、この（連體詞）、こう（副詞）、こんなだ（形容動詞）

UNIT 1 語彙與文法

目標 ▶ 理解語彙的功用跟表達方式。

1 語彙的功用 ——將自己的想法或感情傳達給他人

整理自己的想法、把感情傳達給他人的時候，我們會使用語彙。除了傳遞訊息以外，理解我們看到或感受的事物，思考的時候語彙也是很重要的工具。

2 語彙的表達方式 ——用聲音或文字表達

語彙可以用聲音或文字表達。用聲音表達的語彙，很多時候只能傳達給當下的人，但是用文字表達的話，就能把訊息留下，不但能重複閱讀，也能傳遞給在遠方的人。

3 口語跟古語 ——我們現代人使用的語彙是口語

現在我們日常生活中使用的語彙叫口語，用口語寫成的文章叫白話文。相對的古代語彙叫做古語，寫出來的句子叫文言文。本書使用的是白話文文法。

4 學習文法的目的 ——理解語彙的規則

學習文法是為了知道語彙的排列方式跟分割方式等等的規則，這樣才能正確使用語彙。

例題

請從ア～ク的選項中挑選適合的單字，寫進下列文章中（　）裡面。

ことばは、音声や文字で表されるが、音声と文字は無関係ではない。例えば、「花」と
いう①（　）は、「はな」という音と、「花」という意味を表す文字である。このような文
字を②（　）という。また③（　）の「は」や④（　）の「は」などの文字は、音を表
すが、特定の意味を表さない。このような文
字を⑤（　）という。「カ」という音は⑥
（　）では ka と表すが、k や a という音
字も音だけを表している。

ア	表音文字	イ	指事文字
ウ	表意文字	エ	平假名
オ	片假名	カ	漢字
キ	羅馬字	ク	標準語

思路 可以回顧日常生活，想想文字的功用跟使用的種類。

答 ① カ　② ウ　③ オ　④ エ　⑤ ア　⑥ キ

著眼點
● 文字的體系跟種類
有表音文字跟表意文字
會使用平假名、片假名、漢字來表示。

1章 文法的基礎

UNIT 2 語彙的單位

目標 ▼ 理解語彙的五個單位

將語彙的單位從大到小為順序整理就是：

文章→段落→句子→文節→單字。

① 文章 —— 語彙裡最大的單位

一篇小說、一封信等等，將一個完整內容用文字書寫的東西全部都叫文章。

一篇小說跟一句俳句，兩者雖然長度不同，但是內容表達都是完整的，所以兩者都可以叫做文章。

參考

談話……用聲音表達一個完整內容的行動叫做談話。演講或演說、對話都算是談話。

② 段落 —— 將文章能以內容分割出來的部分

長篇文章能把其中較完整內容分割出來，像這樣把文章以內容分割出來的部分叫做段落。

書面語彙通常在段落的第一行會空出一個文字的空格再書寫。這種段落叫做自然段。另外將一個或數個意思或內容相連的自然段組成的段落叫做邏輯段。

💡 平常很少會區分「文章」跟「句子」的差異，把兩者當成同樣的東西使用呢。但是學習文法的時候要清楚區分「文章」跟「句子」之間意思的差異後再使用喔。

例題

閱讀下列文章並解答後面的問題。

菜の花は葉も茎もおいしくいただけます下ゆでをする場合は手早さが基本ですほろから苦さやかすかな辛味が生かせます

(1) 右の文章に句点をつけて、いくつの文からできているかを答えなさい。
(2) それぞれの文を文節に分けなさい。
(3) それぞれの文を単語に分けなさい。

思路

(1) 根據可以表達完整內容並且最後是斷句的部分做分割。

(2) 文節分割後前後的發音結尾不會顯得不自然為基準做分割。這種時候可以用「菜の花はネ 葉もネ 茎もネ おいしくネ いただけますネ」的方式，在可以加上「ネ」或「サ」的部分試著分割看看。

另外將「菜の花は」的部分分割成文節時，不能分成「菜の」/「花は」」。因為「葉の花」跟「桜」、「たんぽぽ」一樣屬於一個物體的名字。

(→P.37) (3) 分割成單字的時候要先習慣辨別附屬語

③ 句子 ── 句點到句點之間一段連續的語彙

文章裡面會用「。」作為停頓點。以句點做結尾的一連串詞彙的單位叫做句子。句子是語彙中最基本的單位。

有時候一個句子也會是一篇文章，但是一般來說長篇文章會由數個句子組成。

```
       文章
   ←─────────→
       句子
```

私は日曜日に、その教会へ行きます。(我星期天會去那座教會。)
向こうに見える赤い屋根は、教会の屋根です。(對面那個紅色屋頂，是教會的屋頂。)

＝ 右邊的文章由兩個句子組成。

私は日曜日に、その教会へ行きます。(我星期天會去那座教會。) ← 句點

＋

向こうに見える赤い屋根は、教会の屋根です。(對面那個紅色屋頂，是教會的屋頂。) ← 句點

④ 文節 ── 在理解意思的範圍內盡可能把句子簡短分割的部分

把句子做更短的分割的時候，在能理解意思且發音不會變得奇怪的範圍內，盡可能簡短分割出來的部分叫做文節。

句子一般來說由兩個以上的文節組成。

💡 要找到文節的分割點，可以試著加入「ネ」或「サ」來確認會不會唸起來不自然。

赤いネ　屋根はネ　教会のネ　屋根ですネ。

答

「下ゆで」是有著「事先準備」意思的「下」跟「ゆでる」(→P.343) 變成名詞的「ゆで」組合而成的複合名詞。「手早さ」也是「手」跟「早い」變成名詞的「早さ」的複合名詞。像這種複合名詞可以當作一個獨立的單字。

(1) ①菜の花は葉も茎もおいしくいただけます。②下ゆでをする場合は手早さが基本です。③ほろ苦さやかすかな辛味が生かせます。(三個句子)

(2) ①菜の花／は／葉／も／茎／も／おいしく／いただけます。②下ゆで／を／する／場合／は／手早さ／が／基本／です。③ほろ苦さ／や／かすかな／辛味／が／生かせ／ます。(七個單字)

(3) ①菜の花は／葉も／茎も／おいしく／いただけます。②下ゆでを／する／場合は／手早さが／基本です。③ほろ苦さや／かすかな／辛味が／生かせます。(九個文節)

① (四個文節)
② (五個文節)
③ (四個文節)

著眼點

● 文節的分割點跟語彙的單位

文節的分割點就是加入「ネ」或「サ」也不會唸起來不自然的地方。

有時候兩個以上的單字連在一起會變成另一種意思的單字。

14

1章 文法的基礎

句子

向こうに見える赤い屋根は、教会の屋根です。

文節

向こうに／見える／赤い／屋根は、／教会の／屋根です。

（對面那個紅色屋頂，是教會的屋頂。）

右邊的句子由六個文節組成。

> **注意**
> 通常兩個以上的文節連在一起才能變成一個句子，但是像「嫌だ。（討厭。）」、「火事！（失火！）」等等，一個文節也能構成一個句子。

5 單字 ——語彙中最小的單位

將文節做更詳細的分割，細到再分割下去就沒有意義，讓語彙沒辦法發揮功用的最小的單位，叫做**單字**。

句子

向こうに見える赤い屋根は、教会の屋根です。
（對面那個紅色屋頂，是教會的屋頂。）

單字

向こう／に／見える／赤い／屋根／は／、／教会／の／屋根／です／。
（對面那個紅色屋頂，是教會的屋頂。）

✓ 練習 1　　解答→P.360

閱讀下列文章並解答後面的問題。

発車のベルが鳴った。もう発車の時刻だ。
「さようなら。これが最後の握手よ。」
幸子（さちこ）ちゃんは、ハンカチで目をおさえながら、私の差し出した手をかたくにぎりしめた。

(1) 從右邊的文章中把一個單字就能代表一個文節、一個句子的部分挑出來。

(2) ——把畫線的部分的句子以文節做分割。

(3) 參考下列句子然後把畫線的部分的句子用單字做分割。

船長は、｜片足｜で｜階段｜を｜のぼり｜ながら、｜船員｜の｜指さし｜た｜方向｜を｜ゆっくり｜見｜た。（船長一隻腳踩上樓梯慢慢地看向船員指著的方向。）

15

UNIT 3 文節的功用與文節的互相關係

目標 ▶ 理解文節的功用跟六種文節的互相關係。

文節是組成句子的最小單位。一個文節會因為跟其他文節產生主語、述語、修飾語、接續語、獨立語的功能。在這個章節要學習文節之間連結的方式（文節的互相關係）。

1 文節的關係與承接

當複數文節意思上互相連結在一起時，前面的文節稱為後面的文節的「關係文節（係る）」，後面的文節會前面文節的「承接文節（受ける）」。

例 ぼくは 日曜日に 海水浴に 出かけた。（我星期天去海邊游泳。）

右邊例文畫線部分的三個文節分別為說明誰、何時、去哪裡的文節，全都是跟「出かけた」有關係的文節。相對的，「出かけた」這個文節則是承接上面三個文節的連結。

接下來關係文節會用 ——▶，承接的文節會用 ——Y 來表示。

關係文節
ぼくは　日曜日に　海水浴に
　　　↓　　　↓　　　↓
　　　　出かけた。
　　　　承接文節

就像這樣文節之間會互相產生關係與承接，進而組成一個句子。

2 連文節

有數個文節連結在一起變成一個完整的意思，而且也跟一個文節有相同功用的話叫做連文節。

例題

將下列各個句子分成關係文節跟承接的文節。

① 野口英世よ　ほこは　世界に　誇る　人物だ。
② 彼女は　黒い　ドレスを　上品に　着こなす。

思路

確認哪個文節與哪裡有關係吧。右邊會註明每個文節的功用。

① 野口英世は　世界に　誇る　人物だ。
　 主語　　　修飾語　修飾語　述語
（野口英世是令世界引以為傲的人物）

② 彼女は　黒い　ドレスを　上品に　着こな
　 主語　修飾語　修飾語　修飾語　述語
す。（她優雅地穿著黑色的連衣裙）

①的句子的修飾語「世界に」跟後面的「誇る」有關係。②的句子的修飾語「黒い」跟後面的「ドレスを」有關係，「上品に」則是跳過「ドレスを」直接跟「着こなす」有關係。

答

① 關係文節→承接的文節＝①野口英世は→人物だ　世界に→誇る　誇る→人物だ
② 彼女は→着こなす　黒い→ドレスを　上品に→着こなす　ドレスを→着こなす

16

1章 文法的基礎

例 ぼくは　先週の　日曜日に　海水浴に　出かけた。（我上星期天去海邊游泳。）

右邊例句的「先週の」是詳細說明「日曜日に」的文節，是跟「日曜日に」有關係的文節。這兩個文節在意思上產生關係並且仔細說明「出かけた」這個動作是什麼時候發生的。

換句話說「先週の」跟「日曜日に」這兩個連在一起的文節變成連文節，跟一個文節有相同功用，與「出かけた」產生關係。

```
關係文節
先週の
    ↓
關係連文節    關係文節
ぼくは     日曜日に
              承接文節
              ↓
          承接的文節
          出かけた。
```

著眼點
● 關係文節跟承接文節的關係
只要知道文節連在一起的法則，就能更容易理解句子的意思。

✓ 練習 2
請解答下列句子中跟畫線的部分有關係的所有文節。但是不要思考連文節。
解答→P.360

① 月が　運動場の　地面を　照らす。
② 今夜も　月が　東の　空に　出た。
③ イチョウの　木も　ほうきに　なった。
④ 花火は　夏を　いろどる　風物詩だ。

3 主語、述語
——主語為表達主題的文節，述語是描述的文節

ぼくは　先週の　日曜日に　海水浴に　出かけた。

句子從組成方式（構造）來看，有下列四種形式：

主語　　　　　　　述語
(1) 何が（什麼）→ どうする（做什麼）
例　花が　咲く。
（花開了。）

(2) 何が（什麼）→ どんなだ（什麼狀態）
例　天気が　よい。
（天氣很好。）

✓ 練習 3
請將下列句子中變成連文節的部分畫線。
解答→P.360

① イチョウの　葉が　黄色く　なった。
② テラスで　高原のような　涼しさを　楽しんだ。
③ 富士山も　真っ白な　雪化粧だ。

例題

從下列句子中挑出主語跟述語。

① ぼくは　昨日かん神田で　本を　買いました。
② 白く　塗った　壁に　朝日が　さっと当たる。
③ 太陽は　すべての　生命の　源泉です。

思路

「どうする」、「どんなだ」、「何だ」、「ある」這類型述語的文節，通常會放在句子的結尾。所以先記住述語的文節吧。舉例來說①的題目中先記住對應「何が」是什麼。然後再思考對應「買った」這個動作的詞彙就是主語。

答

① ぼくは一買いました　② 朝日が一当たる
③ 太陽は一源泉です

---

(3) 何が（什麼）→ 何だ（是什麼）
例　彼は　学級委員だ。（他是班長。）

(4) 何が（什麼）→ ある（いる、ない・存不存在）
例　公園が　ある。（有一座公園。）

「何が（什麼或誰）」的文節是句子中表達主題的部分，叫做**主語**。

「どうする（做什麼）」、「ある（いる、ない・存不存在）」、「どんなだ（什麼狀態）」、「何だ（是什麼）」等文節則是在說明主語，叫做**述語**。

然後主語跟述語產生關係，而述語承接主語關係的互相關係就是**主語、述語關係**。

主語不接、述語關係很多，有時候也會接「〜は」的情況也能成為主語、述語的單字通常是體言（名詞→P.59）跟用言（動詞、形容詞、形容動詞→P.132・P.167），特別是用言有時候會單獨變成述語。

💡 把「〜は」、「〜も」、「〜さえ」、「〜でも」、「〜が」後能順利接上述語的話，那個文節就是主語喔。

司会する　のは　学級委員　だ。
主語　　　　　　　　　　　述語
用言（動詞）　格助詞　副助詞　體言　助動詞
（主持人是班長。）

あさがお　が　咲く。
主語　　　　　述語（做什麼）
體言　格助詞　用言（動詞）
（牽牛花開了。）

天気　は　よい。
主語（什麼）　述語（什麼狀態）
體言　副助詞　用言（形容詞）
（天氣很好。）

公園　も　ある　よ。
主語（什麼也）　述語（存在）
體言　副助詞　用言（動詞）　終助詞
（也有公園。）

著眼點
● 主語、述語的辨別方式
先記住放在句子結尾的述語，再思考對應的主語。

✓ 練習 4

在下列句子裡的文節的右側，屬於主語的文節畫上直線，屬於述語的文節的畫上　波浪　線。

解答→P.360

1章 文法的基礎

4 修飾語 —— 詳細說明其他文節的文節

句子雖然只靠主語跟述語兩種文節就能組成，但是通常還會加上詳細說明主語或述語內容的文節。

　　　　　　（程度如何）
　　たくさん の
　　　修飾語
　　　　　　　被修飾語
　　　　あさがお が
　　　　　主語
　　　　　　　（在哪裡）（什麼狀態）
　　　　　　　庭 で　美しく
　　　　　　　修飾語　修飾語
　　　　　　　　　　　　　被修飾語
　　　　　　　　　　　　咲く。
　　　　　　　　　　　　述語
（很多牽牛花在庭院美麗地綻放。）

右邊的句子有使用「どれほどの（程度如何）」、「どんなに（什麼狀態）」、「どこで（在哪裡）」這些文節來詳細說明其他文節的文節，因為修飾語得到更詳細說明的文節則叫做被修飾語。修飾語一定會放在被修飾語的前面。

所謂修飾就是針對接在後面的文節進行詳細的說明。

什麼時候、在哪裡、對什麼、做什麼、什麼樣的、多麼地、多久等等的，說明狀況、對象、樣子、程度的資訊，修飾語跟被修飾語產生關係，被修飾語則承接修飾語的關係。像這種文節之間的關係叫做修飾、被修飾的關係。

另外跟包含體言（名詞）的文節產生關係的修飾語，跟包含用言（動詞、形容詞、形容動詞）的文節產生關係的修飾語就叫做連用修飾語。

　　　　　連體修飾語
　　　　　　↓
　　これ は　ぼく の　本 です。（這是我的書。）
　　　體言　　　　體言
　　　格助詞　　　助動詞
　　　　　　　　被修飾語

例題

從下列句子中挑出發揮修飾語功用的文節，以及承接修飾語關係的文節。

① ヒンドゥー教徒は　牛肉を　食べない。
② 庭に　きれいな　花が　一面に　咲いた。
③ 私は　広い　道を　歩き続けた。
④ 外国語の　本を　読む　とき、辞書をつかうのは　普通だ。
⑤ 私も　みんなと　一緒に　富士山に　登った。

思路

首先抓住主語跟述語，接著再想想哪跟主語或述語有關係的修飾語的文節。修飾語一定會放在被修飾語的前面的文節。

但是修飾語的後面不一定會馬上接被修飾語。舉例來說③的「涼しい　風が」的情況。中間夾著「秋の」，「涼しい」跟「秋の」兩個文節同時跟「風が」產生關係。

另外④的「速く」是承接「非常に」的被修飾語，同時也發揮與「走る」產生關係的修飾語的功用。

連用修飾語 → 連用修飾語
小説 を 二編 読む。（讀兩篇小說。）
體言　格助詞　體言　　用言（動詞）
被修飾語

連體修飾語 → 被修飾語
歌う 声 が 美しく 響く。（歌聲美麗地回響。）
用言（動詞）　體言　格助詞　用言（形容詞）　用言（動詞）
連用修飾語 → 被修飾語

連體修飾語 → 被修飾語
この 国 は とても 平和だ。（這個國家非常和平。）
連體詞　體言　副助詞　副詞　用言（形容動詞）
連用修飾語 → 被修飾語

5 接續語 ── 接在前面的句子或文節後面的文節

接在前面的句子或文節後面的文節就叫做接續語。使用接續語有下列兩種情況。

(1) 暖かい。<u>だから</u>、私は 上着を 脱ぐ。（很溫暖。所以我脫掉外套。）
　　　　　接續詞

↓ 接續語

(2) <u>暖かいから</u>、私は 上着を 脱ぐ。（因為很溫暖所以我脫掉外套。）
　　接續助詞

↓ 接續語

(1) 的例是在後面句子的開頭用接續詞（→ P.93）「だから」來承接前面的句子，這種接續詞作為一個獨立的單字就能發揮接續語的功用。

(2) 的例是使用「から」這種接續助詞（→ P.260）的文節，發揮接續語的功用。

> 答
> ① 大きな―川が　静かに―流れる
> ② 真っ赤な―花が　きれいに―咲いた
> ③ 涼しい―風が　秋の―風が　そよそよ―吹く
> ④ 非常に―速く　速く―走る

> 上面的例句跟主語、述語關係的例句一樣，標示的是品詞的（→ P.35）說明喔。單字也有這麼多種類呢。慢慢地學會分辨它們吧！

> **著眼點**
> ● 修飾語、被修飾語的位置
> 修飾語一定放在被修飾語的前面。但是不一定會直接連在一起。

✓ **練習 5**　解答→ P.360

從下列的句子中挑出有修飾、被修飾關係的文節（一個文節），修飾語是連體修飾語就寫 A，連用修飾語就寫 B 來回答（用修飾語的文節→被修飾語的文節的方式來解答）

① 来年は、私どもの学校の創立二十周年で。
② 白い文鳥が、小さな首を少しかたむけた。
③ その瞬間、ふと悲しい気持ちになりました。
④ 店員の後について、シマリスのカゴの前に行った。

1章 文法的基礎

接續語是一面表達條件或理由等等的關係，一面跟後面的句子或文節連結，後面的句子或文節則是承接那個接續語。接續語跟承接關係的句子或文節的關係就叫做接續關係（也叫做接續、被接續關係）。接續語與承接關係的句子或文節叫做被接續語。

寒かった。**だから**、行かなかった。（很冷。所以沒去。）
接續詞（順接）　被接續語

寒かったので、行かなかった。（因為很冷所以沒去。）
接續語　助動詞　被接續語

寒かった。**だが**、出かけた。（很冷。但是我出門了。）
接續詞（逆接）　被接續語

寒かったけれど、出かけた。（雖然很冷，不過我出門了。）
接續語　助動詞（逆接）　被接續語

寒いなら、行かないよ。（很冷的話我不會去喔。）
接續語　助動詞（假設的順接）　被接續語

寒くても、行くよ。（即使很冷也會去喔。）
接續語　接續助詞（假設的逆接）　被接續語

※斷定的助動詞「だ」的假定形（→P.229）。接在用言或助動詞的假定形後面的接續助詞「ば」會省略掉。

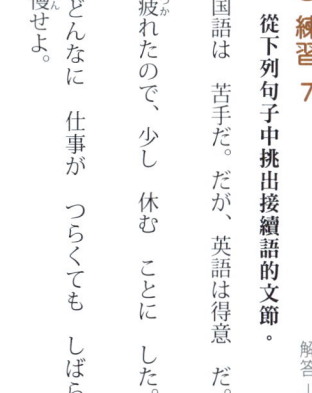

練習 7

從下列句子中挑出接續語的文節。

① 国語は 苦手だ。だが、英語は 得意 だ。
② 疲れたので、少し 休む ことに した。
③ どんなに 仕事が つらくても しばらく 我慢(がまん)せよ。

解答→P.360

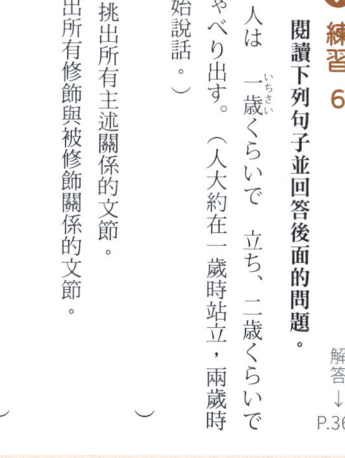

練習 6

閱讀下列句子並回答後面的問題。

① 人は 一歳(いっさい)くらいで 立ち、二歳くらいで しゃべり出す。（人大約在一歲時站立、兩歲開始說話。）
② 挑出所有主述關係的文節。挑出所有修飾與被修飾關係的文節。

解答→P.360

6 獨立語 —— 表達呼叫、感動、回答、提示的文節

不會變成主語、述語、修飾語，跟其他文節沒有直接性關係，句子中獨立性較強的文節叫做獨立語。獨立語跟其他文節的關係叫做**獨立關係**。

獨立語有下列幾種單字。

(1) **呼叫**
　例　ねえ、早く　行こう。（欸，快點走吧。）
　　　太郎、いらっしゃい。（太郎，歡迎你來。）

(2) **感動**
　例　ああ、いい　風だなあ。（啊啊，真是好風。）
　　　まあ、みごとな　花ね。（哇，好漂亮的花。）

(3) **回答**
　例　はい、私が　山田です。（對，我就是山田。）
　　　うん、そう　しよう。（嗯，就那樣做。）

(4) **提示**
　例　富士山、それは　日本一　高い　山です。
　　　（富士山，那是日本第一高山。）

獨立語常常會擺在句子的開頭，而獨立語的後面一定會加上逗號「，」。

> **注意**
> 呼叫、感動、回答的獨立語是感嘆詞（→P.99），一部分的呼叫的獨立語跟提示的獨立語通常是名詞（→P.70）。

✓ 練習 8
從下列句子中改寫畫線的部分（接續語），然後分成兩個句子。
解答→P.361

例　失敗したが、ますます闘志がわいた。
　　←失敗した。しかし、ますます　闘志が　わいた。
　　（雖然失敗卻產生越來越多的鬥志。）

① 呼んだが、彼は返事をしなかった。
② 疲れていたので、夕食を　食べなかった。
③ 晴れたから、遊びに　行こう。
④ 暗いのに、母は　もう　起きて　いる。

✓ 練習 9
從下列句子中找到接續語的文節，然後在右邊畫線。
解答→P.361

① クジラは海に住んでいる。しかし、魚の仲間ではなく、ほ乳類の仲間だ。
② 彼はこよなく自然を愛した。また、常に自然をおそれていた。
③ 肉体が極度に疲れると、精神も弱くなるものである。
④ 希望どおりとは言えないが、いちおう満足のいく結果に終わった。

22

7 並列關係 —— 兩個以上的文節互為對等的關係

兩個以上的文節在意思上具有相同資格且對等並列的關係叫做並列關係。互為並列關係的文節一定會變成連文節，並且作為連文節與其他文節連接在一起。

妹は 健康で 朗らかだ。（妹妹健康又開朗。）
- 妹は：主語
- 健康で：形容動詞 ┐ 並列關係 連文節（述部）
- 朗らかだ：形容動詞 ┘ 述語

トンネル や 鉄橋 が 多い。（有很多隧道跟鐵橋。）
- トンネル：體言 ┐ 並列關係 連文節（主部）
- や：格助詞
- 鉄橋：體言
- が：格助詞
- 多い：述語

その品は、悪くて 高い ので、買わないよ。（那東西品質不好又很貴所以不買喔。）
- その品は：
- 悪くて：形容詞＋接續助詞 ┐ 並列關係 連文節（接續部）
- 高い：形容詞＋接續助詞 ┘
- ので、買わないよ：被接續 / 被修飾語

人々は、ほこり と 振動 と 騒音 に 苦しんだ。（人們因為灰塵跟震動跟噪音而受苦。）
- ほこり：體言＋格助詞 ┐
- 振動：體言＋格助詞 ├ 並列關係 連文節（修飾部）
- 騒音：體言＋格助詞 ┘
- に 苦しんだ：被修飾語

發揮主語的功能的連文節叫做主部，發揮述語功能的連文節叫做述部喔。（→P.24）然後「に」、「と」、「や」、「て」、「し」、「たり」、「な り」、「やら」、「か」是表達並列的助詞（→P.257）。

例題 從下列句子中挑出屬於獨立語的文節。
① まあ、こんなに 服を 汚したの。
② 七月七日、それは 七夕の 日だ。
③ はい、私は それが 一番 よいと 思います。
④ 母は 反対したけれども、自分の 意志をつらぬ 最後まで 貫いた。
⑤ 明日、雨なら、計画は 延期にしよう。

思路 獨立語通常會放在句子的開頭。提示的獨立語的後面會有「これ」、「それ」、「この」等等表達指示的語句。

答 ① まあ ② 七月七日 ③ はい

著眼點
● 獨立語的位置
獨立語跟其他文節沒有直接性關係，通常放在句子的開頭。

8 補助關係——下面的文節會補充上面文節意思的關係

前面的文節來表達句子的主要意思，下面接的文節則是為上面的文節的意思做補充，這種文節的關係叫做補助關係。

補助關係中下面的文節負責補助上面的文節。要注意的是這點跟「修飾語」、「被修飾語」的關係順序是相反的。

遊んで ｜いる｜（飛過來了）　飛んで ｜きた｜（正在玩）

要記得補助動詞習慣上會用平假名書寫。
走って来る ×
走ってくる ○

可以構成補助關係的單字是補助動詞（→P.131）跟補助形容詞（→P.152）。兩者也分別叫做形式動詞、形式形容詞。下列舉例經常用到的單字。

● 補助動詞（形式動詞）
歩いて いる（正在走路）　着て みる（穿穿看）
しまって おく（先收起來）　使って しまう（忍不住使用）
暮らして ゆく（住在這裡）　走って くる（跑過來）
書いて やる（寫下來）　冷やして ある（冰過了）
貸して あげる（借給）　遊んで くれる（陪我玩）
手伝って もらう（請別人幫忙）

● 補助形容詞（形式形容詞）
寒くは ない（沒有很冷）　注意して ほしい（希望能叮嚀）

例題
從下列句子中挑出屬於並列關係或補助關係的文節。另外請回答挑出來的文節作為連文節跟哪一個文節連接在一起。

① ふるさと
　故郷の野も山も、青葉でいっぱいだ。
② 太陽が東の空をのぼってくる。
③ 野菜や果物を食べないのは、いけない。

思路　屬於並列或補助關係的連文節很容易就能找出來吧。找出來後想想看那些文節跟那些文節或補助關係的文節連接在一起。下列是各個句子中的連文節。

① 野も 山も
② のぼって くる
③ 野菜や 果物を

①的「野も山も」的連文節對於「いっぱいだ」這個述語發揮了主部的功用（在24頁針對發會主語功用的連文節「主部」有詳細說明）。另外它也是承接「故郷の」這個連體修飾語的文節的被修飾部。

②的「のぼってくる」是承接主語「太陽が」的述部，另外也是承接「空を」這個連用修飾語的文節的被修飾語。

③的「野菜や果物を」這個連文節作為連用修飾語，功用在於修飾「食べないのは」。

1章 文法的基礎

互為補助關係的文節一定會變成連文節，將其他文節連結在一起。

明かりが　消えて　いる。（燈沒有打開。）
- 主語 → 連文節（述部）
- 消えて：補助關係
- いる：輔助動詞

💡 互為並列關係的文節跟互為補助關係的文節，一定會變成連文節，這點要注意。

連文節（接續）

素直で　ない　から　しかられる。（不老實，才會被罵。）
- 補助形容詞　接續助詞
- 補助關係 → 被接續語

連文節（接續部）

開けて　おいた　窓を　閉めよう。（把開著的窗戶關起來吧。）
- 補助動詞　助動詞
- 補助關係 → 被接續語

⑨ 文節的互相關係 ——總共有六種

目前為止看過的文節之間連結的方式（文節的互相關係），總共有下列六種。一次把這些記住吧。

① 主、述關係　　② 修飾、被修飾關係
③ 接續關係　　　④ 獨立關係
⑤ 並列關係　　　⑥ 補助關係

著眼點
文節跟承接文節的功用。
作為連文節，跟一個文節一樣會發揮關係，屬於並列關係、補助關係的文節

答
① 野も—山も（並列關係）
　故郷の→野も山も　野も山も→いっぱいだ
② のぼって—くる（補助關係）
　太陽が→のぼってくる　空を→のぼってくる
③ 野菜や—果物を（並列關係）
　野菜や果物を→食べないのは

✓ 練習 7

回答下列句子中畫線部分的文節，彼此屬於什麼樣的關係。

解答→P.360

① ぼくも　外国へ　行きたい。

② ペンと　インキを　ください。

③ 兄は　病気なので　休養する。

④ 木が　風で　倒れて　しまった。

⑤ 天気は　悪く　ない。

⑥ どこか　静かな　ところで　休もう。

⑦ 人影の　ない　町だ。
　　ひとかげ

25

UNIT 4 句子成分與句子的構造

目標 ▼ 理解組成句子的構造也就是句子成分。

在很多文節的句子裡面，文節的互相關係很複雜，句子的構造比較難以理解。因此想知道組成句子的構造，將句子以成分去分解並調查比較方便。文節很多的句子裡面，經常會有兩個以上的文節連在一起變成連文節，變成句子的其中一個成分。

1 句子成分——組成句子的要素具備的功用

文節或連文節作為組成句子的要素具備的功用，叫做句子成分。句子成分有下列五種。

① 主語（主部）　　② 述語（述部）
③ 修飾語（修飾部）　④ 接續語（接續部）
⑤ 獨立語（獨立部）

「語」跟「部」不同的地方在於其成分是一個文節，還是連文節。也就是說一個文節構成的叫做主語、述語、修飾語、接續語、獨立語，由連文節構成的叫做主部、述部、修飾部、接續部、獨立部。

重新簡單整理句子成分吧。

① 主語（主部）……表達句子主題是「何が（什麼）」的部分。
② 述語（述部）……說明主語的「どうする（動作）」、「どんなだ（狀態）」、「何だ（身分）」、「ある（いる・ない・存不存在）」的部分。
③ 修飾語（修飾部）……詳細說明其他部分的部分。

例題

請回答將下列句子在不改變意思的情況下，只改變文節位置的話可以有幾種句子（但是不能改變畫線部分的文節的位置）。

長身の　投手は　速い　球を　捕手に
　　　　　　　　　　　　　　　投げた。

思路

首先「長身の　投手は」跟「速い　球を」兩個文節要連在一起才有完整意思，不能像「投手は長身の」一樣可以改變位置，所以能想到兩者是連文節。

接下來試著改變「長身の投手は」、「速い球を」、「捕手に」三個文節（連文節）的位置。

① 長身の投手は　捕手に　速い球を　投げた。
② 速い球を　長身の投手は　捕手に　投げた。
③ 速い球を　捕手に　長身の投手は　投げた。
④ 捕手に　長身の投手は　速い球を　投げた。
⑤ 捕手に　速い球を　長身の投手は　投げた。

1章 文法的基礎

2 一成分＝一文節 ── 一個文節構成一個成分

就像下列的範例，句子成分跟文節一致的句子，在構造上很簡單。

句子成分
- 接續語
- 主語
- 修飾語
- 述語

文節的功用
- 接續語
- 主語
- 修飾語
- 述語

晴れたので、夕日が　とても　きれいだ。
（因為放晴了，夕陽看起來很美。）

④ 接續語（接續部）……將前面的句子或文節跟後面連起來的部分
⑤ 獨立語（獨立部）……跟其他部分比起來更獨立的部分

3 一成分＝連文節 ── 兩個以上的文節構成一個成分

就像下列的範例，句子成分包含連文節的情況，句子成分跟文節就不會一致。

句子成分
- 接續部（連文節）
- 主部（連文節）
- 修飾部（連文節）

文節的功用
- 接續語
- 主語
- 修飾語
- 被修飾語
- 主語
- 修飾語
- 被修飾語

空が　晴れたので、赤い　夕日が　とても　きれいに　見えた。
（因為天空放晴了所以紅色的夕陽看起來很美。）

句子成分
- 主語
- 修飾部
- 修飾語
- 述語

文節的功用
- 主語
- 修飾語
- 修飾語
- 述語

長身の　投手は　速い　球を　捕手に　投げた。

不管哪一句的意思（內容）都一樣。像這樣能改變位置的文節（連文節）就是句子成分。因此把問題的句子依照句子成分做分解吧。

答 五種

著眼點
① 找出句子成分的方法
② 找出主語（主部）、述語（述部）具有完整意思的文節、連文節。
② 找出主語（主部）、述語（述部）以外的句子成分。

例題 請回答下列的句子中畫線部分是什麼的句子成分。

① 春が来た。
② 春の来るのが待ち遠しいね。
③ 春の来るのを待ちわびている。
④ 春が来たら、練習を始めるぞ。
⑤ 野にも山にも春が来た。
⑥ ぼくは、この春から高校に進学する。
⑦ 山頂を踏みしめたとき、深い感動がみんなの胸にせまった。
⑧ 春が来たけれど、ぼくの気持ちはゆううつだ。

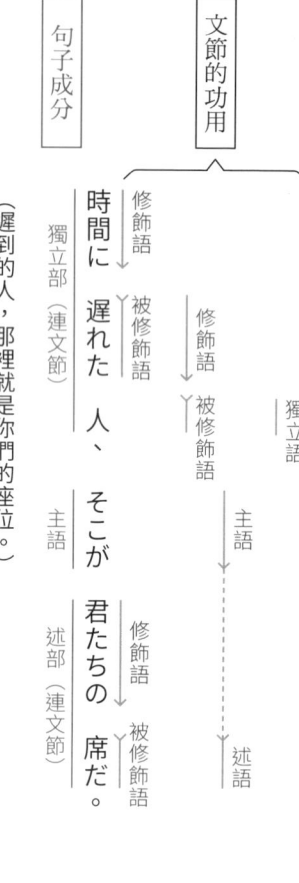

文節的功用	
獨立語	獨立部（連文節）
修飾語→被修飾語	
修飾語→被修飾語	主語
	主語
修飾語→被修飾語	述部（連文節）
	述語

時間に　遅れた　人、　そこが　君たちの　席だ。

（遲到的人，那裡就是你們的座位。）

參考

句子成分的不同稱呼

本書對於一個文節直接構成句子成分的情況用「～語」稱呼，連文節與句子成分一致的情況則是用「～部」來表示。但是這方面還有其他看法。表示文節功用的時候用「～語」，表示句子成分的時候用「～部」。

本書稱呼	主語	述語
其他看法	主部	述語

花が　咲いた。（花開了。）

本書稱呼	主語	修飾語	述語
其他看法	主部	修飾部	述語

赤い　夕日が　とても　きれいに　見えた。

（紅色夕陽看起來很美。）

思路

想一想各個句子表達的主旨吧。

① 的句子各由一個文節表達「何が（什麼）」、「どうする（動作）」，文節分別直接變成句子成分的主語、述語。

② 的「春の来るのが」表達主語是「何が（什麼）」。「来るのが」的文節的「の」是表達「こと」的意思的準體言助詞（→P.267），跟「春の来るのが」的主語、述語。

③ 的「待ちわびている」表達述語的「どうする（動作）」。另外「待ちわびて」跟「いる」這個文節屬於主、述關係。「待ちわびている」屬於補助關係的文節。

④ 的「春が来たら」是把「春が来たらば」省略後的形式，在表達假定的順接的「ば」的意思上是完整的。

⑤ 的並列關係的文節「野にも山にも」是表達「どこに（在哪裡）」說明地點的意思，作為連用修飾語跟「来た」的文節有關係。

⑥ 的「この春から」是表達「いつから（從何時開始）」說明時間狀態的意思，詳細說明了「進学する」（述語）。另外「高校に」這個文節作為連用修飾語也跟「進学する」有關係。

⑦ 的「山頂を踏みしめたとき」的「とき」，因為是跟「せまった」有關係的連用修飾語，所以這個成分是修飾部。

4 句子的構造

文節會彼此產生關係承接連在一起，構成一個句子。另外無論多複雜的句子都是由主語（主部）、述語（述部）、修飾語（修飾部）、接續語（接續部）、獨立語（獨立部），這五種句子成分組合而成。接著來看句子成分由連文節組成，詳細了解五種句子的構造吧。透過確認文節是怎麼組成，是否有互相關聯，可以更了解句子的意思跟對話內容。

另外在例句的右邊，句子成分會用紅色來標示。而左邊每有一個文節連接，每有一個完整連文節的部分會用藍色標示。

著眼點

●句子成分跟分辨方法
① 組成句子的要素的功用叫句子成分。
② 句子成分的種類…主語（主部）、述語（述部）、修飾語（修飾部）、獨立語（獨立部），共五種
③ 可以透過成分的結尾文節的功用來分辨是哪一種成分。

答

① 述語　② 主部　③ 述部　④ 接續部　⑤ 修飾部　⑥ 主部　⑦ 修飾部　⑧ 接續部

⑧的「春が来たけれど」的「来たけれど」的成分是接續語的功用，所以發揮表達確定逆接（→P.277）的因「春が来たけれど」的接續部。

注意

連體修飾語（部）不是句子成分。「連體修飾語（部）」跟被修飾語（部）是一個組合，兩者一組才是一個句子成分。

（1）主部是連文節的句子

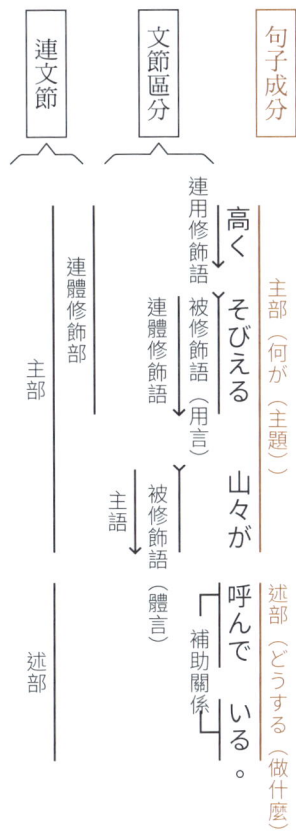

句子成分

主部（何が）（主題）	述部（どうする）（做什麼）

高く　そびえる　山々が　呼んで　いる。
連用修飾語→用言　連體修飾語→體言　　　　補助關係

文節區分

連用修飾語 / 連體修飾語 / 主語 / 述部

連文節

連體修飾部 / 主部 / 述部

（高高聳立的山脈在呼喚我。）

上一頁的例，主部是由修飾、被修飾關係連起來的三個文節組成，述部則是由補助關係的兩個文節所組成。

例題

針對下列的句子思考每一個文節的關係跟承接。接著思考句子中連文節的關係跟承接。

町の図書館は、学校へ行く道の途中に建っている。

29

(2) 述部由連文節組成的句子

右邊的例句，主語是一個文節，述部由修飾、被修飾關係的三個文節所組成。

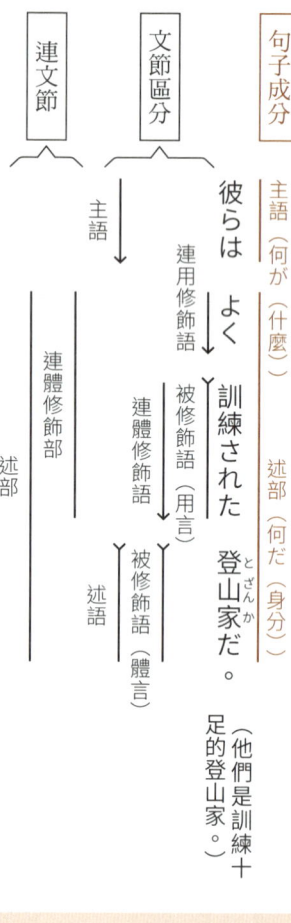

(3) 修飾部是連文節的句子

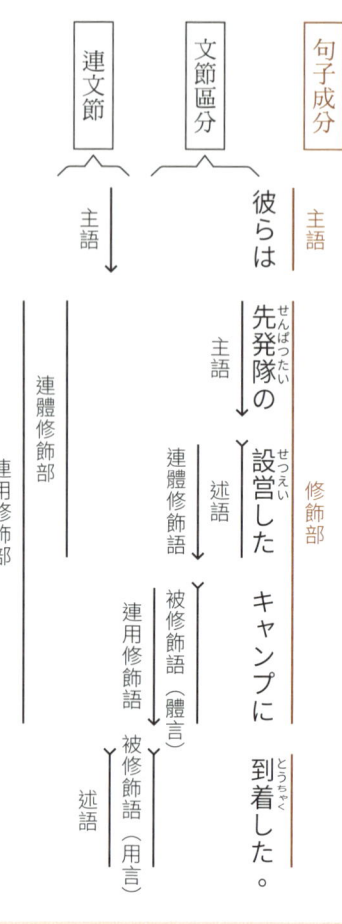

（他們抵達先遣隊搭的營地了。）

思路 每一個文節的關係跟承接，將句子按照文節分割後再順去思考，很容易就能理解了。接著在思考把文節整理成連文節吧。例題的句子中的連體修飾語跟被修飾語有下列三組。

ア 町の → 図書館は
　連體修飾語　被修飾語
　　　　　　　體言

イ 行く ← 道の
　連體修飾語　被修飾語
　　　　　　　體言

ウ 道の → 途中に
　連體修飾語　被修飾語
　　　　　　　體言

這些組合都是連文節，但是イ還有跟上面的文節有關係，因此イ為優先，然後再跟ウ一起變成一個很長的連文節。（參考注意①、②）

ア 町の → 図書館は……（主部）

イ・ウ 〈（学校へ）→ 行く〉→ 道の〉→ 途中に……（修飾部）

另外屬於補助關係的「建って ← いる」也是連文節（述部）。（參考注意④）

1章 文法的基礎

右邊的例句，修飾部是由主、述關係的兩個文節，還有跟那個述語文節屬於修飾、被修飾關係的文節所組成。

(4) 接續部是連文節的句子

句子成分	主語	接續部			述語
文節區分	主語	連體修飾語	被修飾語（體言）	接續語	述語
連文節	主語	主部		接續語	被接續語	述語

登山は　当日の　天候さえ　よければ　成功するだろう。

（登山當天只要天氣好就能成行吧。）

右邊例句是在接續部的結尾的文節加上接續助詞「ば」的情況。

這個接續部是由屬於主、述關係的兩個文節以及跟那個主語文節屬於修飾、被修飾關係的文節所組成。

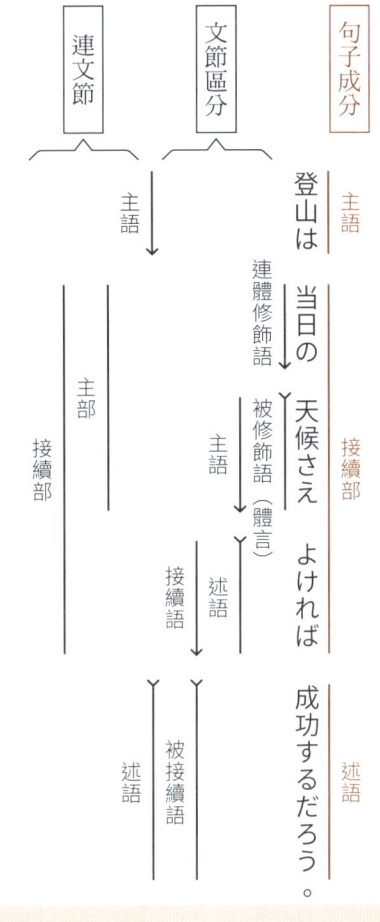

答 用藍線標示每一個文節的關係跟承接，用紅線標示連文節的關係跟承接。

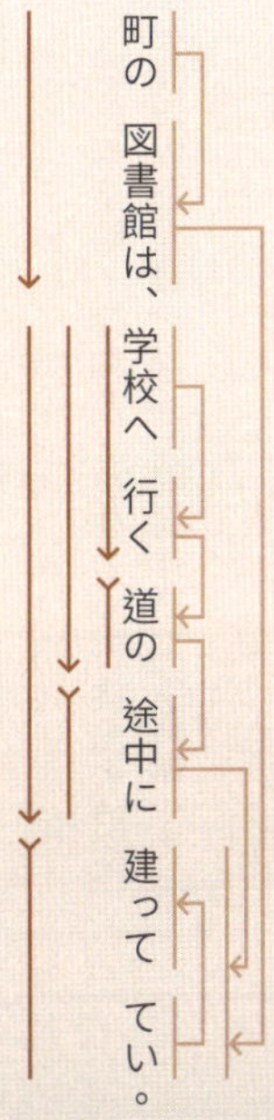

町の　図書館は、学校へ　行く　道の　途中に　建ってい

●著眼點

● 整理連文節的原則
① 連體修飾語由被修飾語跟連文節組成。
② 連體修飾語在跟上面的文節有關係時，會跟那個文節變成連文節。
③ 複數的修飾語跟一個被修飾語有關係時會由比較近的文節變連文節。
④ 屬於並列關係或補助關係一定會變連文節。

＊連體修飾語→參考 P.19

UNIT 5 句子成分的位置與省略

目標 ▼ 理解句子成分的位置跟前後關係。

1 句子成分的位置

一般句子的句子成分的位置，幾乎跟下列例一樣。

(1) 主語（主部）或修飾語（修飾部）放在述語（述部）的前面。

(2) 述語（述部）放在句子的結尾。

(5) 獨立部是連文節的句子

右邊的例句的獨立部是由修飾、被修飾關係的三個文節所組成，並且表達提示的意思。

雖然有點困難，不過仔細觀察文節之間的連結吧！

✓ 練習 11

將下列句子以句子成分做分割。

解答→P.361

① 彼が 読んで いる 本は、私の 本です。
② 女性 アナウンサー、それは みんなのあこがれの 職業と いえるだろう。
③ 私は 希望に 満ちた 気持ちで、新しい 高校の 門をくぐった。
④ とても 疲れたので、今日は 休ませてもらいたいと 思いますが。

例題

從下列句子畫線的部分裡選出句子成分，回答那是哪一個種類。另外請回答挑出來的成分的內部裡每一個文節屬於什麼文節關係。

① <u>美しい色をした 小鳥が、家のもみの木の上で、</u>さえずっている。

32

1章 文法的基礎

（例）
太陽(たいよう)が　照(て)りつける。
主語　　　　　述語
（太陽曝晒。）

(3) 主語（主部）放在述語（述部）的前面，但是主語（主部）跟述語（述部）之間通常會加入其他成分。
主語（主部）跟修飾語（修飾部），或是修飾語（修飾部）跟修飾語（修飾部）的位置經常會互相掉換位置。

（例）
ぎらぎらと　夏の太陽が　中学校の校庭を　照りつける。
修飾語　　　主部　　　　修飾部　　　　　述語
（刺眼的夏天的太陽曝晒著國中的操場。）

中学校の校庭を　ぎらぎらと　夏の太陽が　照りつける。
修飾部　　　　　修飾語　　　主部　　　　述語
（國中的操場被刺眼的夏天的太陽曝曬著。）

(4) **接續語（接續部）、獨立語（獨立部）常常會接在句子開頭的後面**。但是也有跟左邊例子一樣在句子的途中加進來的時候。

（例）
一日中雨が降っていたので、川は　水かさを　増している。
　　　　　　接續部　　　　　主語　修飾語　　述語
（因為下了一整天的雨，所以河川的水量增加了。）

おや、あさがおが　いっせいに　咲きだした。
獨立語　主語　　　修飾語　　　述語
（喔，牽牛花全部開始開花了。）

② コロンブスは、彼の発見した大陸をインドだと信じたまま死んだ。

③ 運動場は暗くなったのに、陸上部の十数人の選手だけは練習しているようだ。

思路 為了找出句子成分，在調查文節之前先看看整個句子的構造。

①ア的「美しい色をした」是跟「小鳥」產生關係的連體修飾部（連文節）。「美しい色をした小鳥が」是完整意思也是句子成分（主部）。イ是句子成分。

②ア的「彼の発見した大陸を」不是句子成分。作為句子成分的修飾部是「彼の発見した大陸をインドだと信じたまま」。ア的「運動場は暗くなったのに」結尾有接續助詞「のに」。イ的「練習しているようだ」的「いる」是補助用言。

③ア跟イ是句子成分。ア的「運動場は暗くなったのに」跟「暗く」跟「なったのに」屬於連體修飾、被修飾關係。

答
①イ修飾部…「家の」、「もみの」、「木の」各自都跟「木の」、「上で」有著連體修飾、被修飾關係。「木の」跟「上で」屬於連體修飾、被修飾關係。
③ア接續部…「運動場は」跟「暗くなったのに」屬於主、述關係，「暗く」跟「なったのに」屬於連用修飾、被修飾關係。
イ述部…「練習して」跟「いるようだ」屬於補助關係。

33

② 句子成分的倒置

依照正常順序應該要放在句子結尾的述語，放在其他句子成分前面就叫**倒置**。這種方式在強調表達效果的情況，或是在一般對話中將想法按照腦裡浮現的順序說明的情況會用到。

例）
<u>夏の太陽が</u>、まあ、<u>こんなに</u> <u>強烈に</u> <u>照りつけている</u>。
主部　　獨立語　修飾語　修飾語　　述部

（夏天的太陽，居然曝晒地這麼強烈。）

<u>きれいだね</u>、<u>この広い海を</u>。<u>見よ</u>、
述語　　　　修飾部　　　　述語

<u>この風景は</u>。（很漂亮呢，這個風景。）
主部

（看啊，這寬廣的大海。）

③ 句子成分的省略

根據談話的情況或是前後接的話就能清楚了解句子意思的情況，有時候會省略掉某些句子成分。

例）
<u>この絵は</u> 美しい。しかも、（この絵は）力強い。
　　　　　　　　　　　　　　　　　主部

（這幅畫很美。而且（這幅畫）有魄力。）

著眼點
● 句子成分的分辨方法
① 閱讀整個句子，大略抓住意思有一貫性的部分。
② 找出述語（述部）。

✓ **練習 12**　解答→P.361

將下列句子中畫線的部分，選出屬於句子成分的部分並回答是哪個種類。

① <u>ア</u>学級会では、みんなが彼の無責任で軽率な態度を強く批判しました。
　　　　　　　　　　　　　　　　　ア（　　）

② <u>ア</u>ハワイに行く飛行機から見た太平洋は、<u>イ</u>どこまでも青く、広かった。
ア（　　）　イ（　　）

③ <u>ア</u>熱心に練習した。しかし、<u>イ</u>ぼくらの力が及およばなかったので、やはり優勝できなかった。
ア（　　）　イ（　　）

34

1章 文法的基礎

UNIT 6 句子成分的對應

目標 ▼ 理解能明確分辨句子意思的方法。

為了寫出意思清楚明確的句子,必須讓句子成分正確的對應。

どうぞ こちらへ（おいでください）。
　　　　　　　　　　　　　述部
（來,這邊請（請往這邊走））。

1 主語（主部）跟述語（述部）的對應

主語（主部）跟述語（述部）要是沒有正確對應,句子在途中扭曲會變得讓人難以理解。

例 ぼくの将来の希望は、山奥などで医療につくそうと、思っている。
　　　　主部　　　　　　　　　　　　　　　　　　　　　述部
（我覺得自己將來希望在深山盡力醫療。）

右邊的例句是「ぼくの将来の希望は……思っている」,主部「どうする」的文型沒有正確對應。如果述部維持不變的話,要將述部變成「何だ」才行。如果述部要用「思っている」的話,主語就必須使用「ぼくは」才行。因此把這個句子訂正成下列其中一種的話主語（主部）跟述語（述部）就會正確對應。

✓ **練習 13**　解答→P.361

下列①②是意思一樣的句子,但是句子構造不同,所以在左邊標示文節（連文節）關係。針對左側的標示回答接下來的問題。

① 警官は　血まみれに　なって　逃げる　犯人を　追う。
　　↓　　　　↓　　　　　↓　　　　↓　　　　↓　　　↓

② 警官は　血まみれに　なって　逃げる　犯人を　追う。
　　↓　　　　↓　　　　　↓　　　　↓　　　　↓　　　↓

(1) 根據各個句子的句子成分在右邊畫線,並且回答是什麼句子成分。
(2) 符合下列 A、B 情況的部分,請從①②的句子中選一個出來並回答號碼。

A　警官が血まみれになっている情況（　）
B　犯人が血まみれになっている情況（　）

例
ぼくの将来の希望は、山奥などで医療に つくすことだ。
　主部　　　　　　　　　　　　　　　　　述部
(我將來的希望是在深山盡力醫療。)

ぼくは、将来、山奥などで医療につくそうと 思っている。
主部　　　　　　　　　　　　　　　　　　述部
(我將來想在深山盡力醫療。)

2 成分的位置跟逗點

句子成分的位置跟畫逗點的地方不正確的話，會讓句子的意思變得模糊。

例
妹は泣きながら帰っていく友達を呼んだ。
(妹妹叫住了邊哭邊回家的朋友 vs 妹妹邊哭邊叫住回家的朋友)

右邊的例句中「泣きながら」是跟「帰っていく」有關係（這個情況是朋友在哭），還是跟「呼んだ」（述語）有關係（這個情況是妹妹在哭），沒有區分清楚。

「泣きながら」（一邊哭一邊）是誰的動作，要弄清楚。

這種情況重要的是要在句子的成分之間畫逗點，或是改變句子成分的位置來讓意思變得清楚。

• 畫逗點

(1) 例句的「泣きながら」跟「帰っていく」有關係的情況……朋友在哭

不通，以句子來說很怪

練習 14

解答 P.362

從後面的ア～エ中選出最符合的項目並填入記號。

① 早くしゃべらないで寝なさい。
② 私の夏休みの計画は広いきれいな海で思いきり泳ぎたいと思う。
③ 英語の問題点をとらえた記事と英語の学習方法とを指導するのが、この雑誌の特色です。
④ みなこのたびの建設工事にあたって、皆様のご協力とご迷惑をおかけしましたことをおわび申しあげます。

ア 主語跟述語的關係沒有對應，以句子來說很怪
イ 修飾的單字放的位置不適當，以句子來說很怪
ウ 並列關係不明確，以句子來說很怪
エ 修飾部跟述部的對應很不自然且語意不通，以句子來說很怪

① (　)　② (　)　③ (　)　④ (　)

UNIT 7 │ 單字的種類

目標 ▼ 理解單字的種類跟在文法上的性質分類。

1 自立語跟附屬語
—— 能否一個單字做成一個文節

可以一個單字做成一個文節，光是這樣就能理解意思的單字叫做自立語。下列句子中的「象(ぞう)」、「鼻(はな)」、「長い」、「動物(どうぶつ)」是自立語。

相對的，每次會接在自立語後面必須跟自立語連一起才能做成一個文節的單字叫做附屬語。下列例句中「は」、「の」、「です」是附屬語。

→ 妹は、泣きながら帰っていく友達を呼んだ。
（妹妹叫住邊哭邊回家的朋友。）

・改變位置
→ 泣きながら帰っていく友達を妹は呼んだ。
（邊哭邊回家的朋友，妹妹叫住了。）

(2) 例句的「泣きながら」跟「呼んだ」有關係的情況……妹妹在哭

・改變位置
→ 妹は泣きながら、帰っていく友達を呼んだ。
（妹妹邊哭邊叫住回家的朋友。）

・畫逗點
→ 妹は泣きながら、帰っていく友達を呼んだ。
（妹妹邊哭邊叫住回家的朋友。）

・改變位置
→ 妹は帰っていく友達を泣きながら呼んだ。
（妹妹對回家的朋友邊哭邊叫住了。）

自立語放在文節的開頭，文節裡一定只有一個。

象 → は
鼻 → の
長 → い
動物 → です。

只有自立語就能當文節

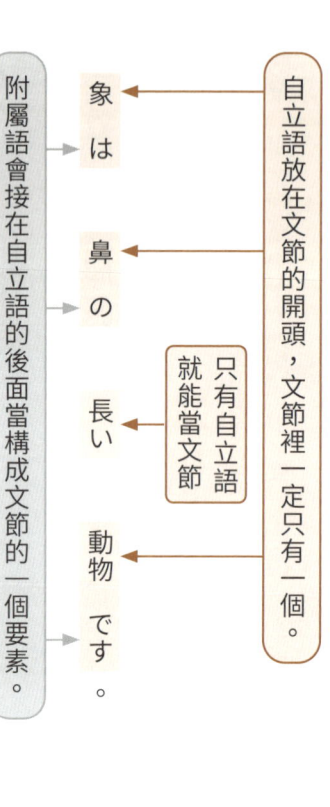

附屬語會接在自立語的後面當構成文節的一個要素。

（大象是鼻子很長的動物。）

這裡整理了自立語跟附屬語的差別。

自立語

(1) 光是自立語本身就能當一個文節。

(2) 放在文節的開頭，有附屬語的情況會放在附屬語前面。

(3) 一個文節一定會有一個自立語。但是不會有兩個以上。

附屬語

(1) 光是只有附屬語沒辦法做成一個文節。

(2) 一定接在自立語後面。

(3) 會有文節中沒有附屬語的情況，也有放好幾個的情況。

例題

將下列各個文節區分成自立語跟附屬語（自立語畫線，附屬語寫上、）。

① ノーベル平和賞は、人類の　平和の　ために　つくした　人に　贈られる　とても　名誉ある　賞です。

② 近い　将来　人類を　滅ぼす　ことになると　言われる　物質が　ダイオキシンだ。

思路

首先分割各個文節中的單字吧。先把自立語挑出來，剩下的就是附屬語。但是也有文節是只有自立語。

答

① ノーベル平和賞は、人類の　平和の　ために　つくした　人に　贈られる　とても　名誉ある　賞です。

② 近い　将来　人類を　滅ぼす　ことになると　言われる　物質が　ダイオキシンだ。

著眼點

● 文節中的自立語

自立語是放在文節的開頭，一個文節中只有一個。

1章 文法的基礎

② 單字的活用 ——單字的語尾部分會不會變化

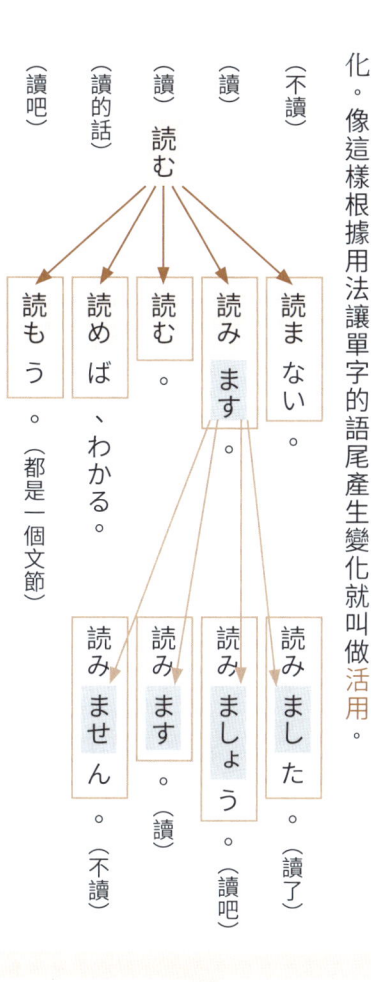

「花（花）」、「とても（非常）」、「しかし（但）」、「が」、「長い（長）」、「朗ら かだ（開朗）」、「ます」之類的單字有著固定的形式，但是像「読む（讀）」、「読（讀）」之類的單字會根據用法讓單字的語尾部分做變化。像這樣根據用法讓單字的語尾產生變化就叫做活用。

（不讀）読まない。
（讀）読む。（讀了）
（讀的話）読めば、わかる。
（讀吧）読もう。（都是一個文節）

読みます
読みました。（讀了）
読みましょう。（讀吧）
読みません。（不讀）

右邊的圖裡面「読む」是自立語，「ます」是附屬語。從右邊的圖來看就能了解到自立語跟附屬語都有活用。

③ 品詞的分類 ——從文法上的性質給單字做分組

單字可以根據是自立語還是附屬語、有沒有活用來做分組，但是還可以從文法性質上來做更詳細的分組。像這樣從文法性質來分類的單字群組就叫做品詞。如同 40、41 頁的表格，品詞總共有十種。

✓ 練習 15
解答→P.362

將下列句子以單字做分割，並將那些單字分配到①～④中適合的類別。

夕焼けの 空を 見て いると、ぼくは、あの 雲の 下に 美しい 国が あるよう な 気が する。

① ( ) ② ( )
③ ( ) ④ ( )

① 是自立語且有活用　② 是自立語且沒有活用
③ 是附屬語且有活用　④ 是附屬語且沒有活用

✓ 練習 16
解答→P.362

從ア～コ的選項中挑選適合放入下列文章中框內的品詞，並且將記號寫入框內。

自立語と付属語は、それぞれ活用のあるものとないものに分かれる。活用のある自立語は、① と ② と ③ である。活用のない自立語は、④ と、主語とならない ⑤ ⑥ ⑦ ⑧ である。付属語のうちで、活用のあるものは、⑨ であり、活用のないものは、⑩ である。

ア 感嘆詞　　イ 形容詞
ウ 形容動詞　エ 助詞
オ 助動詞　　カ 接續詞
キ 動詞　　　ク 副詞
ケ 名詞　　　コ 連體詞

4 每個品詞的性質 —— 自立語有八種、附屬語有兩種

品詞名稱	性質	例	參考頁面
名詞	表達情況或事物名稱	時計（鐘錶）、一つ（一個）、いくつ（多少）	P.62
副詞	表達狀態或程度，主要變成連用修飾語。	とても（非常）、どきどき（心跳）、決して（絕對）	P.78
連體詞	表達樣子或性質，會變成連體修飾語	この（這個）、あらゆる（一切）、大きな（大的）	P.78
接續詞	發揮連接前後句子跟單字的功用	だから（所以）、しかし（但是）	P.93
感嘆詞	表達回答或呼叫、感動。	はい（是的）、こんにちは（你好）	P.99
動詞	表達動作、作用、存在，用於結尾的情況用ウ段做結束。	買う（買）、泣く（哭）、起きる（起床）、着る（穿）、する（做）	P.109
形容詞	表達樣子或性質，用於結尾的情況用「い」做結束。	楽しい（開心的）、赤い（紅色的）、ない（沒有）	P.147
形容動詞	表達樣子、性質，用於結尾的情況用「だ」、「です」做結束。	元気だ（元氣）、細かだ（細かです・細かです・細緻的）	P.147

> 自 立 語

例題

在下列文章中將畫線的部分以①動詞、②形容詞、③形容動詞做分類。

その夏は雨が降らず、暑かった。私は、図書館の静かな一室で、勉強にはげんだ。

思路
把用言變成斷定形式，並用最後的音做判斷。降ら→降る、暑かっ→暑い、静かな→静かだ、はげん→はげむ。

答
① 降ら・はげん　② 暑かっ　③ 静かな

著眼點
● 斷定的形式
動詞是用ウ段的音、形容詞用「い」、形容動詞用「だ」、「です」做結束。

✓ 練習 17

從下列文章中畫線的部分，挑選符合後面①～④的部分。

杜子春は驚いて、伏せていた目を上げました。ところが、さらに不思議なことには、あの老人はどこへ行ったか、もうあたりには影もしい形も見当たりません。そのかわり、空の月の色は前よりもなお白くなって、休みない往来の人通りの上には、もう気の早いこうもりがひらひら舞っていました。

① 名詞　② 動詞　③ 形容詞　④ 形容動詞

解答→ P.362

40

1章 文法的基礎

5 品詞的轉品 —— 轉換成其他品詞

其中特別的是名詞叫<u>體言</u>，動詞、形容詞、形容動詞三個叫做<u>用言</u>。

某個單字失去原本品詞的意思，變得具有其他種類品詞的意思，就叫做品詞的轉品。

例 よく遊び、よく学びなさい。（「遊び」是名詞・去玩適合小孩的遊戲。）

例 友達が転校したとても悲しい。（「悲しい」是形容詞・朋友轉學讓我很悲傷。）

悲しさに耐え切れずに泣いてばかりいた。（「悲しさ」是名詞・受不了悲傷不停地哭。）

彼女はとても悲しがる。（「悲しがる」是動詞・她非常哀痛）

例 彼は雰囲気があたたかだ。（「あたたかだ」是形容動詞・他給人的感覺很溫暖。）

彼はあたたかみのある人だ。（「あたたかみ」是名詞・他是懂得體貼的人）

💡 關於品詞從第2到第8章之間會有詳細的說明喔。

附屬語	
助動詞	助詞
放在自立語的後面，表達語詞之間的關係，添加多種意義。	放在自立語的後面，添加其他許多種意義。
が、の、を、に、で、は、も、こそ、でも、て、ので、から、な、ぞ、よ、ね、だけ、です	れる、られる、せる、させる、た（だ）、たい、ようだ、
P.256	P.182

✓ 練習 18
解答→P.362

回答下列文章中符合框內的記號或語詞。

ア 選手たちは軽快に動き、調子はよさそうだった。

イ 選手たちの動きは軽快で、調子はよさそうだった。

右の例文の——線部について考えてみると、①□の「動き」のほうは、動詞の「動く」の一活用形で、述語となっており、その主語は、「②□」である。一方、③□の「動き」のほうは、もともとの動詞の意味から転じて、「動くこと・動作」といった意味を表す名詞で、用法上でともなも付属語の「④□」を伴って主語となっている。その述語は「⑤□」である。

① (　)
② (　)
③ (　)
④ (　)
⑤ (　)

✓ 練習 19
解答→P.362

將下列各個句子中從動詞轉品後的名詞的右邊畫線。

① さすがに、兄らしい落ち着きといたわりがあった。

② 兄は、ざるのかわりに、地上に裏返しにぼうして置いてある自分の帽子をさした。

UNIT 8 指示語

目標 ▼ 理解指示語的功用跟品詞的分類

指示語是直接表達事物、性質、狀態的語詞，也稱作「こそあど」語。指示語用在指出離自己很近的事物的時候叫做近稱，指出離對方很近的事物叫做中稱，離自己跟對方都很遠的事物則叫做遠稱，沒有遠近距離的事物則叫做不定稱，總共能分成四種。指示語有名詞（代名詞）、形容動詞、副詞、連體詞，尤其是名詞被稱作指示代名詞。

1 指示代名詞 ——表達指出事物、場所、方向意思的代名詞

指示代名詞

	近稱	中稱	遠稱	不定稱
表達指出事物	これ	それ	あれ	どれ
表達指出場所	ここ	そこ	あそこ	どこ
表達指出方向	こちら、こっち	そちら、そっち	あちら、あっち	どちら、どっち

2 形容動詞 ——結尾變成「～だ」並表達指出性質、狀態的意思

「こんなだ」、「そんなだ」、「あんなだ」、「どんなだ」四種表達指出性質、狀態。這些形容動詞沒有連體形，在跟體言連結的情況會直接連接語幹（→P.160）。也有一種說法是將語幹部分當作連體詞。

例）そんな話は、聞きたくなかった。（不想聽到這種事情。）
こんなことになるなんて、思ってもみなかった。（事情居然會變成這樣，真是意想不到。）

例題

從下列句子中挑出指示代名詞，並思考是指出事物、場所、方向然後分類。

① あれは、どこから来た犬かしら。いつの間にか、そこの花壇(かだん)を荒らしているわ。
② ぼくは、どちらの家に行けばいいんですか。わからなければここで待ってます。
③ このパンは、そこの店で買ったの。そっちじゃないよ、こっちの店だよ。

思路

指示代名詞的數量很少，只要注意近稱、中稱、遠稱、不定稱分別從「こ」、「そ」、「あ」、「ど」開始的話，很容易就能挑選出來了吧。但是③的句子中的「このパン」的「この」是連體詞，不是「これ」一類的代名詞這點要注意。

答

物事＝① あれ
場所＝① どこ・そこ ② ここ ③ そこ
方向＝② どちら ③ そっち・こっち

著眼點

指示代名詞的分辨方法

注意開頭的文字是「こ、そ、あ、ど」，思考該代名詞是指出事物、場所、方向。

1章 文法的基礎

③ 副詞 ——表達指出性質、狀態

有「こう」「そう」「ああ」「どう」四種，表示性質、狀態。

例 先生は、ああおっしゃっていますが、どう思いますか。（老師雖然那麼說，你認為呢。）

④ 連體詞 ——結尾變成「〜の」，表達指出事物

有「この」、「その」、「あの」、「どの」四種，全部都是結尾變「〜の」的形式。表達指出事物的意思。

例 ほら、あの話を覚えてるかしら。（欸，還記得那件事情嗎。）
どの辞書を使ってもいいんですか。（用任何一本辭典都可以嗎。）
どういう意味かわかりません。（不知道是什麼意思。）

方向	こ（近稱）離自己很近	そ（中稱）離對方很近	あ（遠稱）離自己跟對方很遠	ど（不定稱）無法斷定的事物	品詞
事物	これ	それ	あれ	どれ	名詞
場所	ここ	そこ	あそこ	どこ	（代名詞）
方向	こちら、こっち	そちら、そっち	あちら、あっち	どちら、どっち	
事物	この	その	あの	どの	連體詞
狀態	こう	そう	ああ	どう	副詞
性質	こんなだ	そんなだ	あんなだ	どんなだ	形容動詞

例題 從下列句子中挑出指示語，並回答指示語的品詞。

① ああ言えば、こう言う。君はいつもそんなことばかり言うね。
② こわごわこっちへ連れておいで。あんなに怖っているじゃないか。
③ どう証明したらいいのかしら。私は、この部屋から一歩も外に出ていないって。
④ ああ、これがうわさのお店か。

思路 名詞、連體詞、副詞雖然沒有活用，但是形容動詞有活用。而且指示語的形容動詞沒有連體形，跟體言連結的情況會直接連著語幹。另外「ああ」跟其他副詞「こう」、「そう」、「どう」有點不同需要注意。順帶一提④的「ああ」是感嘆詞。

答 ①ああ＝副詞 こう＝副詞 そんな＝形容動詞（連体詞）　②こっち＝名詞 あんなに＝形容動詞　③どう＝副詞 この＝連体詞　④これ＝名詞

著眼點 ● 指示語用品詞來分類
思考指示語是屬於主語、述語、修飾語（連體、連用）。但是形容動詞有活用，這點要注意。

品詞分類表

```
自立語（單獨就能變成一個文節。）
└─ 沒有活用
    ├─ 變成主語（體言）── 事物的名稱、指示 ── 名詞
    │                                        ├─ 普通名詞
    │                                        ├─ 代名詞
    │                                        ├─ 固有名詞
    │                                        ├─ 數量詞
    │                                        └─ 形式名詞
    ├─ 變成修飾語
    │   ├─ 主要用來修飾用言 ── 副詞
    │   │                    ├─ 狀態的副詞
    │   │                    ├─ 程度的副詞
    │   │                    └─ 呼應的副詞
    │   └─ 只有修飾體言 ── 連體詞
    ├─ 變成接續語 ── 連結詞語或句子 ── 接續詞
    │                                ├─ 表達順接
    │                                ├─ 表達逆接
    │                                ├─ 表達並立（並列）
    │                                ├─ 表達累加（添加）
    │                                ├─ 表達對比、選擇
    │                                ├─ 表達說明、補充
    │                                └─ 表達轉換
    └─ 變成獨立語 ── 感動、呼叫、回答等等 ── 感嘆詞
                                            ├─ 表達感動
                                            ├─ 表達呼叫
                                            └─ 表達回答
```

＊也有說法是將名詞跟代名詞分開來組成十一種品詞。

1章　文法的基礎

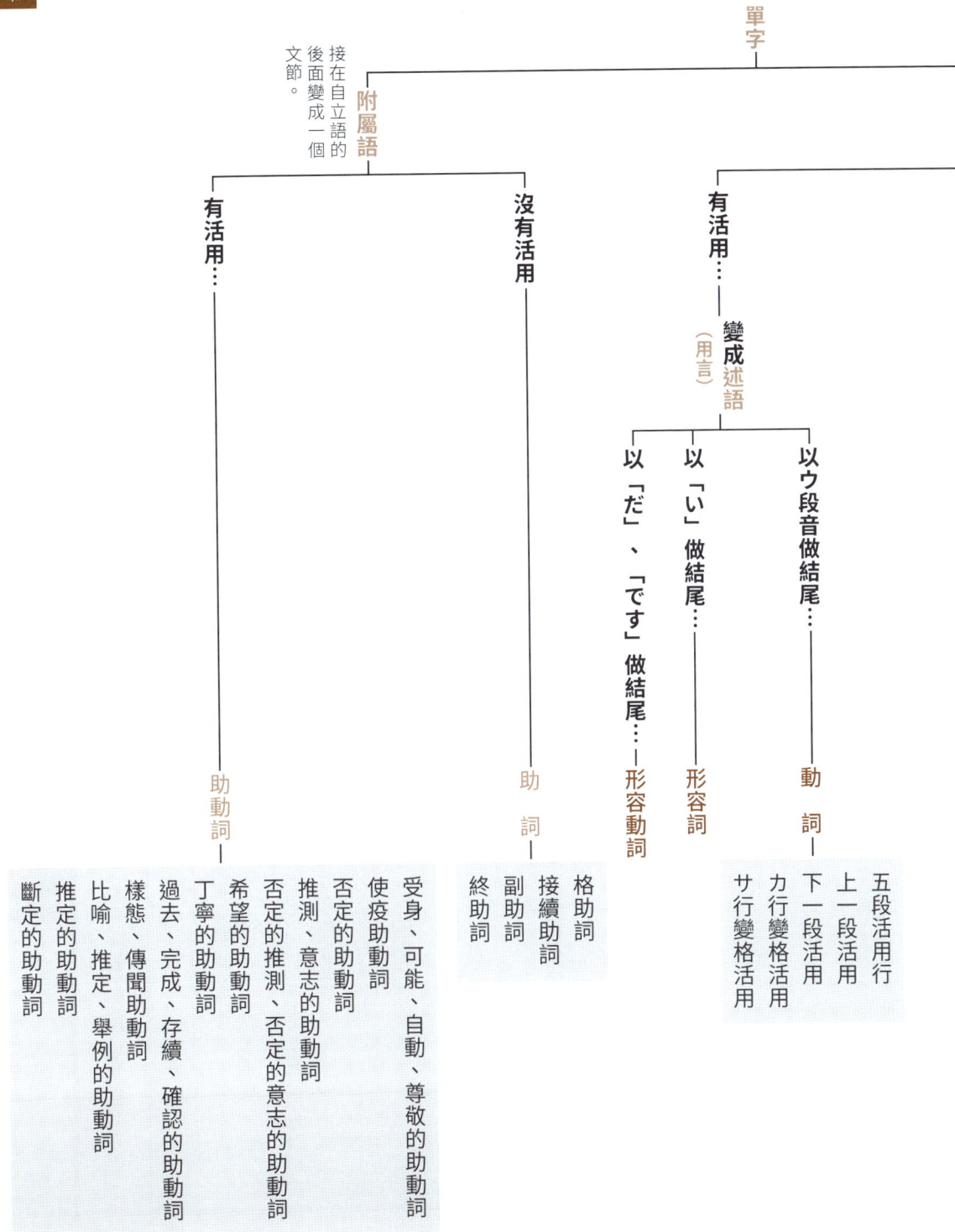

```
單字
├── 附屬語（接在自立語的後面變成一個文節。）
│   ├── 有活用…………助動詞
│   │   ├── 斷定的助動詞
│   │   ├── 推定的助動詞
│   │   ├── 比喻、推定、舉例的助動詞
│   │   ├── 樣態、傳聞助動詞
│   │   ├── 過去、完成、存續、確認的助動詞
│   │   ├── 丁寧的助動詞
│   │   ├── 希望的助動詞
│   │   ├── 否定的推測、否定的意志的助動詞
│   │   ├── 推測、意志的助動詞
│   │   ├── 否定的助動詞
│   │   ├── 使役助動詞
│   │   └── 受身、可能、自動、尊敬的助動詞
│   └── 沒有活用……助詞
│       ├── 終助詞
│       ├── 副助詞
│       ├── 接續助詞
│       └── 格助詞
└── 有活用…………變成述語（用言）
    ├── 以ウ段音做結尾……動詞
    │   ├── 五段活用行
    │   ├── 上一段活用
    │   ├── 下一段活用
    │   ├── 力行變格活用
    │   └── サ行變格活用
    ├── 以「い」做結尾……形容詞
    └── 以「だ」、「です」做結尾……形容動詞
```

提升實力考題

考驗在第1章學到的文法，掌握能實際活用的實力吧。

問題 1

將下列文章畫上句號並回答是由幾個句子所組成的。

十一月中旬のことであったある朝私は潮の押し寄せてくるような音に驚かされて目が覚めた空を通る風の音だときどきそれが静まったかと思うと急にまた吹きつける戸も鳴れば障子も鳴ることに南向きの障子にははらばらと木の葉のあたる音がしてその間には千曲川の川音も平素からみるとずっと近く聞こえた

（摘自島崎藤村『千曲川のスケッチ』）

（　）

問題 2

將下列文章畫上句號、逗號。

人間はことばをもっているために自分の思っていることを相手に知ってもらえるし他人の考えていることも知ることができるのですおたがいにことばをかわしながらだんだん新しいことを覚えることもできるし自分の考えを言ってみてその考えをしっかりしたものにすることができるのです

問題 3

將下列各個句子分成文節。

① レントゲン室の重いとびらを開くと、暗がりの中から機械が異様にうかんでくる。

② いったい、人間は、いつごろからことばを使うようになつ

③ 杜子春は、たいへん喜んで、老人のことばがまだ終わらないうちに、彼は、大地にひたいをつけて、何度もおじぎをしました。

問題 14

下列各個句子由幾個文節組成，將數字分別寫在框內。

① 常に他人と共通の場面を持つことはできない。（　）

② 父親が姉に話していた（　）

③ それゆえ私はそのことをそううれしくは感じなかった。（　）

④ 家の前に立っているかわいい女の子は彼の妹らしい。（　）

解答→P.362

⑤ 昨日から激しく降りしきった雪はすっかりやんだ。（　）

⑥ もう少し老人の立場に寄ってみる必要のあることなのだと感じた。（　）

問題5　下列文章已經分割成文節，但是沒有正確分割成文節的地方有四個。將那些部分畫線並且正確修正。

私は、山の　きこりが　木を　切って　いるうちに　やまどりの　巣を　見つけては　自分の　着ている　はんてんを　親鳥に　かぶせて　つかまえて　しまうことを　思い出した。なるほど　このやまどりの　ようすではんてんを　かぶせてつかまえる　ことも　できるだろうと　思った。

問題6　將下面的詩、短歌分割成單字。

① 木々が若葉をつけ
　静かに、気長に
　しかし雄々しく
　育ってゆくのを見ると
　自分はこうしてはいられない
　むだな時間を費やすのが、たまらない

② たとえば君　ガサッと落ち葉すくうようにわたしをさらって行ってはくれぬか　　　　（河野裕子）

③ 「寒いね」と話しかければ「寒いね」と答える人のいるあ　　　　（俵萬智）

問題7　下列畫線的部分是由幾個文節、幾個單字組成的，分別寫上數字。

とっくに陽は山陰にかくれ、日光のあたっている所がキラキラ輝き、その分、陽陰は黒っぽくより沈んで見える。そして、清く澄んだ森の空気は、温度を伝えることにも澄んでいる分だけ率直なようだ。さっきまで陽があたっていて背中にかすかにしゅんかんその熱を伝えていたのだが、陽陰にみまわれた瞬間から一気に冷ややかさで私たちを包み込む装置へと変身した。

a 文節（　）單語（　）　b 文節（　）單語（　）
c 文節（　）單語（　）　d 文節（　）單語（　）

問題8　從下列各個句子中選出發揮「　」寫的功用的文節並畫線。

① たぶん雨が降るだろう。（修飾語）
② 疲れたので、少し休んでいこう。（接續語）

③ 羽の赤い鳥が、松の太い枝にいた。（述語）
④ こんにちは、どちらへお出かけですか。（独立語）
⑤ 遠い山並みを背景にして、茶畑が右に見えてきました。（主語）

問題9

下列各個句子中畫線的部分發揮了後面ア～オ的哪一種功用。在框內寫上記號。

① 山中くん、学校へ 行く したくは できたか。（　）
② はじめは 変でした。でも、今は 愉快です。（　）
③ 川端の 柳の 芽も ふくらんだ。（　）
④ それは とても 美しい 物語だった。（　）
⑤ そんな こととは 少しも 知らなかった。（　）
⑥ 参加すれば、彼は さぞかし 喜ぶだろう。（　）
⑦ 今朝は みんなが そろって 食事した。（　）
⑧ 自由、これこそ 大切な ことだ。（　）
⑨ くやしがっても、もう 間に合わないよ、きみは。（　）

ア 主語　　イ 述語　　ウ 修飾語
エ 独立語　　オ 接続語

問題10

下列各個句子標示A～M記號的文節，在跟其他文節的關係上發揮了什麼功用。將符合後面①～⑦選項的記號寫進框內。

(1) 山本君が 読んで いるのは、ぼくの 本だ。
　　　A　　　　　　　　　　　　　B
(2) 苦しいが、それでも、私は がんばります。
　　　C　　　D
(3) となりの 猫は、上手に 大きな ねずみを とらえた。
　　　E　　　　　　F　　　　　　　　G
(4) いままで はっきり 見えて いた 光が 消えた。
　　　　　　　H　　　　　　　　　　　I
(5) できあがったよ、家が 立派に。
　　　　　　　　　　J　　K
(6) きれいだね。来年も 見に 来るよ。
　　　M　　　　　L

① 是主語。（　）
② 是主語也是被修飾語。（　）
③ 是述語。（　）
④ 是述語也是被修飾語。（　）
⑤ 是修飾語。（　）
⑥ 是修飾語也是被修飾語。（　）
⑦ 是獨立語或是接續語。（　）

問題11

下列各個句子中畫線部分的文節是什麼互相關係，從後面ア～オ的選項中挑選適合的答案並將記號寫進框內。

① 野口英世は、世界に 誇るべき 科学者である。

問題 12

回答跟下列各個句子中畫線部分的單字屬於框內標示的關係的文節是哪一個。不要思考連文節，只針對一個文節畫線。

ア 主、述關係　　イ 修飾、被修飾關係
ウ 並列關係　　エ 接續關係　　オ 補助關係

① ぼくと弟は顔が似て いるか。
② 旅行の途中での 出来事を話してごらんなさい。
③ 単身赴任中の父の 帰る日が待ちどおしい。
④ 雨だから、中止だ。
⑤ 彼はどこかへ行って しまって、家にいない。
⑥ おじさんは、十時か 十一時には来られます。
⑦ 家ごとに、花が飾って ありますね。
⑧ 君が困るのも無理は ない。
⑨ この問題は易しい。だから 満点だ。
⑩ ぼくと弟は顔が似て いるか。

① そこは平和で静かな町だった。（主、述關係）
② 広場に集まった群衆は喜びの声をあげた。（修飾、被修飾關係）
③ 生物に対し非常に有害なものがある。（修飾、被修飾關係）
④ 英語ができ、ドイツ語もうまい。（主、述關係）
⑤ あの人は確かに山口君のお父さんだ。（修飾、被修飾關係）

⑥ 我々の祖先の創造した文化の偉大なことが、よくわかる。（主、述關係）
⑦ 情けないやらくやしいやら、なんとも残念だったよ。（並列關係）
⑧ ぼくは、いつもより早く出発したのに、遅れた。（接續關係）
⑨ 雨が音もなく降り始めた。（主、述關係）
⑩ いろいろ考え、工夫して、本棚を作れ。（並列關係）
⑪ 苦しいが、私は練習をがんばります。（接續關係）
⑫ 君が読んでいるのは、ぼくの本だ。（修飾、被修飾關係）

問題 13

在下列各個句子中將屬於並列關係或補助關係的文節整理成連文節，並在連文節的旁邊畫線。

① 子ども用のプールは浅くて狭い。
② いい音が出るか、一度試してみよう。
③ ぼくは夏休みに山へも海へも行きました。
④ 閉めてある戸を開くと、古い本があった。
⑤ 行きたくないなら、勉強していろ。
⑥ 石油化学コンビナートは、石油化学工場と石油工場とが結合した工場群である。
⑦ 勉強してしまうまで、遊ばないぜ。

問題 14

看下列例句並從例句跟語群中選出適合①～③框內的答案並寫上記號。

母の 言った <u>ことば</u>が <u>つくづく</u> <u>思い出された</u>。
　　ア　　イ　　　ウ　　　　　エ　　　　　オ　　　カ

① イ的「言った」的主語是（　）。
② ア的「母の」跟イ的「言った」變成連文節，是跟ウ的「ことば」產生關係的（　）修飾部。
③ エ的「つくづく」是跟オ的「思い出された」產生關係的（　）修飾語。

カ　連體詞　　キ　連體　　ク　副詞
ケ　感嘆詞　　コ　連用

問題 15

下列文章由兩個句子組成。針對文章裡兩個句子的句子成分回答後面的問題。

いったん やんだ 雪が、朝 起きた ころから 思い出したように さらさらと 降り出した。この 調子で 降り続けば、雪が 珍しい この 地方だから、子どもは 大喜びで 遊ぶだろう。

（一）分別挑出前面句子的主語跟述語。
（　　　）（　　　）
（二）前面句子裡面有幾個修飾語（修飾部）。
（　　　）
（三）分別挑出後面句子的主語跟述語。
（　　　）（　　　）
（四）挑出後面句子的修飾語。
（　　　）
（五）後面句子裡有幾個接續部。
（　　　）

問題 16

針對下列各個句子中畫線部分的文節或連文節，分別回答後面的問題。畫線部分的號碼跟各個問題的號碼是一致的。

(1) 春の 風が、彼女の 顔を かすめて 流れている。
　　　①②

① 在這個連文節修飾的文節旁邊畫線。
② 這個連文節有哪些句子成分組成。在框內寫出句子成分。
（　　　）

(2) あなたたちは、一箱のキャラメルをふたりで分けるのと、五人の兄弟で分けるのとでは、ひとりの分け前がどれくらい違うかを正しく知ることができるはずです。
　　　　　　　　　　　　　　　　　　　①　　　　　　　　　②

① 在跟這個連文節屬於並列關係的連文節旁邊畫線。
② 將這個連文節內部屬於下列關係的文節（連文節），分別寫進框內。

(3) 八月の終わりから九月の初めへかけての、夏の終わりのごく短い何日かが好きである。
　　①　　　　　　　　　　　　　　　　　②

① 從下列選項中選出這個連文節的功用。（　）

② 分別挑出跟這個連文節(a)屬於修飾、被修飾關係的文節，(b)屬於主、述關係的連文節。

(a)（　）
(b)（　）

ア 連體修飾部　　イ 接續部
ウ 連用修飾部　　エ 獨立部

② 這個連文節由那些句子成分組成。在框內寫出句子成分的種類。另外組成這個連文節的文節屬於什麼關係。將文節的互相關係寫進框內。

(4)　母は、一同の食事が終わるころに、わたしがあしたから学校へ着ていく普段着が、あまりに汚れていることを思い出した。

① 挑出在這個連文節內部發揮連體修飾部的連文節。（　）

② 這個連文節是句子成分中的述語。從句子中挑出兩個詳細說明這個述語的修飾部。（　）

(5)　エジプト人たちは、その三つの辺の長さが三・四・五の割合である三角形を作れば、五という長さの辺と向かい合っている角は直角になるということを経験的に知っていた。

① 這個連文節由哪些句子成分組成。在框內寫出句子成分的種類。（　）

問題 17　回答下列各個問題。

(一) 下列 ア〜カ 的選項寫出後面句子中畫線部分 a〜e 之間在詞語功用上的關係。從中選出兩個正確選項並在框內寫上記號。

ア　d 是 a 的述部。　　イ　e 是 b 的述語。
ウ　e 是 a 的述部。　　エ　c 是 d 的修飾部。
オ　c 是 e 的修飾部。　　カ　d 跟 e 屬於並列關係。

専門家というのは、特定の事柄に専念し、そのことを職業としている人間のことである。職業にしているということは、その専門の知識なり技能なりが生計につながっているということを意味する。そのまま生業はすなわち収入の道なのだ。

(二) 在下列句子中①〜⑩的文節以及連文節中，分別選出一個符合後面圖的內部框的部分並寫上號碼。圖中的＝是標示主、述關係，→是標示修飾、被修飾關係。

① 要するに、あなたがた若い日のあやまちをいたずら

問題 18

閱讀下列文章並回答後面的問題。

に後悔するか、それとも、そのあやまちをひとつのきっかけにして立ち直るかを決定するものは、後悔の原因を取り返しのつかない感情をこめて眺めるか、それとも、できるだけそうした感情をかっこにくるんで眺めるか、という心構えだろう。

⟨ A（ ）＝B（ ）＝C（ ）⟩→D（ ）＝E（ ）

河風の湿っぽさが次第に強く感じられて浴衣の肌がやにうすら寒くなった。月はやがて人の起きているころにはもう昇らなくなった。空には朝も昼過ぎも夕方も、いつでも雲が多くなった。雲は重なり合って絶えず動いているので、時としてはわずかにその間々にことさらしく色の濃い青空の残りを見せておきながら、空一面におおいかぶさる。すると気候はおそろしく蒸し暑くなってきて、自然としみ出る脂汗が不愉快に人肌をねばねばさせるが、しかしまた、そういう時にはきまって、その強弱とその方向の定まらない風が突然に吹き起こって、雨もまた降り続くことがある。この風やこの雨には一種特別の底深い力が含まれていて、寺の樹木や、河岸の葦や、場末に続く貧しい家の板屋根に、春や夏には決して聞かれない音響を伝える。

（摘自永井荷風「すみだ川」）

（一）從下列選項中挑出畫線部分的A、B的連文節的功用並在框內寫上記號。答案並非只有一個。

A（　）　B（　）

（二）從ア～オ的選項中分別挑出符合畫面部分D、E部分連文節的功用，並在框內寫上記號。

D（　）　E（　）

ア 主部　　イ 述部　　ウ 修飾部
エ 接續部　　オ 獨立部

（三）畫線部分的C的主語是哪一個。以一個文節的形式寫在框內。

（　　　）

（四）跟畫線部分F屬於並列關係部分是哪些。以一個文節的形式分別寫在框內。

（　　　）（　　　）（　　　）

問題 19

閱讀下列文章並回答後面的問題。

アンパイヤーのポケットから、捕手に渡った新しい真っ白な球は、やがて弧を描いて長身の投手の手に入っ

52

前の打者は、四つもファウルやチップを重ねた後で、簡単なファースト・フライに退いた。

打者は、その新しい球の第一球を打った。よい当たりであった。地をはう白球は、しかし深く守っていた遊撃手の真正面を突き、球は正確に一塁へ送られた。ワッと喚声が揚がった。そしてサイレン。

(摘自永井龍男「くるみ割り」)

（二）第一個段落的句子的文節之中分別挑出主語跟承接的述語。

主語（　　　）　述語（　　　）

（一）第一個段落的句子有幾個文節。（　　）

（三）第一個段落的句子可以說是下列哪種句型。請對符合的句型的號碼畫圈。

1 何が→どうする。　2 何が→どんなだ。

3 何が→何だ。　　　4 何が→ある。

（四）從第一個段落的句子成分中挑出各自的主部。

（　　　　　　　　　　　　　　　　　）

（五）這篇文章的句子成分中省略掉主語（主部）或是述語（述部）的句子有兩個。分別挑出那些句子並寫在框內。

（　　　　　　　　　　　　　　　　　）

（　　　　　　　　　　　　　　　　　）

（六）第一個段落的句子中有派生語。挑出那個派生語寫在框內。另外將那個派生語的接頭語或是接尾語寫在框內。

（　　　　　　　　　　　　　　　　　）

（　　　　　　　　　　　　　　　　　）

問題 20

閱讀下列文章並回答後面的問題。

日本語の順序には、五つの特色が考えられる。

(1) 述語（述部）が文の（　A　）にくること。

(2) 「て・に・を・は」などの助詞が名詞の（　B　）にくること。

(3) 修飾語（修飾部）が被修飾語（被修飾部）の（　C　）にくること。

(4) 理由を述べる文が主張する文の（　D　）にくること。

(5) 文の性格を決定する単語が文の（　E　）に出てくること。

以上のうち、最後に述べた特色について説明してみると、たとえば、「この本はおもしろい」までは、発言者の真意が「おもしろい」なのか、「おもしろいか」なのか、「おもしろくない」であるのか、「おもしろいだろう」なのか、最後まで確かめないと明らかでない。つまり、その活用語にいろいろな語をつけ加えることによって、それぞ

れが、ある場合には疑問文となったり、また仮定の文意となったりして、文の性格が変わってくるのである。これを英語の場合と比較してみると、ずいぶん不便なことだといえる。かといって、「きれいだろう、この絵はがきは。」などとばかりもいえないのである。

（一）從下列ア〜ウ的選項中挑出符合文章中空格A〜E的答案並在框內寫上記號。

ア 前　イ あと　ウ 末尾

A（　）B（　）C（　）D（　）

（二）畫雙線部分的「いろいろな語」說的是什麼。

（三）像文章中畫線部分，改變一般句子成分的語序，舉例來說主語（主部）跟述語（述部）的順序替換的語法叫做什麼。

（四）在畫線部分裡將推測的含意添加給句子的單字是哪一個。

問題 21 回答下面各個問題

A シンガポール海峡は、東京湾、瀬戸内海のように巨大船の航路が決められ、行きかう巨大船が違うルートを運行するよう航路が分離されている。

B 東京湾や瀬戸内海では巨大船の航路が決められ、行きかう巨大船が違うルートを運行するよう分離されていない。

（1）A、B的句子互相比較，哪一個句子才是比較簡單明瞭的句子。將句子的記號填入框內。（　）

（2）比較不難懂的句子是哪一部分比較難以理解，請在四十個字以內說明。

（二）下列A、B的句子各自有用詞錯誤的地方，請挑出錯誤的部分並改成正確的語詞。這種時候要添加單字或是換成別的單字都可以。

A これを読んで一番に感じたことは、「復讐」というもの恐ろしいと思いました。

B ワーシャは、美しい心を持っているのになぜ町の人たちは、あくたれ小僧だといわれるのだろうか。

A（　）↓（　）

B（　）↓（　）

54

問題22

句子的開頭跟結尾因為作者焦點改變的關係使得句子變得虎頭蛇尾，這種現象叫做句子的「扭曲」。後面①〜④的句子分別有什麼「扭曲」，從A〜D中選一個並將記號寫在框內。另外請模仿例句在「扭曲」的部分，在需要訂正的文節（不一定只有一個文節）旁邊畫線，並且改正。

A 「扭曲」的內容
B 主語跟述語的扭曲
C 時間的扭曲
D 能動態與被動態的扭曲
D 修飾語跟被修飾語的扭曲

（例）ぼくの希望は画家になりたい。
（我的希望是想成為畫家。）（A・なることだ）

① これまでの行動はこれでよかったであろうかと疑問である。われわれは下級生によいお手本が示されたであろうか疑問である。
（　　　・　　　）

② 試験が近づいた時、今度こそはやるぞと計画を立てたが、実行しない。
（　　　・　　　）

③ これを言った人は、中学校の先輩のことばです。
（　　　・　　　）

④ その時ほど、今まで意識しなかった雨の音が、静まりかえった教室に聞こえた。
（　　　・　　　）

問題23　閱讀下列文章並回答後面的問題。

名文であるより正確な文章をかくことがたいせつであるとよくいわれる。しかし、これはなかなかむずかしい。文章表現にはいろいろな問題がある。

まず取り上げられるのは、主語（主部）と述語（述部）がうまく対応していないという問題である。たとえば（　A　）は受け方が違っているし、（　B　）は述語（述部）の補足を必要としていることは明白である。主述関係でのこうした混乱は、案外多いものである。また、主語（主部）が二つ以上あって明瞭を欠く文や、主語（主部）を省略したため意味があいまいになった文の例も多くみられる。

次に、修飾・被修飾の関係が正しく表現されない場合がある。たとえば（　C　）は、修飾語の位置が不適当である。（　D　）は副詞とそれを受ける言葉の関係が不適当で、このような混乱は、結局、（　a　）という副詞について十分理解ができていないところらおこるのである。

言葉の使い方があいまいなための混乱も多い。たとえば（　E　）では（　b　）が接続語として用いられているのか、連用修飾語として用いられているのかがあいまいである。こうした紛らわしい使い方では、とうて

（一）請從下列例句中選出適合填入空欄A～E的選項，並將記號填入框內。

① 帰りは別段警官に注意をうけたことを除けば何事もなく無事だった。
② 私たちはとうとう頂上をきわめた。そこで弁当を食べることになった。
③ このごろはおちおち遊んでいられる日が多くなった。
④ 彼の欠点は何でも安うけあいしてすぐに忘れてしまう。
⑤ 「山月記」は何か昔物語風な小説で、私は読んでいておもしろかった。
⑥ ぼくの希望は社会に出て、みんなのためにつくすことのできる人になろうと思っています。

A（ ） B（ ） C（ ） D（ ） E（ ）

（二）請從例句中選出適合填入空欄a、b的單字，作為空欄b的單字作為接續語的時候要用一個語詞，作為連用修飾語的時候用兩個語詞才能成立。分別寫出兩種情況要用的品詞。

(1) 接続語の場合（　　　）

(2) 連用修飾語の場合（　　　＋　　　）

い正確な文章はのぞめないであろう。

問題 24

從後面列舉的語群中選出適合填入下列句子框內的選項並寫上記號（可以重複使用）。

日本語の単語を大きく分けると、自立語と（ ① ）とに分けることができる。自立語は、さらに活用のある語とない語とに分別できるが、活用のある語は（ ② ）といい、活用のない語で、主語となることのできる語は（ ③ ）すなわち名詞という。その他、いろいろの性質や働きをする語があるが、その性質や働きによって分類したものを（ ④ ）といい、十種類ある。

そのうち、自立語で活用のある語は（ ⑤ ）・（ ⑥ ）・（ ⑦ ）と三つの種類があり、これらの語は単独で述語となることができる。また、主として、用言を修飾するものに、（ ⑧ ）があり、体言を修飾するものに連体詞がある。さらに、「しかし」「また」「そして」などの（ ⑩ ）や、呼びかけ・応答・感動などの意味を表す感動詞もある。

（⑪　）として助詞や助動詞があり、日本語の意味の微妙さを表している。

ア 自立語　　イ 附屬語　　ウ 動詞
エ 形容詞　　オ 形容動詞　カ 接續語

問題 25

閱讀下列文章並回答後面的問題。A～P 分別代表一個文節。

大人になってからは親友ができにくく、若いときにこそ真の友情を見つけることができるのは、自己の真実を裸のままで示す素直な気持ちを若い人々は持っているのに、大人になるといろいろなカラができてしまって、自己を開き示すことが少なくなるからでしょう。ということは、友情の成立に必要なのは、必ずしも若さということではなくて、人生に対する真実な気持ちを開き示し、また、他人のそのような気持ちを受け入れる心の素直さです。

（摘自　矢内原伊作『現代人正論ノート』）

キ　用言　　ク　體言　　ケ　品詞
コ　副詞　　サ　助詞

（一）請從 A～P 中選出所有只靠自立語就能當文節的選項，將記號寫入框內。

（二）請從 A～P 中選出除了自立語以外，所有連接著一個附屬語並成為一個文節的選項，將記號寫入框內。

（三）寫出 A～P 的各個文節的自立語的品詞名稱。

A（　）B（　）
C（　）D（　）
E（　）F（　）
G（　）H（　）
I（　）J（　）
K（　）L（　）
M（　）N（　）
O（　）P（　）

（四）A～P 的各個文節的自立語中有兩個複合詞。挑選出那兩個複合詞。

（五）下列文節分別發揮 **ア** 主語、**イ** 述語、**ウ** 修飾語的哪一種功用。請將記號寫入第一個框內。另外是修飾語的情況，修飾①用言的文節還是②修飾體言的文節。請將號碼填入第二個框內。

B（　）（　）H（　）（　）
K（　）（　）O（　）（　）
　　　　　P（　）（　）J（　）（　）

問題 26

下列文章中畫線的部分中選出指示語，並寫出它的語詞跟品詞的名稱。

瀬戸内海は美しい。しかし、ここにも無惨な自然破壊の光景が、あちらの海岸、こちらの島と、随所に見ら

れる。その海水もしだいに汚濁しており、しばしばあの恐ろしい赤潮が発生する。それに襲われた養殖場の魚は、一夜にして全滅する。「いつまで漁業がやれるかのう。」年老いたある漁民はそうつぶやいて、怒りを押し殺していた。どの漁民も同じ気持ちなのであろう。どんな理由があるにせよ、この美しい自然を破壊し、かえって人間を苦しめるようなことは、だれしも許すことができないだろう。やがて瀬戸内海は死んでしまうのだろうか。そんな瀬戸内海を、われわれは子孫に残そうというのだろうか。

（　　　　　　　　　　　）

問題 27　在下列各個句子中有複合名詞的地方旁邊畫線。

① 町はずれに、一軒の小さな家がある。
② そのとき、私は、子どもごころに将来の自分を誓ったのであった。
③ 春さきになると、衣類のバーゲンがさかんに行われる。

問題 28　從後面選項中挑出跟下列各個句子的畫線部分有相同構造的動詞，並將記號寫入框內。

① 忘れ物をしたのに気づく。（　）
② 駅で友人を見送る。（　）
③ たいしたことでもないのに偉ぶる。（　）
④ 交渉は長びくと困る。（　）
⑤ 彼は学者ぶるくせがある。（　）

ア　高鳴る（心情激動）　　イ　強がる（逞強）
ウ　運動する（運動）　　　エ　春めく（春意）
オ　作り出す（製作）

問題 29　模仿範例並說明下列各個複合形容詞的構造。

例　青白い（蒼白）……形容詞的語幹＋形容詞
① 塩からい（　　　　　　　　　　　）
② 食べやすい（　　　　　　　　　　）
③ せま苦しい（　　　　　　　　　　）
④ 古くさい（　　　　　　　　　　　）

第 2 章

名詞（體言）
——沒有活用的自立語

名詞是用來表達事、物名稱的單字，不論有形或無形。

重點整理

學會如何分辨名詞吧!

UNIT 1 名詞的性質

- 所謂的名詞……表達事物名稱的單字。叫做體言。
- 名詞的性質……是自立語且沒有活用,單獨就能變成主語。

解說頁 ▼ P.62

(例) 犬(狗) 家(家) 心(心) 知識(知識)

UNIT 2 名詞的種類

- 普通名詞……表達一般事物的名稱。
- 代名詞……不說出該人物或事物的名稱,而直接指出該人物或事物。
- 固有名詞……表達人名、地名之類,獨一無二的事物的名稱。
- 數量詞……表達事物的數量、順序。
- 形式名詞……沒有具體的意思,在句子裡用於補助、句型上的需要。

解說頁 ▼ P.62

(例) 代名詞也能當作一個獨立的品詞。

(例) 野口英世 東京 富士山

(例) 一つ(一個) 五羽(五隻) 第九(第九) いくつ(幾歲)

(例) 私(我) 君(你) こいつ(這傢伙) 彼(他) だれ(誰)

60

2章 名詞（體言）

UNIT 3 代名詞的種類

- 人稱代名詞……表達指出人的代名詞。
- 指示代名詞……表達事物、地點、方向的代名詞。

解說頁 ▼ P.65

例）ここ（這裡） それ（那個）
あちら（那邊） どこ（哪裡）
こっち（這邊）

UNIT 4 名詞的功用

- 名詞的功用……主語、述語、修飾語、獨立語。

解說頁 ▼ P.67

例）こと ところ もの はず

61

UNIT 1 名詞的性質

▶ 目標：理解名詞是什麼語詞。

1 所謂的名詞 —— 表達事物名稱的單字

名詞是表達事物名稱的單字，特別的是名詞也被稱作體言。與動詞、形容詞、形容動詞的合稱用言是互相對應。

2 名詞的性質 —— 是自立語且沒有活用

(1) 名詞可以單獨變成一個文節，所以是自立語。另外沒有活用。
(2) 名詞會伴隨著助詞「が」或「は」變成主語。另外名詞也能單獨變成主語或獨立語。

例題：從下列句子中挑出名詞。

庭の片すみには、一本のざくろの木があしゅって、きわだって美しいつやつやした朱の色がさしてきた。

思路：單字後面加上「が」看看，若能夠變成主語的話便是名詞。

答：庭、片すみ、一本、ざくろ、木、朱、色

UNIT 2 名詞的種類

▶ 目標：理解五種名詞以及它們的特徵

1 普通名詞 —— 表達一般事物名稱的單字。

例：犬（狗） 桜（櫻花） 山（山） 机（桌子） 時計（時鐘）
家（家） 心（心） 運動（運動） 時間（時間）
知識（知識）

著眼點
● 名詞的分辨方法
加上「が」能變成主語就是名詞。

62

2章 名詞（體言）

2 代名詞 —— 可以當作一個獨立的品詞

不說出該人物或事物的名稱，直接表達指示該人物或事物的意思的單字。

例）
私（我）　あなた（你）　これ（這個）　それ（那個）
あれ（那個）　どこ（哪裡）　あちら（那邊）

3 固有名詞

例）人名、地名、書名等等，表達獨一無二事物的名稱的單字。

富士山　利根川　萬葉集　論語　法隆寺
野口英世　シュバイツァー（史懷哲）　東京　太平洋

4 數量詞

表達事物的數量、順序的單字。

例）
一つ（一個）　三人（三人）
五羽（五隻）　六倍（六倍）
七番（第七）　八枚（八張）　第九（第九）　いくつ（幾歲）
何度（幾次）

💡「いくつ（幾個）」、「何度（幾次）」也是數量詞喔。

ここ（這裡）、そこ（那裡）、あそこ（那邊） ← 代名詞

十円の 硬貨は、表の ここに 平等院鳳凰堂が 描かれて いる。
　數量詞　　　　普通名詞　　　固有名詞
（十元硬幣的正面上畫有平等院鳳凰堂的圖。）

五隻、三人 ← 數量詞

✓ 練習 1

解答 → P.368

從下列各個句子中挑出名詞，並分類成普通名詞、代名詞、固有名詞、數量詞、形式名詞五大種類。

① 絵を見ることは、自然を見るのと同じようだと、私は考えている。

② 雨の降っている三月のある朝、いなかの人らしいひとりの少年が、わきの下に着物の包みをかかえながら、ナポリの大きな病院の門番の前へ行って、一通の手紙を見せ、彼の父親を訪ねました。

✓ 練習 2

解答 → P.368

將下列名詞以有形體的事物分成(A)固有名詞、(B)數量詞、(C)普通名詞，無形的事物分到(D)普通名詞，表達時間的單字分到(E)普通名詞，總共五大類。

① 山　　② 信濃川　③ 未来
④ 自由　⑤ 十人　　⑥ エジソン
⑦ 昨日　⑧ 工場　　⑨ 生徒
⑩ 百円　⑪ 京都　　⑫ 暑さ
⑬ 理由　⑭ 砂浜　　⑮ 来年

(A)（　　）　(B)（　　）　(C)（　　）
(D)（　　）　(E)（　　）

5 形式名詞

缺乏具體的意思，可以在句子中用於補助或句型上的需要的單字，很多情況下前面會接上修飾該形式名詞的文節。

例 話を する ことが うまい。（很會說話。）
（畫線的部分是修飾形式名詞的文節・連文節）

聞く ところに よると、彼は 外国へ 行くらしい。
（聽說他要去國外。）

君も、えらく なった ものだ。（你也變得地位崇高了。）

除了右邊的例「はず」、「とおり」、「ため」、「ゆえ」、「つもり」、「うち」、「あいだ」也可以用來當作形式名詞。

参考

名詞化……原本用作動詞或形容詞的單字，轉變成可以當名詞使用。

(1) 從動詞轉變的單字……從動詞的連用形變成名詞。

学校へ 行き ます。　　学校から 帰り ます。
　　　動詞的連用形　　　　　　　動詞的連用形
　　　　↓名詞　　　　　　　　　　↓名詞
寺への 行き は よいが、　帰り が 怖い。
（去學校。從學校回來。）（到寺廟的去程沒問題但是回程很恐怖。）

例 晴れ（→晴れます）　答え（→答えます）　考え（→考えます）

✓ **練習 3**　　　　　　　　　　　　　　　解答→P.368

從下列各個句子中在名詞化（從其他品詞變成名詞的單字）的右邊畫線，並回答原本是什麼品詞。

① よく考えて、自分の考えをはっきりさせなさい。（　　　）
② この画用紙の色は白だ。（　　　）
③ 私の家の近くには大きな犬が二匹もいる。（　　　）
④ 姉は思いをこめて、父に手紙を書いた。（　　　）

✓ **練習 4**　　　　　　　　　　　　　　　解答→P.368

從下面文章中畫線部分的名詞選出符合ア～オ選項的名詞。

ある夕方、——それは二月の初旬だった。良平は二つ下の弟と同じ年の隣の子供と、トロッコの置いてある村はずれへ行った。うすトロッコはどろだらけになったまま、薄明るい中に並んでいる。が、そのほかはどこにも人たちの姿は見えなかった。三人の子供は恐る恐る、いちばん端にあるおトロッコを押した。

ア 固有名詞　　　　　　　　　（　　　）
イ 数量詞　　　　　　　　　　（　　　）
ウ 普通名詞的複合詞　　　　　（　　　）

第2章 名詞（體言）

UNIT 3 代名詞的種類

目標 ▼ 理解表達指出人、事物、方向的意思的代名詞

1 人稱代名詞 ——表達指出人物的代名詞

指出自己的情況的自稱（第一人稱），指出對方的對稱（第二人稱），指出自己跟對方以外的人的他稱（第三人稱），不知道在指哪個人物的不定稱，人稱代名詞總共能分成四種。

人稱代名詞

自稱	わたくし / わたし / ぼく / おれ
對稱	あなた / 君 / おまえ
他稱	近稱	こいつ（也有「このかた」、「そのかた」……等等的說法。）
	中稱	そいつ
	遠稱	あいつ 彼
不定稱	どいつ / だれ / どなた

（2）從形容詞轉變的單字…從形容詞的連用形變成名詞。

例
遠くが　よく　見える。
（看得到遠方。→家まで遠くない。（離家裡沒有很遠。））

近くに　住んでいる。
（住在附近。→家に近くなる。（離家裡很近。））

名詞「光り」一樣有送假名。帶（→帯り ます）、舞（→舞います）等等也是變名詞後不會有送假名。

遊び（→遊びます）　とりやめ（→とりやめます）
是動詞的連用形「光り」轉變而成的，但是變成名詞後寫作「光」，不會像「光り」一樣有送假名。帶（→帯り ます）、煙（→煙り ます）、組（→組み）

例題

從下列各個句子中挑出代名詞，並分類成是指出人、事物、地點、方向。

① それは、どこでだれから聞いた話ですか。あなたの聞きちがいではないですか。
② ぼくは、ここで待っている。君は、あちらへ行って、その用事をすませなさい。

思路
代名詞的數量很少，很多都會從「こ」、「そ」、「あ」、「ど」開始。但是②的句子中「その用事」的「その」是連體詞，不是代名詞這點要注意。

エ　普通名詞的衍生詞（　）
オ　代名詞（　）

65

2 指示代名詞 —— 表達指出事物、地點、方向的代名詞

指示代名詞可以分類成指出離自己很近的事物的情況的近稱、離對方很近的中稱、離自己跟對方都很遠的遠稱、沒有遠近之分的不定稱（→P.42）。

指示代名詞			
指出事物	指出地點	指出方向	
これ	ここ	こちら こっち	近稱
それ	そこ	そちら そっち	中稱
あれ	あそこ	あちら あっち	遠稱
どれ	どこ	どちら どっち	不定稱

參考

反照代名詞……「自分」、「自身」、「自己」等等重複指出同樣事物的單字叫做反照代名詞，需要特別區分出來。
例 山本君は、自分では 正しいと 思って いる。
（山本覺得自己是正確的。）
あなたは、自身で これを 考えましたか。
（你有自己思考過這個嗎？）

答
人＝①だれ・あなた ②ぼく・君
物事＝①それ 場所＝①どこ ②ここ
方向＝②あちら

著眼點
●代名詞
① 指出人、事物、地點、方向。
② 注意在文章中代名詞是指出什麼東西。

✓ **練習 5**

在下列各個句子中的代名詞的右邊畫線。

① 人間は、だれでも努力が大切だ。
② どなたか、門の前であなたを待っていらっしゃいますよ。
③ ためそこで彼は、ひとつこれを試そうと思った。
④ 君はどっちから来たのか。

解答→
P.368

66

UNIT 4 │ 名詞的功用

目標 ▸ 理解單獨或是伴隨助詞、助動詞時候的名詞的功用

1 變成主語 —— 伴隨「が」、「は」、「も」

名詞會伴隨「が」、「は」、「も」等等的助詞變成主語。

名詞	主語	述語
桜	が／は／も	美しく 咲く。（櫻花美麗地綻放。）

報紙的標題或對話上有時候會省略掉助詞，靠名詞單獨變成主語。

例）
- 桜、満開となる。（櫻花盛開。）
- 桜、散ったかしら。（櫻花是否凋零了呢。）

參考

變成主語的單字……能變成主語的不只是名詞，用言（動詞、形容詞、形容動詞）接上助詞「の」就符合體言的條件，再加上「が」、「は」、「も」也能變成主語（→ P.133、167、258）。

例）
形容詞	助詞	助詞
新しい	の	が、すばらしい。（新的很棒。）
	主語	述語

例題

回答下列各個句子中包含名詞的文節，主語、述語、連用修飾語、連體修飾語發揮了什麼樣的功用。

① 人間が ことばを つくった。
② 星の 光は 無声の 詩です。
③ 星は 毎夜 人間に 神秘を ささやく。

思路

正確掌握主語、述語以及對應它們的修飾語。① 「ことばを」是跟「つくった」產生連結的連用修飾語。② 「星の」是對「光に」，「無声の」是對「詩です」產生連結的連體修飾語。③ 「毎夜」是沒有伴隨助詞，光是名詞就變成跟「ささやく」產生連結的連用修飾語。

① 主語　　　　連用修飾語　述語（用言文節）
　人間が　　　ことばを　　つくった。

② 連體修飾語　主語　連體修飾語　述語（體言文節）
　星の　　　　光は　無声の　　　詩です。

③ 主語　連用修飾語　連用修飾語　連用修飾語　述語（用言文節）
　星は　毎夜　　　　人間に　　　神秘を　　　ささやく。

② 變成述語 —— 伴隨「だ」、「です」或「か」

名詞可以伴隨著「だ」、「です」等等的助動詞或「か」之類的助詞變成述語。

名詞變成述語的句型是「何が」（主語）→「何だ」（述語）（→ P.18）。

あの　山が　富士山　だ。
　　　主語　名詞　　述語
　　　　　　　　　です。
（那座山是富士山。）

彼は、学級委員　です　か。
主語　　名詞　　　　述語
（他是班長嗎。）

③ 變成修飾語 —— 要注意只靠名詞就變成修飾語的情況

名詞通常會在伴隨「の」、「に」、「を」等等的助詞的情況下變成修飾語。

(1) 變成連體修飾語的情況…修飾體言（名詞）文節的文節叫做連體修飾語。名詞可以伴隨助詞「の」變成連體修飾語。

桜　の　花が、美しい。（櫻花很美。）
名詞　　名詞
　└連體修飾語┘└體言文節┘

💡 助詞的「の」有著將名詞跟名詞連接起來的功用呢。「の」的前面也能加上助詞「で」、「へ」喔。

著眼點
● 表達數量詞或時間的普通名詞有單獨變成連用修飾語的情況。

✓ **練習 6**

針對下列句子，回答後面的問題。

鈴木君、あそこの　山の　頂に、まだ雪が　白く見えるよ。

(1) 挑出所有含有名詞的文節。
（　　　　　　　　）
(2) 挑出主語的文節跟述語的文節。
（　　　　　　　　）
(3) 在含有名詞的文節中，發揮連體修飾語跟連用修飾語功用的是哪幾個？
（　　　　　　　　）
(4)「鈴木君」這個文節發揮什麼樣的功用？
（　　　　　　　　）

解答→ P.368

68

2章 名詞（體言）

(2) 變成連用修飾語的情況⋯修飾用言（動詞、形容詞、形容動詞）的文節叫做連用修飾語。名詞可以伴隨「に」、「を」、「へ」、「と」、「から」、「より」、「で」等等的助詞變成連用修飾語。

另外表達數量詞或時間的普通名詞可以不伴隨助詞，單獨變成連用修飾語。

外国 での 経験 は、忘れられない。（在外國的經驗令人忘不掉。）
　連體修飾語　　體言文節
　　名詞

横断歩道 を 歩く とき は、自動車 に 注意する。（走斑馬線的時候要小心汽車。）
　連用修飾語　　用言文節　　　　　連用修飾語　　用言文節
　　名詞　　　動詞　　　　　　　　　名詞　　　動詞

昨日 授業 が 始まった。（課程在昨天開始了。）
連用修飾語　　　用言文節
　名詞　　　　　動詞

はと が 三羽 飛び去った。（鴿子有三隻飛走了。）
　　　　連用修飾語　用言文節
　　　　　名詞　　　動詞

✓ 練習 7

針對下列句子的說明，請從後面ア～オ的選項中選出正確答案並將記號畫圈。

解答→ P.368

あなた、そこの 箱の 中の お菓子を いくつ 食べたの？

ア 「あなた」的「あな」雖然沒有加上助詞的「が」、「は」，但是「あなた」是主語，「食べたの？」是述語。

イ 「そこの」的「そこ」是表達指出地點的代名詞，「そこの」這個文節是跟下面「箱の」或是「お菓子を」產生連結的連體修飾語。

ウ 「いくつ」是表達程度的副詞，單獨就能變成文節並發揮連用修飾語的功用。

エ 包含在這個句子裡述語的文節的自立語是用言。

オ 有兩個以上的文節變成句子成分的是「そこの箱の中のお菓子を」的部分，這是句子的修飾部。

69

4 變成獨立語

名詞也可能變成提示或呼叫的獨立語。變成呼叫的情況會有伴隨「や」、「よ」等等助詞的時候。

名詞
獨立語
失敗、それは 功の もとだ。（提示・失敗，就是成功之母。）

名詞
獨立語
風 よ、もっと 吹け。（呼叫・風啊，吹得更強烈。）

> 要注意名詞可以不伴隨助詞，以單獨的形式變成主語或連用修飾語、獨立語！

提升實力考題

考驗在第2章學到的文法，掌握能實際活用的實力吧！

問題1

從下列列舉的單字中挑選名詞，並給記號畫圈。

ア 敬う　イ 登る　ウ 東京都　エ どなた
オ 七時　カ 朝　キ 戦争　ク 苦しみ
ケ 高い　コ 静かだ　サ 勇気　シ 五日
ス しみじみと　セ ぼく　ソ 幸福
タ おもしろい　チ これ　ツ 彼　テ 歩く
ト けれども　ナ すっかり　ニ むかし
ヌ どこ　ネ しばらく　ノ だれ

問題2

從下列文章中選出名詞，分類成普通名詞、代名詞、固有名詞、數量詞、形式名詞（已經選過的單字就算後面再出現也不用選）。

　山を見るのも楽しいが、山に登るのもおもしろい。山というものは、近づくほど登りたくなる。登りたくなるからといって、山は、軽はずみに登ってはならないことに、深い山へ登るには、じゅうぶんに注意がいる。近ごろは、山登りもスポーツの一つとなって、登り方もよく研究されているが、それだけに、険しい岩登りや、雪の深い冬山をさぐるなどの危険を伴う。だから登るのはだれでもいいというわけにはいかないが、ただ山を見るだけなら、だれでもできるので、この意味で、山は常にむかう万人を迎えている。

　ところで、わが国には山が多く、日本列島は、まるで山岳から成立しているようなものだ。わが国に生まれた人の大半は、朝夕に山を見て暮らしてきた。それだけでも、われわれは、恵まれた環境に育っているといえるであろう。

① 普通名詞（　　）
② 代名詞（　　）
③ 固有名詞（　　）
④ 數詞（　　）
⑤ 形式名詞（　　）

問題3

在下列表格的空格中填入適當的代名詞。另外從A～E的欄位中選擇表達指出地點的指示代名詞，並給記號畫圈。

	近稱	中稱	遠稱	不定稱
A	これ	それ	あれ	①
B	②	そちら	③	どちら
C	ここ	④	⑤	⑥
D	⑦	⑧	あっち	どっち
E	⑨	そのかた	⑩	どのかた

問題4 從下列各個句子中選出有接複合名詞、接頭語、接尾語的名詞，並在旁邊畫線。

① ぼくらの学校は、地域で二番めに野球が強い。
② よい天気だったので、素足で砂遊びをした。
③ 雪あかりのさす窓ぎわに置いた鉢植えの花が一輪咲いた。

問題5 在下列文章中的 A～E 的空格內，從後面ア～ク的選項中挑選一個適合的答案，將記號填入框內。

「漢字には、音を表すだけでなく、意味を表す大切な働きがある。」という文中の「働き」という語は、「が」という A（　）を伴って「ある」の B（　）となっています。また、「大切な」という C（　）を受けて いますから、D（　）といえます。しかし、この語は、もともと「働く」という E（　）の連用形から変わ

ア 主語　　イ 述語　　ウ 連體修飾語
エ 連用修飾語　　オ 名詞　　カ 副詞
キ 動詞
ク 助詞

問題6 閱讀下列文章，並回答後面的問題。

子供が小さいうちは、たとえば太郎という名前だとしますと、「（①）ちゃん、（②）ちゃん」と呼ばれます。そうすると子供は、自分のことも「（③）ちゃん」といいます。太郎というのはどこにでもある名前ですが、この場合の「（④）ちゃん」は、その子にとっては自分だけの名前です。「（⑤）ちゃちゃくん」は自分に癒着している。

ところが子供が大きくなって、幼稚園とか小学校へ行くようになると、「いつまでも（⑥）ちゃん（⑦）といいなさい」といわれます。みっともないから、「（⑧）ちゃん、（⑨）ちゃうちゃん」といったりする。ただこの「（⑩）ちゃん、にんしょうちゃん」は人称代名詞ではありません、（⑪）ちゃん」と同じで、まだ自分にくっついている。人称代名詞は交換ぼく可能性があるのに対して、「僕ちゃん」には交換可能性がありません。あくまで私に癒着しています。

ってできたものです。

(一) 在空格①〜⑪中填入適當的語詞。可以重複填入相同的答案。

① (　　)　② (　　)　③ (　　)
④ (　　)　⑤ (　　)　⑥ (　　)
⑦ (　　)　⑧ (　　)　⑨ (　　)
⑩ (　　)　⑪ (　　)

(二) 為什麼畫線部分可以這麼說。從下列選項中挑選正確答案。

ア 「僕ちゃん」の「僕」は「私」と文法的に同じ働きをもっているから。

イ 「僕ちゃん」という語は人称代名詞として使用できないから。

ウ 「僕ちゃん」の「僕」も「太郎ちゃん」の「太郎」も人称代名詞だから。

エ 「僕ちゃん」という語はもともと人称代名詞ではないから。

オ 「僕ちゃん」の「僕」は人称代名詞として使用しているのではないから。

(　　)

問題 7

閱讀下列文章，回答後面的問題。

「自然の宝庫」として名高いマダガスカルは、アフリカ大陸のモザンビークの沖合四〇〇キロのインド洋に浮かぶ島国です。イメージ的にアフリカ大陸の一部が切り離れたように思いますが実はそうではないのです。

十九世紀の半ば、イギリスの動物学者が『キツネザル』がマダガスカルから五、〇〇〇キロも離れたスマトラ島やスリランカに生息しているにも拘らず、アフリカ大陸に居ないことに気が付いたのです。それを理由にマダガスカルが元々インドやスリランカなどと陸続きであったと考えたのです。

(一) 將這篇文章中所有固有名詞挑出來（但是重複出現的不用挑出來）。

(　　)

(二) 將這篇文章中所有數量詞挑出來。

(　　)

(三) ①〜⑦的文節中，分別挑出發揮下列ア〜ウ功用的文節，並在框内填入記號。

ア 包含體言，變成主語的文節

イ 發揮連體修飾語的功用

ウ 由體言跟助詞組成，發揮連用修飾語的文節

(　　)

(四) 從下列選項中挑出跟畫線部分「陸続き」有同樣結構的名詞。

床（ゆか）そうじ　川遊び　読みやすさ　早起き

（五）畫雙線部分的「それ」指的是什麼。

（　　　　　　　　　　　）

問題 8

下列各個句子畫線部分的名詞，跟後面ア～ク哪一個選項關係深遠。分別在框內填入記號（句子的答案不一定只有一個）。

① 彼は、朝夕新聞を配達している。（　　）
② これは、私がほしいと思っていた本だ。（　　）
③ ぼく、宿題を忘れました。（　　）
④ 兄が家を出たのは、私が中学二年のときです。（　　）
⑤ 川のそばの大きな木をご覧なさい。（　　）
⑥ 姉の青白い顔に、私は母の面影（おもかげ）を見た。（　　）
⑦ お母さん、ぼくも手伝うよ。（　　）

ア 是自立語，能單獨做出文節。
イ 單獨就變成主語。
ウ 伴隨助詞變成主語。
エ 伴隨助詞變成修飾語。
オ 單獨變成連用修飾語。
カ 承接連體修飾語的連結。
キ 伴隨助詞或助動詞變成述語。
ク 變成獨立語。

第 3 章 副詞、連體詞

——沒有活用的自立語

副詞、連體詞是專門單獨變成修飾語的單字。

重點整理

UNIT 1 副詞、連體詞的性質

解說頁 ▼ P.78

- 所謂的副詞、連體詞……修飾其他文節，讓意思更明確的單字。
- 副詞、連體詞的性質……是自立語且沒有活用，副詞主要變成連用修飾語，連體詞則是單獨變成連體修飾語。

UNIT 2 副詞的種類跟功用

解說頁 ▼ P.79

- 狀態的副詞……詳細表達動作、作用的狀態。
  擬聲語（擬音語）、擬態語也算是狀態副詞。
- 程度的副詞……表達事物的性質或狀態之類的程度。
  ・程度的副詞也有修飾體言的文節或其他副詞的情況。

例 **いきなり**立ち上がった。
（突然站了起來。）

例 **ザーッ**と降る。
（嘩啦地下雨。）・擬聲語

じろりとにらんだ。
（狠狠地瞪眼。）・擬態語

例 今朝は**かなり**暖かい。
（今天早上很溫暖。）

例 **かなり**前の話です。
（很久以前的事。）
もっとゆっくり読め。
（再念得慢一點。）

> 要小心連體詞容易跟其他品詞搞混！

3章 副詞、連體詞

UNIT 3 連體詞的種類跟功用

解說頁 ▼ P.84

- 連體詞的種類……沒有特別的分類名稱，因為數量很少所以用語尾去分類來記住。

  例
  「——の」…この あの どの
  「——な」…大きな いろんな

- 呼應的副詞……對於下面承接的文節要求特別的講法。
  ・跟疑問（反諷）、推測、假設條件、否認、舉例、願望等等的講法有呼應。

  例
  どうして おそらく もし まるで どうか

UNIT 1 副詞、連體詞的性質

目標 ▼ 理解修飾其他文節的副詞、連體詞的性質。

1 所謂的副詞、連體詞 —— 修飾其他文節的單字

副詞、連體詞都是修飾其他文節，讓句子的意思更加明確的單字。

　　　　　　　修飾語
　　　　　　　　↓
つばめが　すいすいと　飛ぶ。（燕子輕快地飛翔。）
　　　　　　　　　　　　被修飾語

空が　すっかり　晴れた。（天空整個放晴了。）
　　　　　↓

それは　ある　日の　出来事でした。（那是某天發生的事。）
　　　　↓

あらゆる　植物の　分布を　研究する。（研究各種植物的分布。）
　↓

看著右邊的例，「すいすいと」、「すっかり」產生連結，表達句子描述的飛翔的樣子、放晴的樣子。另外「ある」、「あらゆる」也是跟「日（の）」、「植物（の）」產生連結，表達句子描述的是哪一天、是什麼樣的植物。就像這樣，副詞、連體詞是修飾其他文節，給句子更多詳細說明。

例題

下列各個句子畫線部分之中有一個副詞。從ア〜オ中選出有副詞的句子。

ア 結果をくわしく話した。（詳細講述結果。）
イ 結果をこまごまと話した。（含糊地講述結果。）
ウ 結果を詳細に話した。（仔細地講述結果。）
エ 結果を大部分話した。（大致講述結果。）
オ 結果を強調して話した。（強調結果的部分講述。）

思路 自立語沒有活用，所以尋找單獨變成連用修飾語的語詞。

ア的「くわしく」是形容詞「くわしい」的連用形。**ウ**的「詳細に」是形容動詞「詳細だ」的連用形。**エ**的「大部分」加上「が」能變成主語所以是名詞。**オ**的「強調して」是動詞「強調する」的連用形加上附屬語「て」。

答 イ

2 副詞、連體詞的性質 —— 是自立語且沒有活用，變成修飾語

(1) 副詞、連體詞也可以單獨變成一個文節，所以是自立語。但是並沒有活用。

第3章 副詞、連體詞

UNIT 2 副詞的種類跟功用

(2) 副詞、連體詞不會變成主語，能單獨變成修飾語，連體詞主要成連體修飾語，連體詞則是成連體修飾語。

> 名詞也是自立語且沒有活用。雖然能變成修飾語，但是跟副詞、連體詞不同的是名詞可以變成主語喔。

著眼點
● 副詞的分辨方法
副詞不會變成主語。（跟體言文節的區別）
副詞沒有活用。（跟用言文節的區分）

目標 ▼ 副詞的種類（狀態、程度、呼應）跟功用。

副詞有狀態副詞、程度副詞、呼應副詞，三個種類。三個主要功用都是修飾用言的文節，而且能單獨變成連用修飾語。

1 狀態的副詞 —— 詳細表達動作、作用的狀態。

狀態的副詞主要修飾用言（特別是動詞）的文節，並且詳細表達那個文節的動作、作用的狀態。

彼は いきなり 立ち上がった。（他突然站了起來。）
　　　副詞→　　動詞的文節

てのひらに そっと のせる。（輕輕地放在手掌上）

明日 また 参りましょう。（明天再來吧。）

私は しばらく 仕事を 休む。（我要請假一陣子。）

この芽も やがて 大きく 成長するだろう。（這個芽沒多久就會長很大吧。）

歩いているうちに、ふと 名案が 浮かんだ。
（走著走著腦裡忽然想到好點子。）

例題 在下列各個句子中畫線部分的副詞是修飾哪一個文節。挑出副詞修飾的文節，並回答那個文節的自立語是什麼品詞。

① それは、つい 最近のことです。（那是最近發生的事。）
② 期末テストは中間テストよりやや易しかった。（期末考比期中考簡單一點點。）
③ 最後のところを もっと はっきりと説明してください。（最後的部分請再說明地更清楚一點。）
④ 先生はとても 朗らかな人だ。（老師是很開朗的人。）
⑤ 駅からすこし 歩くと、城あとの公園があります。（從車站稍微走一下就到城跡公園。）

思路 副詞主要是單獨修飾用言的文節（變成連用修飾語），程度的副詞是單獨修飾體言的文節（變成連體修飾語），或是修飾其他副詞。程度的副詞修飾的體言文節很多情況是表達地點、方向、數量、時間。

參考

擬聲語（擬音語）、擬態語……狀態的副詞中也包含了模仿物理聲響、形容其狀態的單字。前者叫做擬聲語（擬音語），後者叫做擬態語。擬聲語、擬態語都是修飾用言，具有將用言的狀態巧妙表達出來的功用，就像下列的例。

① 直接表達聲音或聲響

例）雨がザーッと降ってくる。（雨嘩啦啦地下起來。）
例）雷がゴロゴロと鳴る。（雷電轟隆作響。）

② 形容聲音或聲響的感覺

例）ひよこがピヨピヨと鳴く。（小雞啾啾啾地叫。）

③ 表達狀態

例）子供がばたばたかけてくる。（孩子慌慌張張地跑過來。）
じろっとにらまれて、さっと顔色を変える。（被狠狠地瞪眼、臉色一下就變了。）
教室でわいわい騒ぐ。（在教室大聲吵鬧。）
ばったり会って、こそこそ逃げ出す。（碰巧相遇、偷偷地逃走）
すやすや眠りながら、たまににっこり笑う。（安穩地睡眠、偶爾露出微笑。）

> 擬聲語、擬態語像「ひよこがピヨピヨ鳴く。」、「ひよこがピヨピヨと鳴く。」一樣，可以直接使用或是加上「と」使用。但是從「じろっとにらむ。」去掉「と」，就會變成「じろっにらむ。」這種意思不明確的句子，要小心。

② 程度的副詞 ── 表達事物的性質或狀態的程度。

程度的副詞主要修飾（動詞、形容詞、形容動詞）的文節，描述事物的性質或狀態的程度讓句子的意思更明確。

今朝は　たいそう　冷えますね。（今天早上非常冷呢。）
　　　　副詞　　→動詞的文節

著眼點

● 副詞的功用

單獨 ─┬─ ① 變成連用修飾語
　　　├─ ② 變成連體修飾語
　　　└─ ③ 修飾其他副詞

※ ②、③ 只限定程度副詞

答
① 最近の（名詞）② 易しかった（形容詞）
③ はっきり（副詞）④ 朗らかな（形容動詞）
⑤ 歩くと（動詞）

✓ **練習 1**　解答→P.370

從下列各個句子中畫線部分是 A 連體修飾語？還是 B 連用修飾語？請將記號填入框內。另外畫線部分是副詞的句子，請對句子的畫圈。

① 勉強に忙しく、遊ぶ時間がない。（　）
② もっと右に寄りなさい。（　）
③ 一週間で本を二冊読みました。（　）
④ 弟はたいへん大きい魚を釣った。（　）
⑤ 完走したのは、わずか二人だった。（　）
⑥ 隣から父の声が眠たげに聞こえた。（　）
⑦ 母にすばらしい贈り物をもらった。（　）
⑧ 彼はいっそう重大な危機に直面した。（　）
⑨ 急な訪問に、私はいささかあわてた。（　）
⑩ 馬はそこでぴたりと足を止めた。（　）

3 呼應的副詞
——對下面承接的文節要求特別的講法。

今年の冬は、かなり 暖かい。（今年冬天非常溫暖。）
→形容詞的文節

ここまで来ると、ずいぶん 静かだ。（到這附近就變得很安靜。）
→形容詞的文節

これは かなり 前の話です。（這是很久以前的事。）
副詞→體言的文節

あなたは もっと こちらへ来てください。（你再走過來一點。）
副詞→

これからは、よほど しっかり勉強しなければならない。（以後必須要更加用功念書。）
副詞→

今度は、もっと ゆっくり読みなさい。（下次要念得更慢一點。）
副詞→

程度的副詞，可以單獨去修飾表達地點、方向、數量、時間的體言（名詞）的文節，變成連體修飾語。另外也有修飾其他副詞的情況。

呼應的副詞會對後面承接的文節特別要求固定的講法。像這樣承接副詞然後用固定講法連結就叫做副詞的副詞或是敘述的副詞。

どうして そこへ行くのですか。（為什麼要去那裡呢。）
→疑問的助詞
疑問或是用反問呼應

なぜ
→

練習 2

從下列文章中挑出副詞，然後模放範例回答每個副詞修飾的文節，還有該文節的自立語的品詞名稱。

解答→ P.370

例）又→住院（動詞）

交通事故でまた入院した。入院後の一週間、ずっと絶対安静が続いた。身の回りの世話は、母がほとんど寝ずに、やってくれた。ごくわずかからだを動かしても、痛みが全身に走った。そんなとき、母は、どうすればいいのか途方に暮れたように、私の顔をじっとのぞきこんだ。

例題

在下列各個句子中的框內用平假名填入適當的語詞。〈 〉內是答案語詞的字數。

① 彼の行動は、決してよくは（　　）。〈2字〉
② （　　）早く帰ったら遊びに行こう。〈2字〉
③ 全国優勝をして、まるで夢の（　　）。〈3字〉
④ たぶん断られる（　　）。〈3字〉
⑤ よもや死ぬようなことはある（　　）。〈2字〉

たぶん　彼は遅れて来るだろう。（他大概會遅到吧。）──用推測呼應
「推測的助動詞」

おそらく　彼は遅れて来るだろう。

もし　失敗したら、悲しいだろうな。（萬一失敗了會很傷心吧。）──跟假定條件呼應
助動詞（假定形）

かりに　失敗しても、くじけるな。（不管失敗幾次都別氣餒。）
接續助詞

いくら

たとえ

決して　自分が悪いとは思わない。（不認為自己有錯。）──跟否定呼應
「否定的助動詞」

少しも

まさか　雨は降るまい。（應該不會下雨吧。）──跟否定的推測呼應
「否定推測的助動詞」

よもや

ちょうど　雨は降らないだろう。──跟推測呼應
推測的助動詞

まるで　りんごのような色だった。（簡直就像蘋果的顏色。）──跟舉例呼應
舉例的助動詞

どうか　私の家においでください。（拜託請到我家。）──跟期望呼應
「動詞（命令形）」

ぜひ

好好記住呼應的副詞的固定講法吧！

⑥ ぜひ、その本を貸して（　　）。〈4字〉
⑦ どうして欠席したのです（　　）。〈1字〉
⑧ たとえ易しく（　　）、油断するな。〈2字〉

思路　記住呼應的副詞的固定講法吧。
① 跟否定呼應…決して・とうてい・少しも・いくら。② ⑧跟假定條件呼應…もし・とうてい・たとえ・かりに。③ 跟舉例呼應…まるで・ちょうど。④ 跟推測呼應…たぶん・おそらく・さぞ。⑤ 跟否定的推測呼應…よもや・まさか。⑥ 跟期望呼應…ぜひ・どうか・どうぞ。⑦ 跟疑問或是反詰呼應…どうして・なぜ。另外跟禁止呼應的講法有「決して」。

例　決してこの約束を破るな。（絕對不能打破這個約定。）（「な」是禁止的助動詞）

答　① ない　② もし　③ ようだ　④ だろう
⑤ まい　⑥ ください　⑦ か　⑧ ても（とも）

著眼點　●記住這是特別的規則
呼應的副詞、跟承接該副詞的特別講法要一起記住。

3章　副詞、連體詞

> **注意**
>
> 伴隨「の」變成連體修飾語的副詞……程度的副詞雖然有單獨變成連體修飾語的情況（→P.80），但是狀態、程度、呼應，這三種副詞中有伴隨「の」變成連體修飾語的副詞。不過數量很少（下列例句的紅字是副詞，粗體黑字是體言文節）。
>
> 例
> そこで**しばらくの間**、お待ちください。（請在那裡稍大的決心。）〈狀態的副詞〉
> これには**よほどの決心**が必要です。（這需要相當大的決心。）〈程度的副詞〉
> **もしものこと**があってはならない。（千萬不能有任何疏失。）〈呼應的副詞〉

> **注意**
>
> 伴隨「だ」、「です」變成述語的副詞
>
> 例
> 学校までもうすぐだ。（快要到學校了。）
> ほんとうに、そうですか。（真的是這樣嗎？）

> **注意**
>
> 從副詞轉變成的接續詞、感嘆詞……副詞之中也有改變意思或用法，轉變成接續詞或感嘆詞的例。
>
> 例
> 雨は**なお**降り続いた。（仍然在下雨。）〈副詞〉
> 身軽な服装で来ること。**なお**、帽子も忘れないこと。（穿輕便的衣服來。另外不要忘了戴帽子。）〈接續詞〉
> **ちょっと**学校まで行ってくるよ。（我去一下學校。）〈副詞〉
> **ちょっと**、そこの人。押さないでください。（欸，那邊的人。請不要推擠。）〈感嘆詞〉

✓ **練習 3**

從下列各個句子中的框內，分別填入適當的平假名，讓句子的意思變通順。

① どうか、じゅうぶんにお休み□□□□。
② ちょうど雪の□□□□白い。
③ おそらく交渉は決裂する□□□。
④ いくら走っ□□、二十分では行けないよ。
⑤ 長介君、まさかそんなことは□□□だろ□。
⑥ まさか不合格にはなる□□□。

解答→P.370

83

UNIT 3 連體詞的種類跟功用

目標 ▼ 理解重要的連體詞跟它們的功用。

連體詞在句中發揮修飾體言（名詞）的文節的功用，會單獨變成連體修飾語。雖然連體詞沒有特別的種類名稱，不過為了方便記住，可以從語尾做以下的分類。

語尾	連體詞
「——が」	例 わが_{連體詞}→国_{體言的文節}は、島国である。（我國是島國。）
「——の」	例 どの_{連體詞}→辞書_{體言的文節}を調べるのですか。（要查哪一本字典。）この その あの どの
「——な」	例 小さな_{連體詞}→おもちゃ_{體言的文節}を買った。（買了小的玩具。）大きな 小さな おかしな いろんな
「——た」	例 たいした_{連體詞}→事件_{體言的文節}を起こしたものだ。（真是引起了不起的事件。）たいした とんだ
「——だ」	

例題

從下列各個句子中挑出連體詞跟它們修飾的文節。

① ある個人の働きによって、わが国の産業が発達したのではない。
② 彼は、いかなる困難にも屈しない。
③ 来る九月五日にその裁判の判決がある。

思路

因為連體詞的數量也很少，所以一個個記住吧。

但是也有①「ある個人の」的「ある」（連體詞）跟③「判決がある」的「ある」（動詞）這樣的例，連體詞跟其他品詞的語形一樣或是相似的情況。另外要注意的是連體詞所修飾的文節，也有不會馬上接在連體詞後面的情況。

答

① ある→個人の わが→国の
② いかなる→困難にも
③ 来る→九月五日に その→裁判の

84

3章 副詞、連體詞

「—る」

ある あらゆる いわゆる いかなる 来る

例
- ある 日曜日のことだった。（那是某個週日發生的事。）
  - 連體詞 → 體言的文節
- あらゆる 資料を集めよう。（收集各式各樣的資料。）
- いわゆる 公安問題が注目されている。（世間俗稱的公安問題正受到注目。）
- いかなる 国にも主権がある。（任何國家都有主權。）
- 来る 十日、合格発表を行う。（即將到來的十號，要發表合格名單。）

> **著眼點**
>
> 連體詞的分辨方法
> ● 連體詞是自立語但沒有活用，還可變成連體修飾語，但不會變成主語。
> ● 跟連體詞容易搞混的單字
> ある…連體詞、動詞
> 大きな（連體詞・大）、大きい（形容詞・大）
> その（連體詞・那個）、それ（代名詞・那）

提升實力考題

考驗在第3章學到的文法，掌握能實際活用的實力吧。

問題 1

從下列各個句子的畫線部分中選擇副詞跟連體詞，並寫上各自的號碼。

① 春雨が静かに降る。
② これからただちに出発しなさい。
③ 夏のある真夜中のこと、家の戸をたたく音が聞こえた。
④ 国語の試験で満点をとるのは、なかなか難しい。
⑤ 春になると庭にきれいな花が咲く。
⑥ 私は、ややしばらく考えてから返事をした。
⑦ この問題をそういう方法で考えても、解けはしない。
⑧ 私の意見を主張すると、彼はあっさり賛成した。
⑨ 生まれてから、こんな経験はただ一度しかない。
⑩ 近所のどの家も、十二月になって忙しそうだ。
⑪ 雪がものすごく積もりましたね。
⑫ 世界のあらゆる国の人々が、国際連合本部を見物に来る。
⑬ ことばは、ゆっくりとはっきり話すのがよい。
⑭ 大きな野球場だから、選手が小さく見えます。
⑮ ここのケーキを食べたら、その仕事を続けるよ。

副詞（　　）　連體詞（　　）

問題 2

下列各個句子畫線部分，分別在修飾哪些文節。寫下副詞修飾的文節的自立語的品詞名稱。

① 幼いころのことが今になってしみじみ思い出される。（　　）
② 漁業交渉は、きわめて厳しいものになろう。（　　）
③ 生まれてもう一年、赤ちゃんはよちよち歩きます。（　　）
④ この花は、あの花よりずっと見事に咲いた。（　　）
⑤ 先頭の走者は、ずいぶん外側を走っている。（　　）
⑥ 机の前でむっつり黙り込み、腕を組んでいた。（　　）
⑦ 星の王子さまは、空のはるか向こうから来ました。（　　）
⑧ もう少しがんばれば、三着にはなったのに。（　　）
⑨ その川には、ごく小さい魚しかいませんでした。（　　）

⑩ 夏休みは、かなりのんびり過ごせそうだ。（　）

問題 3

下列各個句子畫線部分每個都是一個自立語。將各個自立語的品詞名稱寫入框內。另外各個自立語如果是連用修飾語就寫 A，是連體修飾語就寫 B，將記號寫進各自的框內。

① 谷あいを出たライン川は、やや川幅を広げながら、白い水しぶきをあげて流れていた。（　）

② 夜にならないうちに家に帰ろうとして、船乗りは熱心に櫓をあやつっていた。（　）

③ 船がそそり立つ岩のあたりに近づいたとき、船乗りはとても不思議な歌声を聞いた。（　）

④ 夕暮れの大気をふるわせて漂う歌声は、まだ若い船乗りにとって、天使の歌声とも思われた。（　）

⑤ そそり立つ岩の上を見ると、そこに美しい少女がひとり立っていた。（　）

⑥ 少女の髪は金色に輝き、いろんな宝石をちりばめた髪飾りが少女の美しさをひきたてていた。（　）

⑦ 船乗りがうっとりとして少女を見つめ、歌を聞いているうちに、船はそそり立つ岩に近づいていった。（　）

⑧ 船は急にくるくる回りだし、岩にはげしくぶつかって、くだけてしまった。（　）

⑨ 白くあわだつ川面には、たった今まで見えていた船と船乗りの姿はなかった。（　）

⑩ 少女の歌声は、なおも、たとえようもなく美しく川面に漂っていた。（　）

⑪ それから毎日、少女のその美しい歌声は、ライン川をのぼりくだりする人々の心をとらえてやまなかった。（　）

問題 4

下列(1)～(5)各組的句子畫線部分全都是發揮連體修飾語功能的文節。寫出各個文節的自立語的品詞名稱。

(1) ① 彼はいつもおかしい話をして私を笑わせる。
　　② 彼はいつもおかしな話をして私を困らせる。

(2) ① 山の上にある白い家をご覧なさい。
　　② これは、近所のある人に聞いた話です。

(3) ① 火事は、駅の近くの商店から起こった。
　　② 普段からまさかの時に備えておこう。

(4) ① 学校へ行く近道は、その道です。
　　② 学校へ行く近道は、そこの道です。

(5)
① 彼はなかなか立派な人物だ。
② 彼はからだが大きな人だ。

問題5
在下列各個句子的框內各填入一個適當的平假名，讓句子意思變通順。另外畫線部分是呼應的副詞。

① 日もし雨が降□□、海水浴は延期□。
⑧ そのままでは、どうも自分の考えがうまく表され□。
⑨ それは、おそらくあの人が誤解しているの□□□。
⑩ この本は、私にはとうてい読め□□わ。

問題6
從ア～ク中各挑一個適合句子框內的選項，並將記號填入各個句子框內。

① 原始人類は、□洞窟の中に動物の絵を描いたのか。
② 長い旅で、□お疲れになったでしょう。
③ 私に□のことがあったら、あとを頼むよ。
④ でも私、□そんなこと、できないわ。
⑤ □おもちゃ箱をひっくり返したように乱雑に散っていた。
⑥ □私の非礼をお許しください。

ア 決して　イ たった　ウ なぜ
エ ちょうど　オ なにとぞ　カ いくら
キ さぞ　ク もしも

問題7
閱讀下列文章並回答後面的問題。

西洋諸国のことばの組み立て方にくらべて、日本のそれにはいろいろの欠点があるが、とくに、イエスかノーかが、文の最後に示されるということは、実務用の文章としてきわめて不便である。「わたしの万年筆であります。」という文において、それが、「わたしの万年筆であります。」なのかどうかが、「ありま」までいっても、まだわからない。

しかし、この不便は、じつは、前ぶれのことばを巧みに使うことによって、ある程度、救うことができる。たとえば次のような文がある。

「彼は家のつごうで会社をやめて郷里に帰ることになろう。」この文は、予想の文だから、予想であることを早く示すには、①（　）という②（　）を入れちゅうほかればよい。また、「この方法によれば品物が途中で他の荷物の中にまぎれこむ心配がない。」においては、「この方法によれば」のあとに「③（　）」という④（　）を入れて、最後の「ない」を予告することができるのである。こうした目的に利用できる語は、かなりある。

問題 8　問從下列文章中挑出所有連體詞跟副詞。

この願いは聞き届けられた。老人たちは堂守として安らかに世を送り、いよいよ寿命が尽きたとき、たまたま神殿の前にたたずんでいた老人と老女は、相手がみるみる枝葉を生やすのを見た。二人が別れのあいさつを交し終えたとき、ピレモンは柏の木に、バウキスは菩提樹に変じていた。その二本の木は今も枝をつらねて、沼のほとりの神殿の前にそびえている。

（一）適合填入文章中①③的語詞，從下列選項中選擇並在框內填入記號。

ア　かえって　　イ　広く　　ウ　もしも
エ　決して　　　オ　まさか　　カ　たぶん

（二）請寫出適合填入文章中②④框內的品詞的名稱。

接續詞、感嘆詞（　　　）
沒有活用的自立語（　　　）

memo

第4章 接續詞、感嘆詞──沒有活用的自立語

接續詞是將前後文節或句子連接起來的單字。感嘆詞是「あっ」、「おい」、「うん」等等,表達感動、呼叫、回答的單字。

重點整理

好好掌握接續詞的意思跟用法吧！

UNIT 1 接續詞的性質跟功用

- 所謂的接續詞……將前後文節或句子連接起來的單字。
- 接續詞的性質……是自立語且沒有活用，單獨變成接續語。

解說頁 ▼ P.93

例 だから そこで

UNIT 2 接續詞的種類

- 順接……句子前段的事態是原因、理由，而後段接上理應的結果。

  例 だから そこで

- 逆接……句子後段接上的事態與前段的事態相反。

  例 しかし だが

- 累加（添加）……將後段的事態附加給前段的事態。

  例 なお しかも

- 並立（並列）……前段的事態跟後段的事態並排在一起。

  例 また および

- 對比、選擇……在前段的事態或後段的事態之中選擇一項。

  例 それとも または

- 說明、補充……針對前段的事態進行說明或是補充。

  例 つまり なぜなら

- 轉換……轉變話題。

  例 ところで さて

解說頁 ▼ P.95

UNIT 3 感嘆詞的性質跟功用

- 所謂的感嘆詞……表達感動、呼叫、回答的單字。
- 感嘆詞的性質……是自立語且沒有活用，單獨變成獨立語。
- 感嘆詞的種類……表達感動、呼叫、回答、問候、吆喝。

解說頁 ▼ P.99

例 ああ えっ（感動）
おい もしもし（呼叫）
いいえ ええ（回答）

92

UNIT 1 接續詞的性質跟功用

目標 ▶ 理解將前後句子或文節連結起來的接續詞的性質跟功用。

1 所謂的接續詞 ── 將前後文節連接起來的單字

接續詞是將前後的文節連接起來，或是將前後的句子連接起來的單字。

```
文節        接續詞   文節
京都   および   奈良は、わが国の旧都である。
       ↑將文節跟文節連接起來
       （京都與奈良都是我國的前首都。）

          連文節          接續詞   連文節
薬は、 ぬるい 湯  あるいは  冷たい 水で 飲みなさい。
          ↑將連文節跟連文節連接起來
          （藥要搭配溫水或冷水服用。）

             句子                接續詞      句子
風が ぴたりと やんだ。  すると、 雨が 降って きた。
    ↑將句子跟句子連接起來
    （風剛好停了，然後雨就下起來了。）
```

右邊的例句「および」是將前後文節連起來，「あるいは」是將前後的連文節連在一起。另外「すると」則是將前後句子連在一起。

例題

下列各個句子畫線部分的接續詞，將哪些文節（連文節）連在一起。把接續詞連起來的文節（連文節）或句子挑選出來。

① 空は晴れている。けれども波は高い。
② 天気予報は、気象庁または気象台などから出される。
③ 軽快なエンジンの響き、そして船の汽笛が、いかにも港町らしい風情を漂わせている。
④ 君はそう言うが、しかし、ぼくの考えは違う。

思路

接續詞將句子跟句子連接起來的時候會像①一樣，在前面的句子後加上句點，所以馬上就能判別。將文節跟文節連接起來的情況也是只要注意前後的詞就能找到了。但是將連文節連接起來的情況，重要的是要正確理解兩個連文節在意思上來看的範圍。還有就算是連文節，看起來幾乎是一個句子的情況，要注意也有像④的例，看起來幾乎是一個句子的情況。

另外④的連文節「君はそう言うが」的「が」是接續助詞。「言うが」是接續語（文節），所以就算沒有接續詞「しかし」，句子的意思也一樣。這種情況的「しかし」跟接續語的「言うが」重疊，還具有再三強調的意思。

2 接續詞的性質

——是自立語且沒有活用，單獨變成接續語。

(1) 接續詞可以單獨變成一個文節，所以是自立語。然後沒有活用。
(2) 接續詞不會變成主語、述語、修飾語，只會單獨變成接續語（→P.19）。

春が　来た。｜しかし、｜まだ　寒い。
　　　　　　接續語

（春天來了。但是還很冷。）

注意

變成接續語的單字……接續詞雖然會單獨變成接續語，但是體言或用言伴隨助詞（接續助詞→P.260）也會變成表達條件、原因（理由）的接續語（接續助詞→P.260）。

接續語
- 名詞　　学生｜だ｜から｜、もっと　勉強せよ。
　　　　　　　　断定的助動詞
　　　　　（是學生所以要更用功。）
- 動詞　　疲れる｜から｜、行かないよ。
　　　　　（會很累所以不去。）
- 形容詞　新しい｜から｜、汚れていない。
　　　　　（因為很新所以沒有髒掉。）
- 形容動詞　きれいだ｜から｜、人気がある。
　　　　　（因為很漂亮所以很有人氣。）

「から」是表達原因（理由）的接續助詞

答
① 空は晴れている。波は高い。
② 気象庁　気象台などから
③ 軽快なエンジンの響き　船の汽笛が
④ 君はそう言うが　ぼくの考えは違う

著眼點
● 接續詞是將前後連接起來的詞

節　句子跟句子、文節跟文節、連文節跟連文

✓ 練習 1
在下列文章中的接續詞的右邊畫線。

解答→P.371

わが国は、人口が一億を超えている。しかし、国土は狭く、食料や資源は乏しい。わが国で自給できる主要な食料は、米およびいも類くらいのものである。したがって、毎年、大量の食料や資源を輸入している。ところで、海に囲まれたわが国は、世界有数の漁業国であったが、世界の各国が沿岸から二百海里内の海を漁業水域あるいは経済水域とするようになったため、遠洋漁業は窮地に追い込まれた。しかも、沿岸漁業は乱獲や海の汚染のために衰微の一途をたどっている。

94

4章 接續詞、感嘆詞

UNIT 2 接續詞的種類

目標 ▼ 理解接續詞的七個種類跟各自表達的意思。

另外形容動詞或一部分的助動詞的假定形有時候會省略掉接續助詞「ば」（假定條件），這種時候可以在維持假定形的情況下直接變成接續語的文節。

きれいなら（ば）、見に行こう。
形容動詞
（既然很漂亮就去看吧。）

新しいなら（ば）、それを買おう。
形容詞　斷定的助動詞「だ」的假定形
（既然很新就買那個吧。）

> 接續助詞「ば」有時候會被省略掉

過去、完成的助動詞「た（だ）」的假定形「たら（だら）」、樣態的助動詞「そうだ」的假定形「そうなら」等等也有省略掉「ば」的時候。

1 順接

表達前段的事態是原因、理由，而後段接的是理應的結果或結論（順接）。

それで　だから　すると　そこで　ゆえに　したがって　で
それゆえ　よって　等等

95

例）熱が高い。**だから**、学校を休むことにした。（發高燒了。所以今天跟學校請假。）

材料が全部そろった。**そこで**、いよいよ製作にかかった。（材料都齊全了。所以終於要開始製作了。）

2 逆接

表達與前段的事態相反的事態會接在後段（逆接）。

例）みんなでがんばった。**しかし**、試合には負けた。（大家都很努力。但是比賽卻輸了。）

ひどく疲れていた。**けれど（けれども）**、じっと我慢した。（感覺非常疲憊。但是堅定地忍住了。）

しかし　だが　ところが　けれど（けれども）　でも　だけど　が　とはいえ　しかるに　なのに 等等

3 累加（添加）

表達後段的事態附加給前段的事態（累加（添加））。

例）まず家に寄って、**それから**、買い物に出かけよう。（先回家一趟，然後再去買東西。）

午後の授業はない。**なお**、午前の授業は十二時十分に終わる。（下午沒有要上課。另外上午的課程在十二點十分結束。）

それから　なお　しかも　そして　それに　そのうえ 等等

例題

從下列各個文章中挑出接續詞，並且從後面的ア～キ的選項中選出那些接續詞的功用，寫下記號作答。

① わたしは、何でも買ってもらえる。**また**、好きなことができる。**だけど**、何か足りないような気がする。**それで**わたしは、国内あるいは海外に旅に出ようと思った。

② 武士には、切り捨て御免の特権があった。**つまり**農工商の身分の者が無礼を働けば、切り殺してもよいというのである。**しかも**、武士はそれらの身分の者が武器を持つことを許さなかった。

ア 累加　イ 順接　ウ 對比・選択
エ 逆接　オ 並立　カ 説明・補足
キ 轉換

思路

思考各自的接續詞是以什麼樣的意思（功用），將文節或句子連在一起。另外接續詞功能的ア～キ的單字的意思也要好好理解。

另外累加（添加）跟並立（並列）會遇到無法判斷是哪一類的時候，因此會有歸類在同一類的情況。

答

① また…オ　だけど…エ
　それで…イ　あるいは…ウ
② つまり…カ　しかも…ア

4章 接續詞、感嘆詞

4 並立（並列）

表達前段的事態跟後段的事態並排在一起（並立（並列））。

また　および　ならびに　等等

例：父は医者であり、**また**、小説家である。（父親是醫師，另外也是小說家。）

わが国の大貿易港は、東京**および**名古屋である。（我國的大貿易港是東京以及名古屋。）

累加跟並立的接續詞有時候會遇到無法清楚分辨是表達哪一個意思的時候。所以將累加、並立的接續詞歸在同一類一起記起來也可以。

5 對比、選擇

表達前段的事態或後段的事態之中選擇其中一項（對比、選擇）。

それとも　あるいは　または　もしくは　等等

例：食事は、洋食にしますか、**それとも**、和食にしますか。（吃飯要吃西餐還是吃日本料理。）

テレビ**または**新聞紙上でお知らせします。（會透過電視或是報紙發布消息。）

6 說明、補充

針對前段的事態進行說明或補充。

著眼點
- 接續詞的意思
- 透過接續詞表達的意思，能了解句子或文節之間是以什麼樣的關係連在一起。

✓ 練習 2

解答 → P.371

從後面ア～カ的選項中挑選適合放入下列各個句子框內的接續詞，並將記號寫入框內。

① 船長はたいへん勤勉で、（　）勇敢な男だ。
② 朝、気持ちよく起きた。（　）、学校へ行こうとすると、頭がひどく痛み始めた。
③ 私は疲れていすに腰を下ろした。（　）、やがて眠たくなってきた。
④ 中学生だから、酒類（　）たばこをのんではならない。
⑤ 水曜日か、（　）金曜日か、どちらかに集まりましょう。
⑥ 校庭を使ってもよい。（　）教室に入ってはならない。

ア すると　イ および　ウ しかも
エ ただし　オ ところが
カ それとも

97

つまり　なぜなら　ただし　もっとも　すなわち　等等

（例）彼は立派な人物だ。**なぜなら**、責任感が強いからだ。（他是很了不起的人物。因為責任感很強。）

十日で締め切ります。**ただし**、十日の消印のものは有効です。（十號截止收件。不過十號的郵戳信件是有効的。）

7 轉換

表達**轉變話題**（轉換）。

ところで　さて　では　ときに　等等

（例）発表は終わりです。**ところで**、質問はありませんか。（發表到此結束。話說有人想發問嗎？）

この問題は解けたね。**では**、次の問題をやってみよう。（解開這個題目了呢。那麼來解下一道題目吧。）

> **注意**
> 接續的語句……雖然不是接續詞，但是也有幾個單字連接在一起能發揮跟接續詞相同的功用。舉例來說「このため」、「こういうわけで」（順接）、「そうは言っても」、「その反面」（逆接）、「これとともに」（並立）、「なぜかと言うと」、「要約すると」（說明、補充）等等。

✓ **練習 3**　解答→P.371

回答下列各組畫線部分的品詞（或是品詞的組合）名稱。

A
① よく遊び、また、よく学ぶことが望ましい。（　　）
② 来週も、また遊びに来てください。（　　）

B
① 一人が帰った。そこで、残りは三人になった。（　　）
② 川に浅瀬があり、そこで私はいつも魚を捕る。（　　）

C
① この地方でもっとも広い高原へ行った。（　　）
② 広い高原だ。もっとも、かなり浸食されている。（　　）

4章 接續詞、感嘆詞

UNIT 3 感嘆詞的性質跟功用

目標 ▼ 理解感嘆詞的性質跟各個種類的功用。

1 所謂的感嘆詞 —— 表達感動、呼叫、回答

感嘆詞一般是放在句子開頭，表達感動、呼叫、回答之類的單字。

感嘆詞
- 感動　おお、そうだった。差點就忘了。（喔喔，對了。差點就忘了。）
- 呼叫　もしもし、あなたはどなたですか。（喂喂，請問你是哪位？）
- 回答　はい、わかりました。（是，我明白了。）

例題 從下列各個句子中挑出感嘆詞。
① まあ、これはお珍しい。
② さあ、よく見ていてください。
③ 「ぼくをだます気なんですか。」「いや、そんな気持ちはまったくありませんよ。」
④ おやおや、これはどうしたことですか。

思路 ①的「まあ」、④的「おやおや」是感動、②的「さあ」是呼叫、③的「いや」是回答。但是也有像「いや、驚いた。」的情況，「いや」是表達感動的時候。要注意一個感嘆詞會有各式各樣的意思。

答
① まあ　② さあ　③ いや　④ おやおや

2 感嘆詞的性質 —— 是自立語且沒有活用，單獨變成獨立語

(1) 感嘆詞可以單獨變成一個文節，所以是自立語。然後沒有活用。

(2) 感嘆詞沒辦法變成主語、述語、修飾語、接續語，會單獨變成獨立語（→P.22）。能成為獨立語的文節的單字，只有感嘆詞跟體言（名詞）而已。

著眼點
● 感嘆詞放的位置
經常會放在句子的開頭。

99

3 感嘆詞的種類

(1) 感動……表達感動（驚訝、喜悅、悲傷、憤怒、懷疑等等）。
例 ああ あっ あら あれ えっ おお おや ほら まあ やれやれ

(2) 呼叫……表達呼叫（邀請）。
例 おい こら これ これこれ さあ そら それ どれ ねえ もし もしもし やあ やい ね

(3) 回答……表達回答或是反問對方。
例 ああ いいえ いや うん ええ はい

(4) 問候……表達問候。
例 こんにちは こんばんは さようなら おはよう（ございます）

(5) 吃喝……表達吃喝聲。
例 そら どっこいしょ よいしょ ほいきた

✓ 練習 4

在下列文章中的感嘆詞的右邊畫線。

「山本さん、こんにちは。どこへ行くの？」
「ああ、吉田さん。プールへ行くところさ。」
「えっ、泳げるの？」
「いや、これは失礼な！ もちろん泳げるさ。」
「だって、去年は泳げなかったじゃない？」
「うん。しかし、あとで練習したんだ。」「あら、どこで？」
「風呂の中でさ。」
「まあ。」

解答→ P.372

提升實力考題

考驗在第4章學到的文法，掌握能實際活用的實力吧。

問題1

從後面項目選擇適合填入下列各個句子框內的接續詞，接著選擇該接續詞的意思（功用），並填入選項的記號。

① 住所□氏名を用紙に記入する。
② 今日はとてもいい天気ですね。□お母さんは元気ですか。
③ 今年は米の生産高が平年を下回った。□、東北地方などに冷害が発生したからである。
④ 電子計算機は便利である。□、完全に人間の頭脳の代わりになるというものではない。
⑤ 一時間待ったが、彼はついに来なかった。□私は家に帰った。
⑥ 将来住むなら、札幌（さっぽろ）□京都のどちらかにするつもりだ。
⑦ 暗い空を仰（あお）ぎながら歩いていた。□、一瞬（いっしゅん）、流れ星が一条の線を描いて消えた。

〔接續詞〕

ア しかし　イ ところで　ウ すると
エ および　オ または　カ それで
キ なぜなら

〔接續詞的意思（功用）〕

ク 逆接　ケ 順接　コ 並立・累加
サ 説明・補足　シ 轉換　ス 選擇・對比

問題2

從下列對話挑出感嘆詞，並遵照ア～ウ的分類，將感嘆詞填入適當的框內。

「おや、あそこで何か起こったな。」
「ええ、人だかりがしているわね。」
「きっと交通事故だろう。」
「ああ、嫌（いや）だわ。あそこはよく事故が起こるのよ。」
「さあ、早く行ってみようよ。」
「嫌だわ。ねえ、あなたも事故には気をつけなくちゃだめよ。」
「ああ、わかっているよ。」

ア 表達感動（　　）
イ 表達呼叫（　　）
ウ 表達回答（　　）

解答→P.372

問題3　下列各個句子的畫線部分是由什麼樣的單字構成的。從各個ア～ウ的選項中各選一個並給記號畫圈。

① 今度はうまく書けましたね。
　ア　形容動詞　イ　副詞　ウ　接続詞
　エ　助動詞和助詞

② 出席者は八人です。ですから、あとから一人来るはずです。
　ア　形容動詞　イ　副詞　ウ　接続詞
　エ　助動詞和助詞

③ 学級委員に選ばれたのだから、それなりに責任を果たさなければならない。
　ア　副詞　イ　接続詞　ウ　助動詞和助詞
　エ　助動詞

④ 筆をあげますから、それで名前をはっきり書きなさい。
　ア　接続詞　イ　名詞和助詞　ウ　連体詞
　エ　副詞

⑤ これは古墳時代の土器だが、そちらにあるのはさらに古い時代のものだ。
　ア　形容動詞　イ　副詞　ウ　接続詞
　エ　名詞和助詞

問題4　閱讀下列文章並回答針對畫線部分的問題。

　ここに独立した一つの国があって、その国をそのまま維持し、あるいはさらにいっそう立派なものにするには、ぜひとも国民の愛護していかなければならないものがたくさんあると考えます。国語というものも、国民の愛護しなければならない、もっとも大切なものの一つでしょう。

　ある人は、それほど国語に重きをおかないで、われわれの重んずべきは思想である。実体である。ことばは一種の表現方式に過ぎない。このようなことに骨を折るのは愚かなことである、と言いました。しかし、事実においては、表現すなわち実体である。ことばすなわち思想である、とさえ言ってよいかと思われます。とくに、このことばについて見ると、ことばは、その人の人となりを表すゆえんのものであります。その人の人格・趣味を表しもし表すものであります。したがって、ことばは、自分に対しまた他人に対して、深く大きな影響をおよぼすものであります。ことばと言えば、何となく末のことのように聞こえますが、決してそうではありません。

(一) 對畫線部分①「あるいは」連結的前面跟後面的連文節畫上雙線。

(二) 畫線部分②「ことばについて見ると」跟下列各個句子中哪一個畫線部分是相同的句子成分。選擇適當的答案並給句子的記號畫圈。

ア 環境は、その国の人々の性格に大きな影響をおよぼす。

イ そこを歩いている人、危険だから、こちらへ来なさい。

ウ 国民の愛護しなければならないものがたくさんある。

エ 君は、この問題ができれば、実力が十分ついています。

オ このようなことに骨を折るのは愚かなことである。

(三) 從下列選項中選擇應該放入框內的接續詞，並給記號畫圈。

ア さて　イ それでも　ウ また　エ ただし

(四) 畫線部分③「したがって」這個語詞，符合下列舉例的哪一種用法，給記號畫圈。

ア 帶有從多個中選擇其中一個的意思來連接。

イ 表示後文是與預期相反的結果。

ウ 帶有補充說明或追加的意思來連接。

エ 表示後文是理所當然會發生的結果。

memo

第5章 動詞——有活用的自立語

動詞是表達「どうする（做什麼）」、「どうなる（變怎麼樣）」、「ある（有）」，也就是事物的動作、作用、存在的單字。

重點整理

UNIT 1 動詞的性質

- 所謂的動詞……表達事物的動作、作用、存在等等的單字。
- 動詞的性質
  ① 是自立語且有活用。
  ② 單獨變成述語。
  ③ 終止的形式用五十音的ウ段音做結尾。

解說頁 ▼ P.109

（例）
買う（u）　遊ぶ（bu）
読む（mu）

UNIT 2 動詞的活用

- 活用形……未然形、連用形、終止形、連體形、假定形、命令形，總共六種。

解說頁 ▼ P.110

UNIT 3 動詞活用的種類

- 語幹……單字裡不會受用法影響，絕對不會改變的部分。
- 活用語尾……單字裡根據用法的不同，形式會改變的部分。

解說頁 ▼ P.112

（例）也有單字無法區分語幹跟活用語尾。
着る（穿）　寢る（睡）
来る（來）　する（做）

- 五段活用……變成五十音的アイウエオ五段的發音。連用形有變成音便形的時候……。

音便還有イ音便、撥音便、促音便。

💡 先理解動詞的活用形跟用法、動詞的種類跟功用吧。

106

5章 動詞

UNIT 4 各種活用形的常見用法

解說頁 ▼ P.124

- 上一段活用……變成五十音的イ段音。
- 下一段活用……變成五十音的エ段音。
- カ行變格活用（カ變）……只有「来る（來）」一個單字。
- サ行變格活用（サ變）……只有「する（做）」一個單字。

  「うわさする（聊八卦）」、「成功する（成功）」這種複合動詞也是サ行變格活用。

- 未然形……連結「ない」、「う、よう」、「れる、られる」。
- 連用形……連結「ます」、「た」。也有用做中止法的情況。

  （例）雨が降り、風が吹く。（下雨，風吹）

  ……先中斷句子，然後再繼續的用法叫做中止法。

- 終止形……動詞的基本形式。也有連結附屬語的情況。
- 連體形……連結體言或是各種附屬語。
- 假定形……連結助詞「ば」。
- 命令形……以命令的形式做結尾。

UNIT 5 自動詞、他動詞、可能動詞、補助動詞

解說頁 ▼ P.127

- 自動詞……表達主語的動作或作用的動詞。
- 他動詞……表達跟其他事物或是其他人的動作或作用相關的動詞。

  （例）
  （自動詞）集まる　人が笑う。（聚集起來的人在笑。）
  （他動詞）集める　人を笑う。（笑召集起來的人。）

- 可能動詞……具有「～することができる」意思的動詞。

  （例）飛べる（能飛）
  　　　読める（看得懂）

107

UNIT 6 ｜動詞的功用

解說頁 ▼ P.132

- 補助動詞……具有對其他動詞有**補助功用**的動詞。
  - 例 友だちに会って**くる**。（去見個朋友）
  - 一度やって**みる**。（試一次看看。）

- 變成述語……可以**單獨變成述語**。
  - 例 試験の日は早く**起きる**。（考試當天會早點起床。）

- 變成主語……伴隨「のが」、「のは」、「のも」變成主語。
  - 例 早く**起きる**のは健康に良い。（早點起床對身體健康。）

- 變成修飾語……**單獨變成連體修飾語**。
  - 例 早く**起きる**習慣をつけなさい。（養成早點起床的習慣。）

- 變成接續語……伴隨接續助詞變成接續語。
  - 例 **疲れて**、もう歩けない。（累得再也走不動。）

108

5章 動詞

UNIT 1 動詞的性質

目標 ▼ 理解表達事物的動作、作用、存在的品詞性質。

1 所謂的動詞

── 表達事物的動作、作用、存在的單字

「私は学校へ行く。」（我去學校。）、「風が吹く。」（風在吹。）、「本がある。」（有書。）像這樣表達事物的動作（どうする）、作用（どうなる）、存在（ある、いる）等等的單字叫做動詞。

例）
私は　学校へ　行く。……表達動作（どうする）。
風が　吹く。……表達作用（どうなる）。
本が　ある。……表達存在（ある、いる）。

例題 從下列文章中挑出所有動詞，並寫成終止形。

濃い青空には、春の国から生まれてきたかと思われる白雲が、山のふところからぽっかりと顔を出す。庭では、小鳥のさえずりが朗らかに聞こえる。

思路 先挑出是表達事物的動作、作用、存在的品詞又有活用的單字，再選擇終止形是ウ段的單字。另外「小鳥のさえずり（小鳥的鳴叫聲）」是動詞「さえずる」從連用形轉成的名詞。

答 生まれ→生まれる　き→くる　思わ→思う　出す→出す　聞こえる→聞こえる

2 動詞的性質

── 是自立語且有活用，能單獨變成述語。

(1) 動詞是自立語。然後根據在句子裡的用法會變成各式各樣的形式。也就是活用。

例）動詞「読む」的活用
本を読まない。（不看書。）
本を読みます。（來看書。）
読む本。（看的書。）
本を読む。（看書。）
本を読もう。（來看書吧。）
本を読めばわかる。（去看書就懂了。）
本を読め。（給我看書。）

著眼點 ●動詞的分辨方法　有活用的單字而且終止形是ウ段。

✓ 練習 1 從下列單字中選擇動詞，給記號畫圈。
ア 行く　イ 春　ウ 聞こえる
エ 早い　オ 笑う　カ しばらく

解答→P.373

UNIT 2 動詞的活用

目標 ▼ 理解動詞總共有六種活用形。

(2) 動詞可以單獨變成述語。

例 私は 本を **読む**。（我看書。）

(3) 動詞終止的形式全部都是以五十音的ウ段發音（ウ、ク、ス……）做結尾。

例 買う（買） 書く（書寫） 急ぐ（催促） 増す（增加） 立つ（站立）
死ぬ（死去） 遊ぶ（玩耍） 読む（閱讀） 売る（賣）

1 動詞的活用形
——未然、連用、終止、連體、假定、命令、共六種

(1) 未然形……像「読ま」、「起き」、「数え」等等連接助動詞「ない」的形式。還有像「読も」連結「う」的形式。

　読まない（不讀）　起きない（不起來）　数えない（不數）
　読もう（讀吧）

(2) 連用形……像「読み」、「起き」、「数え」等等連結「ます」的形式。

　読みます（讀）　起きます（起來）　数えます（數）

(3) 終止形……像「読む。」、「起きる。」、「数える。」等等斷定的形式。這是動詞的基本形。

　読む。（讀）　起きる。（起來）　数える。（數）

110

第5章 動詞

2 語幹跟活用語尾

有活用的自立語根據使用方法會變化形式的部分叫做**活用語尾**，而永遠不變的部分叫做**語幹**。

舉例來說「読む」這個動詞中「読」的部分是語幹，「む」的部分則是活用語尾。另外「数える」這個動詞「数」的部分是語幹，「える」的部分是活用語尾。

(4) 連體形……像「読む」、「起きる」、「数える」等等連結「とき」、「こと」之類的體言的形式。
　読むとき（看書的時候）　起きるとき（起來的時候）　数えるとき（數的時候）

(5) 假定形……像「読め」、「起きれ」、「数えれ」等等連結「ば」的形式。
　読めば（讀的話）　起きれば（起來的話）　数えれば（數的話）

(6) 命令形……以命令的意思斷定的形式。
　読め。（給我讀）
　起きろ。／起きよ。（給我起來）
　数えろ。／数えよ。（給我數）

> 各種活用形主要的用法，從124頁開始有詳細的說明，配合那邊的內容一起看吧！

✓ 練習 2　　解答 → P.373

將下列①～⑦的動詞變成框內寫的活用形，然後用那個活用形造一個短句。

① 歩く〈命令語氣的結束句子〉
② 出す〈連接「ば」的形式〉
③ 待つ〈與「こと」相連的形式〉
④ 送る〈直接以原形結尾的形式〉
⑤ 歌う〈與「ます」相連的形式〉
⑥ 開く〈與「ない」相連的形式〉
⑦ 学ぶ〈與「う」相連的形式〉

例題

針對下列各個單字，區分語幹跟活用語尾。（語幹在旁邊畫線，活用語尾則是畫上「‥」。另外沒辦法區分的單字畫雙線。）

聞く　探す　過ぎる　用いる
似る　着る　助ける　集める
得る　出る　する　来る

111

UNIT 3 動詞活用的種類

目標 ▼ 理解動詞的活用的特徵跟各自的分辨方法。

動詞根據活用方法有分成五段活用、上一段活用、下一段活用、カ行變格活用（カ變）、サ行變格活用（サ變）五個種類。

	語幹	活用語尾
未然形	読	ま / も
連用形	読	み
終止形	読	む
連體形	読	む
假定形	読	め
命令形	読	め

未然形 → ない
連用形 → ます
終止形
連體形 → とき・こと
假定形 → ば

	語幹	活用語尾
	数	え
	数	え
	数	える
	数	える
	数	えれ
	数	えろ / えよ

→ ない
→ ます
→ とき・こと
→ ば

思路
首先讓各個單字變其他活用形，來找出形式有改變的部分跟永遠不變的部分吧。

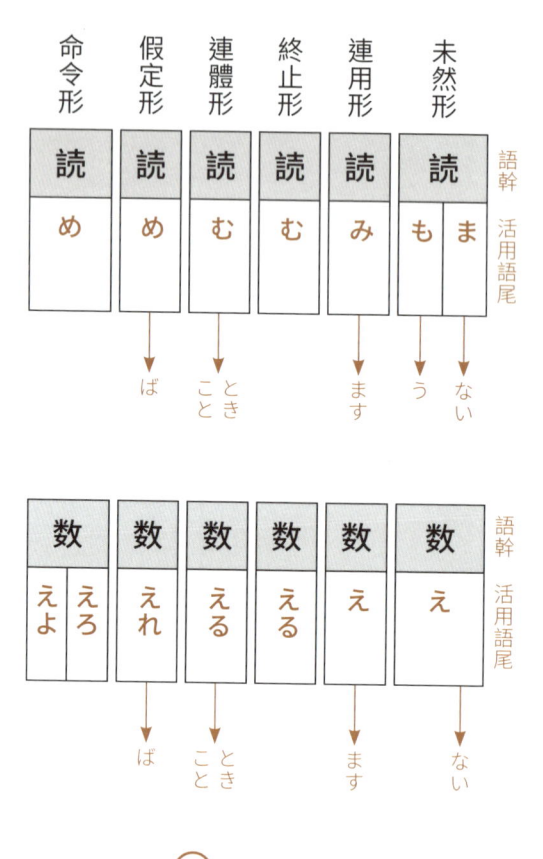

舉例來說讓「過ぎる」變成其他活用形。如果把「過」當語幹的話，「過ぎない」（未然形）或「過ぎます」（連用形）就變成只有語幹，沒有活用語尾。因此正確的是「過ぎ」以下才是活用語尾。

另外在動詞之中也有像「着る」、「得る」、「出る」、「する」、「来る」之類，無法區別語幹跟活用語尾的例。

但是在動詞之中也有像「似る（相似）」、「寝る（睡覺）」、「来る（來）」、「着る（穿）」、「出る（出）」、「得る（得到）」、「する（做）」之類，沒辦法居分語幹跟活用語尾的例。

著眼點
● 語幹跟活用語尾
動詞的活用形雖然是由語幹跟活用語尾構成，但是也有無法區分兩者的例子。

答
聞く・探す・過ぎる・用いる・似る・着る
助ける・集める・得る・出る・する・来る

112

第5章 動詞

1 五段活用的動詞 ── 變成五十音的五段發音。

關於「書く」這個動詞，套用先前學到的六種活用形會變成下列六種形式。

(1) 未然形　書かない　書こう
(2) 連用形　書きます
(3) 終止形　書く。
(4) 連體形　書くとき
(5) 假定形　書けば
(6) 命令形　書け。

這個情況，語幹是「書」，活用語尾是「か、こ、き、く、け」這五個五十音的五段發音。

在下一頁把一樣是五段活用的動詞「読む」、「買う」、「貸す」的變化形式作成一個表格吧。

例題

從下列文章中挑出五段活用的動詞。

　湖畔(こはん)の道は、やわらかな霧(きり)の中に、ほの白くどこまでも続く。このような道をひとり静かに歩くのは、往来のはげしい都会などではかせかとあわただしく歩くのにくらべると、別世界のような感じがする。しんとして清らかで、深山幽谷(しんざんゆうこく)を行く趣(おもむき)だった。

思路

首先把動詞給挑出來。接著思考各個動詞的活用法，就能挑出五段活用動詞。這個情況只要想想連結「ない」的未然形活用語尾是ア段音的情況就是五段活用動詞。連結「ない」的未然形的活用形式變化就能判定。

答

続く・歩く・歩く・行く

著眼點

● 五段活用的動詞的分辨方法
五段活用的動詞變成未然形（連接「ない」的形式）的時候，活用語尾會變成ア段音。

基本形	語幹	未然形	連用形	終止形	連體形	假定形	命令形
書く（寫）	か（書）	―か ―こ	―き	―く	―く	―け	―け
読む（讀）	よ（読）	―ま ―も	―み	―む	―む	―め	―め
買う（賣）	か（買）	―わ ―お	―い	―う	―う	―え	―え
貸す（借）	か（貸）	―さ ―そ	―し	―す	―す	―せ	―せ

看右邊的表格就能知道五段活用的動詞的未然形有兩種形式。要分辨五段活用的動詞，記住有否定意思的助動詞「ない」會像「書かない」、「読まない」一樣接在五十音的ア段音後面這點會比較方便。

注意

五段活用的動詞「ある」……「ある」雖然是五段活用的動詞，但是它的未然形如果是「あら」加上「ない」（否定的助動詞→P.194）就變「あらない」，很不自然。「ある」的情況不會接「ない」而是接另一個的否定助動詞「ぬ」變成「あらぬ」。

✓ **練習 3**

完成下列的活用形表格（音便的形式除外）。

解答→P.373

基本形	語幹	未然形	連用形	終止形	連體形	假定形	命令形
歩く	ある						
待つ	の						
飲む							
返す	かえ						
常見用法		「ない」 「う」	「ますに」	斷定 「こと」	斷定 「とき」に	ば	命令 斷定並

✓ **練習 4**

回答下列各個句子中畫線部分的動詞的活用形。

解答→P.373

① 奇妙_{きみょう}だと思う（　　）ことがあります。

② 行く（　　）と決めたら、どんなことがあっても行け（　　）ます。

③ 歩こ（　　）うと思え（　　）ば、歩ける。

114

第5章 動詞

2 動詞的音便 —— 出現在五段活用的連用形

五段活用的動詞的連用形除了右邊表格標示的活用以外還有以下的形式。

例
体育祭の作文を**書い**た。（寫了有關運動會的作文。）
新人作家の小説を**読ん**だ。（讀了新手作家的小說。）
デパートで万年筆を**買っ**た。（在百貨公司買了鋼筆。）

就像這樣當「た」或「だ」接在活用語尾後面的時候，「書い」、「読ん」、「買っ」這種形式就叫做**音便**。音便有イ音便、鼻音便、促音便三個種類。

(1) イ音便

カ行、ガ行五段活用的動詞在後面接的詞是「た」、「て」、「たり」等等的情況，連用形的活用語尾不是變成「ーき」、「ーぎ」，而是變成「ーい」。這個叫做**イ音便**。ガ行五段活用的情況後面接的詞會變成「だ」、「で」、「だり」。

例
手紙を**書**きます。（寫信。）
→手紙を**書い**た（**書い**て・**書い**たり）。
道を**急**ぎます。（加快趕路。）
→道を**急い**だ（**急い**で・**急い**だり）。（加快趕路了。）

(2) 鼻音便

ナ行、バ行、マ行五段活用的動詞在後面接著「た」、「て」、「た

> 動詞的音便只有五段活用動詞的連用形才會出現，還會看到後面接著助動詞「た」或助詞「て」、「たり」的情況。

例題

在下列句子的框內填入一個適當的片假名完成連用形的音便，接著在回答後面的問題。

(1) 右邊的文章中變成イ音便的動詞是哪一個，寫出基本形（終止形）。
(2) 針對右邊的文章中變成促音便、鼻音便的動詞，做出一個活用表格。

思路　記住イ音便是力行、ガ行五段活用，鼻音便是ナ行、バ行、マ行五段活用，促音便則是タ行、ラ行、ワ行五段活用的連用形。先把動詞變回終止形。舉例來說　歩く（カ行）→歩いたり　走る（ラ行）→走ったり　飛ぶ（バ行）→飛んだり。

答
(1) い・っ・ん・っ・ん・い
(2) 歩く・泳ぐ
　　促音便＝右・撥音便＝左

基本形	語幹	未然形	連用形	終止形	連體形	假定形	命令形
走る	はし	ーら／ーろ	ーり／ーっ	ーる	ーる	ーれ	ーれ
はう	は	ーわ／ーお	ーい／ーっ	ーう	ーう	ーえ	ーえ

基本形	語幹	未然形	連用形	終止形	連體形	假定形	命令形
飛ぶ	と	ーば／ーぼ	ーび／ーん	ーぶ	ーぶ	ーべ	ーべ
住む	す	ーま／ーも	ーみ／ーん	ーむ	ーむ	ーめ	ーめ

り」等等的情況，連用形的活用語尾不是變「—に」、「—び」、「—み」，而是變成「—ん」（鼻音）。這個叫做**鼻音便**。這個情況後面接的詞會變成「だ」、「で」、「だり」。

例 空を飛**び**ます。(飛上空中。) → 空を飛**ん**だ (飛んで・飛んだり)。
　　　　　　　　　　　　　　　　　　(飛上天空了。)
雑誌を読**み**ます。(閱讀雜誌。) → 雑誌を読**ん**だ (読んで・読んだり)。
　　　　　　　　　　　　　　　　　　(閱讀了雜誌。)

(3) 促音便

タ行、ラ行、ワ行五段活用的動詞在後面接著「た」、「て」、「たり」等等的時候，連用形的活用語尾不是變成「—ち」、「—り」、「—い」，而是變成「—っ」（促音）。這個叫做**促音便**。

例 発表を待**ち**ます。(等待發表。) → 発表を待**っ**た (待って・待ったり・等待了發表。)
新聞を買**い**ます。(買報紙。) → 新聞を買**っ**た (買って・買ったり・買了報紙。)

另外，サ行、ラ行五段活用的動詞不會出現音便形。音便也是活用的一部分，所以在寫五段活用動詞的活用變化表格時，要跟下列表格一樣把音便也寫進去。

基本形	語幹	未然形	連用形	終止形	連體形	假定形	命令形
書く（寫）	か（書）	—か —こ	—き —い	—く	—く	—け	—け

> 著眼點
> ● 動詞的音便形
> 只有五段活用動詞的連用形（「た（だ）」、「て」、「たり」）才有這個變化。

✓ **練習 5**

從下列動詞中選擇有音便的動詞，然後分類成イ音便、促音便、鼻音便。

来る　飛ぶ　流れる　死ぬ　記す
出る　打つ　かつぐ　笑う　する
貸す　鳴く　過ぎる　見る　表す

イ音便（　　　）
促音便（　　　）
撥音便（　　　）

解答 → P.373

116

5章 動詞

常見用法	読む（讀）	買う（買）	貸す（借）
	よ（読）	か（買）	か（貸）
連結 ない・う	─ま ─も	─わ ─お	─さ ─そ
連結 ます・た	─み ─ん	─い ─っ	─し
斷定	─む	─う	─す
連結 と・き	─む	─う	─す
連結 ば	─め	─え	─せ
斷定 命令並	─め	─え	─せ

3 上一段活用的動詞 ——活用語尾變成イ段的活用

「起きる」這個動詞的活用會變成下列的形式。

(1) 未然形　起きない
(2) 連用形　起きます
　　　　　起きる。
(3) 終止形　起きる。
(4) 連體形　起きるとき
(5) 假定形　起きれば
(6) 命令形　起きろ（起きよ）。

這個情況語幹是「起」，活用語尾是「き、き、きる、きる、きれ、きろ（きよ）」。

	報 む く	起 お き	過 す ぎ	感 かん じ	試 こころ み	借 か り
ア段	あ	か	が	ざ	ま	ら
イ段	い	き	ぎ	じ	み	り
ウ段	う	く	ぐ	ず	む	る
エ段	え	け	げ	ぜ	め	れ
オ段	お	こ	ご	ぞ	も	ろ
	ア行	カ行	ガ行	ザ行	マ行	ラ行

上一段　　下一段

終止形、連體形接「る」、假定形接「れ」、命令形接「ろ」、「よ」。

✓ 練習 6

在下列各個句子的框內的放入上一段活用動詞「落ちる」的活用語尾，回答動詞的活用形。

① 木から落（　）ます。
② 木から落（　）ば、大變だ。
③ お前なんか、木から落（　）。
④ 木から落（　）ない。

①（　）・［　］
②（　）・［　］
③（　）・［　］
④（　）・［　］

解答→P.373

✓ 練習 7

在下列各個句子的上一段活用動詞的右邊畫線。

① 借りた物は必ず返す。
② 朝起きると、まず顔を洗う。
③ バスを降りて、歩こう。
④ その絵を見ても何も感じなかった。
⑤ 白い服を着た女の子がいる。
⑥ のど元過ぎれば熱さを忘れる。
⑦ お菓子を買うのに、お金が足りない。

解答→P.373

活用語尾在五十音的イ段音裡終止形、連體形接「る」、命令形接「ろ」、「よ」。像這樣的活用變化叫做上一段活用。因為只會變化成五十音中央（ウ段）的上一段音（イ段），所以如此稱呼。用相同的方式把上一段活用動詞「延びる」、「着る」、「見る」的活用變化寫成表格吧。但是「着る」、「見る」是無法區分語幹跟活用語尾的動詞。

基本形	語幹	未然形	連用形	終止形	連體形	假定形	命令形
延びる	の(延)	―び	―び	―びる	―びる	―びれ	―びろ/―びよ
起きる	お(起)	―き	―き	―きる	―きる	―きれ	―きろ/―きよ
着る	○	き	き	きる	きる	きれ	きろ/きよ
見る	○	み	み	みる	みる	みれ	みろ/みよ
常見用法		ない、う	ます、た	斷定	とき	連結ば	命令並斷定

語幹跟活用語尾無法區分。

要分辨上一段活用動詞，只要看否定意思的助動詞「ない」會不會接在五十音的イ段音的後面來分辨就像「起きない」、「見ない」一樣。

活用種類可以加上助動詞「ない」來分辨。接在「ない」前面的音是ア段的話是五段活用，イ段的話是上一段活用，エ段的話是下一段活用喔。

例題

寫出下列動詞的活用種類。另外針對每個動詞寫出活用變化表。

① 用いる　② 助ける　③ 寄せる
④ 似る　　⑤ 経る　　⑥ 試みる

答
①④⑥＝上一段活用　②③⑤＝下一段活用

思路　把每個動詞變成可以接「ない」的未然形，然後再分辨活用語幹跟活用語尾。但是要小心有的動詞無法分辨語幹跟活用語尾。

基本形	語幹	未然形	連用形	終止形	連體形	假定形	命令形
用いる	もち	―い	―い	―いる	―いる	―いれ	―いろ/―いよ
助ける	たす	―け	―け	―ける	―ける	―けれ	―けろ/―けよ
寄せる	よ	―せ	―せ	―せる	―せる	―せれ	―せろ/―せよ
似る	○	に	に	にる	にる	にれ	にろ/によ
経る	○	へ	へ	へる	へる	へれ	へろ/へよ
試みる	こころ	―み	―み	―みる	―みる	―みれ	―みろ/―みよ

118

5章 動詞

4 下一段活用的動詞
——活用語尾變成エ段的活用

讓「集める」這個動詞活用會變成下列的形式。

(1) 未然形　**集め**ない
(2) 連用形　**集め**ます
(3) 終止形　**集め**る。
(4) 連體形　**集め**るとき
(5) 假定形　**集め**れば
(6) 命令形　**集め**ろ（集めよ）。

語幹是「集」，活用語尾是「め、め、める、める、めれ、めろ（めよ）」。活用語尾是五十音的エ段音，終止形、連體形接「る」，假定形接「れ」，命令形接「ろ」、「よ」。因為只會變化成五十音中央エ段音（ウ段）的一段音（エ段），所以這個活用叫做下一段活用。要看助動詞「ない」會不會像「受けない」、「寝ない」一樣，接在エ段音的後面。下列把四種下一段活用動詞的變化寫成了表格。

基本形	語幹	未然形	連用形	終止形	連體形	假定形	命令形
受ける （接受）	う（受）	―け	―け	―ける	―ける	―けれ	―けろ ―けよ

	ア行	カ行	ガ行	ザ行	マ行	ラ行
上一段 ア段	あ	か	が	ざ	ま	ら
イ段	い	き	ぎ	じ	み	り
ウ段	う	く	ぐ	ず	む	る
エ段 下一段	え	け	げ	ぜ	め	れ
オ段	お	こ	ご	ぞ	も	ろ
	得え	受うかる	上あがる	寄よざる	集あつめる	流ながれる

終止形、連體形接「る」、假定形接「れ」、命令形接「ろ」、「よ」。

著眼點
●上一段、下一段活用動詞的分辨方法
未然形的活用語尾在上一段活用是イ段音，下一段活用是エ段音。

✓ 練習 8
回答下列各個句子中畫線部分的動詞的活用的種類跟活用形。

解答→P.373

① 卒業式の日、校庭に記念の木を植えた。
（　　　）
② 水を浴びれば、気持ちもさっぱりするよ。
（　　　）
③ 潮が満ちる海岸では、波がしぶきを上げていた。
（　　　）
④ もう少し貯金ができたら、家を建てよう。
（　　　）
⑤ 隊列を乱さずに、まっすぐに並べ。
（　　　）
⑥ 学生服を着るのは、学校へ行くときだけだ。
（　　　）
⑦ そこへマッチを捨てると、火事になるよ。
（　　　）

常見用法	集める（收集）あつ（集）	得る（得到）	寝る（睡）
連結ない、う	—め	え	ね
連結ます、た	—め	え	ね
斷定	—める	える	ねる
連結とき	—める	える	ねる
連結ば	—めれ	えれ	ねれ
命令並斷定	—めろ —めよ	えろ えよ	ねろ ねよ

無法區分語幹跟活用語尾。

5 カ行變格活用的動詞 ——只有「来る」一個單字。

讓「来る」這個動詞活用會變成下列的形式。

(1) 未然形　こない
(2) 連用形　きます
(3) 終止形　くる。
(4) 連體形　くるとき
(5) 假定形　くれば
(6) 命令形　こい。

這個情況無法分辨語幹跟活用語尾。カ行雖然有活用，但是活用的形式跟五段活用、上一段、下一段活用不同，比較不規則。這種活用叫形式。

✓ 練習 9
解答 → P.374

回答下列各個句子中畫線部分的動詞的活用是哪一行以及種類。

① きれいな白い歯を見せて笑った。
（　　）
② さびしい墓地で、しばらく黒い十字架を見つめていた。
（　　）
③ 老いた母を見たとき、彼の心は痛んだ。
（　　）
④ 働いているように見える。
（　　）

✓ 練習 10
解答 → P.374

回答下列各個句子中畫線部分的動詞的活用形跟「来」的讀音。

① こんなに遅れて来るから、先生にしかられるのだ。
（　　）
② 山本さんは病気だから来ないよ。
（　　）
③ こんど来るときは、もう少し早く来てください。
（　　）
④ ぼくの家に来れば、いろいろな本を見せてあげる。
（　　）
⑤ 今日は早く来たので一緒に遊べたね。
（　　）
⑥ 来ようと思えば、いつでも来られる。
（　　）

5章 動詞

做**カ行變格活用**（簡稱カ變）。
カ行變格活用的動詞只有「来る」一個單字。

基本形	語幹	未然形	連用形	終止形	連體形	假定形	命令形
来る（來）	○	こ	き	くる	くる	くれ	こい
常見用法		連結な い・う	連結ま す・た	斷定	連結 き と	連結ば	命令並 斷定

6 サ行變格活用的動詞 ——只有「する」一個單字（有很多複合動詞）

讓「する」這個動詞活用會變成下列的形式。

(1) 未然形　**しない　せぬ（せず）　される（させる）**

(2) 連用形　**します**

(3) 終止形　**する**。

(4) 連體形　**する**とき

(5) 假定形　**すれ**ば

(6) 命令形　**しろ（せよ）**。

這個情況也是無法區分語幹跟活用語尾用的形式跟五段活用、上一段、下一段活用、カ行變格活用都不同，比較不規則。這種活用叫做サ行變格活用（簡稱サ變）。

> サ行變格活用的動詞的未然形有三種，要注意喔！接在下面的語詞每個都不同。

例題

從下列各個句子中挑出サ行變格活用的動詞，並回答活用形。

① 文化財を保存するため、博物館を建設する。

② 校長先生は熱心に話したが、話を聞かないで、いたずらしている生徒もいた。

思路

確認サ行變格活用的活用方式跟後面連接的語詞。

①的「保存する」後面接著「ため」（體言，形式名詞）。②的「話し」是「話す」的連用形（サ行五段活用），沒有サ變。「いたずらし」是終止形會變成「いたずらする」的サ變複合動詞。把「…し」的形式變回終止形來確認吧。但是「愛し」之類動詞無法分辨是「愛する」（サ變）還是「愛す」（五段）。

基本形	語幹	未然形	連用形	終止形	連體形	假定形	命令形
する（做）	○	せ / さ	し	する	する	すれ	しろ / せよ
常見用法		連結ない、う	連結ます、た	斷定	連結とき	連結ば	命令並斷定

サ行變格活用的動詞只有「する」一個單字，但是跟「する」複合的動詞也會サ行變格活用。下列列舉主要的例。

① うわさする（八卦）　いたずらする（惡作劇）　お供する（同行）
お返しする（回禮）

② 成功する（成功）　運動する（運動）　旅行する（旅行）
保存する（保存）

③ 達する（達到）　決する（決定）　罰する（懲罰）　察する（察覺）

④ 愛する（擁有）

⑤ 愛する（愛）　解する（理解）　服する（服從）　訳する（解釋）
略する（省略）
（「愛す」、「解す」……的形式也會サ行五段活用。）

⑥ 感ずる（感動）　禁ずる（禁止）　信ずる（相信）　通ずる（通往）
命ずる（命令）　論ずる（討論）
（「感じる」、「禁じる」……的形式是ザ行上一段也有活用。）

練習 11

解答 → P.374

在下列各個句子的框內加入動詞「する」的活用，然後回答是哪個活用形。

① 私にもお手伝いを□せてください。（　　）
② 勉強を□ときは、もっとまじめにやらなければいけない。（　　）
③ 私もお手伝いを□ます。（　　）
④ きみはもっと注意を□。（　　）
⑤ 勉強も□ずに、よい成績をあげることはできない。（　　）
⑥ 彼はいつも欠席を□。（　　）
⑦ 規則正しい生活を□ば、健康になる。（　　）

答
① 保存する（連体形）　建設する（終止形）
② いたずらし（連用形）

著眼點
● サ行變格活用跟サ行五段活用的活用，連用形都是變成「し」的形式，所以把動詞變回終止形來確認。

5章 動詞

⑥ 重（おも）んずる（重視）　軽（かろ）んずる（輕視）　そらんずる（背誦）　甘んずる（接受）

「重んじる」、「軽んじる」……的形式是ザ行上一段也有活用。

⑦ ドライブする（兜風）　スケッチする（素描）　タッチする（接觸）　リードする（帶領）

就像右邊②③④⑤的例，跟漢語結合的複合動詞（漢語サ變動詞）非常多。

7 動詞活用表的總整理 —— 五種類活用的表格

接著將動詞的活用做個總整理吧。

活用的種類	基本形	語幹	未然形	連用形	終止形	連體形	假定形	命令形
五段活用	書く	か（書）	―か ―こ	―き ―い	―く	―く	―け	―け
上一段活用	起きる	お（起）	―き	―き	―きる	―きる	―きれ	―きろ ―きよ
下一段活用	受ける	う（受）	―け	―け	―ける	―ける	―けれ	―けろ ―けよ
力行變格活用	来る	○	こ	き	くる	くる	くれ	こい
サ行變格活用	する	○	し、せ、さ	し	する	する	すれ	しろ せよ
主要接在後面的語詞			ない、ぬ、う、よう、れる	ます、た	終止句子	とき	ば	命令並終止句子

練習 12

從下列各個句子挑出動詞並回答該動詞活用的種類。

解答→ P.374

① 二人はよく似た服を着て、登校をする。
〔　　　　　　　　　〕

② あるアメリカ人が、本場の英語を教えるために日本に招かれ、奈良の高校に来た。
〔　　　　　　　　　〕

③ 酒屋の店先に酒の販売機（はんばいき）を据えつけると、若い人は機械の方を使う。閉店後の客のために置いた設備が、意外にも昼間から繁盛（はんじょう）して、売り上げが伸びた。
〔　　　　　　　　　〕

UNIT 4 ｜ 各種活用形的常見用法

目標 ▼ 理解六種活用形的常見用法。

1 未然形的用法 —— 連接「ない」等等的助動詞

(1) 連接助動詞「ない」
(2) 除此之外也會連結「う、よう」、「れる、られる」、「せる、させる」等等的助動詞。

例〔五段〕
読ま**ない**
読も**う**
読ま**れる**
読ま**せる**

〔上一段〕
起き**ない**
起き**よう**
起き**られる**
起き**させる**

〔下一段〕
集め**ない**
集め**よう**
集め**られる**
集め**させる**

〔カ變〕
こ**ない**
こ**よう**
こ**られる**
こ**させる**

〔サ變〕
し**ない**
し**よう**
さ**れる**
さ**せる**

2 連用形的用法 —— 有拿來當作中止法的場合

(1) 連接助動詞「ます」的形式。
(2) 除此之外也會連結「た（だ）」、「たい」等等的助動詞，「て（で）」、「たり（だり）」、「ながら」等等的助詞。這種場合五段活用的動詞有些會變成音便的形式（→ P.115）。

例題

回答下列文章中畫線部的動詞的活用形。

午後の日光は、玄関をおおったすいかずらの茂しげみをもれて、見上げる私の顔にふりそそいでいました。もう芽ばえそめた、その懐かしい葉や花の上を、私の指は、まったく我を忘れてなでていきました。私は、どのような驚きと不思議が私を待っているのか少しも知りませんでした。

思路

「見上げる」是為了連接體言「私」的連體形單字。「おおっ」、「ふりそそい」、「待っ」是動詞音便的連用形。「もれ」、「忘れ」、「なで」、「いき」、「芽ばえそめ」、「知り」是連接助動詞，「て」、「た」、「ます」這些語詞的連用形。「いる」是連結「の」的連體形。

答

おおっ＝連用形　もれ＝連用形　見上げる＝連體形　ふりそそい＝連用形　芽ばえそめ＝連用形　忘れ＝連用形　なで＝連用形　いき＝連用形　待っ＝連用形　いる＝連體形　知り＝連用形

5章 動詞

動詞音便

例

〔五段〕
読みます
読みたい
読んだ
読んで
読んだり

〔上一段〕
起きます
起きたい
起きた
起きて
起きたり

〔下一段〕
集めます
集めたい
集めた
集めて
集めたり

〔カ變〕
きます
きたい
きた
きて
きたり

〔サ變〕
します
したい
した
して
したり

(3) **中止法**……動詞的連用形有時會在一時中斷句子，然後再次開始的場合使用。像這樣的用法叫做中止法。但是就算是連用形，五段活用的動詞的動詞音便也無法使用中止法。

例 野を歩き、山に登る。（走平原，爬上山。）

3 終止形的用法 ── 終止句子的形式（有連結附屬語的時候）

(1) 讓句子到此終止的形式。是動詞的基本形。

(2) 除了終止句子以外也有用來連結「と」、「けれど（けれども）」、「が」、「から」等等附屬語的場合。

例 よい詩を読むと、心が洗われる。（讀一首好詩，心靈就受到洗滌。）

ぼくは起きるけれど（けれども）、君は寝ていたまえ。（我雖然還醒著，但是你該睡了。）

たくさん集めるけれども（けれど）、がらくたばかりだ。（雖然收集了很多，但是盡是些垃圾。）

たびたびくるが、すぐ帰って行く。（來了不少次，不過馬上就回去了。）

そんなことをするから、みんなに憎まれるのだ。（因為做了這種事，才會被大家怨恨。）

著眼點
● 動詞的活用形
以動詞變化的型態或後面接的語詞為基準去判斷。

例題
從下列文章中挑出當作中止法使用的動詞。

　私たちは、それぞれ異なった土地に住んでいる。太平洋の水しぶきを浴びながら育っている人もあれば、一年のなかば近くを、雪の中で暮らす人もあろう。それが農村であっても、海辺であっても、山国であっても、私たちがそこで喜びを、はげましを、なぐさめを得てきたふるさとである。私たちは、海の生活の、山の生活の中にこもる豊かな意味を理解し、さらに、私たちの美しい環境をより美しくするために、工夫していきたいものである。

4 連體形的用法 ── 連結體言

(1) 連結「とき」、「こと」、「人」、「もの」等等的體言的形式。

(2) 除此之外，連結助動詞「ようだ」或助詞「の」、「のに」、「ので」、「ばかり」、「ほど」、「くらい」等等的場合也很多。

例 本を読む**時間**がない。（沒有讀書的時間。）

夜更かししたので、朝は遅く起きる**ようだ**。（因為熬夜所以早上似乎會很晚起床。）

学級費を集める**の**は、会計係の役目だ。（徵收班費是會計股長的職責。）

たびたびくる**のに**、あいさつもしない。（明明常常來這裡卻連招呼也不打。）

人のまねをする**ばかり**では、進歩しない。（一直模仿他人是不會進步的。）

5 假定形的用法 ── 連接助詞「ば」

例 早く（快點）

読め**ば**（讀）
起きれ**ば**（起來）
集めれ**ば**（收集）
くれ**ば**（來）
すれ**ば**（做）

よい。（就好。）

💡 接續助詞的「ば」會在215頁學到喔。

思路 中止法只會使用用言的連用形，並在句子講到途中（中止句子）的時候使用。
連用形且伴隨附屬語的場合，就算句子看起來是中止的，那也不是中止法。

答 働き・育ち・学び・理解し

著眼點
● 中止法
使用連用形，後面常常會加逗點。

✓ 練習 13

回答下列各個句子畫線部分的動詞的活用形。

① 早く実が熟すればよい。
② 道路が通じると、便利がよくなる。
③ 近づいてくる足音が聞こえた。
④ 母が昔話を聞かせてくれた。
⑤ 「掃除しろ」と父がどなった。
⑥ みんなで一緒に登ろうよ。

解答 → P.374

5章 動詞

6 命令形的用法 —— 以命令的形式終止句子

例）早く読め。（快點讀。） 早く起きろ（起きよ）。（快點起來（吧）。） 早くこい。（快點過來。）
早く集めろ（集めよ）。（快點收集（吧）。）
早くしろ（せよ）。（快點做（吧）。）

UNIT 5 自動詞、他動詞、可能動詞、補助動詞

—— 差別在於動作或作用有沒有影響到主語以外的事物。

目標 ▼ 理解自動詞、他動詞、可能動詞、補助動詞。

1 自動詞跟他動詞

ア 人が **集まる**。（人們聚集。）
イ 人を **集める**。（把人們聚集起來。）

| 主語 | 自動詞 |
| 人が | 集まる。|

| 修飾語 | 他動詞 |
| 人を | 集める。|

在右邊的例中ア「集まる」表達關於主語「人」的動作或是作用。像這樣的動詞叫做自動詞。

另一個イ「集める」則是該主語（這裡省略了主語）影響到其它事物，也就是表達影響到「人」的動作或作用。這樣的動詞叫做他動詞。

例題

回答下列畫線部分的動詞是自動詞還是他動詞。

① 電車のドアが、開く。
② 駐車場に車を、止める。
③ スープが、冷める。
④ 子どもが車を、汚す。
⑤ 手紙を家族に、届ける。
⑥ 窓が開いています。寒いので閉めてください。
⑦ ぷいと横を向く。

127

> 注意
>
> 伴隨「〜を」的他動詞……他動詞變成述語的場合，常常會在前面伴隨目的語，來表達該動作或作用影響到的事物（變成「〜を」形式的修飾語）。
>
> 例 手紙を 届ける。（伴隨「〜を」這個目的語、他動詞）
>
> 但是像下列「〜を」的場合，動詞就算伴隨「〜を」也不會變成他動詞。
>
> 例 駅を 出た。（表達動作、作用起點的「を」）
> 　 道路を 走る。（表達經過的場所、時間的「を」）

2 互相對照的自動詞跟他動詞的活用

「集まる」跟「集める」是互相對照的自動詞跟他動詞。這兩個動詞雖然語幹的一部分是共通的，但是活用的行跟種類卻不同。接下來把互相對照的自動詞跟他動詞的活用做分類吧。

(1) 活用一樣的動詞

例
- ⎰ 人が 笑う。（人在笑。）　　（自動詞、ワ行五段活用）
- ⎱ 人を 笑う。（笑別人。）　　（他動詞、ワ行五段活用）

- ⎰ 火が ふく。（火噴出來。）　（自動詞、カ行五段活用）
- ⎱ 火を ふく。（噴火。）　　　（他動詞、カ行五段活用）

> 思路
>
> 要區分自動詞、他動詞，首先可以思考該動詞的前面是接著「が」還是「〜を」。
>
> ⑤是「手紙を」的部分接著「届ける」分開。
>
> ⑥是「窓を」的部分被省略掉。⑦的「橫を」的「を」是〈表示方向的「を」〉，所以接在後面的不一定是他動詞。把「向く」、「向ける」這對動詞銘記在心然後判斷是不是他動詞。

> 答
> ① 自動詞　② 他動詞
> ⑤ 他動詞　⑥ 他動詞
> ⑦ 自動詞　③ 自動詞
> 　　　　　④ 他動詞

> 著眼點
>
> 自動詞、他動詞的分辨方法
>
> 他動詞會接在「〜を」這個目的語，但是自動詞不會。

> ✓ 練習 14
>
> 下列動詞是 A 自動詞還是 B 他動詞，請用記號來回答。另外請回答跟該動詞互相對照的他動詞、自動詞。無法決定是哪一個的場合請畫○來回答。
>
> ① 変える（　）　② 集まる（　）
> ③ 続ける（　）　④ 負ける（　）
> ⑤ 沈める（　）　⑥ 出る　（　）
> ⑦ 並ぶ　（　）　⑧ 残す　（　）
> ⑨ 届く　（　）　⑩ 増す　（　）
> ⑪ 閉じる（　）　⑫ 笑う　（　）
>
> 解答 → P.377

128

第5章 動詞

(2) 活用的種類一樣行卻不同的動詞

例
　火が おこる。（起火。）（自動詞、ラ行五段活用）
　火を おこす。（生火。）（他動詞、サ行五段活用）

例
　湯が わく。（水燒開。）（自動詞、カ行五段活用）
　湯を わかす。（燒水。）（他動詞、サ行五段活用）

(3) 活用的行一樣，種類卻不同的動詞

例
　学問が 進む。（學問進步。）（自動詞、マ行五段活用）
　学問を 進める。（鑽研學問。）（他動詞、マ行下一段活用）

例
　手紙が 届く。（信送達。）（自動詞、カ行五段活用）
　手紙を 届ける。（把信送達。）（他動詞、カ行下一段活用）

(4) 活用的種類跟行都不同的動詞

例
　人が 集まる。（人聚集起來。）（自動詞、ラ行五段活用）
　人を 集める。（把人聚集起來。）（他動詞、マ行下一段活用）

例
　列が 乱れる。（隊伍混亂。）（自動詞、ラ行下一段活用）
　列を 乱す。（打亂隊伍）（他動詞、サ行五段活用）

另外不是所有動詞都有對應的自動詞、他動詞，這點要注意。舉例來說自動詞的「ある」、「来る」、「あこがれる」等等沒有對應的他動詞，而他動詞的「殺す」、「読む」、「投げる」等等也沒有對應的自動詞。

✓ **練習 15**

回答跟下列畫線部分的動詞對應的自動詞或他動詞。

〔自動詞〕　　　　　〔他動詞〕
① 風が吹く。　　　　──笛を（　　）
② 枝が（　　）──枝を折る。
③ 火が（　　）──火を消す。
④ 戸が（　　）──戸をあける。
⑤ たまがあたる。──たまを（　　）
⑥ 鐘かねが鳴る。──鐘を（　　）
⑦ 目が覚める。──目を（　　）
⑧ 胸が（　　）──胸を痛める。
⑨ 花が散る。──花を（　　）
⑩ 傷がつく。──傷を（　　）

解答 → P.378

例題

從下列動詞中選擇有對應的可能動詞的選項然後造出可能動詞。

① 買う　　② 着る　　③ 来る
④ 見る　　⑤ 死ぬ　　⑥ する
⑦ 取る　　⑧ 言う　　⑨ 寝る

3 可能動詞 ──「可以做到～」的意思

要表達「飛ぶことができる（可以做到飛行這件事）」的意思可以用「飛べる（能飛）」來表達，「讀む ことができる（可以做到閱讀這件事）」的意思可以用「読める（能閱讀）」來表達。這是五段活用動詞的未然形，接上可能的助動詞「れる」，可以想成從「飛ばれる」、「読まれる」的形式轉化而成的動詞。

這樣的動詞叫做可能動詞，具有下列的性質。

(1) 可能動詞是從五段活用動詞轉化而成的動詞。因此有可能動詞就有對應的五段活用動詞。

例
（可能動詞） （五段活用動詞）
飛べる 〈 飛ぶ
読める 〈 読む
話せる 〈 話す
書ける 〈 書く

(2) 所有可能動詞都是下一段活用，但是它不是命令形。

基本形	語幹	未然形	連用形	終止形	連體形	假定形	命令形
書ける（會寫）	か（書）	ーけ	ーけ	ーける	ーける	ーけれ	○
書く（寫）	か（書）	ーか／ーこ	ーき／ーい	ーく	ーく	ーけ	ーけ

可能動詞只能從五段活用動詞做成。除此之外的動詞可以在未然形加上助動詞「れる」、「られる」來表達可能的意思喔。

思路 可能動詞是從五段活用動詞轉化而成的，所以要先找出五段活用的動詞。

①～⑨的選項中①⑤⑦⑧是五段活用動詞，所以應該能造出可能動詞。另外有些人會使用「見れる」這種模仿可能動詞的用法，這叫做「ら抜き言葉」，在文法上是錯誤的。「見る」是上一段活用的動詞，因此「見られる」才是正確的念法（「られる」是表達可能的助動詞）。

答
① 買える ⑤ 死ねる ⑦ 取れる ⑧ 言える

著眼點
●可能動詞
對應五段活用動詞，活用的種類屬於下一段活用。

130

5章 動詞

④ 補助動詞（形式動詞）——「ある」、「くる」、「おく」等

用來對其它單字發揮補助作用的動詞，叫做**補助動詞**或是**形式動詞**。

ア ここに 本が ある。（這裡有書。）
　　　　　主語　述語
　　　　　　　　動詞

イ これは 本で ある。（這是書。）
　　主語　述部（連文節）
　　　　　　　補助動詞

在右邊的句子中「ア」的「ある」本來是作為動詞來表達存在的意思，但是「イ」的「ある」沒有原本的意思，只是用來針對前面文節的「本で」發揮補助功用。

換句話說，因為「本である」跟「本だ」擁有相同的意思，所以「である」發揮了類似單一語詞的助動詞「だ」的功用。像這樣的補助動詞，雖然發揮跟助動詞（附屬語）一樣的功用，但是它是動詞，可以單獨做出文節，所以屬於**自立語**。因此在區分文節的時候（→P.14），補助動詞一定會算做一個文節。此外，補助動詞一般會用**平假名**書寫，而上面的文節會變成「〜て（で）」的形式。

① 本の 表紙に 名前が 書いて ある。（書的封面有寫名字。）
② 先が 曲がって いる ペン。（前端彎曲的筆。）
③ 行くのを やめて おく。（決定不去了。）

例題　從下列各個句子中挑出補助動詞。
① 二人の似ている点を、まとめてみよ。
② 交通は便利であるが、老いてくると、生活していくのには適しない。
③ 教科書をなくしてしまった。
④ テレビで旅行番組をみたら、どこかに行ってみたくなった。
⑤ この弁当を作ってくれたのは母である。
⑥ 両者の顔を立てて、そうしておこう。

思路　補助動詞會連接在動詞的連用形用形的活用語尾「て（で）」的後面。補助動詞跟普通的動詞一樣有活用，所以也要注意活用形。

答
① いる・みよ（みる）　② ある・くる・いく
③ しまっ（しまう）　④ み（みる）
⑤ くれ（くれる）・ある　⑥ おこ（おく）

著眼點
●補助動詞
會接在「〜て（で）」的形式的文節後面。

131

UNIT 6 動詞的功用

目標 ▼ 理解以單獨或是伴隨附屬動詞變化的型態式的動詞的功用。

1 變成述語 ── 可以單獨變成述語

動詞可以單獨或是伴隨各種附屬語變成述語。以單獨變成述語並終止句子的場合，就是**終止形、命令形**。

- 花が｜咲く。（花朵綻放。）
  - 主語｜述語　單獨變成述語
- 花が｜咲い｜た。（花朵綻放了。）
  - 主語｜述語　伴隨附屬語
- 花が｜本を｜読め｜よ。（去看書啦。）
  - 主語｜修飾語｜述語
- 花が｜本を｜読め。（去看書）（命令形）
  - 主語｜修飾語｜述語

④ 友人に 会って くる。（去跟朋友見一面）
⑤ 静かに 暮らして ゆく（いく）。（平靜地生活。）
⑥ もう 一度 やって みる。（再試一次看看。）
⑦ 手紙を 書いて しまう。（忍不住寫信。）
⑧ 妹に 本を 読んで やる。（閱讀書本給妹妹聽。）

💡 補助動詞的數量很少，所以記住在這裡列出來的例子吧。補助動詞跟補助形容詞（→P.124）統稱為補助用言喔。

例題

回答下列各個句子中畫線部分的文節的功用。

① 一すじに 流れるのは、飛行機雲だ。
② 白い 雲が 流れ、空は どこまでも 青い。
③ 流れる 雲は 白銀のように 輝がやく。
④ 雲が 東に 流れると、明日は 晴れる。
⑤ 雲は、流れるように 空を 横切る。

✓ 練習 16

將下列各個句子以文節做分割。

① 昨日スーパーで買ってきたものだ。
② 冷蔵庫に入れておくとよいでしょう。
③ 早々宿題をしてしまいましょう。
④ 注意しようと大きな字で書いてある。
⑤ まっすぐ歩いていくとパン屋がある。
⑥ よく考えてみると答えがわかった。

解答 → P.375

132

第5章 動詞

用中止法的場合，會使用**連用形**（→P.124）。

花が 咲き、鳥が 鳴く。（花朵綻放、鳥兒鳴叫。）
主語（連用形）述語　主語（終止形）述語
　　　　　　中止法

注意　動詞變成述語的場合的句子，句型是「何が」→「どうする」（「ある、いる」）（→P.16）。

變成述語的單字…會變成述語的語詞，除了動詞以外還有形容詞、形容動詞。換句話說用言可以單獨變成述語。此外名詞雖然也會變成述語（→P.68），但是那種場合一般會接附屬語。

2 變成主語 ―― 會伴隨「の」、「が」、「は」、「も」的功用。

動詞也可以伴隨助詞「の」跟「が」、「は」、「も」等等的助詞，變成主語。這種場合動詞是連體形。

朝早く 起きる の が は も 健康的だ。（早上早點起床是很健康的。）
　　　動詞　　　　　　　　　述語
　　（連體形）
　　　　　　主語

思路　動詞可以不伴隨附屬語，單獨變成述語、連體修飾語。這一點要好好記住。變成述語的場合，要注意也有像②「流れ」的中止法的例。③的「流れる」則是單獨變成跟體言文節「雲は」產生關係的連體修飾語。動詞接上附屬語的文節，會有發揮像①的主詞（接助詞「の」、「は」）或是④的接續語（接助詞「と」）的功用。

此外也能像⑤一樣，接上「ように」（助動詞「ようだ」的連用形）等等的附屬語來做出連用修飾語的文節。

答
① 主語　② 述語　③ 連體修飾語　④ 接續語
⑤ 連用修飾語

著眼點
● 動詞的功用
可以單獨變成述語、連體修飾語。

③ 變成修飾語 ── 也可以單獨變成連體修飾語

動詞也可以單獨變成連體修飾語。這個場合會使用連體形。

此外，接上各式各樣的助詞（「に」、「より」、「さえ」等等）或助動詞（「ようだ」等等）會變成連用修飾語。

朝早く　<u>起きる</u>　習慣を　つけなさい。（養成早上早起的習慣。）
　　　　動詞
　　　　（連體形）
連體修飾語┘→體言文節　　　名詞

朝早くから、魚を　<u>釣り</u>　<u>に</u>　行った。（早上很早就跑去釣魚了。）
　　　　　　　　動詞
連用修飾語┘→用言文節

④ 變成接續語 ── 伴隨接續助詞

動詞伴隨各式各樣的接續助詞（→ P.260）會變成接續語。

<u>疲れ</u>　<u>て</u>、もう歩けない。（累到無法走動。）
動詞　接續助詞
接續語

<u>疲れる</u>　<u>が</u>、我慢しよう。（雖然很累，不過忍住吧。）
動詞　接續助詞
接續語

✓ **練習 17**　解答→P.375

說明下列各個句子中畫線部分的文節的功用，並回答該文節中的動詞的活用形。

① この問題を<u>解けば</u>、お茶にしましょう。
（　　　）

② 動詞についての勉強も、これで終わりにしよう。
（　　　）

③ だいぶ実力が<u>つき</u>、自信がわいてきた。
（　　　）

④ 復習は、よく<u>理解する</u>ために必要だ。
（　　　）

⑤ 推理小説を<u>読む</u>のも、国語の勉強になる。
（　　　）

⑥ 本質を<u>理解する</u>と、わかったという感じをもてる。
（　　　）

⑦ 普段から新聞の社説を<u>読む</u>習慣を身につけよう。
（　　　）

提升實力考題

考驗在第5章學到的文法，掌握能實際活用的實力吧。

問題 1

在下列①②的句子中出現的動詞旁邊畫線，並且寫下各個動詞的基本形（終止句子的形式）。

① 学校から帰ると、私は、人々が夕げのしたくでせわしく働いているすきに、かけすててあったはしごから、そっと、おもやの屋根に登っていった。

（　　　　　　　　　　　　）

② 科学ということばは、このごろ、ひじょうに広い意味に使われているが、もとは、自然科学をしたことばである。自然科学はわれわれの住んでいる、この自然界の中にあるものの本態を見きわめ、その間に存在する法則を知る学問である。

（　　　　　　　　　　　　）

問題 2

在下列動詞的語幹跟活用語尾之間畫上／做區分。另外寫下各自的活用的種類。此外無法區分語幹跟活用語尾的動詞請給號碼畫上圈。

① 過ごす（　　）　② 見る（　　）
③ 始める（　　）　④ 信ずる（　　）
⑤ 飛ぶ（　　）　⑥ 起きる（　　）
⑦ 上げる（　　）　⑧ 来る（　　）

⑨ 育てる（　　）　⑩ 出る（　　）
⑪ あける（　　）　⑫ 思う（　　）
⑬ 知る（　　）　⑭ 注意する（　　）

問題 3

完成下列動詞的活用表格。

基本形	語幹	未然形	連用形	終止形	連體形	假定形	命令形
① 泣く							
② 泳ぐ							
③ 行く							
④ 落ちる							
⑤ 借りる							
⑥ 煮にる							
⑦ まぜる							
⑧ 比べる							
⑨ 来る							
⑩ 愛する							

解答 → P.375

問題 4

將下列畫線部分的動詞的活用形，寫在（ ）內。

① 早く行かないと、学校に遅れますよ。
② 洞窟で生きる動物には、大きな特徴がある。
③ 本を読むのをやめないで、続けよ。
④ 妹は泣きながらお菓子を食べていた。
⑤ 学校に遅れるから、早く行こう。
⑥ 意見があるのだったら、書いてみよ。
⑦ みんな、次の駅で降りようぜ。
⑧ 長い坂道をのぼって、頂上に近づいた。
⑨ 努力すればこそ、報われる。

問題 5

在下列句子中的（ ），把各個題目一開始提出的動詞，修改成能讓句子延續下去的形式後再寫進去。

(1)
① 出発の時刻に遅れそうになったので、道を（ ）だ。
② 雨が降るかもしれないから、（ ）う。
③ （ ）ば、電車の時刻に間に合うでしょう。
④ そんなに（ ）ないで、お茶でも飲んでください。

急ぐ

(2) 持てる
① その重い荷物を（ ）ますか。
② やはり重くて（ ）ないので、手伝ってください。
③ 自分で（ ）のに、人に持たせている。
④ 軽い荷物だから、子どもでも（ ）よう。
⑤ （ ）ものは、全部持って行ってしまった。

⑤ （ ）ので、その話はあとにしてほしい。

問題 6

下列(1)～(5)各組的動詞之中，從語言的規則來看只有一個跟其他三個不同。從四個動詞中挑選適當答案填入各個說明的句子的（ ）內，並在後面的語群中挑選適當的答案，然後將代號填入框內。

(1) 感動する　成功する　通じる　通ずる
（ ）だけは A ☐、ほかの三つは B ☐ である。

(2) 入れる　捨てる　投げる　燃える
（ ）だけは C ☐、ほかの三つは D ☐ である。

(3) 寝る　乗る　減る　漏る
（ ）だけは E ☐、ほかの三つは F ☐ である。

問題7 閱讀下列文章，並回答後面的問題。

(4) 枯れる　消える　食える　肥える
(　)だけはG□、ほかの三つはそうでない。

(5) 交わる　ゆれ動く　近寄る　飛び立つ
(　)を除いて、ほかの三つはH□である。

【語群】
ア　五段活用的動詞　　　イ　上一段活用的動詞
ウ　下一段活用的動詞　　エ　カ行變格活用的動詞
オ　サ行變格活用的動詞　カ　可能動詞
キ　複合動詞　　　　　　ク　自動詞
　　　　　　　　　　　　ケ　他動詞

その町に新幹線が通った。休日になると、都会から人々が来て、森を歩いたり、山菜を摘んだり、川で魚を釣ったり、泳いだりして、豊かな自然を楽しんだ。

(一) 將活用語尾是動詞音便的動詞，分別填入下列三種分類。
① 使用了イ音便的詞（　　）
② 使用了撥音便的詞（　　）
③ 使用了促音便的詞（　　）

(二) 針對（一）填的動詞，寫出那些動詞的活用種類跟活用形。
（　　活用）（　　形）

(三) 將（一）填的動詞，變成終止句子的形式（基本形），分別填入下列兩種分類。
① 自動詞（　　）
② 他動詞（　　）

問題8 閱讀下列文章，並回答後面的問題。

今日、言葉づかいの問題として挙げられるものの一つが、いわゆる「ら抜き言葉」である。これは、本来 A 活用の動詞のみがつくることのできる「見る」を「見れる」、「食べられる」を「食べれる」というように「ら」を抜いて使うものである。「見る」は C 活用、「食べる」は D 活用の動詞で、 B 動詞はなく、文法的には正しい使い方と言えないのである。しかし、「ら抜き言葉」を多くの人が使い、耳慣れたことで、使う人が増えてきている。

(一) 在空欄A～D填入適當的語詞。
A（　　）　B（　　）
C（　　）　D（　　）

(二) 在下列各個句子中畫線部分的語詞，挑出所有使用方法錯誤的語詞，並給號碼畫圈。
① その本は一か月間借りれる。
② その日なら、これといった予定もなく、時間が空いているので会議に出れる。

問題9 閱讀下列文章，並回答後面的問題。

③ これで安心して眠れる。
④ 一昨日の台風の影響で増えた水かさが減り、ようやく歩いて川を渡れる。
⑤ これだけ広いと、全員が座れる。
⑥ 次の駅で降りれるように、到着予定時刻の五分前に荷物を棚から下ろした。

動詞の音便は、A 活用の動詞の B 形にだけあり、下に連なる語が「た」「て」「たり」などの場合にみられる。活用語尾が「―い」となる C 、「―っ」となる D となる撥音便、 E の三種類がある。

（一）在空欄A～E填入適當的語詞。

A（　）B（　）C（　）
D（　）E（　）

（二）在下列舉出的動詞中，挑出所有鼻音便的動詞並畫圈。

飛ぶ　笑う　行く　囲む　泣く　曲がる
読む　座る　悲しむ　言う　怒る　沈む

問題10 下面①跟②的句子的「ある」使用方式不同。將跟②的句子的「ある」使用方法相同的動詞，從後面ア～ケ的句子畫線部分的動詞中全部挑選出來，並給記號畫圈。

① 庭に池がある。
② 庭に木が植えてある。

ア 幼い日に習った歌を、みんなで歌ってみる。
イ 決められた時刻にくるようにしなさい。
ウ みかんが熟したとみえて、だいぶ色づいた。
エ 壁に落書きをしているのは、だれだ。
オ 生長するときの変化をよくみることが大切である。
カ 倉庫にしまっておいたのに、いつの間にかなくなった。
キ 古い日記を読むと、当時のことが思い出されてくる。
ク 動物園にいる象は、インドから輸入されたものである。
ケ 線で円形に囲っていき、その中を赤で塗りつぶした。

問題11 閱讀下面A跟B的對話，並回答後面的問題。

138

A「君は速く走れるそうだね。」
B「三年生になってからは、百メートルで十三秒をきれるよ。」
A「君は熱心に練習しているからね。練習と勉強の両立は難しいのに、よく続けられるね。」
B「みんなと練習するのは楽しいよ。充実した学校生活を送れて幸福だと思う。」
A「今度、陸上競技大会に出れるのだろう？」
B「うん。優勝できるといいのだが。」

(一) 選出上面對話句子中所有的可能動詞，並在右邊畫線。
(二) 寫出在（一）選出的可能動詞的活用種類。
(三) 對於在（一）選出的可能動詞，寫出能分別對應那些動詞的五段活用動詞。
(四) 畫雙線部分的「出れる」並不是可能動詞，這是錯誤的寫法。請改成正確的寫法。
（　　　　）

問題 12

閱讀下列文章，並回答後面的問題。

①動詞の活用の種類は、平安時代には九種類あったが、現在は五種類である。このうち、サ変とカ変は、将来消滅すると思われる。

a「そうしることだね」　b「そうしればいい」
c「きない」　d「行ってきよう」

サ変についてはa・bのような言い方が、カ変についてはc・dのような言い方が、東京の周辺の出身者のあいだで見られる。このようにして、サ変もカ変も上一段化に向かうが、サ変の変化が完成するのは二百年ぐらいのうちに、カ変はそれに何百年か遅れるだろう。

サ変についてはa・bのような言い方が方言的な活用として現れ、カ変についてはc・dのような言い方が、東京の周辺

（大野晋『日本語の文法を考える』より）

(一) 畫線部分①寫的五個種類之中，請寫出沒有在文章中提到的兩種動詞的活用的種類。
（　　　）（　　　）

(二) 完成下面現在的サ變「する」跟カ變「来る」動詞的活用表格。

基本形	語幹	未然形	連用形	終止形	連體形	假定形	命令形
する	○	し					しろ
来る							

問題 13

(三) 畫線部分②提到「上一段化」，請從現在的上一段活用動詞中選出一個，並完成下列的活用表格。

基本形	語幹	未然形	連用形	終止形	連體形	假定形	命令形

(四) 像畫線部分②提到的，如果力變上一段化的場合，那麼活用會變成什麼樣子。請完成下列的活用表格。

基本形	語幹	未然形	連用形	終止形	連體形	假定形	命令形
来る	○						きい

(五) 分別寫出 a 的「しる」、b「しれ」的活用形。

a（　　　）　b（　　　）

下列各個句子是針對語詞規則的說明。針對說明句子的規則，請從ア〜エ的句子中畫線的部分挑一個適合範例的選項，並給代號畫圈。

① 動詞的終止形以ウ段音結尾。
　ア 全校生徒が集合すると、体育館は満員になる。
　イ そんなに働けば、からだをこわすよ。
　ウ 食べ物をよくかめ。
　エ そこに物を置かないでください。

② 有些動詞本身就同時具有自動詞和他動詞的用法。
　ア 新しい家が建ったので、私たちは大喜びだった。

③ 由五段活用動詞變化而來的可能動詞是屬於下一段活用。
　イ 母は夕食のために魚を焼いている。
　ウ そっとドアを開いて、暗い外へ出た。
　エ 小さい子どもでも、この本を読む。

④ 在動詞的中止用法中，會使用連用形。
　ア 頭が痛くて、起き上がれなかった。
　イ こんな難しい本は読まれません。
　ウ 望遠鏡があれば、もっとよく見えるのだが。
　エ 頭がさえて、なかなか寝られない。

⑤ 動詞可以搭配助詞，一起構成主語。
　ア そんな遊びをすると、しかられますよ。
　イ 時報が鳴りはじめる、ちょうどその時、地震が起きた。
　ウ 旅の疲れも忘れ、さっそく調査にかかろうとした。
　エ 早くいらっしゃい、おやつですよ。

　ア 長い間待っているのに、まだ始まりません。
　イ いつも思い出すのは、明子さんのことです。
　ウ 森田君と一緒に海へ泳ぎに行きます。
　エ 今日、巨人軍が勝てば、優勝が決まるよ。

問題 14

閲讀下列文章，針對畫線部分跟畫雙線部分的語詞，回答後面的問題。

ビリー＝バックは約束を忘れないで、秋になるとまもなく調教を始めてくれた。調教はまず端綱に慣らすことから始まったが、なにぶんにもいちばん最初の仕事なので、これが最も難しい。ジョウディはにんじんを手にし、優しくことばをかけたり、にんじんで誘ったりなどして、端綱を引っぱる。小馬は、強く引っぱられると、*バローのように力いっぱい足を踏んばる。だが、そのうちに慣れてくる。そこでジョウディは、端綱で小馬を引っぱりながら、牧場のそここを歩きまわる。そして、少しずつ端綱をゆるめ始めていくと、やがて小馬は、端綱で引っぱらなくても、ジョウディの行く所は、どこへでもついてくるようになった。

(スタインベック作・西川正身訳「赤い小馬」より)

＊注……ろば。アメリカ西南部に多く、荷物を運ぶのに用いる。

（一）畫線部分中有一個語詞不是動詞。請寫出那個語詞。另外那個語詞作為句子成分符合下列哪個選項，請給代號畫圈。

ア 主語（主部） イ 述語（述部）
ウ 修飾語（修飾部） エ 接続語（接続部）

語（　　　　）　　　　語（　　　）

（二）請寫出畫雙線部分A～D的語詞的活用的行跟種類。另外寫出A～D各自的活用形。

A（　　　行　　　活用）
B（　　　　　　　　　）
C（　　　　　　　　　）
D（　　　　　　　　　）

（三）畫線部分中是補助動詞的語詞有三個。請寫出那個語詞的形式跟活用的種類。

（　）－（　活用）
（　）－（　活用）
（　）－（　活用）

（四）畫線部分中以音便接在語詞後面的動詞有三個。請直接寫出他們使用的形式，另外也要寫出是屬於イ音便、鼻音便、促音便，哪一個種類。

（　）・（　）・（　）　音便的種類（　　　）

（五）畫線部分中有兩組互相對照的自動詞跟他動詞。用終止句子的形式，依自動詞、他動詞的順序寫下來。

（　　　）・（　　　）

（六）畫線部分中有一個變成中止法的動詞。寫出它的活用的種類跟活用形，另外也寫出那個動詞的終止句子的形式。

（　　　活用　　　終止的形　　　）

（七）寫出畫線部分中以單獨做出文節，變成連體修飾語的兩個動詞。

（　　）（　　）

（八）寫出下列句子的畫線部分①〜⑥，分別是什麼句子的成分。

小馬は、強く引っぱられると、バローのように 力いっぱい 足を 踏んばる。
① ② ③ ④ ⑤ ⑥

① （　　）② （　　）③ （　　）
④ （　　）⑤ （　　）⑥ （　　）

第 6 章

形容詞、形容動詞
——有活用的自立語

形容詞、形容動詞是描述事物是「どんなだ（什麼樣的）」的意思，表達事物的性質、狀態的單字。

重點整理

UNIT 1 | 形容詞、形容動詞的性質

- 所謂的形容詞、形容動詞：表達事物的性質、狀態的單字。
- 形容詞、形容動詞：是自立語且有活用，會單獨變成述語。
- 終止句子的形式⋯⋯形容詞以「い」，形容動詞會以「だ」、「です」做結尾。

解說頁 ▼ P.147

例
美しい（美麗）（形容詞）
きれいだ（美麗）（形容動詞）
きれいです（美麗）（形容動詞）

> 為了能區分形容詞跟形容動詞，要注意終止句子的形式喔！

UNIT 2 | 形容詞的活用

- 活用形⋯⋯未然形、連用形、終止形、連體形、假定形，總共五種。沒有命令形。
- 活用的種類⋯⋯活用的方式只有一個種類。連用形是跟「ございます」之類的連結時會變成ウ音便。

解說頁 ▼ P.149

例 おもしろうございます。
（這個很有趣。）

UNIT 3 | 形容詞各種活用形常見用法

- 未然形⋯⋯跟「う」連結。
- 連用形⋯⋯跟用言或各種附屬語連結。

解說頁 ▼ P.153

例 室内は明るく、外は寒い。
→「～く」的形式
也有用做**中止法**的場合。
（室內很明亮，外面很冷。）

144

6章 形容詞、形容動詞

UNIT 4 形容動詞的活用
解說頁 ▼ P.156

- 活用的種類……有以「だ」跟「です」做結尾的兩種。

- 活用形……以「だ」做結尾的形容動詞的活用有未然形、連用形、終止形、連體形、假定形，總共五種。以「です」做結尾的形容動詞有未然形、連用形、終止形、連體形，總共四種。

- 語幹……單獨變成述語。跟「そうだ（樣態）」連結。
  例 おお、寒。外は寒そうだ。
  （喔喔，好冷。外面好像很冷。）

- 終止形……終止句子的形式。形容詞的基本形。
  …「だ」…沒有命令形。
  「です」…沒有假定形、命令形。

- 連體形……跟體言或各種附屬語連結。
  …也有像「こんなだ」之類，沒有連體形，在連結體言的時候只使用語幹的例。
  （こんな本を読んではいけない。
  不可以讀這種書。）

- 假定形……跟助詞「ば」連結。

- 未然形……跟「う」做連結。

- 連用形……以「だ」做結尾的形容動詞會跟用言或各種附屬語做連結。
  …也有作為中止法使用的場合。
  例 彼は元気で、頭もいい。
  （他很有精神，腦筋也很好。）

- 終止形……終止句子的形式。形容動詞的基本形。
  …也有連結附屬語的場合。

UNIT 5 形容動詞各個活用形常見用法
解說頁 ▼ P.162

UNIT 6 形容詞、形容動詞的功用

解說頁 ▼ P.167

- **連體形**……跟體言或各種附屬語做連結。
  …以「です」做結尾的語詞，只會跟「ので」、「のに」直接接上。

- **假定形**……以「だ」做結尾的形容動詞雖然會連結「ば」，但是也有把「ば」省略掉的時候。
  …以「です」做結尾的形容動詞沒有假定形。

- **語幹**……會單獨變成述語。會跟「そうだ（樣態）」之類詞的接續。
  例 まあ、きれい。（天啊，好美。）
  元気 そうだ。（看起來很有精神。）

- **單獨的方式**……可以變成述語、修飾語。

- **伴隨附屬語**……除了變成述語、修飾語之外，也能變成主語、接續語。

146

第6章 形容詞、形容動詞

UNIT 1 形容詞、形容動詞的性質

目標 ▶ 理解表達事物的性質與狀態的單字的性質。

1 所謂的形容詞、形容動詞 ── 表達事物的性質與狀態的單字

形容詞、形容動詞是表達事物的性質、狀態的單字。

	例	說明
動詞	花が 咲く。（花朵綻放。） 実が なる。（結出果實。）	表達動作、作用
形容詞	花が 美しい。（花朵很美。） 実が 大きい。（果實很大。）	表達性質、狀態
形容動詞	花が きれいだ。（花朵很美。） 花が きれいです。（花朵很美。） 実が 軟らかだ。（果實很軟。） 実が 軟らかです。（果實很軟。）	

右邊的例中，動詞「咲く（綻放）」、「なる（結果）」是講述花跟果實「要怎麼做」，表達動作、作用的意思，也描述了事物的「樣子的變化」。相對的，形容詞「美しい（美麗）」、「大きい（巨大）」、形容動詞「きれいだ（美麗）」、「きれいです（美麗）」、「軟らかだ（柔軟）」、「軟らかです（柔軟）」則是講述花跟果實是什麼樣子，表達性質、狀態，描述了事物的「靜止した姿（靜止的狀態）」。

例題

從下列各個文章中畫線部分挑出形容詞跟形容動詞，並以終止句子的形式寫下來。

① 柔らかい草の上に寝ころんで、生まれて覚えもないほど、ぐっすりと眠った。
② 清らかな古寺をひとり静かに鑑賞した。
③ 都会を遠く離れて、山の中に来ました。夕日が真っ赤できれいでした。

思路 選擇表達事物的性質、狀態的語詞再確認終止句子的形式就好。此外要注意「ない」有時候會是形容詞跟動詞（附屬語）。

答 形容詞＝① 柔らかい→柔らかい ない→ない
③ 遠く→遠い
形容動詞＝② 清らかな→清らかだ 静かに→静かだ
③ 真っ赤で→真っ赤だ きれいで→きれいだ

著眼點
● 分辨形容詞、形容動詞的方法
終止句子的形式：
以「い」做結尾就是形容詞。
以「だ」、「です」做結尾就是形容動詞。

2 形容詞、形容動詞的性質 ——是自立語且有活用

形容詞、形容動詞在看過先前的例句就能知道，它們既是自立語也能單獨變述語。

(1) 形容詞、形容動詞都有活用。

① 形容詞的活用

例 花が 美しかろう。（花很美吧。）
花が とても 美しかった。（花非常美。）
花が 美しく、実も 大きい。（花很美、果實也很大。）
花が 美しい。（花很美。）
美しい 花が 咲く。（美麗的花朵綻放。）
花が 美しければ 見に 行こう。（花很美的話就去看吧。）

② 形容動詞的活用

例 水が きれいだろう。（水很乾淨吧。）
水が きれいでしょう。（水很乾淨吧。）
水が きれいだった。（水很乾淨。）
水が きれいでした。（水很乾淨。）
水が きれいである。（水是乾淨的。）
水が きれいです。（水是乾淨的。）
水が きれいに 流れる。（水乾淨地流動。）
水が きれいですので 飲みます。（因為水很乾淨，所以我要喝。）

✓ 練習 1
解答→P.378

在下列句子的形容詞的右邊畫線。

雨だけでなく、猛烈な雷でも加わると、すごいことになるから、早く小屋へ帰って、途中のおもしろかったことや、怖かったことなどの話をしながら、夕立のやむのを待つことにする。

✓ 練習 2
解答→P.378

在下列各個句子的形容動詞的右邊畫線。

① この菊の花のほとりには、菊みずからがつくり出すと思われるような、清らかでつつましい、ほのかな光が漂います。
② まだ大丈夫だろうと思っていたお天気が、夕方から急に崩れだした。

148

UNIT 2 形容詞的活用

目標 ▼ 理解形容詞的五種活用形。

1 形容詞的活用形 —— 沒有命令形

形容詞有未然形、連用形、終止形、連體形、假定形,共五種活用變化,但是沒有命令形。

(1) 未然形　像「よかろ」、「美しかろ」一樣,連接「う」的形式。

　　よかろう　　美しかろう

(2) 連用形　有像「よかっ」、「美しかっ」一樣,連接「た」、「たり」的形式以及像「美しく」一樣連接「なる」等等的動詞或補助形容詞「ない」的形式兩種形式。

　　よかった（太好了）（→P.152）　　美しかったり（很美的）

　　よくなる（變好）　　美しくない（不美麗）

> 形容詞的場合,下面會接「ない」的是連用形。這點跟動詞不一樣,要注意。

(3) 形容詞例如「美しい（美麗）」、「大きい（巨大）」等等,在終止句子的形式都是以「い」做結尾。形容動詞例如「きれいだ（美麗）」、「きれいです（美麗）」、「軟らかだ（柔軟）」等等,全部都是以「だ」、「です」（有禮貌的講法）做結尾。

　　水が　きれいだ。（水很乾淨。）
　　水が　きれいな　水だ。（很乾淨的水。）
　　水が　きれいならば　飲もう。（既然水很乾淨,就喝吧。）

2 形容詞的活用的種類 —— 活用的方式只有一種

(3) 終止形　像「よい。」「美しい。」一樣，終止句子的形式。
　　よい。(好)　美しい。(美麗)

(4) 連體形　像「よい」、「美しい」一樣連接體言的「とき」、「こと」等等的形式。
　　よいとき (好時機)　美しいとき (美麗的時刻)
　　よいこと (好事)　美しいこと (美麗的事)

(5) 假定形　像「よけれ」、「美しけれ」一樣連接「ば」的形式。
　　よければ　美しければ

在右邊舉出的「よい」、「美しい」兩個語詞，都是有同樣的活用。就像這樣，形容詞的活用方式只有一個種類。

把「よい」、「美しい」的活用變化做成表格就變成右邊的樣子。但是語幹是「よ」、「美し」，所以還有分成有「し」跟沒有「し」的差別。

基本形	語幹	未然形	連用形	終止形	連體形	假定形	命令形
よい	よ	―かろ	―かっ ―く	―い	―い	―けれ	○
美しい	美し	―かろ	―かっ ―く	―い	―い	―けれ	○
常見用法		連結な い、う	連結ま す、た	斷定	連結と き	連結ば	命令並 斷定

✓ 練習 3
下列各個句子中把形容詞「おもしろい」活用並填入框中，然後回答活用形。
解答 → P.378

① その計画は、とても（　　）。　活用形（　　）
② この童話の本はずいぶん（　　）た。　活用形（　　）
③ そんなに（　　）ば、ぼくも行くよ。　活用形（　　）
④ だんだん（　　）なってきた。　活用形（　　）
⑤ それは、きっと（　　）う。　活用形（　　）
⑥ これは（　　）本だ。　活用形（　　）

✓ 練習 4
完成下列的活用表格。
解答 → P.378

基本形	語幹	未然形	連用形	終止形	連體形	假定形	命令形
早い							
長い							
美しい							
正しい							

6章 形容詞、形容動詞

> **注意**
>
> **形容詞的音便**
>
> ① 連用形的變化　連接「ございます」、「存ずる」等等語詞的時候，形容詞會變成連用形，但是那個連用形有時候會變成音便的形式。
>
> 例 おもしろ**く**　ございます。
> 　　(おもしろく)
> 　　→ おもしろ**う**　ございます。
>
> 　 よ**く**　存じて　おります。
> 　　→ **よう**　存じて　おります。
>
> 在右邊的例「う」是連用形的活用語尾「く」轉變而來的。就像這樣，形容詞的連用形有時候會從「…く」變成「…う」。這個叫做ウ音便。
>
> ② 語幹的一部分會變化的詞　在ウ音便裡面還有連用形的活用語尾會跟語幹的一部分一起變化的例。
>
> 例 　語幹　　語尾
> 　　あぶ**の**　　**う**　ございます。
> 　　(あぶなく)　　　　　(很危險。)
>
> 　　　語幹　　　語尾
> 　　ありが**と**　→　**う**　ございます。
> 　　(ありがたく)　　　　　(謝謝您。)
>
> 　語幹　　　語尾
> 　うれ**しゅう**　→　**う**
> 　　　　　　　く
> 　(うれしく)　存じます。　(感到很高興。)

✅ **練習 5**

下列各組的形容詞在連接「ございます」的時候，會變成什麼樣子？請在每個形容詞後面接上「ございます」。

解答 → P.379

① ア　ひろい　(　　)
　 イ　あさい　(　　)

② ア　たかい　(　　)
　 イ　大きい　(　　)

③ ア　よい　　(　　)
　 イ　正しい　(　　)

注意

補助形容詞（形式形容詞）……動詞裡面有用來補助其他語詞的補助動詞（形式動詞）（→P.131），而形容詞也有相同功用的補助形容詞（也叫做形式形容詞）。補助形容詞有很多上面的文節會變成「〜て（で）」的例。

ア ここに 本が ある。（動詞）（這裡有書。）
　　主語　　述語
　　これは 本で ある。（補助動詞）（這是本書。）
　　主語　　述語

イ ここに 本が ない。（形容詞）（這裡沒有書。）
　　これは 本で ない。（補助形容詞）（這不是書。）

就像右邊ア或イ的句子標示的，補助動詞、補助形容詞不會單獨變成述語或是修飾語，而是跟上面的文節變成連文節來成為述部或修飾部。補助形容詞有「ない」、「ほしい」等等，數量很少。

(1) 本の　表紙に　名前が　書いて **ない**。（書的封面沒有寫名字。）

(2) そこへ　行って **ほしい**。（希望你能去那裡。）

補助動詞跟補助形容詞可以統一稱作補助用言或是形式用言。

✓ **練習 6**

從下列各個句子中挑出句子成分的述語（述部）。另外請回答是連文節的句子的號碼。

① 忙しいので、眠る時間もなかった。
② その夜、ぼくは眠くなかった。

述語 ①（　　　）　②（　　　）
連文節（　　　）

解答→P.379

152

6章 形容詞、形容動詞

UNIT 3 ｜ 形容詞各種活用形常見用法

目標 ▶ 理解形容詞的各種活用形的用法

1 未然形的用法 ——連結助動詞「う」

例 今年の夏は**暑かろう**。（今年夏天很熱吧。）

2 連用形的用法 ——有拿來當作中止法的場合

例 木の緑が**美しかった**。（樹木的綠色很美。）

(1)「—かっ」的形式會連接助動詞「た」或助詞「たり」。

例 寒**かっ**たり、暑**かっ**たりする。（一下變冷、一下變熱。）

(2)「～く」的形式會跟「なる」等等的動詞、補助形容詞「ない」或其它形容詞，以及「きれいだ」之類的形容動詞連接。

例 室内が暗**く**なる。（室內變暗。）
　少しも美し**く**ない。（一點都不美麗。）
　すばらし**く**きれいだ。（漂亮得不得了。）

> 表達否定的語詞「ない」，有分成補助形容詞（→P.156）跟助動詞（→P.124）兩種。就像「美しくはない（不美麗）」或「おもしろくもない（也不有趣）」一樣，「ない」的前面如果可以放入助詞的話，就是補助形容詞。要否定形容詞的場合，就在連用形後面加上補助形容詞「ない」喔。

例題

回答下面文章中畫線部分的形容詞的活用形。

①**暖かく**、のどかな お天気だ。昨日も ②**暖かかった**が、今日は いつそう暖か③**く**。日増しに ④**暖かく**なる ことだ。よくもこう ⑤**暖かい**お天気が 続く ことだ。たぶん明日も ⑥**暖かかろう**し、こんなに ば、ほどなく 桜も 咲くだろう。⑦**暖かけれ**

思路 首先要思考是終止句子的形式，還是句子要繼續下去的形式。句子要繼續的形式的話，就從後面的語詞來判斷是哪個活用形。此外要十分小心連用形的中止法跟終止形加上附屬語的形容詞。
①是中止法、②是連接「た」、③是終止句子的形式、④是連接「なる」、⑤是連接「お天気」這個體言、⑥是連接「う」、⑦是連接「ば」的形式。

答
① 連用形　② 連用形　③ 終止形　④ 連用形
⑤ 連體形　⑥ 未然形　⑦ 假定形

153

3 終止形的用法 —— 有連結附屬語的時候

(1) 就此終止句子的形式,是形容詞的基本形式。

(2) 也會跟助動詞的「そうだ(傳聞的意思)」、「らしい」或助詞「と」、「けれど(けれども)」、「が」、「な(なあ)」做連結。

例
庭が美しいそうだ。(庭院好像很美。)
庭が美しいらしい。(庭院聽說很美。)
建物が美しいということだ。(也就是說建築物很美。)
遠いけれど(けれども)、歩こう。(雖然距離很遠,不過還是走過去吧。)
寒いが、出かけよう。(雖然冷,但是出門吧。)

(3) 「～く」的形式也會跟「て」、「は」、「も」等等的助詞連接。

例
美しくて清らかな感じだ。(美麗又清純的感覺。)
おもしろくても笑わない。(就算很有趣我也不會笑。)
おかしくはない。(不有趣。)
おもしろくもない。(也不有趣。)

(4) 「～く」的形式也會用來當作暫時中斷句子然後繼續下去的中止法。

例
花が美しく、実もおいしい。(花很美麗,果實也很好吃。)
力が強く、重い荷物を運ぶことができる。(力量很強、可以搬運很重的貨物。)

著眼點

● 形容詞的活用形的分辨方法
終止句子的形式只有終止形。
假定形只有連接助詞「ば」。
未然形只有連接助動詞「う」。

✓ 練習 7

將下列①、②兩個句子,分別利用中止法來連結成一個句子。

① 山ははるかに遠い。海はとても近い。
（　　　　　　）
② 顔つきが愛らしい。まゆがすんなりとして美しい。
（　　　　　　）

解答 → P.379

6章 形容詞、形容動詞

あの車は、とても速いな（なあ）。（那輛車子開得非常快（呢）。）

4 連體形的用法 ── 跟體言之類的語詞連結

(1) 跟體言連結，並且修飾那個體言。

例) 美しい花だ。（美麗的花朵。）
　　よい行いをする。（做善事。）

(2) 跟助動詞「ようだ」或助詞「のに」、「ので」、「だけ」等等做連結。

例) 帯には短いようだ。（要當腰帶似乎太短了。）
　　若いのに、しっかり者。（明明年輕但是很穩重。）
　　美しいので、見とれていた。（因為很美所以看到出神了。）
　　美しいだけではいけない。（光只有美麗是不行的。）

> 形容詞沒有命令形。所以要表達命令的意思的場合，需要在形容詞的連用形的後面加上動詞的命令形。
> ● 正しく＋しろ
> ● 正しく＋せよ
> ● 正しく＋なさい
> （「しろ」、「せよ」是サ變動詞「する」的命令形。「なさい」是五段動詞「なさる」的命令形。）

5 假定形的用法 ── 連接助詞「ば」

例) 美しければ、見に行こう。（很美的話就去看吧。）

✓ 練習 8

下列文章裡有八個形容詞。請挑出那些形容詞並回答它們的活用形。

解答→P.379

いかにも寂しい海岸であった。波の音は絶え間もなく、西の空はまだ明るいが、海上は夕やみが濃くなっていく。広いばかりの砂浜に、小さくて、近寄らないと花の色さえ判別できない草花が、風に厳しく吹きつけられていた。風の音が死者のささやきのように悲しい。

（　）（　）（　）（　）
（　）（　）（　）（　）

UNIT 4 形容動詞的活用

目標 ▼ 理解形容動詞的活用形跟種類。

形容動詞結尾有兩種類型，一種是以「だ」做結尾，也可以比較禮貌的以「です」做結尾。

> **注意**
>
> 需要注意的形容詞的語幹用法
>
> ① 用於終止句子的形式，會單獨變成述語。
> 例 おお、寒。（喔喔，好冷。）
> 這時「寒」、「うれし」是當作形容詞。
>
> ② 跟助動詞「そうだ（樣態的意思）」（→ P.215）連結。
> 例 外は寒そうだ。（外面看起來很冷。）
> 優勝して、ほんとうにうれしそうだ。（獲得優勝，看起來真的很高興。）
>
> ③ 會以單獨或是重複的形式變成副詞。
> 例 はや 出発した。（提早出發了。）
> 軽々と 持ち上げる。（輕易就拿起來。）
>
> 在右邊的例「はやい」、「軽い」這些形容詞的語幹以單獨或是重複的形式，變話成一個副詞。

> ✓ **練習 9**
>
> 下列各個句子中畫線部分的語詞的品詞，請依照順序回答。
>
> ① 勉強する気持ちをなくし、家にいてもおもしろくなかったので、だれもいない遠いところへ行きたくなった。
> （　）（　）（　）
>
> ② ひとりで細々と暮らしている母は、それでも新しい服を送ってきて、親心の深さを私に思い知らせた。
> （　）（　）（　）
>
> 解答 → P.379

第6章　形容詞、形容動詞

1 以「だ」做結尾的形容動詞的活用形

參考

以「です」做結尾的形容動詞：古老文法的書上認為形容動詞的終止句子的形式只有以「～だ」做結尾。按照這個說法，「きれいです」就是形容動詞「きれいだ」的語幹「きれい」加上表達禮貌地斷定的助動詞「です」（→P.233）後的語詞。但是最近的學說則是把「きれいです」當成「きれいだ」的比較有禮貌的說法的一個形容動詞。

以「だ」做結尾的形容動詞有未然形、連用形、終止形、連體形、假定形，總共五種活用。

(1) 未然形……像「きれいだろ」、「元気だろ」一樣連接「う」的形式。
　　きれいだろう（很乾淨吧）　元気だろう（很有精神吧）
　　但是沒有命令形。

(2) 連用形……有分成像「きれいだっ」、「きれいで」、「きれいに」一樣連結「た」等等的形式，跟「きれいで」、「元気で」一樣連結「ない」、「ある」等等特別的用言的形式，以及「きれいに」、「元気に」一樣連結「なる」等等各種用言的形式，總共有三種。
　　　┌きれいだった　（很乾淨）　　元気だった（很有精神）
　　　├きれいでない　（不乾淨的）　元気である（有精神的）
　　　└きれいになる　（變得乾淨）　元気になる（變得有精神）

(3) 終止形……像「きれいだ。」「元気だ。」一樣終止句子的形式。
　　きれいだ。（很乾淨。）　元気だ。（有精神。）

例題

在下列各個句子畫線的部分裡面挑出形容動詞，並回答它們的活用形。

① 自然は、人間の想像をはるかに超えた姿を見せる。
② よいことはただちに実行すべきである。
③ 真実を見きわめるのは容易ではない。
④ 私は試験の結果について悲観的だった。
⑤ 科学者が追い求めてきたものは真理だ。
⑥ 今年の天候は異常だ。
⑦ 昨年の天候は異常でした。

思路

形容動詞的連用形（特別是「～に」的形式），很容易跟副詞搞混，但是只要語幹的部分可以接上「～だ」、「～な」的話就是形容動詞。例如①的「はるかな」因為可以說成「はるかだ」、「はるかな」所以是形容動詞，②的「ただちに」因為加上「だ」、「な」會變得語意不通。

另外，名詞加上助動詞「だ」的形式跟形容動詞很相似這點也要小心（→P.229）。這個場合只要加上「真に」、「ほんとうに」之類的連用修飾語後語意是通順的話，就是形容動詞。例如⑤科学者が追い求めてきたものは「ほんとうに」真理だ。《科學家追求的「真的是」真理。》
⑥ 今年の天候は「ほんとうに」異常だ。《今

157

2 以「です」做結尾的形容動詞的活用形

以「です」做結尾的形容動詞跟表達禮貌地斷定的助動詞「です」(→P.233) 有著一樣的活用。也就是說有未然形、連用形、終止形、連體形，總共四種活用變化。沒有假定形、命令形。

(1) 未然形……像「きれいでしょ」一樣連結「う」的形式。

きれいでしょ（很漂亮吧） 元気でしょ

(2) 連用形……像「きれいでし」一樣連結「た」的形式。

きれいでした（很漂亮） 元気でした（有精神）

(3) 終止形……像「きれいです」一樣連結句子的形式。

きれいです。（很漂亮。） 元気です。（有精神。）

(4) 連體形……像「きれいです」一樣，只有在連結助詞「ので」、「のに」的時候才會用的形式。

きれいですので（因為很漂亮） 元気ですのに（明明有精神）

以「です」做結尾的形容動詞跟表達禮貌地斷定的助動詞「です」(→P.233) 有著一樣的活用。也就是說有未然形、連用形、終止形、連體形，總共四種活用變化。沒有假定形、命令形。

（接續上文）

(4) 連體形……像「きれいな」、「元気な」一樣連結各種體言的形式。

きれいな花（漂亮的花） 元気な子供（有活力的小孩）

(5) 假定形……像「きれいなら」、「元気なら」的形式。即使沒有「ば」，也有單獨使用假定形的時候。

きれいなら（ば）（漂亮的話） 元気なら（ば）（有精神的話）

年的氣候真的很異常。）從這句來看⑤的語意不通順，而⑥的語意通順，所以⑥「異常だ」是形容動詞。

另外⑦「異常です」活用變化後的「異常でし」也是形容動詞。

此外形容動詞也有像④的「悲観的だ（較為悲観）」一樣以「〜的」為語幹的詞，以及像「スマートだ（苗條的）」一樣以外來語做語幹的詞，這點需要注意。

答
① 連用形　③ 連用形　④ 連用形　⑥ 終止形
⑦ 連用形

著眼點
● 形容動詞跟副詞、名詞文節的分辨方法
→ 無法變成「〜だ」、「〜な」的形式。
→ 副詞
→ 前面不能加入連用修飾語。
→ 名詞文節（名詞+助動詞「だ」）

練習 10
解答→P.379

在下列各個句子的（　）中，讓形容動詞「丈夫だ」活用後再填入，並回答活用形。

① そんなに（　　　　）、きっと行けるよ。［　　　　］

② もっと（　　　　）体になりたいなあ。［　　　　］

158

3 形容動詞的活用的種類 ——活用的方式有兩種

就像右邊舉出的「きれいだ」、「きれいです」一樣，形容動詞的活用的方式只有兩種。將「きれいだ」、「きれいです」的活用變化整理成表格吧。

基本形 きれいだ	語幹	きれい
常見用法	未然形	ーだろ
連接う	連用形	ーだっ / ーで / ーに
連接た、ない、なる	終止形	ーだ
終止句子	連體形	ーな
連接 と き、こと	假定形	ーなら
連接ば	命令形	○

基本形 きれいです	語幹	きれい
常見用法	未然形	ーでしょ
連接う	連用形	ーでし
連接た	終止形	ーです
終止句子	連體形	（ーです）
連接 ので、のに	假定形	○
	命令形	○

③ 私の父は、そんなに（　　）はない。
④ 彼は少しも病気をしないのだから、きっと、体は（　　）う。
⑤ ぼくも、そのころは（　　）た。
⑥ 私の母は、たいへん（　　）。
⑦ もっと（　　）なりたい。

4 有特別活用的形容動詞 ——只有連體形不同

> **注意**
> 跟形容詞有著相同語幹的詞……形容詞跟形容動詞中有語幹是一樣的詞。在下列的例中畫線部分就是語幹。
> 細かい（細緻）、暖かい（溫暖）、真っ黒い（漆黑）、軟らかい（柔軟）、暖かだ、まんまるい（圓滾滾）
> 細かだ、暖かだ、真っ黒だ、軟らかだ、まんまるだ ← 形容動詞
> 細かです、暖かです、真っ黒です、軟らかです、まんまるです ← 形容詞

學會形容詞跟形容動詞的活用方法，根據語詞的活用語尾來判斷品詞。接著將語幹是「暖か」的形容詞、形容動詞的活用整理成表格吧。

基本形	語幹	未然形	連用形	終止形	連體形	假定形	命令形
暖かい	暖か	—かろ	—かっ —く	—い	—い	—けれ	○
暖かだ	暖か	—だろ	—だっ —で —に	—だ	—な	—なら	○
暖かです	暖か	—でしょ	—でし	—です	（—です）	○	○

(1)「こんなだ」的活用……「こんなだ」、「そんなだ」、「あんなだ」、

✓ 練習 11　解答→P.379

回答下列各個句子中畫線部分的形容動詞的活用形。

① 外はうららかな（　　）初夏だ。屋根ですずめが鳴いている。あのすずめはのんきで（　　）いいなあ。
② その話がほんとうなら（　　）、彼がよい人間であることは確かだろう（　　）。
③ 彼は、生まれつき素直で（　　）、話す口調から推測してもハンサムでし（　　）た。
④ 穏やかに（　　）あちらの男性はとても誠実でしょう（　　）。
⑤ 簡単な（　　）ことなのですが、実はとても重要です（　　）。

6章 形容詞、形容動詞

「どんなだ」這些形容動詞沒有連體形，在連接體言的場合會直接使用語幹連結。下列例〔 〕的部分是語幹。

例 こんなとき、なぜ来たの。（為什麼挑這種時候過來呢。）
そんな**話**があるものか。（世上哪有那種事。）

(2)「同じだ」的活用……「同じだ」也跟「こんなだ」一類的一樣，跟體言連結的場合會直接使用語幹，但是只有在連接助詞「の」、「ので」、「のに」的時候才會變成「～な」的連體形。下列例〔 〕的部分是語幹，〔 〕是連體形。

例 二人は同じ日に生まれた。（兩個人同一天出生。）
ぼくも同じなのがほしい。（我也想要一樣的。）
身長が同じなのに、体重は重い。（身高明明一樣，體重卻很重。）
クラスが同じなので、仲が良い。（因為同班，所以很要好。）

常見用法	基本形	語幹	未然形	連用形	終止形	連體形	假定形	命令形
	こんなだ	こんな	―だろ	―だっ ―で ―に	―だ	（―な）	―なら	○
	同じだ	同じ	―だろ	―で ―に	―だ	―（な）	―なら	○
			連接う	連接た、ない、なる	終接句子	連接の、のに	連接ば	止句並終

但是也有說法是將「こんな」、「そんな」、「あんな」、「どんな」歸類成連體詞，而「同じ」歸類成副詞。

✓ 練習 12

完成下列的活用表格。

解答 → P.379

基本形	語幹	未然形	連用形	終止形	連體形	假定形	命令形
なだらかだ							
あんなだ							
立派だ							
どんなだ							
同じだ							

✓ 練習 13

下列各個句子中的形容動詞的活用，如果是正確的就寫圈，如果是錯誤的就修改成正確的活用。

解答 → P.380

① これと同じなのを持っている。
（　　　　　）

② それとこれとは、同じなものです。
（　　　　　）

③ この服は、前に買ったのと同じのに、少し安い。
（　　　　　）

UNIT 5 形容動詞各種活用形常見用法

目標 ▼ 理解形容動詞的各種活用形的用法

以「です」做結尾的形容動詞的各種活用形的用法，大致上就只有在 128 頁舉例的部分而已。在這裡要解釋以「だ」做結尾的形容動詞的各種活用形。

1 未然形的用法 ——連接助動詞「う」

（例）夜はとても静かだろう。（夜晚非常安靜吧。）

2 連用形的用法 ——也有用做中止法的場合

(1)「～だっ」的形式會連接助動詞「た」或助詞「たり」
（例）室内は、わりに静かだった。（室內其實挺安靜的。）
日によって、静かだったり、にぎやかだったりする。（日子不同，有時安靜、有時吵鬧。）

(2)「～で」的形式連結補助動詞「ある」或補助形容詞「ない」。
（例）彼は健康である。（他很健康。）
この計算は正確でない。（這個計算不正確。）

(3)「～で」的形式也會連接「は」、「も」、「さえ」等等的助詞
（例）そこは静かではない。（那裡並不安靜。）
思ったほど安全でもない。（沒有意料中安全。）

例題

回答下列各個句子中在畫線範圍內的品詞名稱，並且針對用言回答它的活用形。

① 原稿用紙を広げたが、一行も書けない。
② 駅から図書館まであまり遠くなかった。
③ 今日、買った果物は、新鮮ではない。

思路

在連接否定的語詞「ない」的時候，要理解用言的活用形是什麼，另外也要理解「ない」的品詞是什麼。另外形容詞、形容動詞跟「ない」之間也可以加入「は」、「も」等等的助詞。

答

① 「書け」＝動詞の未然形　「ない」＝助動詞　② 「遠く」＝形容詞の連用形　「なかっ」＝形容詞の連用形　③「新鮮で」＝形容動詞の連用形　「は」＝助詞　「ない」＝形容詞の終止形

著眼點

●用言的否定的形式
- 動詞的未然形＋助動詞「ない」
- 形容詞 ⎫
- 形容動詞 ⎬ 的連用形＋補助形容詞「ない」

3 終止法的用法 ——也有連結附屬語的時候

(1) 將句子在此終止的形式，是形容動詞的基本形。

(2) 也會連接助動詞的「そうだ（傳聞的意思）」或助詞的「と」、「けれど（けれども）」、「し」、「な（なあ）」、「が」。

例 彼はとても元気だ**そうだ**。（聽說他非常有精神。）

それは同じだと思う。（我覺得那是一樣的。）

わずかだ**けれど**（けれど

例 **「～で」** 的形式跟動詞、形容詞一樣，也能用做暫停句子後再繼續下去的中止法。

(4) 場內は厳かで**さえ**あった。（場內甚至很莊嚴。）

波が静かで、風もない。（海浪很平靜，也沒刮風。）

入道雲は壮大で、強烈であった。（積雨雲不但壯大也很猛烈。）

(5) 「**～に**」的形式會連接各種用言。

例 彼の生活はこんなに**質素だ**。（他的生活是這麼地簡樸。）（形容動詞）

左手より右手がわずかに**長い**。（右手比左手稍微長一點。）（形容詞）

室内が静かに**なる**。（室內變得安靜。）（動詞）

> 形容動詞也跟形容詞一樣，沒有命令形。所以要表達命令的意思的場合，必須在形容動詞的連用形後面接上動詞的命令形。如下：
> ● 静かに＋しろ
> ● 静かに＋せよ
> ● 静かに＋なさい

例題 回答下列各個句子中畫線範圍內使用中止法的語詞的品詞名稱、活用形。

① 修学旅行は楽しく、私たちのよい思い出になります。

② 急いで部屋を片付け、電灯を消して外へ出た。

③ 試験問題は簡単で、満点をとれる自信があった。

思路 不管是品詞還是活用形都能馬上知道吧。

答 ① 形容詞・連用形　② 動詞・連用形　③ 形容動詞・連用形

著眼點
● 用言的中止法有連用形、形容詞會變成「～く」、形容動詞會變成「～で」的形式。

4 連體形的用法 —— 跟體言一類的語詞連結。

(1) 連接體言並且修飾那個體言。

例）
- 静か**な夜**であった。
- 親切**な人**である。

(2) 也會連結助動詞的「ようだ」（比喩、推測、舉例的意思）」或助詞的「ので」、「のに」、「だけ」。

例）
- 波は穏やか**なようだ**。（海浪似乎很平靜。）
- 彼は親切**なので**、人に好かれる。（他很親切，因此討人喜歡。）
- 静か**なのに**勉強できない。（明明很安靜卻沒辦法用功。）
- 彼は元気**なだけ**に、よく働く。（因為他很有活力，所以勤奮工作。）

5 假定形的用法 —— 有不會伴隨助詞「ば」的時候。

一般來說會連接「ば」，但是也有單獨用假定形的時候。

例）
- めんどうなら**ば**、この次に行こう。（嫌麻煩的話，就下次再去吧。）
- そこが静かなら、移ってもよい。（既然那裡很安靜，也可以移到那裡。）

も）、あげる。（雖然只有一點點，但是給你。）
これは便利だ**が**、危険だ。（這雖然方便，但是很危險。）
そこは静かだ**し**、空気もよい。（那裡很安靜，但是空氣也很好。）
ほんとうに親切だ**な（なあ）**。（真的很親切（呢）。）

練習 14
解答 → P.384

回答下列各個文章中畫線範圍內的品詞，並且連用言的活用形也一起回答。此外有補助用言的話也要回答它的品詞跟活用形。

厚化粧(あつげしょう)の女性は、少しもきれいではない。①また、自分で美しいことを鼻にかけている女性②も、けっして美しくない。女性はその素肌(すはだ)④が魅力的であり、ひたむきに生きているときこそ⑤きれいである。

① （　　）
② （　　）
③ （　　）
④ （　　）
⑤ （　　）

第6章 形容詞、形容動詞

注意

需要注意的形容動詞的語幹的用法

① 有些情況可能是體言（名詞）。

例 **正直**は一生の宝。（誠實是一生的寶物。）
健康が第一の条件だ。（健康是第一條件。）

右邊例的「正直」、「健康」可能會想成是形容動詞的語幹，但是在這個場合有伴隨助詞「は」、「が」變成主語。因此他們是體言（名詞），而不是形容動詞的語幹。

② 用終止句子的形式而且單獨變成述語。

例 まあ、**すてき**。（哇啊，好棒。）
さあ、**たいへん**。（天啊，好辛苦。）

③ 會連接「そうだ（樣態的意思）」、「たいへん」會當作形容動詞的語幹。這個場合「そうだ」、「たいへん」會當作形容動詞的語幹。（→P.215）、「らしい」（→P.226）之類的助動詞。

例 彼は元気そうだ。（他好像很有精神。）
そこは静からしい。（那裡好像很安靜。）

練習 15

解答→P.384

下列各個句子畫線的部分，分別是一個單字。請回答適合填入框內的活用語尾。

① 仕事はめんどうだが、丁寧[　]仕上げよう。
② 海は穏やか[　]ので、船はすべるように進む。
③ 水がきれい[　]、底まではっきり見える。
④ 君は不愉快[　]うが、自分の失敗を認めるべきだ。
⑤ もし君の意見が正当[　]、ぼくはそれに従うよ。
⑥ 父は果物が好き[　]、いつも買ってくる。
⑦ 荷物が重[　]ば、ぼくも一っ緒によこんであげる。
⑧ 吉野山の桜は満開で、その風景はみごと[　]そうだ。

注意　形容詞、形容動詞、動詞的活用與用法的差異

活用	活用的種類	未然形	連用形	連體形	假定形	音便
形容詞	沒有命令形。	一個種類。	只有連接「う」。	連接「た」、「なる」之類的兩種形式。表達否定會使用補助形容詞「ない」。	連接體言之類的語詞。	連接「ば」。	只有ウ音便。
形容動詞	沒有命令形。以「です」做結尾的語詞連假定形也沒有。	兩種。（「だ」跟「です」）	只有連接「う」。	以「だ」做結尾的語詞有連接「た」、「なる」三種形式。表達否定會使用補助形容詞「ない」。	以「です」做結尾的語詞只會連接「のに」、「ので」。另外也有些詞沒連體形。	有把「ば」省略掉的時候。	沒有音便。
動詞	未然形、連用形、終止形、連體形、假定形、命令形，共六種。	五段、上一段、下一段、カ變、サ變，共五種。	五段有連接「う」、「ない」兩種形式，サ變有「れる」三種形式，其它活用還有連接「ない」、「ぬ」之類的形式。	五段有連接「ます」兩種形式，其它活用還有連接「ます」的形式。	連接體言之類的語詞。	連接「ば」。	只有五段有音便，總共三種。イ音便、促音便、鼻音便，

例題
從下列ア～ク的選項中，挑出可能是形容動詞語幹的選項。

ア　有益　　イ　利益　　ウ　天気
エ　陰気（いんき）　　オ　仕事　　カ　勇気
キ　勇敢（ゆうかん）　　ク　同様

思路
有些詞語很難區分是名詞還是形容動詞的詞幹。然而，形容動詞的詞幹可以加上形容動詞的連體形後綴「な」。可以說「有益な（・）」，但是オ不能說「利益な（・）」。

此外，即使可以加上「な」，為了保險，也要確認其後是否能適當地接續名詞。例如，ア可以說「有益な發明」（這裡的「發明」是名詞），但是才不能說「仕事な時間」，而應該說「仕事の時間」，需要加上「の」才能接續名詞。

答
ア・エ・キ・ク

著眼點
● 形容動詞的語幹加上「な」後可以接上體言。

UNIT 6 形容詞、形容動詞的功用

目標 ▼ 理解形容詞、形容動詞的功用。

1 變成述語 ──單獨也能變成述語

形容詞跟形容動詞跟動詞一樣，可以單獨或是伴隨各種附屬語，在「何が」→「どんなだ」的句型中變成述語。單獨變成述語的場合，一般來說是以終止形來終止句子，或是在中止法的時候變成連用形（以「です」做結尾的形容動詞沒有中止法。）

形容詞

日ざしが 暖かい。（陽光很溫暖。）
主語　　 述語（終止形）　　〔單獨變述語〕

日ざしが 暖かく、春は 近い。（陽光溫暖，春天快到了。）
主語　　 述語　　　主語　述語（終止形）
　　　　（連用形）
　　　　 中止法　　　　　　　　　〔伴隨附屬語〕

形容動詞

日ざしが 暖かだ。（陽光很溫暖。）
主語　　 述語（終止形）　　〔單獨變述語〕

日ざしが 暖かで、風も 穏やかだ。（陽光溫暖，風也平靜。）
主語　　 述語　　　主語　述語
　　　　（連用形）
　　　　 中止法　　　　　　　　　〔伴隨附屬語〕

日ざしが 暖かでしたよ。（陽光很溫暖喔。）
主語　　 述語　　 附屬語
　　　　（連用形）

例題

回答下列各個句子中畫線部分的語詞的品詞名稱跟活用形。並且說明各個文節的功用。

① 彼の態度は<u>立派だ</u>。
② <u>話し声が</u>うるさく聞こえる。
③ その処置は<u>適切で</u>、問題は解決した。
④ 駅からしばらく行くと、<u>さびしい</u>通りに出た。
⑤ <u>嫌いなら</u>、食べなくてもいいよ

思路

畫線部分的語詞是形容詞或是形容動詞，這點從沒有附屬語就能變成一個文節就能看出來。所以調查形容詞或形容動詞單獨會有什麼樣的功用吧。

首先只有形容詞或形容動詞的文節，不會變成主語，但是可以變成述語或修飾語，像②一樣單獨變成修飾語的場合，像②一樣單獨變成連用修飾語的文法是副詞法（→P.170）。另外單獨變成述語的場合，一般來說會像①一樣使用終止形，但是也有像③一樣使用連用形變成中止法的時候。

167

2 變成主語──會伴隨「の」跟「が」、「は」、「も」之類的助詞

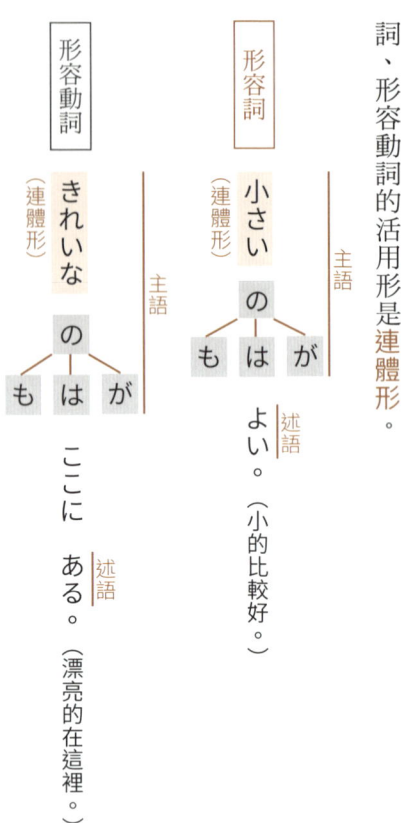

形容詞跟以「だ」做結尾的形容動詞跟動詞一樣，會接上助詞的「の」跟助詞的「が」、「は」、「も」，變成主語。這個場合的形容詞、形容動詞的活用形是連體形。

形容詞

小さい（連體形） の も は が ┐主語
よい。（小的比較好。）└述語

形容動詞

きれいな（連體形） の も は が ┐主語
ここに ある。（漂亮的在這裡。）└述語

答
① 形容動詞・終止形・述語
② 形容詞・連用形・連用修飾語
③ 形容動詞・連用形・述語
④ 形容詞・連體形・連體修飾語
⑤ 形容動詞・假定形・接續語

此外⑤的「嫌いならば」是將助詞「ば」省略掉的形式，形容動詞的假定形直接變成接續語（表達假定的條件）。

著眼點
● 形容詞、形容動詞的功用
可以單獨變成述語、修飾語。

例題
從下列各個句子中畫線部分挑出自立語，回答它的品詞跟活用形。另外請回答畫線部分（文節）的功用。

① ここは学校に近いし、環境もよい。
② 今度の試験はたいへん難しかった。
③ 必要なのは、根こん性じょうと努力だ。
④ ぼくに大きいのをください。
⑤ 弟は眠そうに大きなあくびをした。
⑥ この情報は、やはり確からしい。
⑦ そこの池は、ずいぶん深いらしい。
⑧ 新しいのに、もう壊こわしてしまった。
⑨ 遠いので、歩いて行くのは無理です。
⑩ 不愉快だろうが、争ってはいけないよ。

3 變成修飾語 —— 單獨變成修飾語

形容詞跟以「だ」做結尾的形容動詞可以單獨或是伴隨各種附屬語，變成連體修飾語或是連用修飾語。

(1) 變成連體修飾語的場合……單獨變成連體修飾語的場合會使用連體形。

形容詞

大きい（連體形）→ 百貨店が（名詞／體言文節） ある。（有一間很大的百貨公司。） ［單獨變連體修飾語］

小さかった（連用形）→ 城下町が（名詞／體言文節） 大都市になった。（小小的城下町變成大都市了。） ［伴隨附屬語］

形容動詞

にぎやかな（連體形）→ 商店街を（名詞／體言文節） 歩く。（走在熱鬧的商店街。） ［單獨變連體修飾語］

元気だった（連用形）→ 先生が（名詞／體言文節） 重病だ。（原本有活力的老師生重病了。） ［伴隨附屬語］

> **思路** 畫線部分看得出來是形容詞或形容動詞加上附屬語變成一個文節吧。因此要先確認句子中形容詞、形容動詞是使用什麼活用形後，才能把它挑出來。特別要注意的是形容詞、形容動詞會有語幹接上附屬語的場合。

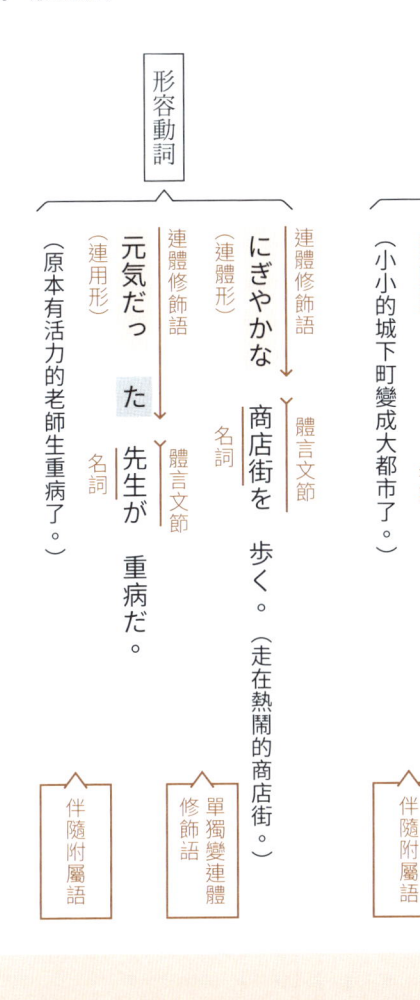

(2) 變成連用修飾語的場合……單獨變連用修飾語的場合叫做副詞法，會使用連用形（形容詞變「～く」，形容動詞變「～に」）。另外也能伴隨各種附屬語變連用修飾語。

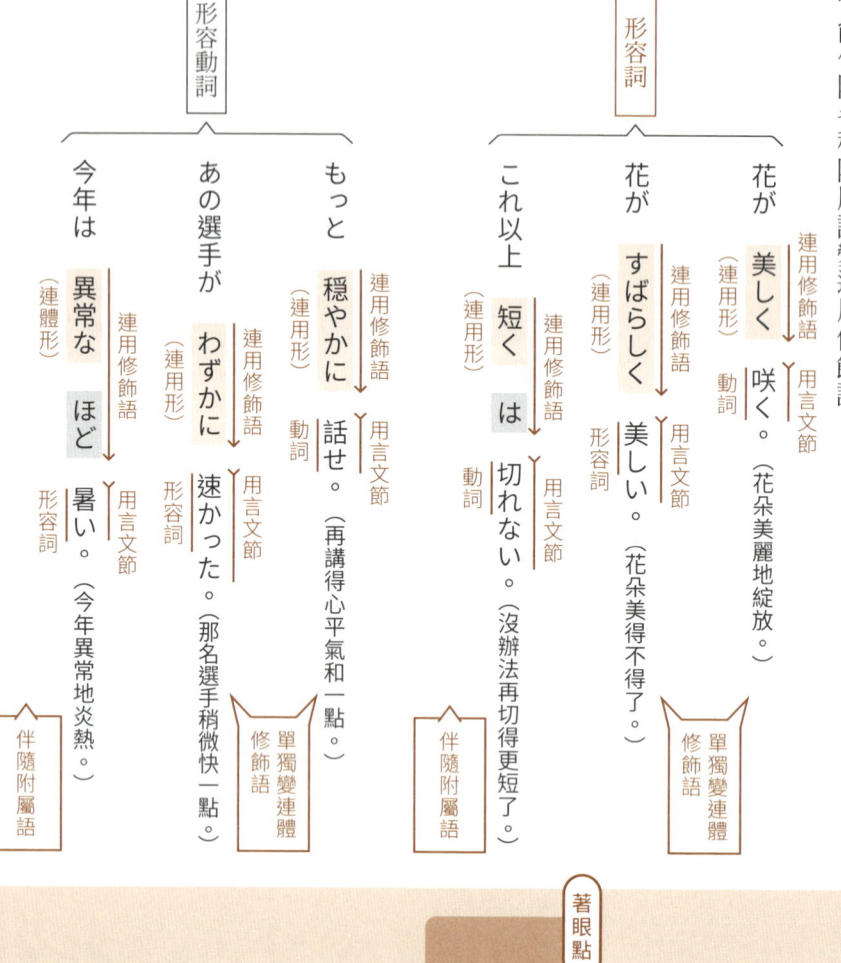

形容詞
- 花が **美しく**（連用形）→ 咲く。（用言文節／動詞）（花朵美麗地綻放。）〔單獨變連體修飾語〕
- 花が **すばらしく**（連用形）→ 美しい。（用言文節／形容詞）（花朵美得不得了。）〔單獨變連體修飾語〕
- これ以上 **短く** は 切れない。（連用形／連用修飾語／動詞・用言文節）（沒辦法再切得更短了。）〔伴隨附屬語〕

形容動詞
- もっと **穏やかに** 話せ。（連用形／連用修飾語／動詞・用言文節）（再講得心平氣和一點。）
- あの選手が **わずかに** 速かった。（連用形／連用修飾語／形容詞・用言文節）（那名選手稍微快一點。）〔單獨變連體修飾語〕
- 今年は **異常な**（連體形） ほど 暑い。（連用修飾語／形容詞・用言文節）（今年異常地炎熱。）〔伴隨附屬語〕

答
① 近い・形容詞（終止形）・述語
② 難しかっ・形容詞（連用形）・述語
③ 必要な・形容動詞（連體形）・主語
④ 大きい・形容詞（連體形）・連用修飾語
⑤ 眠・形容詞（語幹）・連用修飾語
⑥ 確か・形容動詞（語幹）・述語
⑦ 深い・形容詞（終止形）・接続語
⑧ 新しい・形容詞（連體形）・述語
⑨ 無理です・形容動詞（終止形）・述語
⑩ 不愉快だろ・形容動詞（未然形）・接続語

著眼點
● 形容詞、形容動詞的語幹接上助動詞
形容詞、形容動詞的語幹 ＋「そうだ（樣態）」
形容動詞的語幹 ＋「らしい」

4 變成接續語 ——伴隨接續助詞

形容詞、形容動詞跟動詞一樣，伴隨接續助詞（→P.226）會變成接續語。

形容詞
忙し｜けれ｜ば｜、無理は言わないよ。
　　　接續語　接續助詞

形容動詞
便利｜な｜ので｜、よく使う商品だ。
　　接續語　接續助詞

静か｜です｜が｜、さびしい町ですね。
　　接續語　接續助詞

> 形容詞跟形容動詞可以單獨變成連體修飾語或是連用修飾語。但是同樣是用言，動詞卻不能單獨變成連用修飾語喔。

練習 16
解答 → P.384

回答下列各個句子畫線部分的文節的功用。

① 恐ろしいのは、この川に有毒な工場排水が含ふくまれていることだ。昔、この川はとてもきれいだったそうだ。
（　　　　　）

② 彼は元気そうに働いていたのに、急に病気になった。病状はひどく重いそうだ。
（　　　　　）

③ 小さかった子どもたちも、今では立派に成長して、君もきっと満足だろう。
（　　　　　）

④ 親戚中が集まってお節料理を食べると、温かく幸せな気分になる。いつもは静かなこの部屋もにぎやかだ。
（　　　　　）

⑤ ぼくにとって大切なのは、やさしい心と正直に話す態度だ。
（　　　　　）

提升實力考題

考驗在第6章學到的文法，掌握能實際活用的實力吧。

問題 1

下列各個句子有形容詞或形容動詞的話，就在旁邊畫線並且寫出每個詞的基本形（終止句子的形式）。

① この果物を一口食べてみたが、少しも甘味がない。
（　　　）

② この子を知っていますが、ほんとうは正直なのです。
（　　　）

③ この小説はおもしろくないから読まないつもりです。
（　　　）

④ その魚、たいそう大きゅうございますね。
（　　　）

⑤ 私の話を素直に聞いて、じゅうぶん考えてください。
（　　　）

⑥ 北海道の冬は、こちらと比べてずいぶん寒かろうね。
（　　　）

⑦ ぼくが見てきた風景の美しさをことばで表現できない。
（　　　）

⑧ 頑固なのが、父の長所であり、欠点でもあるのです。
（　　　）

⑨ 慈照寺銀閣は、簡素ではあるが、深い趣のある建物である。
（　　　）

⑩ 性格が弱いばかりに、自分にも他人にも余計な不幸を招いている人が少なくない。
（　　　）

問題 2

在下列各個句子的（　）中，分別將題目一開始提出的「涼しい」、「まじめだ」變成可以延續句子的形式後再填進去。

(1) 涼しい

① あの木かげが（　　　）ば、そこへ行ってみよう。

② 氷のそばにいたら、とても（　　　）た。

③ 夜になると、だんだん（　　　）なってくる。

④ 山の頂上は（　　　）うな。

⑤ 夕立のあとは、とても（　　　）。

⑥ 今年の夏休みは、家族と（　　　）ところへ行ってみたいなあ。

(2) まじめだ

① もう少し（　　　）勉強すれば、もっと高い点数が取れるのだが。

解答→
P.380　172

問題 4

選擇下列各個句子畫線部分是形容動詞的部分，並且在各個框內寫出它的活用形。此外不是形容動詞的就在框內畫 ×。

① 今日は、よいお天気だね。（　）
② 母の病気が心配なので郷里へ行きます。（　）
③ 教室のガラスを破ったのはだれなのか。（　）
④ もっと具体的に説明してください。（　）
⑤ 日曜になると、父は盆栽いじりに精を出す。（　）
⑥ 甘くて、まるで砂糖のようだ。（　）
⑦ 妹はそそっかしいが、母もそんなだった。（　）
⑧ 君は恋愛をロマンチックに考えすぎる。（　）
⑨ からだが丈夫なのは、なによりです。（　）
⑩ この問題は複雑だが、ぼくは解ける。（　）
⑪ これが本物ならば、それは偽物だ。（　）
⑫ 彼は試験に合格して、とても幸福だろう。（　）

問題 3

寫出下列文章中畫線部分的形容詞的活用形。

①風は冷たいし、あたりは薄暗いので歩くことも危なく、からだは綿のように疲れていた。しかし、どんなに②歩きづらかろうと、私の心は軽かった。もし、そのとき、③楽しい夢に対する期待がなければ、私は道端に行き倒れていただろう。ただ⑧苦しいばかりであったなら、けっして目的地には着けなかっただろう。

① （　）　② （　）
③ （　）　④ （　）
⑤ （　）　⑥ （　）
⑦ （　）　⑧ （　）

② 校長先生は、実に（　）方です。
③ 山田君より鈴木君のほうが（　）らしい。
④ うわさのとおり、彼は（　）た。
⑤ 疑ってはいけないが、彼はほんとうに（　）うか。
⑥ 彼がもっと（　）、今よりも信頼できる友人になれるのだが。
⑦ 勉強の態度は（　）あるし、性格も素直だ。

173

問題 5 從下列各個句子中各選一個形容詞或形容動詞並在旁邊畫線。另外寫出它們的活用形跟基本形。

① ことばがなければ、自分の意志は伝わらない。
② 自分のつとめを正確に果たせるように心がけよ。

①活用形（　　）　基本形（　　）
②活用形（　　）　基本形（　　）

問題 6 閱讀下列文章並回答後面的問題。

二字の漢字からできている漢語の中には、
① 名詞としてだけ用いられるもの
② 「する」をつけて複合動詞としてつかわれるだけでなく、名詞としてだけ用いられるもののほかに、
③ 「だ」をつけて形容動詞として用いられるものなどがある。この中で、形容動詞の場合をみてみると、たとえば、
　健康だ。
ということばは、これだけでは「健康」が名詞であるか、形容動詞の語幹であるかはわからない。
わたしは健康だ。
だいじなのは健康だ。
となっていたらどうだろう。㋑は、その「なんだ」の部分にあたる「何が　なんだ」の型であり、わたしは健康だ。前の文は、「何が　なん

だ」の型であり、これに対して、後の文は、「何が（　A　）。」の型の（　A　）の部分にあたるので、㋑は名詞に「だ」がついたものであり、㋺は形容動詞であると考えることができよう。このことは、これらの語に、修飾語をつけてみるとはっきりする。
だいじなのは（　B　）健康だ。
となると、「（　B　）」は名詞であり、「健康」は名詞となるから、「健康」は（　D　）ということになる。

（一）在空欄 A～D 填入適當的語詞。
A（　　）　B（　　）　C（　　）
D（　　）

（二）將下列的二字詞語，依照右邊文章的說明分類成①②③，並在框內寫出代號。
ア 信頼　イ 正義　ウ 愛情　エ 幸福
オ 便利　カ 現実　キ 習慣　ク 誠実
ケ 結果　コ 計画　サ 残念　シ 純情

①（　　）②（　　）③（　　）

（三）想一個三字語詞的形容動詞，並且用那個語詞造一個能看出它是形容動詞的短句。（造句的時候可以使用加上「的」、「不」、「無」、「非」的三字語詞。）

（四）從下列各個句子中挑出畫線部分是形容動詞的語幹的句子，並給代號畫圈。
ア　いま重要なのは勉強だ。
イ　家の前に車をおくのは迷惑だ。
ウ　人を動かすのは真実だ。

問題 7　閲讀下列文章並回答後面的問題。

「昭和三十二年四月二十四日」私の十一才の誕生日である。
父は私の誕生日に、この背負い台を作ってくれたらしい。のこぎりで木を縦に挽いて、のみで穴を彫り、①横木を通し、藁縄を巻き、秋に刈り取っておいたＡ柔らかなミョウガの茎を編んで②背負い紐をつけ……③無器用な父が、④粗末な道具でこれだけのものを作るのに、どれだけ日にちをかけたことだろう。
木は朴の木を使ってあった。朴の木は⑤枯れると非常に⑥軽くなり、⑦丈夫という点には少し⑧欠けるが、下駄や木版画に使われていた木である。使っていた時は、何の木で出来ているかなどは考えもしなかったが、私が薪を背負って⑨長い山道を歩く時に、少しでも⑩軽くＢ柔らかく背中に当たるよう心を配ってくれたのである。
⑪敗戦の傷をずっと⑫背負い続けてきたような人で、無口で⑬頑固で、子供たちと⑭和やかに話など出来ない父だったが、私もあの頃の父の⑮年齢に近づき、その⑯無器用だった愛情に、今さらながら気づかされている。
（星野富弘「背負い台」より）

（一）請說明畫雙線部分Ａ　Ｂ在文法上的差異。

（二）從文章中畫線部分①〜⑯的語詞中選出動詞、形容詞、形容動詞的號碼，並且寫出那些語詞的活用形名稱。

動　　　詞（　　　）
形　容　詞（　　　）
形容動詞（　　　）

問題 8　閲讀下列文章並回答後面的問題。

①ある停留所でバスを待っている。ようやく来たバスに乗り込もうとすると、入り口がいっぱいで乗り込めない。②あきらめて次のバスを待つ。通り過ぎるバスを見送ると、何と後部はがら空きだった。空席さえある。入り

口だけ学生に占拠されていたのだ。その話を、ある会合ですると、「実は私も……」と、日ごろのうっぷんが次々と飛び出した。電車で足を広げて二人分の席を占拠している無神経な輩。歩道いっぱいに広がって歩く無法な連中。ぶつかってきても無言、無表情の無礼者。教室を私語でかき乱す大学生。最初のバスの話については、ある人がこう付け足した。「彼らは、自分たちの仲間だと、すきまをつくってバスに乗せる。仲間以外の人間は、彼らには見えないらしい。ぼくらは透明人間なんだ」。バスや電車や道路、教室という公共の空間が、私物化されている。彼らには、自分とその仲間しか視野に入らない。これはひょっとしたら現代病の一種ではないか。目に見えるのは「私」の延長線上だけで、その向こうはといえば、濃霧の中にかすんでしまうというわけだ。背景には、「私」とか自己というものがあいまいになってきていることがあるといえそうだ。

（「朝日新聞・社説」より・一部改）

（一）回答畫線部分①④⑥⑫的「ある」之中，是哪一個從文法上來看跟其他三個的性質不一樣。另外請說明是哪裡不一樣。

（二）回答畫線部分②⑦⑧⑩的「ない」之中，是哪一個從文法上來看跟其他三個的性質不一樣。另外請說明是哪裡不一樣。

（三）回答畫線部分③⑤⑨⑪的動詞之中，是哪一個從文法上來看跟其他三個的性質不一樣。另外請說明是哪裡不一樣。

（四）從文章中挑出所有形容動詞，並且寫出每個詞的活用形。

第 7 章

助動詞——有活用的附屬語

助動詞是接在不能表達完整意思的用言、體言的後面,添加各種意思的單字。

重點整理

UNIT 1 助動詞的性質

- 所謂的助動詞……接在用言、體言的後面，具有添加各種意思功用的單字。
- 助動詞的性質……是附屬語且有活用。接在用言或體言的後面，常常變成述語的一部分。

解說頁 ▼ P.182

UNIT 2 助動詞的分類

有下列三種分類方法。

- **根據意思去分類**……根據添加的意思來分類。
  - 受身、可能、自發、尊敬、使役、禮貌、希望、否定、斷定、過去、完成、推測、意志、比喻、舉例、推定、傳聞、樣態等等，有各式各樣的意思。

- **根據活用去分類**……根據活用的方式來分類。
  - 分成動詞型活用、形容詞型活用、形容動詞型活用、特殊型活用、無變化型（沒有語型變化）。

- **根據接續去分類**……根據接續的方式來分類。
  - 分成跟活用語的未然形連接的詞、跟活用語的連用形連接的詞、跟各種品詞連接的詞。

解說頁 ▼ P.183

也有助動詞具備兩種以上的意思。

分類大致上就跟左邊的表格一樣，但是也有例外，所以最好確認各個助動詞的解說。

> 記住意思、活用、接續，這三種要素吧！

178

7章 助動詞

單語	UNIT 3 れる / られる	UNIT 4 せる / させる	UNIT 5 ない / ぬ（ん）	UNIT 6 う / よう	UNIT 7 まい
意思	受身、尊敬、自發、可能	使役	否定	推測、意志	否定的推測、否定的意志
活用	動詞型	動詞型	形容詞型 / 特殊型	無變化型	無變化型
接續	未然形（五段、サ變）／ 未然形（上一段、下一段、カ變、「せる」、「させる」）	未然形（五段、サ變）／ 未然形（上一段、下一段、カ變）	未然形（動詞、「れる」、「させる」、「たがる」等等）／ 未然形（五段、形容詞、形容動詞、助動詞）	未然形（五段以外的動詞、助動詞）／ 未然形（五段、形容詞、形容動詞）	終止形（五段）、未然形（五段以外的動詞）等等
例	友人に笑われる。（被朋友嘲笑。）（受身）、先生が話される。（老師在講話）（尊敬）	荷物を運ばせる。（讓人搬運行李。）黒板を見させる。（讓人看黑板。）	本を読まない。（不看書。）、少しも勉強せぬ（ん）。（一點也不用功。）	距離は五キロあろう。（距離大概五公里吧。）（推測）	雨は降るまい。（應該不會下雨。）（否定的推測）
	解説頁 ▶ P.186	解説頁 ▶ P.191	解説頁 ▶ P.194	解説頁 ▶ P.198	解説頁 ▶ P.202

179

UNIT 8 たい		UNIT 9 ます	UNIT 10 た（だ）	UNIT 11 そうだ	UNIT 12 ようだ
たがる					
希望		禮貌	過去、完成、存續、確認（想起）	樣態	傳聞	比喻、推測、舉例
動詞型	形容詞型	特殊型	特殊型	形容動詞型（「そうです」）是特殊型	形容動詞型（「ようです」）是特殊型
連用形（動詞、「れる」、「ら れる」、「せる」、「させる」）	連用形（動詞、助動詞）	連用形（用言、助動詞）	連用形（動詞、助動詞、形容詞、形容動詞的語幹	終止形（用言、助動詞）	連體形（用言、助動詞）、助詞的「の」
私は本を読みたい。（我想看書。）妹は本を読みたがる。（妹妹想看書。）		本を読みます。（看書。）	昨夜、九時に寝た。（昨晩九點睡覺。）過去勉強が今、すんだ。（作業剛才寫完了。）完了白く塗った壁。（塗白的牆壁。）存續そうだ、今日は誕生日だった。（對了，今天是生日。）確認	雨が降りそうだ。（樣態）雨が降るそうだ。（聽說會下雨。）伝聞	まるで雪のように白い。（簡直跟雪一樣白。）たとえ
解說頁 ▶ P.205		解說頁 ▶ P.209	解說頁 ▶ P.211	解說頁 ▶ P.215	解說頁 ▶ P.222

第7章 助動詞

- 兩個以上的單字組成的助動詞：跟單一的助動詞有著相同的功用。
- 補助用言……補助動詞跟補助形容詞統一的稱呼。發揮跟助動詞相同的功用。

UNIT 16 跟助動詞有相同功用的單字

解說頁 ▼ P.236

UNIT 15 です

| 禮貌地斷定 |
| 特殊型 |
| 體言、一部分的助詞 |
| これは科学の本です。(這本是科學的書。) |

解說頁 ▶ P.233

UNIT 14 だ

| 斷定 |
| 形容動詞型 |
| 體言、一部分的助詞 |
| これは科学の本だ。(這是科學的書。) |

解說頁 ▶ P.229

UNIT 13 らしい

| 推定 |
| 形容詞型 |
| 終止形（動詞、形容動詞、助動詞）、形容動詞的語幹、體言、一部分的助詞 |
| 彼はまもなく出かけるらしい。(他好像很快就要出門了。) |
| 彼のように正直な人は少ない。(例示)(像他正直的人很少。) |
| 彼にもわからないようだ。(推定)(看樣子連他也不知道。) |

解說頁 ▶ P.226

181

UNIT 1 助動詞的性質

目標 ▶ 理解給用言、體言等等的詞語添加意思的單字的性質。

1 所謂的助動詞 ── 給用言、體言等等的語詞添加意思的單字

助動詞是具備給用言、體言及其它語詞，**添加各種意思的功用的單字**。

> 花 が 咲い た 。
> 　　用言　助動詞（完成）
> (花朵綻放。)
>
> 花 が 咲い た そうだ 。
> 主語　　述語（文節）
> (花朵好像要綻放了。)
>
> 彼 は 中学生 だ 。
> 　　　體言　助動詞（斷定）
> (他是國中生。)
>
> 彼 は 中学生 だっ た 。
> 主語　　　述語（文節）
> (他曾是國中生。)

右邊的例句，助動詞「た」、「そうだ」、「だ（だっ）」，分別給用言、體言添加了完成（過去）、傳聞、斷定等等的意思。

順帶一提，日文常常在句子的結尾的文節（終止句子的結尾的文節），才會決定句子表達的意思。助動詞常常會加在這樣的句子的結尾的文節，發揮決定句子表達的意思的重要功用。

例題

在下列各個句子畫線部分的述語，加上框內的助動詞來改變句子的意思。

① 国語の　試験が　ある。
〔た…表示過去、完了〕

② 一緒に　旅行に　行く。
〔う…表示意向〕

③ 明日は　きっと　晴れる。
〔です…禮貌地表示斷定。う…表示推測〕

思路

用言接助動詞的場合，需要思考用言的活用形。另外要注意的是助動詞會有複數的自立語組成的場合。然後助動詞本身的活用也要小心。舉例來說③的助動詞「です」加上「う」的場合，「です」就變成「でしょう」（未然形）。

答

① あった　② 行こう　③ 晴れるでしょう

7章 助動詞

UNIT 2 助動詞的分類

▼目標 理解分類助動詞的三種方法。

2 助動詞的性質 ── 是附屬語且有活用

(1) 助動詞沒辦法單獨做出文節，一定會接在用言或體言之類的自立語變成文節，所以是**附屬語**。一般來說句子的結尾的文節是述語的文節，而成為述語的主要是用言或體言。助動詞經常會**接在用言或體言的後面變成述語的一部分**。

(2) 助動詞雖然是附屬語，但是**有活用**。

●著眼點
用言跟助動詞的接續
在接助動詞的時候要注意用言的活用形。

1 根據意思去分類 ── 很多教科書也用這個分類法

助動詞的分類有分成根據意思去分類、根據活用去分類、根據接續去分類，總共三種。

活用	助動詞
受身 表達承受他人執行的動作、作用	れる、られる
可能 表達做得到	れる、られる
自發 表達自然發生	れる、られる
尊敬 表達敬意	れる、られる
使役 表達讓人做某件事	せる、させる
禮貌 表達用禮貌的口氣跟聽的人講話	ます
希望 表達願望	たい、たがる

●例題
從下列各個句子挑出助動詞，並且回答意思。

① 夏休みには、富士山に登りたい。
② 高原では、もう秋の気配が感じられる。
③ 今年の梅雨は長びくらしい。
④ 春になったら、京都へ旅行しよう。
⑤ まだ、会議は始まらない。
⑥ 私は中学二年生だ。
⑦ 先生が来られる。
⑧ 一人で買い物に行かせる。

② 根據活用去分類

活用	助動詞
動詞型	全是變成「〜る」的形式。	れる、られる、せる、させる、たがる
形容詞型	全是變成「〜い」的形式。	ない、たい、らしい
形容動詞型	跟形容動詞有一樣的活用。全是變成「〜だ」的形式。	そうだ、ようだ、だ

否定	表達否定動作的意思	ない、ぬ（ん）
斷定	表達斷定的意思	だ、です
過去、完成	表達過去或動作、作用的完成、狀態的持續	た（だ）
推測	表達說話者對事物做的推測	う、よう、まい
意志	表達說話者的意志、邀請他人	う、よう、まい
比喻	表達在比喻的意思	ようだ、ようです
舉例	表達在舉例的意思	ようだ、ようです
推定	表達以某種根據為基礎做推定	ようだ、ようです、らしい
傳聞	表達是從他人聽來的資訊	そうだ、そうです
樣態	表達對象看起來是這個樣子	そうだ、そうです

思路 助動詞表達的意思基本上只能從整個句子去解讀。問題在於那個意思是怎麼表達的。換句話說「受身」、「自發」等等的文法用語，無論如何都要記住。

另外要注意有些助動詞是有兩種以上的意思。

舉例來說接在②、⑦的用言後面的助動詞雖然都是「られる」，但是②是表達「自發」的意思，而⑦則是表達「尊敬」的意思。

答
①たい・希望 ②られる・自發
③らしい・推定 ④たら・完了
⑤ない・否定 ⑥だ・斷定
⑦られる・尊敬 ⑧せる・使役

7章 助動詞

無變化型	特殊型
沒有動詞變化的型態變化的詞	有特殊的活用形式。
う、よう、まい	そうです、ようです、ます、です、た(だ)、ぬ(ん)

③ 根據接續去分類

活用	助動詞
接續活用語的未然形	れる、られる、せる、させる、ない、ぬ(ん)、う、よう、まい
接續活用語的連用形	たい、たがる、ます、た(だ)、そうだ(樣態)、そうです(樣態)
接續活用語的終止形	そうだ(傳聞)、そうです(傳聞)、まい、らしい
接續活用語的連體形	ようだ、ようです
接續各式各樣的品詞	らしい、だ、です、ようだ、ようです

> **著眼點**
> ● 助動詞的意思
> 要注意有些助動詞具有兩個以上的意思。

UNIT 3 「れる」、「られる」

目標 ▼ 理解助動詞「れる」、「られる」的意思、活用、接續

1 意思 —— 受身、可能、自發、尊敬

「れる」、「られる」有下列**四種意思**的用法。

(1) 受身……表達接受他人的動作的意思。

例：
- 友人が 私を 笑う。（朋友笑我。）
- 友人に 私が 笑われる。（我被朋友笑。）（直接性受身）
- 友人が 私に 住所を 尋ねる。
- 友人に 私が 住所を 尋ねられる。（朋友被我尋問住址。）（間接性受身）
- 友人が 私の 机を 壊す。
- 友人に 私が 机を 壊される。（朋友破壞我的書桌。）
- （我被朋友破壞了書桌。）（物主的受身）

注意
① 不是受身的句子的主語在受身的句子裡會變成「～に」、「～から」等等的修飾語的文節。
② 不是受身的句子的「～を」、「～に」、「～の」等等的文節，在受身的句子裡變成主語。

把右邊例句中的受身的句子跟不是受身的句子比較過後，就能得出以下的結論。

例題

下列各個句子中畫線部分，是助動詞就寫出意思，不是助動詞就畫 ×。

① 体育祭は、来月三日に開催される。
② 私は百メートルを十三秒台で走れる。
③ 空気が澄み、富士山の姿が望まれる。
④ 冬になり、母の病気が案じられる。
⑤ 棒が倒れるまで、相手を攻める。
⑥ 記念式典に、市長も来られるだろう。

思路　助動詞「れる」跟ラ行下一段活用的動詞（特別是可能動詞）的活用語尾容易搞混，所以要小心。ラ行下一段的動詞的場合，可以從去掉「れる」後就沒有活用語尾這點來判斷是否為助動詞。

舉例來說從②的「走れる」去掉「れる」後就剩下「走」，所以「走れる」是下一段活用的可能動詞。⑤的「倒れる」是下一段活用的動詞。

另外希望各位把「れる」、「られる」的四種意思的用法完全記住。①的「れる」雖然表達受身，但是就像這個句子一樣，會有缺少「～に」、「～から」、「～によって」等等，

7章 助動詞

表示引起動作一方的修飾語的場合。④的「られる」雖然表達自發，但是也可以從不符合受身、尊敬、可能，其他三種用法這點來判斷。

答 ①受身 ②× ③可能 ④自發 ⑤× ⑥尊敬

著眼點
助動詞「れる」、「られる」不要跟下一段活用的動詞的活用語尾搞混。

不是受身的句子　→　受身的句子

主　語　→　「〜に」、「〜から」等等

「〜を」、「〜に」、「〜の」　→　主　語

例）屋根は太い柱で支えられている。（屋頂被粗壯的柱子給支撐著。）
（也能說成「太い柱が屋根を支える（粗壯的柱子支撐著屋頂）」。支撐的是粗壯的柱子，被支撐的是屋頂。）

例）あじさいの花が雨に打たれている。（繡球花被雨水拍打。）
（也能說成「雨があじさいの花を打つ（雨水拍打著繡球花）」。拍打的雨，被拍打的是繡球花。）

在受身的句子變成主語的例……在受身的句子裡會遇到主語是無機物或人類以外的東西的場合。

(2) 可能……表達「做得到」的意思。

例）速く 歩く。（走得很快。）
　　速く 歩かれる。（能夠走得很快。）↑小心不要跟歩ける（可能動詞→P.130）搞混。

　　いくつも 重ねる。（重疊好幾個。）
　　いくつも 重ねられる。（能夠重疊好幾個。）

187

注意

像「歩かれる」這種五段活用的動詞加上可能的助動詞「れる」的形式很少會用到，通常會用「歩ける」這樣的可能動詞。

(3) 自發……表達動作自然發生的意思。

例〕去年の ことを 思い出す。（想起去年的事。）

例〕去年の ことが 思い出される。（不禁想起去年的事。）

例〕子どもの ことを 案じる。（擔心孩子的事。）

例〕子どもの ことが 案じられる。（不禁擔心孩子的事。）

(4) 尊敬……提升動作的層次表達敬意。

例〕私が 話す。（我來說。）

例〕先生が 話される。（由老師來說。）

例〕よく 知って いる。（知道得很多。）

例〕よく 知って いられる。（知道得很多。）

雖然要分辨「自發」可能有點困難，但是一開始可以先從語詞符不符合受身、尊敬、可能的條件來判斷。

2 活用 ──動詞型活用

「れる」

未然形……笑われない（沒有被笑）
連用形……笑われます（被笑）
　　　　　笑われた。（被笑。）
終止形……笑われる。（被笑。）
連體形……笑われるとき（被笑的時候）
假定形……笑われれば（如果被笑）
命令形……笑われろ（れよ）。（給我被笑。）

✓ 練習 1

解答→P.382

下列各個句子中畫線部分文節的助動詞屬於受身、可能、尊敬之中的哪一個類別。請用意思去做分類。

① 研究発表は、なるべく片寄らぬよう、できるだけ大勢の人にさせようというお考えから、今度はおまえを指名されなかったのだろう。

② 優しい母に育てられ、人間はみな兄弟であると教えられたザメンホフの胸の中には、早くから、人類に対する愛情がはぐくまれていた。

③ 私たちが忙しくてかまっていられないときでも、りすどうしが勝手に遊びたわむれているような、ゆったりしたかごをあてがった。

受身（　　）
可能（　　）
尊敬（　　）

✓ 練習 2

解答→P.382

回答下列各個句子畫線部分的意思。

① もうすぐお客さんが帰られるよ。
② 映画の主人公が気の毒に思われた。
③ 後ろを走る友人に、追い越される。
④ トラックには大きな荷物も載せられる。
⑤ あの小説を、もう読まれましたか。
⑥ いくらでも食べられます。

188

7章 助動詞

「られる」
- 未然形……助けられない（沒辦法幫忙）
- 連用形……助けられます（能夠幫忙）
- 終止形……助けられる。（能夠幫忙。）
- 連體形……助けられるとき（能夠幫忙的時候）
- 假定形……助けられれば（如果能幫忙）
- 命令形……助けられろ（られよ）。（給我幫忙。）

基本形	常見用法	未然形 連接ない	連用形 連接ます	終止形 終止句子	連體形 連接とき	假定形 連接ば	命令形 命令並終止句子
れる	（受身）	れ	れ	れる	れる	れれ	れろ、れよ
られる	（可能、自發、尊敬）	られ	られ	られる	られる	られれ	○
れる	（受身）	れ	れ	れる	れる	れれ	れろ、れよ
られる	（可能、自發、尊敬）	られ	られ	られる	られる	られれ	○

💡「れる」、「られる」的活用表格中沒有語幹呢。這是因為助動詞跟用言不同，助動詞沒辦法分辨語幹跟活用語尾。而且可能、自發、尊敬沒有命令形喔。

看右邊的表格就能知道，「れる」、「られる」跟動詞的下一段活用有一樣的活用變化。但是在表達可能、自發、尊敬的意思的場合，要注意「れる」、「られる」是沒有命令形的。

✓ **練習 3**

解答→P.382

從下列各個句子中將助動詞「れる」、「られる」以句子裡的形式挑出來，並且回答助動詞的意思跟活用形。

① 父にしかられれば、反抗したものだ。
② これは、校長先生が書かれた文章です。
③ 部屋の掃除をしたら、広くなったように感じられます。
④ 君、五時に起きられるかね。
⑤ 先生は、こんなくだらない本を読まれないだろう。
⑥ 大雨で山が崩れ、川の流れがせき止められた。
⑦ 彼の悲しみが察せられ、私の目からも涙が流れた。

① (　　) ② (　　) ③ (　　)
④ (　　) ⑤ (　　) ⑥ (　　)

189

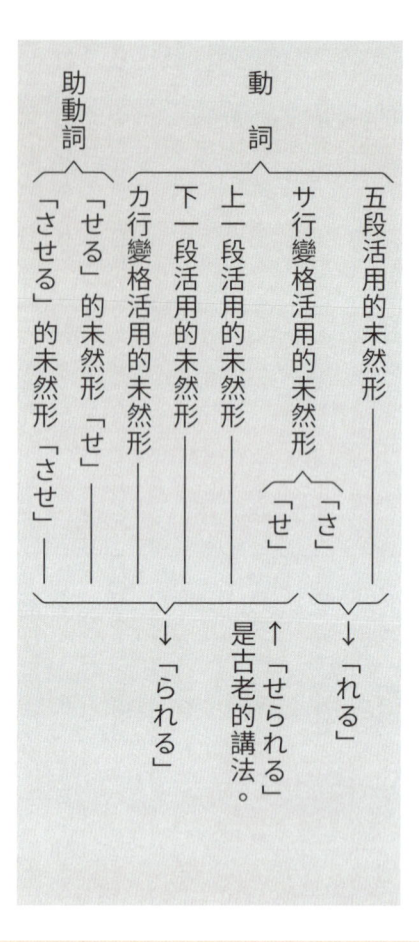

3 接續 —— 主要接在動詞的未然形後面

動詞	五段活用的未然形 ──┐ サ行變格活用的未然形 「さ」「せ」 上一段活用的未然形 ┐ 下一段活用的未然形 ├→「られる」 力行變格活用的未然形 ┘
助動詞	「せる」的未然形「せ」┐ 「させる」的未然形「させ」┘→「れる」 ↑「せられる」是古老的講法。

「五段」↓ 父が 呼ぶ。→ 父に 呼ばれる。(父親在叫我。)(被父親叫來。)

「サ變」↓ 弟が 相談する。→ 弟に 相談される。(弟弟找我商量。)(被弟弟找來商量。)

「サ變」↓ 弟に 相談する。→ 弟に 相談される。(弟弟找我商量。)(被弟弟找來商量。)

「上一段」↓ 少女が 見る。→ 少女に 見られる。(少女在看。)(被少女看到。)

「下一段」↓ 人が 話しかける。→ 人から 話しかけられる。(有人主動搭話。)(被人搭話。)

※ 「根本問題が 論ぜられる。」(問題根本被人們討論。)
弟に 根本問題を 論ずる。(討論問題根本。)

✓ **練習 4**　解答→P.383

以下列各個句子為基礎，使用受身的助動詞，造出受身的句子。但是不能使用人類以外的事物當主語。

① 父が 弟を 呼んだ。
② 先生は 生徒たちに 号令を かけた。
③ ぼくは 弟に 荷物を 運ばせた。

✓ **練習 5**　解答→P.383

以下列各個句子為基礎，使用受身的助動詞，各造出兩種受身的句子。

① 弟は、妹の おもちゃを 壊した。
② その 少年を 美しい 少女に 紹介した。

第7章 助動詞

UNIT 4 「せる」、「させる」

目標 ▶ 理解助動詞「せる」、「させる」的意思、活用、接續。

「助動詞」
「せる」読ませられる。（被迫讀書。）
「させる」教えさせられる。（被迫去教書。）

「カ變」
友人が　来る。（朋友要來。）
↓
「せる」友人に　来られる。（朋友來找我。）

1 意思 ── 使役

「せる」、「させる」是表達使他人做某件事的意思，換句話說就是**使役**。這些助動詞加入述語（述部）的場合，會讓講法沒有指使含意的句子改變結構。這個場合述語（述部）會因為它是自動詞還是他動詞（→ P.127），而使句子的結構有不同的改變方式。

自動詞

友人が ─主語
（朋友聚集起來。）
集まる。─述語

私が ─主語
友人を ─修飾語
集まらせる。─述語
　　　└助動詞
（我使朋友聚集起來。）

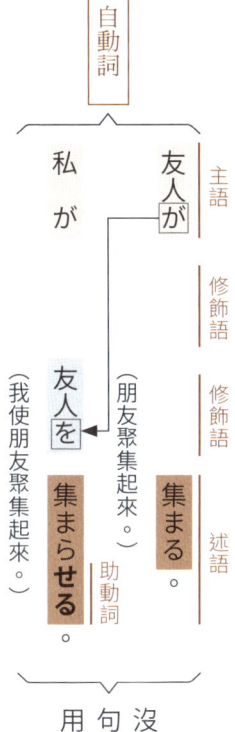

沒有使役的句子的主語用「～を」

他動詞

私が ─主語
友人を ─修飾語
集める。─述語
（我把朋友聚集起來。）

母が
私に
友人を
集めさせる。
　　　└助動詞
（媽媽使我把朋友聚集起來。）

沒有使役的句子的主語用「～に」

例題

回答後面關於下列句子的問題。

弟は、みんなと仲よく遊びます。

(1) 請以「私は」為主語改寫句子，並在述語中使用使役助動詞。
(2) 請回答 (1) 中形成的句子之述語動詞的活用種類及其活用形。
(3) 請回答 (1) 中形成的句子之使役助動詞的活用形。

思路 述語「遊びます」的「遊ぶ」是自動詞，把這個變成指使的意思後，主語「弟は」會變成「弟を」這個修飾語。
接著五段活用的動詞「遊び」變成未然形「遊ば」接上「せる」。
另外如果助動詞「せる」後面要接助動詞「ます」的場合，會變成連用形「せ」。

191

2 活用 —— 動詞型活用

「せる」
- 未然形……知らせない（不讓他知道）
- 連用形……知らせます（讓他知道）
- 終止形……知らせる。（讓他知道）
- 連體形……知らせるとき（讓他知道的時候）
- 假定形……知らせれば（讓他人知道的話）
- 命令形……知らせろ（せよ）。（給我讓他知道。）

「させる」
- 未然形……見させない（不讓他看）
- 連用形……見させます（讓他看）
- 終止形……見させる。（讓他看）
- 連體形……見させるとき（讓他看的時候）
- 假定形……見させれば（讓他看的話）
- 命令形……見させろ（させよ）。（給我讓他看。）

基本形	未然形	連用形	終止形	連體形	假定形	命令形
せる	せ	せ	せる	せる	せれ	せろ、せよ
させる	させ	させ	させる	させる	させれ	させろ、させよ
常見用法	連接ない	連接ます	終止句子	連接とき	連接ば	句子並終止

看了活用表格就能知道「せる」、「させる」跟「れる」、「られる」一樣是下一段動詞型的活用。

著眼點
● 變成使役的句子時原本句子的主語會變成使役的句子的主語
（述語是自動詞的句子）變成「〜を」。
（述語是他動詞的句子）變成「〜に」。

答
(1)私は、弟を、みんなと仲よく遊ばせます。
(2)五段活用・未然形　(3)連形

✓ **練習 6**　解答→P.383

在下列各個句子中畫線部分的文節加上使役的助動詞，並且在框內填入「母は」或「母が」的語詞，重新造句。

① 〔　　　〕、私たちは、一枚の紙でも無駄に捨てない。
② 〔　　　〕、私たちの行動については私たちが責任を持ちます。
③ 〔　　　〕、私たちが笑うので、家はいつもにぎやかだ。

7章 助動詞

3 接續 —— 兩個都是接動詞的未然形

動詞的活用種類有五種，其中兩種連接「せる」，另外三種連接「させる」。

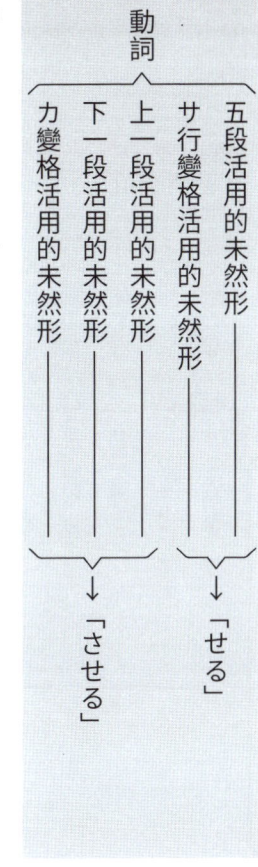

動詞 ┬ 五段活用的未然形 ┐
　　 ├ サ行變格活用的未然形 ┴→「せる」
　　 ├ 上一段活用的未然形 ┐
　　 ├ 下一段活用的未然形 ┤
　　 └ カ變格活用的未然形 ┴→「させる」

「五段」→ 絵を 描く。（畫圖。）
　　　　→ 絵を 描かせる。（讓他畫圖。）

「サ變」→ 勉強する。（念書。）
　　　　→ 勉強させる。（讓他念書。）

「上一段」→ 朝 起きる。（早上起床。）
　　　　　→ 朝 起きさせる。（讓他早上起床。）

「下一段」→ 家を 建てる。（蓋房子。）
　　　　　→ 家を 建てさせる。（讓他蓋房子。）

「カ變」→ 家に 来る。（來家裡。）
　　　　→ 家に 来させる。（讓他來家裡。）

✓ 練習 7　　解答→P.383

在下列各個句子中使役的助動詞的右邊畫線，並且回答助動詞接的動詞活用的種類跟助動詞的活用形。

① 運動させれば元気になる。
② 子どもには、もっと苦労させろ。
③ 早く来させることが大事だ。
④ 子どもを道路で遊ばせないこと。
⑤ おもしろい本を読ませた。
⑥ 無謀(むぼう)な運転をやめさせる。

UNIT 5 「ない」、「ぬ（ん）」

目標 ▶ 理解助動詞「ない」、「ぬ（ん）」的意思、活用、接續。

1 意思 ——否定

「ない」、「ぬ（ん）」是表達否定的意思。

例
- 本を 読む。（看書。）
  本を 読まない。（不看書。）
- よく 勉強する。（常常用功。）
  少しも 勉強せぬ（ん）。（一點都不用功。）

2 活用 ——「ない」是形容詞型活用，「ぬ（ん）」是特殊型活用

「ない」
- 未然形……読めなかろう（應該看不懂吧）
- 連用形……読めなかった（看不懂）
       読めなくなる（變得看不懂）
- 終止形……読めない。（看不懂。）
- 連體形……読めないとき（看不懂的時候）
- 假定形……読めなければ（如果看不懂）

💡 容易跟助動詞「ない」搞混的語詞，有形容詞「ない」以及像「はかない」一樣在形容詞中包含「ない」兩個假名的語詞，要注意喔。

例題

從下列文章中畫線部分「ない」之中選擇助動詞「ない」，並回答號碼。

助動詞「ない」，搞混的語詞，有否定意思的形容詞「ない」（補助形容詞）①ひまが②ないから書物が読めないと言う人があるが、この言い方は、必ずしも正しくない③。ありていを言えば、多くは、読むひまをつくらない④のである。あまり読もうとしないのである。それほどには読みたくない⑤のである。つまりは、読めない⑥のではない⑦、つまらない⑧、読まない⑨のである。さきの言い方は、つまらない⑩弁解である。

思路

容易跟助動詞「ない」搞混的語詞，有否定意思的形容詞「ない」（補助形容詞）→ P.152）以及「虛幻的）、「さりげない（隨意的）」等等，在形容詞裡包含「ない」兩個假名的詞。

要跟形容詞「ない」做區分，然後判斷是附屬語還是自立語。另外從接續的點來看，接在動詞後面的「ない」是助動詞這點是不會錯的。

因此接在動詞以外的語詞後面，而且是自

7章 助動詞

基本形	未然形	連用形	終止形	連體形	假定形	命令形
ない	なかろ	なかっ、なく	ない	ない	なけれ	○
常見用法	連接う	連接た、なる	終止句子	連接とき	連接ば	

連用形……雨も降らず、風も吹かない。（既沒有下雨也沒有刮風。）
終止形……雨が降らぬ（ん）。（沒有下雨。）
連體形……雨の降らぬ（ん）ときは、ほこりがひどい。（沒有下雨的時候，灰塵累積得很嚴重。）
假定形……雨が降らねば、作物が枯れる。（要是不下雨，農作物會枯萎。）

基本形	未然形	連用形	終止形	連體形	假定形	命令形
ぬ（ん）	○	ず	ぬ（ん）	ぬ（ん）	ね	○
常見用法		中止法	終止句子	連接とき	連接ば	

如同右邊的表格，「ない」跟形容詞有一樣的活用變化。另外「ぬ（ん）」有特殊的活用，沒有未然形跟命令形。

> **答**
> ②④⑥⑦⑨
>
> 立語的①③⑤⑧是形容詞「ない」。
> 此外⑩「つまらない（無趣的）」雖然是動詞「詰まる」接上助動詞「ない」產生的詞，但是也有「ささいである（輕微的）（おもしろくない（不有趣））」的意思，所以可以當作是一個形容詞。

> **著眼點**
> ● 助動詞「ない」的分辨方法
> 接在動詞後面的「ない」是助動詞。

✓ 練習 8

從下列各個句子畫線部分之中選出助動詞「ない」，然後在句子的代號畫圈。

解答 → P.383

ア 昨夜から降り続いている雨は、もう、あまりひどくない。

イ 人生というものは、ほんとうにはかないものだ。

ウ 幼なじみの一郎君は、今学期はもう学級委員長ではない。

エ 昨日から少し熱があるので、遠足には行かない。

オ この花は、色は鮮あざやかだが、君が言うほど美しくはない。

カ 割引シールのついた弁当を買ったが、腐さっていて食べられなかった。

195

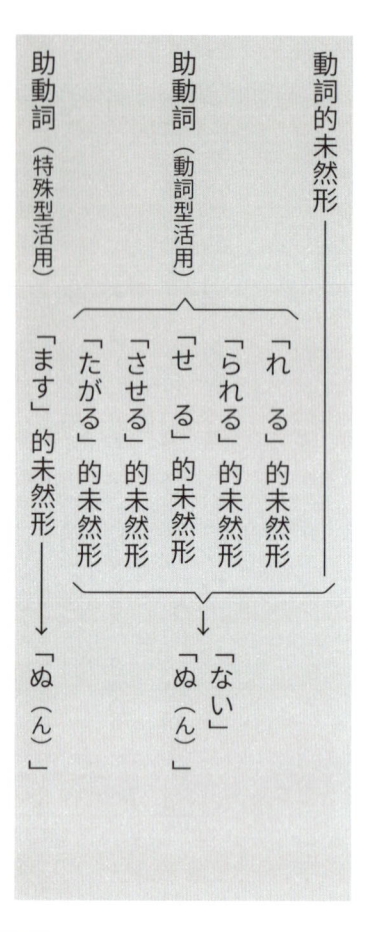

3 接續——接在動詞及助動詞的未然形後面

- 動詞的未然形
- 助動詞（動詞型活用）
  - 「れる」的未然形
  - 「られる」的未然形
  - 「せる」的未然形
  - 「させる」的未然形
  - 「たがる」的未然形
  → 「ぬ（ん）」
- 助動詞（特殊型活用）
  - 「ます」的未然形 → 「ぬ（ん）」

參考

「ない」、「ぬ」雖然會接在動詞的未然形後面，但是五段活用動詞「ある」不會跟「ない」連接。也就是說不會有「ある」的未然形「あら」接上「ない」變成「あらない」的講法，只有「あらぬ」。

- 「五段」　高く **飛ぶ**。
  - 高く **飛ば**ない。（飛得不高。）
  - 高く **飛ば**ぬ（ん）。（飛得不高。）
- 「上一段」　すぐ **起きる**。（馬上起來。）
  - すぐ **起き**ない。（不會馬上起來。）
  - すぐ **起き**ぬ（ん）。（不會馬上起來。）
- 「下一段」　星が **出る**。（星星出現了）
  - 星が **出**ない。（星星沒有出現。）
  - 星が **出**ぬ（ん）。（星星沒有出現。）

✓ 練習 9

回答下列各個句子中畫線部分的助動詞「ない」的活用形。　　解答→P.383

① とても追いつけ<u>なかっ</u>た。（　　）
② 来<u>ない</u>人はだれですか。（　　）
③ 朝食を食べ<u>なく</u>なった。（　　）
④ 辞書が買え<u>なけれ</u>ば、借りて写そう。（　　）
⑤ 君が行か<u>ない</u>ので、みんな困っている。（　　）

7章 助動詞

「カ變」 人が **来る**。（人來了。）
人が **来**ない。（沒有人來。）
人が **来**ぬ（ん）。（沒有人來。）

「サ變」 運動を **する**。（做運動。）
運動を **し**ない。（不做運動。）
運動を **せ**ぬ（ん）。（不做運動。）

「助動詞」
- 「れる」 思われぬ（ん）。（不被這麼認為。）
  思われない。（不被這麼認為。）
- 「られる」 見られぬ（ん）。（看不到。）
  見られない。（看不到。）
- 「せる」 行かせぬ（ん）。（不讓他。）
  行かせない。（不讓他。）
- 「させる」 来させぬ（ん）。（不讓他來。）
  来させない。（不讓他來。）
- 「たがる」 行きたがらぬ（ん）。（他不想去。）
  行きたがらない。（他不想去。）
- 「ます」 遊びませぬ（ん）。（不玩耍。）

注意

分辨「ない」…分成助動詞和形容詞兩種。

例 兄は全く本を読ま**ない**。（助動詞「ない」）
（哥哥完全不看書。）
帽子に名前が書いて**ない**。（形容詞「ない」）
（帽子上沒有寫名字。）

● 「ない」可以換成「ぬ」、「ず」
　 → 助動詞的「ない」

● 「ない」前面可放「は」、「も」（文節會中斷）
　 → 形容詞的「ない」

練習 10

解答 → P.383

回答跟下列句子中畫線部分的助動詞共通的基本形，以及各自的活用形。

当分の間は、どこにも行かず①、この仕事を やってしまわねばなりません③。

基本形（　　）
① （　）　② （　）　③ （　）

197

UNIT 6 「う」、「よう」

目標 ▶ 理解助動詞「う」、「よう」的意思、活用、接續。

1 意思 ──推測、意志

「う」、「よう」有下列兩種意思的用法。

(1) 推測 表達說話者說的話是經過揣測。

例
- 距離は 五キロ ある。(距離有五公里。)
- 距離は 五キロ あろう。(距離有五公里吧。)

例
- すぐ 月も 出る。(月亮很快也會出現。)
- すぐ 月も 出よう。(月亮很快也會出現吧。)

(2) 意志 表達說話者的意志。也有邀請對方的意思。

例
- 立派な ものを 書く。(寫出很棒的作品。)
- 立派な ものを 書こう。(寫出很棒的作品吧。)

例
- 私も 行って みる。(我也去看看。)
- 私も 行って みよう。(我也去看看好了。)

💡 表達意志的場合,那個句子的主語一定是「私(が)」之類的第一人稱喔。另外在表達意志的用法之中,具有邀請對方的意思的用法也可以叫做「邀請」。
- さあ、遊びに 行こう。(來,一起去玩吧。)
- 一緒に 勉強を しよう。(一起來念書吧。)

就像這些句子一樣用「~しませんか」的形式邀請對方。

例題 針對下列各個句子中畫線部分的助動詞「う」、「よう」,請回答它們的意思是意志還是推測。另外請回答接在後面的語詞的品詞。

① さあ、これから練習し<u>よう</u>。
② お父さんは遅いから、先に食事をすませ<u>よう</u>。
③ 朝寝坊(ねぼう)の彼が、こんなに早く起き<u>よう</u>はずがない。
④ なるほど、それはよかろ<u>う</u>。
⑤ 十時までに行こ<u>う</u>としても、たぶん無理だろ<u>う</u>。
⑥ だれがなんと言お<u>う</u>と、ぼくはやるぜ。

思路 「う」、「よう」的意思,特別是在分辨推測的意思的時候很容易搞混。這種場合可以用「だろう」、「でしょう」代替並變換成適當的形式來看看句子的意思通不通順來判斷。

舉例來說要判斷③的「よう」是意志還是推測的場合,就算變成「早く起きるだろうはずがない」句子意思也是通順的,因此能判斷這裡的「よう」是推測的意思。

198

7章 助動詞

❷ 活用 —— 無變化型（只有終止形）

「う」、「よう」都是活用只有終止形的無變化型的助動詞。但是只有在連接「こと」、「もの」、「はず」等等一部分的體言的場合，會用到連體形。

例 あろうことか、不用意な発言で汚名を着せられたのだ。（居然因為無心的發言被冠上汙名。）

この雨では、出かけられようはずもない。（下這麼大的雨，根本不可能出門。）

基本形	未然形	連用形	終止形	連體形	假定形	命令形
せる	○	○			○	○
させる	○	○			○	○
常見用法			終止句子	連接とき		
			う	（う）		
			よう	（よう）		

❸ 接續 —— 接在用言跟一部分的助動詞的未然形後面

助動詞
- 動詞（只有五段活用的動詞）的未然形
- 形容詞的未然形
- 形容動詞的未然形
  - （動詞型活用）「たがる」「ない」、「たい」的未然形
  - （形容詞型活用）「だ」、「ようだ」的未然形
  - （形容動詞型活用）「た（だ）」、「ます」、「そうだ」的未然形
  - （特殊形活用）「た（だ）」、「そうです」、「ようです」、「です」的未然形 → 「う」

答
① 意志・動詞　② 意志・助動詞
③ 推量・動詞　④ 推量・形容詞
⑤ 推量・形容動詞　⑥ 推量・動詞

著眼點
● 助動詞「う」、「よう」的意思
將動詞、形容詞的未然形＋「う」、「よ
う」，形容動詞的終止形＋「う」、「だろう」、「でしょう」，如果能這樣變換的話就是推測的意思。

✓ 練習 11
在後面ア～エ四個包括「よう」的語意和例句的「よう」相同的選項。

ア みんなで出かけよう。
イ もうすぐ月も出よう。
ウ あまりよく知らないようだ。
エ 仕事は、今日のうちにできよう。

木の葉が落とされようとしている。

解答→P.383

「五段動詞」 本を **読む**。（看書）

↓ 本を **読も**う。（來看書。）

「形容詞」 花が **美しい**。（花很美。）

↓ 花が **美しかろ**う。（花很美吧。）

「形容動詞」 夜は **静かだ**。（夜晚很安靜。）

↓ 夜は **静かだろ**う。（夜晚很安靜吧。）

「助動詞」

- **「たがる」** 読み**たがろ**う。（應該想看吧。）
- **「たい」** 読み**たかろ**う。（應該想看吧。）
- **「ない」** 読め**なかろ**う。（應該不會看吧。）
- **「ようだ」** 読む**ようだろ**う。（看樣子會看吧。）
- **「だ」** 読む**だろ**う。（會看吧。）
- **「そうだ」** 読み**そうだろ**う。（聽說會看吧。）
- **「た（だ）」** 読ん**だろ**う。（看過了吧。）
- **「ます」** 読み**ましょ**う。（來看吧。）
- **「です」** 読む**でしょ**う。（來看吧。）

（省略掉「そうです」、「ようです」）

動詞（五段活用以外的動詞）的未然形 ——
助動詞（動詞型活用）「れる」、「られる」的未然形 ——　→「よう」
「せる」、「させる」的未然形 ——

練習 12

解答↓P.383

給下列各個語詞加上「う」或是「よう」，並重寫成適當的形式。另外針對重寫過後的語詞，回答後面的問題。

① 書く　（　　）
② 晴れる　（　　）
③ 来る　（　　）
④ よい　（　　）
⑤ 静かだ　（　　）
⑥ 行かれる　（　　）
⑦ 来させる　（　　）
⑧ 知らない　（　　）

(1)「う」、「よう」是接續在動詞・形容詞・形容動詞・助動詞中的哪種活用形，請作答。（　　）

(2) 動詞型活用的助動詞「れる」、「られる」、「せる」、「させる」接續的是「う」還是「よう」，請作答。（　　）

(3) 形容詞型活用的助動詞「ない」、「たい」、形容動詞型活用的助動詞「だ」、「ようだ」、「そうだ」接續的是「う」還是「よう」，請作答。（　　）

7章 助動詞

[上一段] 階段を **下りる**。（下樓梯。）
↓
階段を **下りよう**。（下樓梯吧。）

[下一段] 紙を **集める**。（收集紙張。）
↓
紙を **集めよう**。（收集紙張吧。）

[カ變] また **来る**。（下次再來。）
↓
また **来よう**。（下次再來吧。）

[サ變] よく **勉強する**。（好好念書。）
↓
よく **勉強しよう**。（好好念書吧。）

[助動詞]
「れる」 出席**され**よう。（出席吧。）
「られる」 進め**られ**よう。（向前進吧。）
「せる」 読ま**せ**よう。（讓他讀吧。）
「させる」 受け**させ**よう。（讓他承受吧。）

> 注意
>
> 使用「う」、「よう」表達推測的意思的場合，比起用動詞、形容形的未然形接「う」、「よう」的講法，更常用到動詞、形容詞的終止形接上斷定的助動詞「だ」的未然形「だろ」，或是加上推測的助動詞「う」的「だろう」或「でしょう」的講法。
>
> [動詞]
> 月も出よう。（月亮也會出來吧。）
> 月も出るだろう（でしょう）。（月亮也會出來吧。）
>
> [形容詞]
> 外は 寒かろう。（外面很冷吧。）
> 外は 寒いだろう（でしょう）。（外面很冷吧。）

UNIT 7 「まい」

目標 ▶ 理解助動詞「まい」的意思、活用、接續。

1 意思 —— 表達否定的推測、否定的意志

「まい」這個助動詞有否定的推測、否定的意志的兩種用法。

(1) 否定的推測

兼具否定的意思跟推測事物的意思。跟「〜ないだろう」有一樣的意思。

【例】雨は 降る。（會下雨。）
　　　雨は 降るまい。（應該不會下雨。）

(2) 否定的意志

兼具否定的意思跟說話者的意志。跟「〜ないつもりだ」有一樣的意思。

【例】失敗を 繰り返す。（重複失敗。）
　　　失敗を 繰り返すまい。（不會重複失敗。）

【注意】一般的口語很少會用「まい」，在表達否定的推測「ないだろう」、表達否定的意志經常用「ないことにしよう」之類的講法來代替。

【例】雨は 降るまい。（不會下雨吧。）
　　　道路で 遊ぶまい。（不要在馬路上玩耍。）

例題

在下列各個句子畫線部分的講法中，把表達意思相同的句子挑出來分成三組，並回答句子號碼。

① 父はおそらく五時までに帰らないだろう。
② 私はもう二度とあの人に頼むまい。
③ きっと九州は桜の花が咲いていよう。
④ この仕事は、すぐには終わるまい。
⑤ あの人のことを考えないことにしよう。
⑥ 明日は晴れるだろうか。

思路 推測的「う」、「まい」跟「だろう」是相同的意思，「まい」相當於否定的「ない」跟推測、意志的「う」、「よう」組合在一起的語詞。

因此表達否定的推測的「まい」可以換成「ないだろう」，表達否定的意志的「まい」可以換成「ないことにしよう」的說法。③跟⑥因為沒有否定的意思，所以只是表達單純的推測。①跟④是否定的推測。②跟⑤能看出是包含了說話者的意志吧。

答 ①和④　②和⑤　③和⑥

7章 助動詞

〜雨は降らないだろう。（不會下雨吧。）
〜道路で遊ばないことにしよう。（不要在馬路上玩耍。）

2 活用 ── 無變化型（只有終止形）

「まい」跟「う」、「よう」一樣，是活用只有終止形的無變化型的助動詞。但是只有在連接「こと」、「もの」等等一部分的體言的時候，會使用連體形。

例 あろうことか、あるまいことか、私に疑いはかかったのだ。（簡直豈有此理、莫名其妙，我竟然被懷疑了。）

	基本形	未然形	連用形	終止形	連體形	假定形	命令形
まい		○	○	まい	(まい)	○	○
常見用法				終止句子	連接こと		

3 接續 ── 接在動詞跟一部分助動詞後面

動詞 ｛ 五段活用的終止形
　　　五段活用以外的未然形 ｝

助動詞（特殊型活用）｛「ます」的終止形 ｝

助動詞（動詞型活用）｛「れる」、「られる」的未然形
　　　　　　　　　　「せる」、「させる」的未然形
　　　　　　　　　　「たがる」的終止形 ｝

→「まい」

> **著眼點**
> ● 助動詞「まい」的意思
> 否定的「ない」＋推測、意志的「う」、「よう」

就像右邊範例，「まい」根據語詞不同接續的活用形的也會不同，這點要注意。

「五段」 → すぐ **終わる**。 すぐ **終わる**まい。（馬上結束。／不會馬上結束。）

「上一段」 → 背が **伸びる**。 背が **伸び**まい。（長高。／不會長高。）

「下一段」 → 家を **建てる**。 家を **建て**まい。（蓋房子。／不會蓋房子。）

「カ變」 → 彼は **来る**。 彼は **来**まい。（他會來。／不會來。）

「サ變」 → 母は **安心する**。 母は **安心し**まい。（媽媽會放心。／媽媽不會放心。）

「助動詞」
- 「ます」 すぐ **終わります**まい。（不會馬上結束。）
- 「れる」 笑わ**れ**まい。（不會被笑。）
- 「られる」 見**られ**まい。（不會被看到。）
- 「せる」 書か**せ**まい。（不會讓他寫。）
- 「させる」 見**させ**まい。（不會讓他看。）
- 「たがる」 書き**たがる**まい。（他不會想寫。）

練習 13

解答 → P.384

回答下列各個句子畫線部分的助動詞的意思。

① 次郎は道の中央に立ち、三郎を通す<u>まい</u>とした。
（　　　）

② 病気だから、彼はどこにも行かない<u>だろう</u>。
（　　　）

③ つい先刻起きたばかりだから、お前の頭がすっきりしているはずが<u>あるまい</u>。
（　　　）

④ 疲れているようだから、この荷物はだれかに家まで<u>届けさせ</u>ようか。
（　　　）

⑤ ぼくも中学生になったのだから、母に心配をかけ<u>ない</u>ようにしようと思う。
（　　　）

7章 助動詞

UNIT 8 「たい」、「たがる」

目標 ▼ 理解助動詞「たい」、「たがる」的意思、活用、接續。

1 意思 —— 希望

「たい」、「たがる」表達的意思雖然都是希望，但是「たい」是在說話者希望的場合使用，而「たがる」則是在說話者以外的人希望的場合使用。

注意

「まい」的接續……關於「まい」的接續，一般來說只要記住右邊的範例就沒問題了，但是除了右邊的範例外還有這樣的接續。

① 五段活用以外的動詞的終止形

例）
伸びるまい（不會伸長）（上一段）
建てるまい（不會建造）（下一段）
安心するまい（不會安心）（サ變）
来るまい（不會來）（カ變）

連接力變的場合有時會變「来まい」、「来るまい」，連接サ變的場合有時會變「すまい」、「するまい」。

② 助動詞「れる」、「られる」、「せる」、「させる」的終止形

例）
笑われるまい（不會被笑）
見られるまい（不會被看到）
書かせるまい（不會讓他寫）
見させるまい（不會讓他看）

練習 14

在下列各個句子中的框內，各別填入一個適當的平假名。

① 今度は、たぶん失敗□まい。
② 彼は、もうなまけは□まい。
③ めったにそんなことはあ□まい。
④ 橋の下に魚はお□まい。
⑤ 今後は、道ばたにごみを捨てさ□まい。
⑥ おじさんは、たぶん今日は来□まい。
⑦ 庭に藤（ふじ）の木は植□まい。

解答 → P.384

〔例〕
- 本を 読む。（看書。）
- 私は 本を 読み**たい**。（我想看書。）
- 本を 読む。（看書。）
- 妹は 本を 読み**たがる**。（妹妹想看書。）

② 活用 ——「たい」是形容詞型活用、「たがる」是動詞型活用

「たい」
- 未然形……行き**たかろ**う（想去吧）
- 連用形……行き**たかっ**た（想去）
- 　　　　　行き**たく**なる（變得想去）
- 終止形……行き**たい**。（想去。）
- 連體形……行き**たい**とき（想去的時候）
- 假定形……行き**たけれ**ば（想去的話）

〔注意〕
比起「たい」的未然形「たかろ」接上推測的助動詞「う」的「たかろう」，「たいだろう」的講法更常被使用。這是「たい」的終止形連接助動詞「だ」的未然形「だろ」接上「う」的語詞。

〔例〕
- 遊びに 行き**たかろう**。（想去玩耍吧。）
- 遊びに 行き**たいだろう**。（想去玩耍吧。）

〔例題〕
在下列框內將「たい」或「たがる」變成適當的活用後再填入。
① 私はそんなところに行き□ないよ。
② 彼女はやたら外国人と話し□た。
③ みんなの前には、出□ない子どもだった。
④ そんなに故郷に帰り□ば、帰ればいいさ。

〔思路〕說話者希望的場合用「たい」，說話者以外的人希望的場合則是用「たがる」，另外配合後面接的語詞，決定活用形。
③④ 有點困難。④是「あなたが帰りたいと思うのなら（你覺得想回去的話）」的含意，要填入「たい」。

〔答〕
① たく　② たがっ　③ たがら　④ たけれ

〔著眼點〕
●「たい」、「たがる」的差異
「たい」是表達說話者的希望，「たがる」是表達說話者以外的希望。

第 7 章 助動詞

「たい」的活用

基本形	未然形	連用形	終止形	連體形	假定形	命令形
たい	たかろ	たかっ、たく	たい	たい	たけれ	○
常見用法	接う	接た、なる	終止句子	接とき	接ば	

「たがる」的活用

- 連用形……行きたがらない（他不想去）
- 未然形……行きたがろう（他想去吧）
- 連用形……行きたがります（他想去）
- 　　　　　行きたがった（他想去）
- 終止形……行きたがる。（他想去。）
- 連體形……行きたがるとき（他想去的時候）
- 假定形……行きたがれば（他想去的話）

基本形	未然形	連用形	終止形	連體形	假定形	命令形
たがる	たがら、たがろ	たがり、たがっ	たがる	たがる	たがれ	○
常見用法	連接う	連接た、なる	終止句子	連接とき	連接ば	

就像右邊的範例，「たい」跟形容詞有一樣的活用。另外「たがる」則是跟動詞的五段活用有一樣的活用。

> 關於「たがる」的活用語尾，還有在命令形加上「たがれ」的看法喔。

✓ 練習 15

回答下列各個句子畫線部分的助動詞「たい」、「たがる」的活用形。

解答→P.384

① ゆっくり考えたいから、せかさないでください。
② そんなに食べたければ、全部食べていいですよ。
③ 弟は外で遊びたがらない。
④ あの山に登りたくなった。
⑤ 君も行きたかろうね。
⑥ 彼女が行きたがれば、一いっ緒しょに連れていってもいいよ。
⑦ そんな話をしたら、子どももしたがります。
⑧ 見たい人は見なさい。
⑨ 妹が一緒に来たがる。
⑩ 私も聞きたかったよ。

207

３ 接続 —— 接在動詞以及助動詞（動詞型活用）的連用形的後面

動詞的連用形 ── 助動詞（動詞型活用）

「れる」、「られる」的連用形 →「せる」、「させる」的連用形 →「たい」「たがる」

「五段」 学校へ 行く。（去學校。） → 学校へ 行きたい。（想去學校。） / 学校へ 行きたがる。（他想去學校。）

「上一段」 映画を 見る。（看電影。） → 映画を 見たい。（想看電影。） / 映画を 見たがる。（他想看電影。）

「下一段」 早く 寝る。（想早點睡覺。） → 早く 寝たい。（早點睡覺。） / 早く 寝たがる。（他想早點睡覺。）

「カ變」 こっちへ 来る。（來這邊。） → こっちへ 来たい。（想來這邊。） / こっちへ 来たがる。（他想來這邊。）

✔ 練習 16

在下列各個句子中表達希望意思的助動詞的右邊畫線。

解答 → P.384

① 君には仕事があるはずだ。しかし、そんなに帰りたければ、勝手にお帰りなさい。私はこれ以上、何も言いたくはない。

② 眠たいのに朝早く起こしたので、弟は眠たがっている。ここで休ませてくれたらありがたいが。

✔ 練習 17

回答下列各個句子中畫線部分的助動詞的活用形。

解答 → P.384

① よく寝たから、起きよう。（　　）

② 自動車が故障していて、すぐには乗られないのだ。（　　）

③ 雨が降らねばいいのだが。（　　）

④ 君が行かなければ、明日、ぼくが行くとしよう。（　　）

⑤ 星ひとつ見えず、暗い夜だった。（　　）

⑥ 君が行こうと行くまいと、ぼくは学校へ行くつもりだ。（　　）

⑦ 人に褒められることを期待してはいけない。（　　）

7章 助動詞

UNIT 9 「ます」

目標 ▶ 理解助動詞「ます」的意思、活用、接續。

1 意思 ── 禮貌

「ます」是表達講話有禮貌的意思，跟表達有禮貌地斷定的助動詞「です」組合起來可以造出敬語的丁寧語（→P.331）。

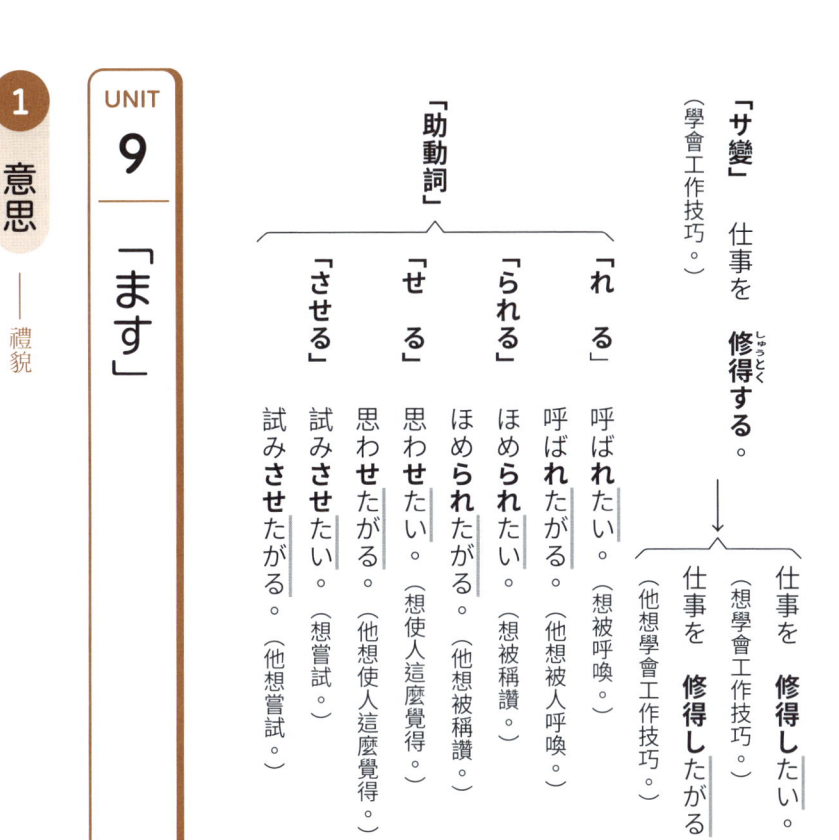

〔例〕
本を読む。（看書。）
本を読み**ます**。（看書。）

「助動詞」
- 「れる」
  - 呼ば**れ**たい。（想被呼喚。）
  - 呼ば**れ**たがる。（他想被人呼喚。）
- 「られる」
  - ほめ**られ**たい。（想被稱讚。）
  - ほめ**られ**たがる。（他想被稱讚。）
- 「せる」
  - 思わ**せ**たい。（想使人這麼覺得。）
  - 思わ**せ**たがる。（他想使人這麼覺得。）
- 「させる」
  - 試み**させ**たい。（想嘗試。）
  - 試み**させ**たがる。（他想嘗試。）

「サ變」 仕事を **修得する**。（學會工作技巧。）
↓
仕事を **修得し**たい。（想學會工作技巧。）
仕事を **修得し**たがる。（他想學會工作技巧。）

例題

回答下列各個句子中畫線部分的助動詞「ます」的活用形。

① 昨日、海へ行き<u>まし</u>た。
② 一緒に勉強し<u>ましょう</u>。
③ 残念ながら、山田さんにはお目にかかれ<u>ません</u>でした。

② 活用 ── 特殊型活用

基本形	未然形	連用形	終止形	連體形	假定形	命令形
ます	ませ ましょ	まし ます	ます	ます	ますれ	ませ、 まし

| 常見用法 | 連接ん、
連接た | 終止句子 | 連接とき | 連接ば | 命令並終止
句子 |

- 未然形……書きません（不寫）
書きましょう（來寫吧）
- 連用形……書きました（寫了）
- 終止形……書きます。（寫。）
- 連體形……書きますとき（寫的時候）
- 假定形……書きますれば（如果寫的話）
- 命令形……お書きくださいませ（まし）。（請您寫。）

> 💡 假定形「ますれば」雖然在日常生活中很少聽到，但是記住它是個特殊型活用吧。

如同右邊的表格，「ます」雖然有一部分的活用跟五段活用的動詞很像，但是整體來說是跟任何活用型都不合的比較特殊的活用變化。

③ 接續 ── 接在動詞以及助動詞（動詞型活用）的連用形後面

- 動詞的連用形（動詞型活用）
- 助動詞 ｛「れる」、「られる」的連用形
「せる」、「させる」的連用形
「たがる」的連用形｝ → 「ます」

---

④ どうぞ、ご来場くださいませ。
⑤ よくお聞きください。そのことについては、ただいま申しあげます。
⑥ あの山を越えますれば、まもなくでございます。
⑦ ここはあぶのうございますので、おやめなさいまし。

思路　表達禮貌意思的助動詞「ます」，雖然是特殊型活用助動詞的其中之一，但是它跟其他特殊型助動詞不同，它的活用形是從未然形到命令形都有變化的。

要分辨活用形的場合，要注意變化的形式一樣但卻是不同活用形的部分，正確分辨這些變化是很重要的。「ませ」的形式用在未然形跟命令形，「まし」的形式用在連用形跟命令形，「ます」的形式用在終止形跟連體形，這些都是形式一樣的分組。

此外⑥的假定形使用的「ますれば」很少會用到，「ます」的連用形「まし」接上助動詞「た」的假定形「ましたら」後的「ましたら」比較常用到。

答
① 連用形　② 未然形　③ 未然形　④ 命令形
⑤ 終止形　⑥ 假定形・終止形
⑦ 連體形・命令形

7章 助動詞

UNIT 10 「た（だ）」

目標 ▶ 理解助動詞「た（だ）」的意思、活用、接續。

1 意思 ── 過去、完成、存續、確認（想起）

「た（だ）」有下列四種意思的用法。

(1) 過去 表達動作已經結束的意思。

（例）
- 九時に　寝る。
- 昨夜、九時に　寝た。

此外，命令形「ませ（まし）」接續比較特殊，只會接在含有尊敬意思的動詞（→P.323）的後面，要注意它不會接在一般動詞的後面。

「**五段**」	学校へ　行く。（去學校。）	→ 学校へ　行きます。
「**上一段**」	映画を　見る。（看電影。）	→ 映画を　見ます。
「**下一段**」	試験を　受ける。（去考試。）	→ 試験を　受けます。
「**カ變**」	弟が　来る。（弟弟要來。）	→ 弟が　来ます。
「**サ變**」	いたずらを　する。（惡作劇。）	→ いたずらを　します。

「**助動詞**」
- 「れ　る」　行かれます。（被去。）
- 「られ　る」　見られます。（被看。）
- 「せ　る」　読ませます。（讓他讀。）
- 「させ　る」　着させます。（讓他穿。）
- 「たがる」　行きたがります。（他想去。）

著眼點
● 分辨助動詞「ます」的活用形
要注意它有複數的活用形會變化成相同的形式。

✓ **練習 18**

對於下列各個句子的畫線部分，使用助動詞「ます」改成有禮貌的講法。

① 国語の授業は、もう終わった。
（　　　　　　　　　）
② あなたとは、今後、二度と一っしょに遊ばぬ。
（　　　　　　　　　）
③ そのことについて、私はだれにも話さなかった。
（　　　　　　　　　）
④ 日曜日には、みんなで動物園へ行こう。
（　　　　　　　　　）

解答→P.385

例題

對於下列各個句子，從「時間的表達方式」的角度來看，請回答分別有什麼不同。

① 仕事が忙しかった。
② 仕事が忙しい。
③ 明日は仕事が忙しかろう。

211

(2) **完成** 表達動作剛好結束的意思。
  例〈勉強が すむ。
     勉強が 今 すんだ。

(3) **存續** 表達雖然動作已經結束了，但是那個結果作為一個狀態直到現在仍然存在的意思。可以轉變成「～てある」、「～ている」的用法。
  例〈壁を 白く 塗る。
     白く 塗った 壁。

(4) **確認（想起）** 表達事實的確是那樣，並且已經想起來的意思。
  例 そうだ、今日はぼくの誕生日だった。

2 活用──特殊型活用

「た（だ）」

| 未然形……帰ったろう（回去吧）
| 終止形……帰った。（回去了。）
| 連體形……帰った時（回去時）
| 假定形……帰ったらば（回去的話）→就算沒有「ば」也能使用。

基本形	未然形	連用形	終止形	連體形	假定形	命令形
た（だ）	たろ（だろ）	○	た（だ）	た（だ）	たら（だら）	○
常見用法	連接う		終止句子	連接とき	連接ば	

如同右邊的表格所呈現的，「た（だ）」的活用變化是沒有連用形

著眼點
● 表達時間的助動詞
た（だ）……表達過去。
う、よう……表達未來。

思路
①的「忙しかった」，是後面接助動詞「た」表達過去的意思。②的「忙しい」是形容詞的終止句子的形式，表達事情現在發生。③的「忙しかろう」，是後面接助動詞「う」來表達推測（對未來的推測）的意思。
但是這是從「時間的表達方式」的思路來看的解釋，助動詞「た（だ）」也有表達現在的狀態，助動詞「う」、「よう」也有表達現在的推測的時候。舉例來說下列的句子就是表達現在的推測。
例 彼は 今、仕事で忙しかろう。（他現在應該忙著工作吧。）

答 ①是過去的事情（過去）、②是現在的事情（現在）、③是以後的事情（未來）。

7章 助動詞

跟命令形，是比較特殊的活用。此外「假定形的」、「たら」缺少「ば」也可以使用。

注意

「た」接在ガ、ナ、バ、マ行的五段活用動詞後面的時候，會變成「だ」。那個場合的五段活用動詞會變成音便的形式。

例）
- 泳ぐ（ガ）（游泳）……泳いだ（游泳了）（イ音便）
- 死ぬ（ナ）（死去）……死んだ（死了）⎫
- 飛ぶ（バ）（飛行）……飛んだ（飛了）⎬（鼻音便）
- 読む（マ）（閱讀）……読んだ（讀過了）⎭

3 接續 ——接在用言以及大部分的助動詞的連用形的後面

用言（動詞、形容詞、形容動詞）的連用形──┐
助動詞除了「ぬ（ん）」、「う」｜
　　　　　「よう」、「まい」｝的連用形 →「た（だ）」

「動　詞」　朝　**起きる**。（早上起來。）
　　　　↓　朝　**起き**た。（早上起來了。）

「形 容 詞」　ゲームは　**楽しい**。（電動很好玩）
　　　　↓　ゲームは　**楽しかっ**た。（打電動很好玩了。）

「形容動詞」　父は　**元気だ**。（父親很好。）
　　　　↓　父は　**元気だっ**た。（父親過得很好。）

✓ **練習 19**　解答→P.385

在下列文章中挑出所有包含助動詞「た」的文節，並且回答各自的活用形。

この前の日曜日に、いなかのおじさんの家に行った。その日は朝から蒸むし暑かったが、さらに汽車が満員だったせいで、ずいぶん辛かった。
汽車が着いたら、どやどやと乗客が降りた。あの客たちはどこへ行ったろうか。

（　　）（　　）（　　）
（　　）（　　）（　　）
（　　）（　　）（　　）

213

「助動詞」
- 「れる」 聞かれた。（被問了。） 「られる」 見られた。（被看到了。）
- 「せる」 聞かせた。（說給他聽。） 「させる」 見させた。（讓他看。）
- 「ます」 聞きました。（聽說了。） 「たい」 聞きたかった。（想問。）
- 「たがる」 聞きたがった（他想問。） 「ない」 聞かなかった。（沒有問。）
- 「です」 聞くのでした。（有問了。） 「だ」 聞くのだった。（有問了。）
- 「そうだ」 聞きそうだった（好像要問了。） 「ようだ」 聞くようだった。（好像要問了。）
- 「らしい」 聞くらしかった。（聽說會問。）（「そうです」、「ようです」會省略掉）

練習 20
解答 → P.385

回答下列各個句子中畫線部分的助動詞「た」的活用形。另外助動詞表達的意思要從後面的ア～エ中選擇，並將代號填入框內。

① 彼女はちょうど家に着いたろう。
② 箱に入ったサクランボをもらった。
③ その日はとても暑かった。
④ きちんと手入れをした日本庭園をぼんやりと眺めていた。

〔意思〕 ア 過去 イ 完了 ウ 持續 エ 確認

① （ ）・（ ） ② （ ）・（ ）
③ （ ）・（ ） ④ （ ）・（ ）

UNIT 11 「そうだ」、「そうです」

目標 ▶ 理解助動詞「そうだ」、「そうです」的意思、活用、接續。

1 意思 ── 様態、傳聞

「そうだ」、「そうです」有下列兩種意思的用法。

(1) 様態

「そうだ」是這種樣子的意思。

例
- 雨が 降る。（下雨。）
- 雨が 降りそうだ。（好像會下雨。）
- 今年の 夏は 暑い。（今年夏天很熱。）
- 今年の 夏は 暑そうです。（今年夏天很熱。）

(2) 傳聞

從他人口中聽來的意思。

例
- 雨が 降る。（下雨。）
- 雨が 降る**そうだ**。（聽說會下雨。）
- 今年の 夏は 暑い。（今年夏天很熱。）
- 今年の 夏は 暑い**そうです**。（聽說今年夏天很熱。）

例題

回答下列各個句子中畫線部分的助動詞的意思是樣態還是傳聞。

① 定期代が来月から上がる<u>そうだ</u>。
② 雪が降り<u>そう</u>で降らないなあ。
③ 明日の試合には勝て<u>そうです</u>。
④ 台風が近づいている<u>そうです</u>。

參考

「そうだ」的禮貌講法「そうです」……古老文法書上認為表達樣態、傳聞的助動詞只有「そうだ」。因此「そうです」是「そうだ」相當於語幹部分的「そう」接上表達禮貌斷定的助動詞「です」（→P.233）的語詞。但是在最近的學說上，「そうです」是比「そうだ」更有禮貌的講法的一個助動詞。

2 活用

「そうだ」、「そうです」有下列兩種意思的用法。

「そうだ」是動詞型活用、「そうです」是特殊型活用

「そうだ」（樣態）

基本形	未然形	連用形	終止形	連體形	假定形	命令形
そうだ	そうだろ	そうだっ、そうで、そうに	そうだ	そうな	そうなら	○
常見用法	連接う	連接た、ある、なる	終止句子	連接とき	連接ば	

「そうだ」（樣態）

- 未然形……降りそうだろう（好像要下雨了吧。）
- 連用形……降りそうだった（好像要下雨）　降りそうである。（看起來要下雨）　降りそうになる（變得好像要下雨）
- 終止形……降りそうだ。（好像要下雨）
- 連體形……降りそうなとき（好像要下雨的時候）
- 假定形……降りそうならば（好像要下雨的話）↑就算沒有「ば」也能使用。

如同右邊的表格，樣態的「そうだ」跟形容動詞有一樣的活用變化。假定形的「そうなら」就算沒有伴隨「ば」也能使用。

「そうです」（樣態）

- 未然形……降り**そうでしょ**う（看起來會下雨吧。）
- 連用形……降り**そうです**した（看起來要下雨了）
- 終止形……降り**そうです**。（看起來要下雨。）
- 連體形……降り**そうです**ので（因為看起來要下雨）

著眼點

① 接在動詞後面的「そうだ」、「そうです」
② 前面接的是動詞的連用形……樣態
　前面接的是動詞的終止形……傳聞

答

① 傳聞　② 樣態　③ 樣態　④ 傳聞

思路

「そうだ」、「そうです」的意思有分成表達是這種樣子的「樣態」，跟表達從他人口中聽來的「傳聞」。要分辨樣態跟傳聞可以注意前面連接的動詞的活用形。

✓ 練習 21

下列各個句子中畫線部分的助動詞「そうだ」的意思是，A 樣態還是 B 傳聞，請用代號回答。

解答→P.385

① あの人は、いかにも偉(えら)そうだ。（　）
② ここは、夏はとても暑いそうだ。（　）
③ いまにも飛び出しそうな様子だ。（　）
④ なんだかよくわからないそうだ。（　）
⑤ 皆(みな)さん、お元気だそうで、何よりです。（　）
⑥ 天気が崩(くず)れそうになってきた。（　）
⑦ 具合が悪そうなら、行ってみよう。（　）

216

7章 助動詞

基本形	未然形	連用形	終止形	連體形	假定形	命令形
そうです（樣態）	そうでしょ	そうでし	そうです（そうです）	（そうで）す	○	○
常見用法	連接う	連接た	終止句子	連接ので、のに		

如同右邊的表格，「そうです」跟表達禮貌斷定的助動詞「です」（→P.233）有一樣的活用變化。另外它沒有假定形、命令形，連體形的「そうです」只有在連接助詞的「ので」、「のに」的場合才會使用。

連用形……富士山は見えない**そう**である。

「そうだ」（傳聞）

終止形……富士山は見えない**そうだ**。
（聽說看不到富士山。）

基本形	未然形	連用形	終止形	連體形	假定形	命令形
そうだ（傳聞）	○	そうで	そうだ	○	○	○
常見用法		連接ある	終止句子			

傳聞的「そうだ」的活用是不完全的，跟樣態的「そうだ」的活用相比只有連用形的一部分、終止形的兩種活用而已。

> 💡 助動詞「そうだ」、「そうです」會根據前面的語詞的活用形，而有不同的意思喔。

練習 22 ✓

下列各組的畫線部分的語詞之中，只有一組跟其它的使用方法不同。請將那個句子的代號畫圈。

解答→P.385

① ア 山では雪が降っているそうだ。
   イ 彼は、どうしても行くそうだ。
   ウ 見ただけでも冷たそうだ。
   エ 今度の新幹線は、たいへん速いそうだ。

② ア 午後は、風が吹くそうだ。
   イ この毛糸は暖かそうだ。
   ウ 明日、おじさんが来るそうだ。
   エ 彼は東京へ行くそうだ。

「そうです」（傳聞）
連用形……降る**そうで**した（聽說會下雨）
終止形……降る**そうです**。（聽說會下雨）
連體形……降る**そうです**ので（因為聽說會下雨）

そうです（傳聞）	基本形	未然形	連用形	終止形	連體形	假定形	命令形
常見用法		／	そうでし	そうです	（そうです）	／	／
		○	連接た	終止句子	連接ので、のに	○	○

如同右邊的表格，傳聞的「そうです」的活用變化跟樣態的「そうです」的活用變化相比，只有連接助詞形的「そうです」只有在連接助詞的「ので」、「のに」的場合才會使用。另外連體形的「そうです」只有在連接助詞形、終止形、連體形而已。

❸ 樣態「そうだ」、「そうです」接續──動詞連用形之後

動詞的連用形
形容詞的語幹
形容動詞的語幹
助動詞（動詞型活用）
　「れる」、「られる」的連用形
　「せる」、「させる」的連用形
　「たがる」的連用形
助動詞
形容詞的語幹（形容詞型活用）
　相當於「ない」語幹部分的「な」
　相當於「たい」語幹部分的「た」
形容動詞的語幹 ⎫
　　　　　　　⎬→「そうだ」、「そうです」（樣態）

✓ 練習 23
解答→P.385

下列各個句子中有助動詞「そうだ」、「そうです」的話，請在右邊畫線，並且回答意思是樣態還是傳聞。如果沒有的話就畫 x。

① いかにも眠そうな目をしている。（　　）
② みんなが君をすっかり信頼している証拠だそうだ。（　　）
③ この服は、とても暖かそうです。（　　）
④ 比べてみると、こちらのほうがよさそうに思う。（　　）
⑤ 夏も、たいへん涼しそうである（　　）
⑥ 近く帰国されるそうで、おめでとうございます。（　　）
⑦ 山田君の練習ぶりを見ると、やる気がなさそうだ。（　　）
⑧ 「本当に、そうだろうか？」（　　）

7章 助動詞

（「そうです」的場合會省略掉）

「五段」雨が **降る**。（下雨。） → 雨が **降り**そうだ。（好像快下雨了。）

「上一段」荷物が **落ちる**。→ 荷物が **落ち**そうだ。（好像快掉下來了。）
（行李掉下來。）

「下一段」汗が **流れる**。→ 汗が **流れ**そうだ。（好像快流汗了。）
（流汗。）

「カ變」台風が **来る**。→ 台風が **来**そうだ。（好像有颱風要來了。）
（颱風來了。）

「サ變」けんかを **する**。→ けんかを **し**そうだ。（好像快打架了。）
（打架。）

「助動詞」
- 「れる」笑われそうだ。（好像要被笑了。）
- 「られる」来られそうだ。（好像能過來。）
- 「せる」笑わせそうだ。（好像要讓他笑了。）
- 「させる」来させそうだ。（好像要讓他過來。）
- 「たがる」行きたがりそうだ。（他好像很想去。）

「形容詞」（語幹）花が **美しい**。→ 花が **美し**そうだ。（花朵好像很美。）
（花朵很美。）

「形容動詞」（語幹）父は **元気だ**。→ 父は **元気**そうだ。（父親似乎很有精神。）
（父親很有精神。）

✓ **練習 24**　解答 → P.385

回答下列各個句子中畫線部分的助動詞「そうだ」的活用形。

① 彼の意見が採用され<u>そうな</u>予感がする。
② 私の話を聞いて、父は今にも怒り出し<u>そう</u>だった。
③ 今年の冬は大雪が降るそうである。
④ そんなに楽し<u>そう</u>ならば、一度参加してみよう。
⑤ 午後は抜き打ちで国語の試験がある<u>そう</u>だ。

① (　　)　② (　　)
③ (　　)　④ (　　)
⑤ (　　)

「助動詞」

- 「ない」（相當於語幹的部分）　知らなそうだ。（好像不知道。）
- 「たい」（相當於語幹的部分）　走りたそうだ。（好像很想跑步。）

> **注意**
> 樣態的「そうだ」雖然會接在形容詞的語幹的後面，但是只有在接「ない」、「よい」的場合，會像「なさそうだ」、「よさそうだ」一樣，在語幹跟「そうだ」之間加入「さ」。

④ 傳聞「そうだ」、「そうです」接續——接在用言等的語詞終止形後

用言（動詞、形容詞、形容動詞）
- （動詞型活用）
- （形容詞型活用）
- （形容動詞型活用）

助動詞
- （動詞型活用）
  - 「れる」、「られる」的終止形
  - 「せる」、「させる」的終止形
  - 「たがる」的終止形
- （形容詞型活用）
  - 「ない」、「たい」的終止形
- （形容動詞型活用）
  - 「だ」的終止形
- （特殊型活用）
  - 「ぬ（ん）」的終止形
  - 「た（だ）」的終止形

→ 「そうだ」、「そうです」（傳聞）

例題

回答下列各組畫線部分的助動詞的意思

① ア 先生は、奈良へ行かれるそうだ。
　 イ 彼の行きそうな場所を探してみる。

② ア あなたのご恩を決して忘れまい。
　 イ おせじを言われても彼は喜ぶまい。

③ ア 風が強いから、海が荒れよう。
　 イ 泥棒にはみんな用心しようぜ。

④ ア この春に姉は結婚した。
　 イ 紅葉した山腹に寺の塔が見える。

思路

例題中舉出了助動詞「そうだ」、「まい」、「よう」、「た」。這些助動詞都各有兩種以上的意思的用法。

「そうだ」在樣態的意思的用法以及（相當於）語幹的部分，連接活用語的連用形時，會連接終止形。但是在傳聞的意思的用法時，會連接終止形。「そうだ」以外的助動詞就算意思用法不同，接續的方式也不會改變，所以從句子的脈絡來思考意思的用法。

答

① ア 傳聞　イ 樣態
② ア 否定意志　イ 否定推量
③ ア 推量　イ 意志（勸誘）
④ ア 過去　イ 存續

7章 助動詞

（「そうです」的場合會省略掉）

「動詞」
家が 建つ。（蓋棟房子。） → 家が 建つそうだ。（聽說要蓋房子。）

「形容詞」
答えは 正しい。（答案是正確的。） → 答えは 正しいそうだ。（聽說答案是正確的。）

「形容動詞」
海は 静かだ。（海很安靜。） → 海は 静かだそうだ。（聽說海很安靜。）

「助動詞」
- 「れる」 笑われるそうだ。（聽說會被笑。）
- 「られる」 見られるそうだ。（聽說能看到。）
- 「せる」 行かせるそうだ。（聽說要讓他去。）
- 「させる」 見させるそうだ。（聽說要讓他看。）
- 「たがる」 行きたがるそうだ。（聽說他很想去。）
- 「たい」 行きたいそうだ。（聽說他很想去。）
- 「ない」 行かないそうだ。（聽說他不會去。）
- 「だ」 それは事実だそうだ。（聽說那不是事實。）
- 「ぬ（ん）」 行かぬ（ん）そうだ。（聽說不會去。）
- 「た（だ）」 行ったそうだ。（聽說他走了。）読んだそうだ。（聽說他讀過了。）

著眼點

① 分辨助動詞的意思的用法的方法
從句子的脈絡來思考。
② 也有像「そうだ」一樣能從接續來判斷的例。

✓ 練習 25

解答 → P.385

為了讓下列各個句子中畫線部分具有框內寫的意思，請從後面的ア〜ク的選項各挑出兩個適當的助動詞並重寫句子。

① 琵琶湖の水はきれいだ。〔過去・傳聞〕

② 今夜はよく眠るよ。〔可能・樣態〕

③ 明日、学校へ行く。〔丁寧・否定〕

④ 学級委員に推薦する。〔受身・希望〕

ア れる　イ た　ウ たい　エ ぬ（ん）　オ う　カ ない　キ ます　ク そうだ

221

UNIT 12 「ようだ」、「ようです」

目標 ▶ 理解助動詞「ようだ」、「ようです」的意思、活用、接續。

1 意思──比喩、推定、舉例

「ようだ」、「ようです」有下列三種意思的用法。

(1) たとえ……例如「まるで〜のようだ」（簡直就像〜一樣）的句型，表達用相似的事物來比喩的意思。

例 この 白さ、雪の<u>ようだ</u>。（這顏色白得像雪一樣。）
　　妹の 笑顔は 太陽の<u>ようだ</u>。（妹妹的笑容就像太陽。）

(2) 推定……表達雖然不確定，卻是有某種根據做的推測的意思。

例 兄にも わからない<u>ようだ</u>。（哥哥似乎也不懂的樣子。）
　　母は 迷っている<u>ようです</u>。（媽媽似乎在猶豫的樣子。）

(3) 舉例……表達舉出例的意思。

例 彼の<u>ように</u> 正直な 人は 少ない。（像他這樣誠實的人很少。）

參考
「ようだ」的禮貌的講法「ようです」……舊的文法書認為表達比喩、推定、舉例的助動詞只有「ようだ」。但是在最近的學說上，這部分就像「そうだ」跟「そうです」的關係一樣，「ようです」是比「ようだ」更有禮貌的講法的一個助動詞。

✓ 練習 26　解答→P.385

下列各個句子中畫線部分的助動詞「ようだ」的意思屬於ア推定、イ比喩、ウ舉例，請用代號來回答。

① そのような話は聞かなかった<u>ようだ</u>。（　）
② 月日は水の流れの<u>ようだ</u>。（　）
③ ずいぶん暑い<u>ようだ</u>った。（　）

例題

從下列各個句子畫線部分的語詞中挑出助動詞「ようだ」，並回答它的意思。

① もし東京へ帰る<u>ようなら</u>、これを持って行ってください。
② 彼の考えは、私と同じ<u>ようだ</u>。
③ 彼が賛成しよう<u>としまい</u>と、結論は一つだ。
④ 形はまくわうりの<u>ようで</u>、味は熟し柿そっくりのマンゴー。
⑤ 音楽が、流れる<u>ように</u>聞こえてきた。
⑥ 木村君の<u>ような</u>人は、学生の模範だ。

7章 助動詞

② 活用

——「ようだ」是形容動詞型活用，「ようです」是特殊型活用

基本形	未然形	連用形	終止形	連體形	假定形	命令形
ようだ	ようだろ	ようだっ、ようで、ように	ようだ	ような	ようなら	○
常見用法	連接う	連接た、ある、なる	終止句子	連接とき	連接ば	

「ようだ」
未然形……行く**ようだろ**う（好像會去吧）
連用形……行く**ようだっ**た（好像要去）
　　　　　行く**ようで**ある（好像要去）
　　　　　行く**ように**なる（變得好像要去）
終止形……行く**ようだ**。（好像要去）
連體形……行く**ような**とき（好像要去的時候）
假定形……行く**ようなら**ば（好像要去的話）
　　　　　↑
　　　　　就算沒有「ば」也能使用。

如同右邊的表格，「ようだ」有跟形容動詞一樣的活用變化。此外假定形的「ようなら」就算沒有伴隨「ば」也能使用。

「ようです」
未然形……行く**ようでしょ**う（好像要去吧）
連用形……行く**ようでし**た（好像要去）
終止形……行く**ようです**。（好像要去）
連體形……行く**ようです**ので（因為好像要去）

思路 首先找出不是助動詞「ようだ」的語詞吧。為了這點可以先確認活用的方法。

③的「ようと」不符合「ようだ」的任何活用形。這是推測的「よう」接上助詞「と」的語詞。

接著助動詞「ようだ」因為有三種意思的用法，所以從各個句子的脈絡上來正確地分辨意思。

①是在講述推測「東京へ帰る（回東京）」這件事。

②是在推測想法一樣。「同じ」是形容動詞的語幹（→P.161），要注意這裡是接上了「ようだ」。

④並不是表達「マンゴー（芒果）」＝「まくわうり（香瓜）」，而是用形狀像香瓜的比喻來說明芒果的形狀。

答 ①推定　②推定　④即使　⑤比喻　⑥舉例

著眼點
●後面有接「よう」的助動詞
・接在未然形後面＝表達推測、意志「よう」
・接在連體形後面＝表達比喻、推定、舉例「ようだ」

223

基本形	未然形	連用形	終止形	連體形	假定形	命令形
ようです	ようでしょ	ようでし	ようだ（ようです）	(ようです)	○	○
常見用法	連接う	連接た	終止句子	連接ので、のに		

如同右邊的表格，「ようです」跟表達禮貌斷定的助動詞「です」（→P.234）有一樣的活用變化。它沒有假定形、命令形，連體形的「ようです」只有在連接助詞「ので」、「のに」的場合才會使用。

③ 接續 —— 連接用言跟一部分的助動詞的連體形的後面

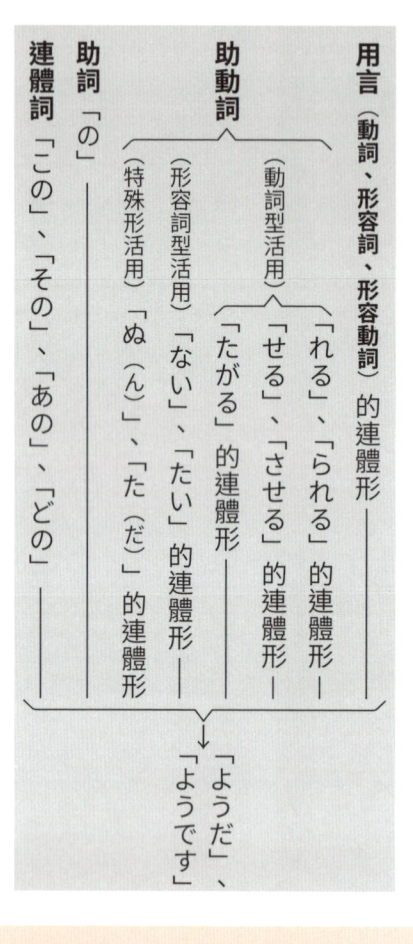

用言（動詞、形容詞、形容動詞）的連體形

助動詞
├（動詞型活用）「れる」、「られる」的連體形
├（動詞型活用）「せる」、「させる」的連體形
├　　　　　　「たがる」的連體形
├（形容詞型活用）「ない」、「たい」的連體形
├（特殊形活用）「ぬ（ん）」、「た（だ）」的連體形
　　　　　　　　　　　　　　　　　　　　→「ようだ」、「ようです」

助詞 「の」

連體詞 「この」、「その」、「あの」、「どの」

（「ようだ」的時候會省略掉）

「動　詞」　母が **起きる**。
（媽媽起床。）
→ 母が **起きる**ようだ。
（媽媽好像要起床。）

✓ 練習 27

解答→P.385

回答下列各個句子畫線部分的助動詞「ようだ」的活用形。

① あの県境にある雪渓は、銀色の大河のようで（　　）、きらきらと日に輝いて、その美しさはたとえようもない。

② 二年生の小さい男の子が、上手な平泳ぎで五十メートルを泳いだときは、われるような（　　）拍手がおこった。私もあんなに泳げるように（　　）なりたいと、しみじみ思った。

224

7章 助動詞

「形容詞」 景色が **美しい**。（景色很美。）
　　　　　↓
　　　　景色が **美しい**ようだ。（景色好像很美。）

「形容動詞」 波は **静かだ**。（海浪很平靜。）
　　　　　↓
　　　　波は **静かな**ようだ。（海浪好像很平靜。）

「助動詞」
- 「れる」 行かれるようだ（好像要去）
- 「られる」 受けられるようだ。（好像能承受。）
- 「せる」 行かせるようだ。（好像要讓他去。）
- 「させる」 受けさせるようだ。（好像要讓他承受。）
- 「たがる」 行きたがるようだ（他好像想去）
- 「たい」 行きたいようだ。（好像想去。）
- 「ない」 知らないようだ。（好像不知道。）
- 「ぬ（ん）」 知らぬ（ん）ようだ。（好像不知道。）
- 「た（だ）」 行ったようだ。読んだようだ。（好像走了。好像讀過了。）

「助詞」——「の」花のようだ。（像花一樣。）

「連體詞」——「この、その、あの、どの」このような本がある。（有這樣的書。）

練習 28

給下列各個語詞接上助動詞「ようだ」。 解答→P.385

① 飛ぶ　　　（　　　）
② 冷える　　（　　　）
③ 研究する　（　　　）
④ 暗い　　　（　　　）
⑤ きれいだ　（　　　）
⑥ 改めさせる（　　　）
⑦ 取られる　（　　　）
⑧ 行かない　（　　　）

225

UNIT 13 「らしい」

目標 ▼ 理解助動詞「らしい」的意思、活用、接續。

1 意思 —— 推定

「らしい」的意思是憑著某種根據去推理的意思，換句話說就是表達推定。

例
- 彼は まもなく 出かける。
- 彼は まもなく 出かけるらしい。（他似乎再過不久要出門。）

注意

推定跟推測……「推定」是在憑著確切的根據去推理的場合使用，「ようだ」、「ようです」、「らしい」有這個意思。另一方面表達「推測」意思的助動詞「う」、「よう」則是不管有沒有根據，有推理的場合就使用。

2 活用 —— 形容詞型活用（沒有未然形、命令形）

連用形……
- 行くらしかった（似乎要去）
- 彼はどこかへ行くらしく、駅へ向かった。（他似乎要去某個地方，走向車站了。）

終止形……行くらしい。（似乎要去）
- 彼は行くらしい。（他似乎要去）

例題

針對下列各個組別畫線部分的「らしい」，請用文法來解釋。

A
① あそこに立っているのは男らしい。
② 彼のとる態度は、いつも男らしい。

B
① 父はお酒がとても好きらしい。
② 彼は本当にすばらしいことを言う。

思路

「らしい」還有推定的助動詞跟形容詞做出的接尾語，要注意很容易混合。試試看在題目的句子的「らしい」前面接上「である」吧。

A
① あそこに立っているのは男（である）らしい。（站在那裡的似乎是個男人。）
② 彼のとる態度は、いつも男（である）らしい。（他展現的態度總是有男子氣概。）

B
① 父はお酒がとても好き（である）らしい。（父親似乎非常喜歡喝酒。）
② 彼は本当にすばらしい（である）ことを言う。（他真的很會講令人讚嘆的話。）

7章 助動詞

連體形……行く**らしい**とき（似乎要去的時候）
假定形……行く**らしけれ**ば（似乎要去的話）

常見用法	基本形	未然形	連用形	終止形	連體形	假定形	命令形
らしい	らしい	○	らしかっ / らしく	らしい	らしい	らしけれ	○
連接			連接た	終止句子	連接とき	連接ば	

如同右邊的表格，「らしい」是形容詞型活用變化。但是沒有未然形。因為是形容詞型活用，所以當然也沒有命令形。

💡「らしい」也有連接特定體言的接尾語，要注意。

3 接續 —— 接在動詞、形容詞或一部分助動詞的終止形的後面

動詞、形容詞的終止形
助動詞
├（動詞型活用）「れる」、「られる」的終止形
├（動詞型活用）「せる」、「させる」的終止形
├（動詞型活用）「たがる」的終止形
├（形容詞型活用）「ない」、「たい」的終止形
└（特殊型活用）「ぬ（ん）」、「た（だ）」的終止形
→「らしい」

答
① A ① 推定的助動詞
　B ② 接尾詞（用於體言形成形容詞）
② ① 推定的助動詞
　② 形容詞的一部分

A、B兩組的②的句子都變得語意不通，所以②的句子的「らしい」不是助動詞。
此外接尾語跟助動詞之間的差異，相較於助動詞可以自由連接各種語詞，接尾語只會連接特定的語詞。這個叫「らしい」的接尾語主要也是連接特定的體言。在這裡是「男」（體言）接上らしい（接尾語）變成「男らしい」這個形容詞。

著眼點
● 分辨助動詞「らしい」的方法
「らしい」的前面加入「である」，如果意思沒有改變的話，那個「らしい」就是助動詞。

227

「動詞」 学校へ 行く。（去學校。） → 学校へ 行くらしい。（似乎要去學校。）

「形容詞」 色が 美しい。（顏色很美。） → 色が 美しいらしい。（顏色似乎很美。）

「助動詞」
- 「れる」 行かれるらしい。（似乎要去。）
- 「られる」 見られるらしい。（似乎能看到。）
- 「せる」 行かせるらしい。（似乎要讓他去。）
- 「させる」 見させるらしい。（似乎要讓他看。）
- 「たがる」 行きたがるらしい。（他似乎很想去。）
- 「たい」 行きたいらしい。（似乎想去。）
- 「ない」 行かないらしい。（似乎不去。）
- 「ぬ（ん）」 知らぬ（ん）らしい。（似乎不知道。）
- 「た（だ）」 行ったらしい。 読んだらしい。（似乎去了。 似乎讀過了。）

體言（名詞）
形容動詞的語幹 ┐
              ├→「らしい」
一部分的助詞「の」、「から」、「まで」、「ばかり」等等 ┘

「形容動詞」 （語幹） 波が 静かだ → 波が 静からしい。
（海浪很平靜。） （海浪似乎很平靜。）

✓ 練習 29　解答→P.385

回答下列各個句子中畫線部分的助動詞「らしい」的活用形。

① そこにいるのは村田君らしい。（　　）
② 彼も行きたいらしい様子だ。（　　）
③ これは、本物らしく見える。（　　）
④ 今は、もっとにぎやかからしかった。（　　）
⑤ その話は本当らしいから、行ってみよう。（　　）
⑥ 父はゴルフに行くらしく、道具を自動車に積み込んでいた。（　　）

228

7章 助動詞

UNIT 14 「だ」

目標 ▶ 理解助動詞「だ」的意思、活用、接續。

「體言」あれは 教会だ。 → あれは 教会らしい。
（那是座教會。）（那似乎是座教會。）

「助詞」試験 明日からだ。 → 試験は 明日かららしい。
（考試明天才開始。）（考試似乎明天才開始。）

1 意思 ── 斷定

「だ」是表達斷定的意思。

例
あれは 桜の 木か。（那是櫻花樹嗎。）
あれは 桜の 木だ。（那是櫻花樹。）

2 活用 ── 形容動詞型活用

「だ」
- 未然形……事実だろう（這是事實吧）
- 連用形……事実だった（這是事實）
      事実である（這是事實）
- 終止形……事実だ。（這是事實。）
- 連體形……事実なので（因為這是事實）
- 假定形……事実ならば（如果這是事實）↑沒有「ば」也能使用。

💡 助動詞「だ」的連體形的「な」的後面連接的不是體言，而是只能接「の」、「ので」、「のに」。

例題

從下列各個句子畫線部分中選擇斷定的助動詞「だ」，並回答代號。

① ここは、片いなかで、交通が不便だ。
　　　　　Ａ　　　　　　　　　　Ｂ

② 君は最後までこの本を読んだか。最後の部分がいちばんおもしろいところだ。
　　　　　　　　　　　Ａ　　　　　　　　　　　　　　　　　　　Ｂ

③ 彼は病気だが、病状はよさそうだ。
　　　　　Ａ　　　　　　　　　　Ｂ

229

基本形	未然形	連用形	終止形	連體形	假定形	命令形
だ	だろ	だっ、で	だ	(な)	なら	○
常見用法	連接う	連接た、ある	連接句子	連接の、ので、のに	(連接ば)	

如同右邊的表格，「だ」是形容動詞型的活用變化。但是要注意連用形只有「だっ」、「で」兩個形式。另外假定形的「なら」就算沒有伴隨「ば」也能使用。

在「だ」的活用形的用法上有幾個需要特別注意的地方。

(1) 連用形「で」的形式跟用言一樣，也能當作暫時終止句子再繼續的中止法來使用。

例 ここは 病院で 遊ぶ ところでは ない。(這裡是醫院，不是玩耍的地方。)

(2) 連體形「な」的形式，只有在連接助詞的「の」、「ので」、「のに」的場合會使用，後面不會接體言。

例 それが 事実なのだ。(那就是事實。)
病気なので 学校を 休む。(因為生病所以跟學校請假。)
春なのに 寒い。(明明是春天卻很冷。)

3 接續——接在體言或一部分助詞的後面

體言
一部分的助詞「の」、「から」、「だけ」、「ばかり」、「ほど」
} →「だ」等等
所有活用形

思路 助動詞「だ」容易跟很多語詞搞混。先理解怎麼跟形容動詞的活用語尾、表達過去等等的助動詞「た（だ）」之類的語詞分辨吧。

形容動詞的連體形的活用語尾是「な」，會連接體言。另一方面助動詞「だ」的連體形雖然也是「な」，但是不會連接體言，只會連接「の」、「ので」、「のに」。

舉例來說將①B的「だ」換成「な」，變成「不便な土地（不便的土地）」就是跟體言連接，所以這個「だ」是形容動詞「不便だ」的活用語尾。

助動詞「そうだ」、「ようだ」也是以形容動詞為基準。將③B的「だ」換成「な」，變成「病状がよさそうな人（病情好像比較好的人）」就是跟體言連接，所以能知道是「そうだ」的「だ」。

接著是跟助動詞「た（だ）」的分辨方法，這個助動詞會加濁音變「だ」的場合，只有在前面接的五段活用動詞是進行ガ行(イ音便)跟ナ、バ、マ行(鼻音便)活用變化的語詞。

舉例來說②A的「読む」是五段活用的動詞「読む」的連用形「読み」的鼻音便「読ん」，接上表達過去的助動詞「た」加上濁音的「だ」變成的語詞。斷定的助動詞「だ」會像①A的「片いなかで」、③A「気だ」、②B「ところだ」一樣比較常連接體言。前面

7章 助動詞

「體言」 それは **事実**だ。（那是事實。）
それは **私の**だ。（那是我的。）

的語詞是體言，而且「だ」不能換成「な」的話，可以判斷它是斷定的助動詞「だ」。

「助詞」

動詞、形容詞的終止形

助動詞
- （動詞型活用）「れる」、「られる」的終止形
- 「せる」、「させる」的終止形
- 「たがる」的終止形
- （形容詞型活用）「ない」、「たい」的終止形
- （特殊型活用）「ぬ（ん）」、「た（だ）」的終止形
- 「ます」的終止形

→ 未然形「だろ」
連用形「で」
假定形「なら」

＊連用形「で」只有在連接「で—あろーう」的場合會使用。

「動詞」 彼が **笑う**。（他笑了。）

↓

- （未然形）彼が 笑うだろう。（他會笑吧。）
- （連用形）彼が 笑うで あろう。（他會笑吧。）
- （假定形）彼が 笑うなら（ば）成功だ。（他笑的話就成功了。）

答
① A ② B ③ A

著眼點

● 「だ」的分辨方法①
將「だ」變換成「な」，如果可以繼續連接體言的話就是形容動詞的活用語尾，不能的話就是助動詞。

● 「だ」的分辨方法②
前面有接五段活用的動詞音便的話，就是表達過去等等的助動詞「た（だ）」。除此之外的就是斷定的助動詞「だ」。

231

「形容詞」

足が **痛い**。（腳很痛。）

- （未然形）足が **痛かろ**う。（腳很痛吧。）
- （連用形）足が **痛く**て。／足が **痛かっ**た。（腳很痛。）
- （假定形）足が **痛けれ**ば 休もう。（腳很痛的話就休息吧。）

（此後的例子在連接連用形「で」的場合會省略掉。）

「助動詞」

- 「れる」 行か**れる**だろう。（會去吧。）
- 「られる」 見**られる**だろう。（能看到吧。）
- 「せる」 行か**せる**だろう。（會讓他去吧。）
- 「させる」 見**させる**だろう。（會讓他看吧。）
- 「たがる」 行き**たがる**だろう。（他想去吧。）
- 「ない」 行か**ない**だろう。（不去吧。）
- 「たい」 行き**たい**だろう。（想去吧。）

- 「れる」 行か**れる**なら（ば）（會去的話）
- 「られる」 見**られる**なら（ば）（能看到的話）
- 「せる」 行か**せる**なら（ば）（讓他去的話）
- 「させる」 見**させる**なら（ば）（讓他看的話）
- 「たがる」 行き**たがる**なら（ば）（他想去的話）
- 「ない」 行か**ない**なら（ば）（不去的話）
- 「たい」 行き**たい**なら（ば）（想去的話）

✓ 練習 30

解答 → P.386

下列各個句子中有斷定的助動詞「だ」的話，就在右邊畫線並回答活用形。不是的話就畫×。

① 交渉は困難だったが、ついに条約を結んだ。（　）
② 春なので、野原一面に花が咲いている。（　）
③ 先生は、明日は来られないそうだ。（　）
④ 今夜は冷えて、雪が降るだろう。（　）
⑤ 中学生なら、こんなことは知っている。（　）
⑥ 今や、彼がこの町の町長である。（　）
⑦ 騒いだから、先生にしかられたのよ。（　）
⑧ なんという麗しい友情だったろう。（　）
⑨ 暑さのあまり、プールに飛び込んだ。（　）

7章 助動詞

UNIT 15 「です」

▼ 目標：理解助動詞「です」的意思、活用、接續。

1 意思 ── 禮貌地斷定

「です」雖然跟「だ」一樣都是表達斷定的意思，卻是比「だ」更有禮貌地斷定。

例）
- これは 科学の 本だ。（這是科學的書。）
- これは 科学の 本です。（這是科學的書。）

2 活用 ── 特殊型活用

「です」
- 未然形……天気でしょう（是天氣吧）
- 連用形……天気でした（是天氣）
- 終止形……天気です。（是天氣。）
- 連體形……天気ですので（因為是天氣）
- 假定形……事実ならば（如果這是事實）

能接在助動詞「です」的連體形後面的只有助詞的「ので」、「のに」。這裡舉個例。
- 雨ですので、家の中にいます。（因為下雨，所以待在家裡。）
- 正午ですのに、まだ寝ています。（明明都中午了卻還在睡覺。）

例題

從下列各個句子中挑出句子成分的述語（述部），如果那個述語（述部）有斷定意思的助動詞的話，就在右邊畫線。

① あそこに見えるのが中学校だ。
② 教室にいるのはだれですか。
③ 苦しいが、私は練習をやめません。
④ 学校の先生になることが私の夢だった。
⑤ 先生もここへ来られるでしょう。

- 「ぬ（ん）」行かぬ（ん）だろう。（不去吧。）
- 「た（だ）」行ったならば（ば）（不去的話）
- 「た（だ）」行っただろう。（去過了吧。）
- 行ったなら（ば）（去過的話）
- 「ます」行きますなら（ば）（要去的話）

233

3 接續 —— 接在體言或一部分的助詞等等的後面

如同右邊的表格，「です」的特殊活用變化跟任何活用型都不合。沒有假定形、命令形，連體形的「です」只有在連接助詞的「ので」、「のに」的場合才會使用，後面不會接體言。

基本形	未然形	連用形	終止形	連體形	假定形	命令形
です	でしょ	でし	です	（です）		
常見用法	連接う	連接た	終止句子	連接ので、のに	○	○

體言 —
一部分的**助詞**
↓
これは **絵**だ。（這是幅畫。）
↓
これは **絵**です。（這是幅畫。）

「**體言**」
↓
「の」、「から」、「だけ」、「ばかり」、「ほど」
↓
「**です**」

「**助詞**」
↓
映画会は 七時**から**だ。（放映會七點才開始。）
↓
映画会は 七時**から**です。（放映會七點才開始。）

動詞、形容詞的終止形
（動詞型活用）
｛「れる」、「られる」的終止形
　「せる」、「させる」的終止形
　「たがる」的終止形｝

助動詞
（形容詞型活用）
｛「ない」、「たい」的終止形｝

↓ **未然形**
「でしょ」

思路

首先來想想述語吧。②④是「何が→何だ」的句型，③⑤是「何が→どうする」的句型。知道句型的話應該也能輕易判斷哪些部分是述語。

接下來各個句子的述語是由什麼語詞所組成的呢。「何が→何だ」的句型的句子是以①「中学校（國中）」②「だれ（誰）」④「夢」這些體言為中心，然後在這些體言的後面接上助動詞「だ」或「です」。

「だ」、「です」是斷定的助動詞，要有禮貌地講述會用「です」。當然以體言為中心的述語不只這些，也有像「あれは中学校らしい（那似乎是所中學）」這樣在體言的後面接別的語詞的例。

此外④是以「夢」這個體言為中心連起來的連文節的述部。

③的述語是「やめませーん」（動詞—助動詞—助動詞）、⑤的述語是「来—られる—でしょう」（動詞—助動詞—助動詞—助動詞）的構造。「ます」是禮貌的意思。

答
①中学校だ ②だれですか ③やめません
④私の夢だった ⑤来られるでしょう

著眼點

● 以體言為中心的述語（述部）
「〜だ」、「〜です」是基本形式。

7章 助動詞

（特殊型活用）「ぬ（ん）」、「た（だ）」的終止形　「ぬ（ん）」、「ます」的終止形

「動詞」
→ 家へ 帰る。（回家。）
→ 家へ 帰るでしょう。（要回家吧。）

「形容詞」
→ 問題が 易しい。（問題很簡單。）
→ 問題が 易しいでしょう。（問題很簡單吧。）

「助動詞」
「れる」行かれるでしょう。（會去吧。）
「られる」見られるでしょう。（能看到吧。）
「せる」行かせるでしょう。（會讓他去吧。）
「させる」見させるでしょう。（會讓他看吧。）
「たがる」行きたがるでしょう。（他很想去吧。）
「たい」行きたいでしょう。（他很想去吧。）
「ない」行かないでしょう。（不會去吧。）
「ぬ（ん）」行かぬ（ん）でしょう。（不會去吧。）
「た（だ）」行ったでしょう。（已經去了吧。）
「ます」行きますでしょう。（要去吧。）

> 在口語上要禮貌地說形容詞的時候，有像「とてもすばらしいです」或「寒いですね」一樣，在形容詞的終止形後面接「です」的例喔。

✓ **練習 31**　　解答→P.386

將下列文章中出現的斷定的助動詞「だ」改成禮貌地斷定的助動詞「です」，然後重寫整篇文章。

誕生日には、友だちを呼んで、大いに騒ごうというのだ。友だちといっても、ほんの四、五人だけだ。忙しいだろうが、君も来てくれるだろうね。

✓ **練習 32**　　解答→P.386

從下列各個句子中挑出助動詞，並回答它的意思。

① 彼はきっと、喜ぶでしょう。
（　　　　　）
② 運動会は雨で延期になったそうです。
（　　　　　）
③ このことは、だれにも聞かれるまい。
（　　　　　）
④ その洋服を、娘に着させたがっていた。
（　　　　　）

UNIT 16 跟助動詞有相同功用的單字

目標 ▼ 理解跟助動詞有相同功用的語詞。

1 兩個以上的單字的組合

雖然不是一個詞（單字）的助動詞，但是有兩個以上的單字組合在一起，發揮跟一個詞的助動詞有相同功用的語詞。將下列舉例的一個詞那麼針對一個個助動詞的詳細研究到此結束。雖然沒有必要全部記住，但是知道很多事情是比較方便的。

參考 在本書雖然將「きれいです」當作一個形容詞、「そうです」、「ようです」當作一個助動詞，但是在以前的觀念，「きれいです」被認為是形容動詞「きれいだ」的語幹「きれい」接上助動詞「です」。「そうです」、「ようです」也一樣，被認為是助動詞「そうだ」、「ようだ」的語幹接上「です」的語詞。

注意 否定的助動詞「ぬ（ん）」如同在右邊的範例學會的，後面會接「です」的未然形「でしょ」，但是除此之外的過去否定的禮貌講法，還能使用連用形「でし」。

例 彼には 話しま**せん**でした。（沒有跟他說。）

⑤ 今日の日のことを忘れずにいよう。
（　　　　　　　　　　　　）
⑥ お父さまは何時頃お宅を出られましたか。
（　　　　　　　　　　　　）
⑦ 鳥のように、空を飛んでみたいなあ。
（　　　　　　　　　　　　）
⑧ 楽しそうに遊んでいるらしい。
（　　　　　　　　　　　　）

圖解個人所得、房地產、投資理財、遺贈稅
艾蜜莉會計師教你聰明節稅
（2025年最新法規增訂版）

除了讓你搞懂要繳什麼稅，
也告訴你如何合法節稅。

本書提供完整的節稅指南及系統化個人稅務說明。只有要所得就要繳稅，而所得來源分為以下四種：個人所得、房地產、投資理財、遺贈稅。本書就這四方面產生的稅，做詳盡的說明，並最依當年法規，做即時的修正。

2025年新增──
2025年最新免稅額、扣除額及課稅級距
囤房稅2.0適用稅率案例
最新豪宅稅及租金標準
ETF收益分配課稅議題
網紅所得課稅議題
擬制遺產課稅案例

作者／鄭惠方（艾蜜莉會計師） 定價／480元

何毅里長伯突破瓶頸的五個黃金法則
翻轉你的期貨交易

讓上千學員勝率提高的
5個期貨操作關鍵

何毅里長伯從事期貨教學多年，發現5個關鍵觀念，可以快速協助初學者突破瓶頸，由虧損到賺錢。分別是靶心理論、均線邏輯、招搖K、二分之一理論及日價差。本書說明這5個關鍵概念，讓你的勝率快速提升。

作者／何毅里長伯 定價／499元

最新！新制多益 TOEIC 必備用書

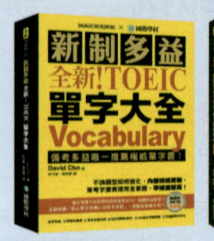

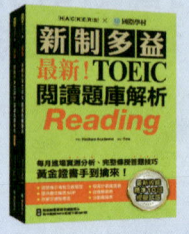

國際學村　多益、日語檢定專業準備用書

扎實的學習內容、單字、聽力、閱讀模擬試題！一次考到黃金認證！

全新！新制多益 TOEIC 單字大全
蟬聯10年最暢銷多益單字書最新版本！
百萬考生、補教、學校唯一指定！

作者／David Cho　定價／499元・附音檔下載QR碼

考題會更新，新制多益單字大全當然也要更新！多益必考主題分類、大數據分析精準選字、貼近實際測驗的例句、出題重點詳細講解，搭配符合出題趨勢的練習題，不論程度，完整照顧考生需求，學習更有效率，熟悉字彙和考點，好分數自然手到擒來！備考新制多益單字、讓分數激增，只要這本就夠！

最新！新制多益 TOEIC 聽力題庫解析
作者／Hackers Academia　定價／880元・雙書裝＋2 MP3＋音檔下載QR碼

最新！試題份量最足！10回1000題模擬試題，準確率超高，根據考試實況，以英美澳加四國口音錄製試題音檔。讓考生聽到不同口音的考題也不會一頭霧水！

最新！新制多益 TOEIC 閱讀題庫解析
作者／Hackers Academia　定價／880元・雙書裝＋單字音檔下載QR碼

最新！10回1000題模擬試題，份量最足！韓國最強多益破解機構，堅持每月入場應考，剖析真實出題傾向，全新編寫10回模擬試題！直攻多益900分絕對不是夢！

第7章 助動詞

的助動詞的講法，跟兩個以上的單字組合在一起的場合的講法互相比較看看吧。

例 彼は あとで 悲しも う。（推測）（他之後會傷心。）

↓

彼は あとで 悲しむ

　　　　　　　だろ う。**(推測)**
　　　　　　　助詞 助詞
　　　　　　　（他之後會傷心吧。）

　　　　　　　か も しれ ない。（不確定的推測）
　　　　　　　助詞 助詞 動詞 助動詞
　　　　　　　（他之後說不定會傷心。）

　　　　　　　に ちがい ない。（有把握的推測）
　　　　　　　助詞 名詞 形容詞
　　　　　　　（他之後一定會傷心。）

例 何か いい ことが あった らしい。**(推定)**
（似乎發生了什麼好事。）

↓

何か いい ことが あった

　　　　　　　　　　　はず だ。（推定）
　　　　　　　　　　　名詞 助動詞
　　　　　　　　　　　（應該是發生了什麼好事。）

　　　　　　　　　　　と みえる。（推定）
　　　　　　　　　　　助詞 動詞
　　　　　　　　　　　（看起來是發生了什麼好事。）

也有像下列的例，只有一個助動詞是無法完整表達的微妙的講法。

例題

從下列各個句子中挑出句子成分的述語（述部）。

① 試験の問題は全部で五問だ。
② 問題練習をするとき、すぐ解答を見てしまうのは安易である。
③ 君にはこの問題は易しいであろう。
④ 最初の問題は、だれでも解けるにちがいない。
⑤ こんな奇妙な話があるであろうか。

237

2 補助用言 —— 補助動詞、補助形容詞

補助用言指的就是補助動詞（→P.131）以及補助形容詞（→P.152）。關於這點雖然已經學過了，但是因為補助用言跟助動詞有相同的功用，所以在這裡整理它的文法吧。上面寫的是使用助動詞的講法，→之後即是使用補助用言的講法。

(1) 補助動詞（形式動詞）

例
これは 本だ。（斷定）
↓
これは 本で ある。（斷定）

とがった 鉛筆。（尖銳的鉛筆。）
↓
とがって いる 鉛筆。（存續）

ごみを 捨てた。（把垃圾丟掉。）
↓
ごみを 捨てて しまう。（完成）

除了這些之外，在伴隨接續助詞「て（で）」的動詞的文節裡有時候會接「おく」、「くる」、「ゆく」、「みる」、「やる」等等的補助動詞。

例
大いに 勉強し なければ ならない。（帶有必要意思的斷定）
　　　　　　助動詞 助詞 動詞 助動詞
（必須要非常用功才行。）

大いに 勉強す べき だ。（帶有當然意思的斷定）
　　　　助動詞（文語）助動詞
（應該要非常用功才對。）

思路
助動詞會接在句子的結尾的文節，發揮決定句子意思的重大功用。補助用言雖然也會決定句子的意思、添加微妙的意思，但是跟助動詞不同的是它也是自立語，也能單獨做出文節。然後一般來說會跟上面的文節連在一起變連文節。

來調查句子的結尾的文節吧。①的斷定的助動詞「だ」決定了句子的意思。②是補助動詞「ある」成為一個文節。③（形容動詞的連用形）添加斷定的意思。③是補助動詞「ある」接上面的文節「安易で」（形容動詞的連用形）添加推測的助動詞「う」，給上面的文節「易しいで」（形容詞的終止形＋助動詞「だ」的連用形）添加強調跟推測的意思。⑤是「あろうか」給上面的文節添加強調、推測、諷刺的意思。④雖然能分解成「解けるにちがいない」幾個文節，但是畫線部分想成跟助動詞「よう」、「だろーう」等等有一樣的功用的一個組合語詞就行了。

答
① 五問だ　② 安易である　③ 易しいであろう　④ 解けるにちがいない　⑤ あるであろうか

著眼點
補助用言的性質是自立語，雖然能單獨做出文節，但是會跟前面的文節連在一起變成連文節。

7章 助動詞

(2) 補助形容詞（形式形容詞）

補助用言的「ある」、「ない」之類的語詞，經常會接在形容詞或形容動詞的文節後面使用。

例 まだ 起きない。 → まだ 起きて ない。（否定）
（還不會起來。）　　（還沒有起來。）

例 早く 食べたい。 → 早く 食べて ほしい。（希望）
（想快點吃。）　　　（希望他快點吃。）

例 きれいで ある。（很漂亮。）
　 きれいでは ありません。（並不漂亮。）
　 きれいで ない。（不漂亮。）
　 きれいでは なかった。（並不漂亮。）

✅ **練習 33**　　解答→P.386

針對下列各個句子畫線部分，加入框內寫的意思的助動詞並重寫句子。

① あの人は君の担任の先生か。[禮貌・推量]
（　　　　　　　　　　　　　　）

② きっとあなたも来る。[希望・過去・禮貌・推量]
（　　　　　　　　　　　　　　）

③ そのことで彼はしかる。[受身・否定・過去・傳聞]
（　　　　　　　　　　　　　　）

④ 私は重い荷物を運んだので、とても疲れました。[使役・受身・禮貌]
（　　　　　　　　　　　　　　）

提升實力考題

考驗在第7章學到的文法，掌握能實際活用的實力吧。

問題 1

從下列文章選擇助動詞，並在右邊畫線。

ノーベル賞は、その年に、人類の文化や平和のために、大きな功績を残した人におくられる、もっとも名誉のある賞です。これをもらった人は、世界的に偉大な人と認められたことになるわけです。

問題 2

從下列B群的各個句子中找出跟A群各個句子在助動詞「れる」、「られる」上是以相同意思去使用的句子，並將該句子的代號寫進各自對應的框內。

【A群】

① 諸君も、ときには考えられたことがおありでしょう。（　）

② 私には、どうも疑わしく思われる。（　）

③ 白蝶が一匹、風にまきあげられてゆく紙片のように、とめどなく舞い上がっていった。（　）

④ じっとしていられぬものだ。（　）

【B群】

ア　雨に降られる。

イ　社長は、海外の視察に出かけられた。

ウ　この種のきのこは食べられる。

エ　修学旅行の当時が思い出される。

問題 3

在下列各個句子中有使役或受身講法的文節的旁邊畫線。另外將使役或受身講法的句子修改成不是使役或受身的講法。

① 不気味な沈黙の中で、私は恐怖に襲われた。（　）

② 最後まで残しておいたパンを、子どもに食べさせる。（　）

③ 議長は出席者全員から議事の進行を任せられていた。（　）

④ あの選手は、ゆっくり休ませれば回復するはずだ。（　）

⑤ 聖書は、古い昔から世界中の人々に読まれている。（　）

解答→P.386

⑥ 重大な問題だから、学級委員長を来させるべきである。（　）
⑦ 彼のことばに、私は気持ちをひどく傷つけられた。（　）
⑧ 寒い冬でも、犬の散歩をさせられる日が続いた。（　）
⑨ ぼくたちは先生に、昨日のいたずらを白状させられた。（　）

問題 4

針對下列各個句子，文法上正確的場合就畫圈，不正確的場合請將錯誤的文節修正成正確的文節並填入框內。

① 君は五時間続けて走れますか。（　）
② ドイツ語は読めれません。（　）
③ ここからは、外へ出られません。（　）
④ 体が熱っぽくて起き上がれなかった。（　）
⑤ 起きれなければ、先に行くよ。（　）
⑥ あの人は何も知らなそうです。（　）
⑦ ここへはだれも来なかったそうです。（　）

⑧ 彼はすぐにもやめたさそうに見えた。（　）
⑨ これ以上質問はなさそうです。（　）
⑩ 母も一緒に行きたそうだった。（　）

問題 5

下列各個分組畫線部分的助動詞的意思都不同。請寫出各自的意思。

(1) ① この本はおもしろそうだ。
　　② 君は強いそうだから、勝つだろう。

(2) ① ぼくでもその石を持ち上げられるよ。
　　② 互いに助けたり助けられたりする。

(3) ① 風邪をひくから、早く服を着よう。
　　② 失敗しようとも、くじけるな。

(4) ① 夏休みには、みんなで山に登ろう。
　　② 彼が死のうとは夢にも思わなかった。

(5) ① 祖母の優しさのしのばれる絵
　　② 健康を回復されてなによりです。

問題 6

從下列各個分組畫線部分的語詞中，分別挑出一個是一個語詞的助動詞，並給句子的代號畫圈。

(1)
ア だれにも干渉されず、自由に暮らしたい。
イ つまらない文章になってしまいました。
ウ 腹立たしく感じないではいられない。

(2)
ア 私は子どものころから自由な環境で育てられた。
イ 人間の尊厳に必要なものは自由である。
ウ 雨はもうあまりひどくない。

(3)
ア 老人に席をゆずったのは、元気な中学生らしい。
イ 彼は、いかにもアメリカ人らしい身ぶりをした。
ウ 隣（となり）の家の赤ちゃんは、ほんとうに愛らしい。

(4)
ア この松は害虫のために枯（か）れるだろう。
イ 彼が見せてくれた写真は、よくとれていた。
ウ 母は自分で仕立てた服を私に着せた。

(5)
ア 君はこの程度しか走れないのか。
イ この松は害虫のために枯れるだろう。
ウ 先生にはずいぶんしかられました。

(6)
① 最近の暖かさは春のようだ。
② 赤ちゃんはもう寝（ね）たようだね。

(7)
① 工場の騒音（そうおん）で私の声は聞こえまい。
② 彼を傷つけまいと心をくばった。

(8)
① この本はもう読んだよ。
② 彼はなかなかの努力家だな。

問題 7

請從後面的語群中選出下列各個句子畫線的助動詞的意思，並將代號寫進框內（答案可以重複）。

① 彼は昔から頭のきれる人物でした。
② ここへは、以前から来たく思っていた。
③ 昨夜降った雨は、空気をすがすがしくした。
④ 午後はどこへも行かずに、昼寝（ひるね）をした。
⑤ もう帰りましょうか。
⑥ 明日は雨らしく、空気が湿（しめ）っぽい。
⑦ 家にはだれもいなかった。
⑧ 彼は寒そうに、がたがたとふるえていた。
⑨ 大人なのだから、自分の意見を言いたまえ。
⑩ 彼は試験中だから、遊ばないだろう。

【語群】
ア 受け身　イ 完了（または過去）　ウ 希望
エ 様態　オ 可能　カ 意志　キ 打ち消し
ク 断定　ケ 打ち消しの推量　コ 推定
サ 丁寧（ていねい）　シ 丁寧な断定　ス 使役

問題8 從後面ア～カ的選項中挑出下列各個句子中畫線部分的活用形，並將那個代號寫進框內。

① 鉄鋼はアメリカへも輸出される。
② 休日なのでとても混雑している。
③ 期限の切れないうちに申し込む。
④ 波も静かで、よい船旅です。
⑤ とても元気そうでした。
⑥ 急げば間に合うだろう。
⑦ そんなことを言うと笑われますよ。
⑧ 美しい山を眺めたければ、信州へ行こう。
⑨ 暗くなって、本が読めなくなる。
⑩ 会議には、彼女を出席させるそうだ。

ア 未然形　イ 連用形　ウ 終止形
エ 連体形　オ 仮定形　カ 語幹

問題9 問題請回答下列各個問題。

（一）從後面ア～オ之中挑出一個跟下列句子畫線部分「た」有相同意思用法的選項，並給代號畫圈。

ア　そこから射して来る光が、道の上に押し被さった竹藪を白く光らせている。
イ　今が今まで私の心を占めていた煮え切らない考えが、結論を先のばしにする原因となっていた。
ウ　異様な感動をもって眺めていた。
エ　大工とか左官とかそういった職業の人は、仲間意識が強いと言える。
オ　振るい落としてしまったように感じるのだ。

（二）從後面ア～エ之中挑出一個跟下列句子畫線部分「そうだ」有相同意思用法的選項，並給代號畫圈。

雨が降りそうだから、家で読書することに決めた。

ア　午後から雨になるそうだ。
イ　この木は今にも倒れそうだ。
ウ　そうだとしても信じられない。
エ　病気の弟がかわいそうだ。

（三）下列各個句子的「ない」之中，只有一個的品詞是不一様的。請給該句子的代號畫圈。

ア　ぼくは、正直に言えば、それが子どもたちのお気に入りの質問の型の一変形にすぎないと思った。
イ　屈折した大人の心理が、作家なんて現実には存在しないと、ぼくに考えさせていた。
ウ　書くことだけは続けるかも知れない。
エ　現代の作家、とくにぼくみたいな人間に責任があるんじゃないか、と考えたのだ。
オ　わたしも作家になれないでしょうか。

（四）下列各句子的「た」之中，只有一個的活用形是不一樣的。請給該句子的代號畫圈。

ア　ぼくの、そのような態度は、同人誌時代の仲間からも批判されたものだ。
イ　書く人間をたまたま作家と呼ぶので、作家になったから書けるようになるというわけではない、と答えるつもりだったからだ。
ウ　ぼくは、そう言われて、頭をなぐられるのを注意していたら、すねを思いきり、けとばされたような気がした。
エ　「先生は作家になられたんでしょう。」
オ　「先生が作家になったとおりのことをしたら、わたしも作家になれないでしょうか。」

問題 10

針對下列文章中畫線部分的助動詞分別所使用的「意思」跟「活用形」，請從後面舉出的選項中各選一個，並將號碼跟記號填入框内。

スキー場は、いっぱいの人だった。初心者の私は、「早く上達したければ、転ぶのを恐れていてはだめだ。」という先輩のことば通り、まわりの人々に笑われても気にはしまいと覚悟をきめて、練習を始めた。それにしても、よく転んだものである。友人たちは私を「ダルマさんのようだな。」と言って冷やかした。

はじめこそそうまく滑れなかったが、何度も転んでいるうちに、しだいに滑るときの調子がわかってきた。しかし、スピードを出して滑ろうとすると、今度は止まるのが難しい。人にぶつかりそうになっても、急には止まれず、自分で倒れて止まるしかない。

A（　）B（　）C（　）
D（　）E（　）F（　）
G（　）H（　）I（　）
J（　）

【意味】
① たとえ　② 様態　③ 過去　④ 断定
⑤ 使役　⑥ 希望　⑦ 打ち消しの意志
⑧ 意志　⑨ 打ち消し　⑩ 受け身

【活用形】
ア　未然形　イ　連用形　ウ　終止形
エ　連体形　オ　仮定形　カ　命令形

問題 11

下列各個分組的語詞之中只有一個的品詞跟其他的不一樣。請將那個代號畫圈並在框内寫出那個品詞的名稱。

(1)　ア　です　イ　しかし　ウ　らしい
　　　エ　よう　オ　ます
　　　（　　　）

(2)　ア　ゆかいだ　イ　あたたかだ　ウ　これだ
　　　エ　ほがらかだ　オ　おだやかだ
　　　（　　　）

問題12 回答下列①～④各個句子畫線部分（述語）語詞的是什麼品詞，並寫在其後的框內。然後再依照各小題的題目，搭配適當的助動詞改寫①～④述語，使句子符合題目指定的意思。

① 彼は中学生だ。（　　）
　ア　推測
　イ　斷定・過去
　ウ　推測・（否定的形容詞）
　エ　禮貌的斷定・推量

② 寒さはとくに厳しい。（　　）
　ア　過去・推測
　イ　斷定・推量
　ウ　樣態・過去
　エ　推測・（否定的形容詞）

③ 仕事はたいへん困難だ。（　　）
　ア　推量
　イ　否定的推量・傳聞
　ウ　過去・傳聞
　エ　（否定的形容詞）・傳聞

④ 父はすぐ家に帰る。（　　）
　ア　過去・禮貌・推量
　イ　否定・過去
　ウ　禮貌・否定
　エ　否定的斷定・推量
　オ　可能・否定・推測

問題13 閱讀下列文章，並回答後面的問題。

　母が死んでから六年めの正月に、おれはある私立の中学校を①卒業する。その年の四月に兄は商業学校を卒業する。兄はなんとか会社の九州の支店に口があって行かなければならん。③おれは東京でまだ学問をしなければならぬ。兄は家を売って財産をかたづけて任地へ出立すると言いだした。おれはどうでもするがよかろうと返事をした。どうせ兄のやっかいになる気はない。世話をしてくれるにしたところで、けんかをするから、むこうでも何とか言いだすに決まっている。なまじい保護を受ければこそ、こんな兄に頭を下げなければならない。牛乳配達をしても食ってられるとA覚悟をした。兄はそれから道具屋を呼んできて、先祖代々のがらくたを二束三文に売った。家屋敷はある人の周旋で、ある金満家に譲った。このほうはだいぶ金になったようだが、くわしいことはいっこう知らぬ。おれは一か月以前から、しばらく前途のつくまで、神田の小川町へ下宿していた。清は十何年いたうちが人手にわたるのを大いに残念がったが、自分のものでないから、しようがなかった。あなたがもう少し年

245

をとっていらっしゃれば、ここがご相続できますものを と、しきりにくどいていた。もう少し年をとって相続が できるものなら、今でも相続ができるはずだ。⑳ばあさん はなんにも知らないから、年さえとれば兄の家がもらえ ると信じている。
（夏目漱石『坊っちゃん』より）

（一）⑲～㉑的畫線部分之中挑出有使用後面ア～ケ的意 思或活用形的助動詞，並在框內填入那個號碼。

ア　推定（　）　イ　丁寧（　）
ウ　推量（　）　エ　過去（　）
オ　仮定形（　）
カ　連用形（　）
キ　終止形（　）
ク　終止形（　）
ケ　仮定形（　）

打ち消し｛
断　　定｛

（二）在（一）選擇的助動詞之中，挑出有接續下列品詞 的助動詞，並在框內填入它的號碼。

ア　体言（　）　イ　形容詞（　）　ウ　上一段活用的動詞（　）

（三）畫線部分A的助動詞「られる」連接著原本不會接 續的助詞。可以認為是因為該助動詞前面應該要放的語詞 被省略掉的關係。是什麼語詞被省略掉了，請用終止句子 的形式填入框內。（　　　）

問題14 閱讀下列的和歌以及它的白話文翻譯，並回答後 面的問題。

・熟田津に船乗りせむと月待てば潮もかなひぬ今はこぎ 出でな【現代語訳】熟田津で船に乗って出発しようと月 を待っていると、（月も出て）潮もちょうどよい具合に なった。さあ、こぎ出そう。

・春過ぎて夏来たるらし白妙の衣ほしたり天の香具山 【現代語訳】春が過ぎて、夏が来たらしい。（青葉の 中に）白い布の衣が干してある。天の香具山に。

（一）下列句子在講述和歌中的助動詞。回答適合填入空 欄A～F的語詞。

「熟田津に」的和歌的「船乗りせむと」的部分是、現 代語訳を見ると、「船に乗って出発しようと」となって いる。現代語訳中の助動詞「（　A　）」は、（　B　） の意味の助動詞なので、線部①の助動詞「む」も （　B　）の助動詞だとわかる。
同様に考えると、線部②の助動詞「（　C　）」から、線部②の助動詞 「ぬ」は、現代語訳中の助動詞であり、「春過ぎて」の和歌の線部③の助 動詞「（　D　）」から、現代語訳中の助動詞「（　E　）」か ら、（　F　）の意味だとわかる。

問題 15

閱讀下列的詩，並回答後面的問題。

A（　）　B（　）
C（　）　D（　）
E（　）　F（　）

私は言葉を「物」として選ばなくてはならない。
それは最もすくなく語られて
深く天然のように含蓄を持ち、
それ自身の内から花と咲いて、
私をめぐる運命のへりで
暗く甘く熟すようでなくてはならない。

それがいつでも百の経験の
ただひとつの要約でなくてはならない。
一滴の水の雫が
あらゆる露点の実りであり、
夕暮れの一点のあかい火が
世界の夜であるように―。

そうしたら私の詩は、
まったく新鮮な事物のように、
私の思い出から遠く放たれて、
朝の野の鎌として、
春のみずうみの氷として、
それ自身の記憶からとつぜん歌を始めるだろう。

（尾崎喜八「言葉」）

（一）跟「選ばなくてはならない」的「ない」是相同用法的語詞，是下列哪一個。請給代號畫圈。
ア　蛍の命は、はかないものだね。
イ　この庭に梅の木は似あわないと思う。
ウ　この家には、塀も門もない。
エ　期待はずれで、つまらない映画だった。

（二）畫線部分①～③的「で」分別是下列哪些選項。各選一個並將代號填入框內。
ア　形容動詞的活用語尾　イ　表示斷定的助動詞
ウ　接續助詞　　　　　　エ　格助詞
オ　表示假設的助動詞的一部分

①（　）　②（　）　③（　）

（三）跟「世界の夜であるように」的「ように」有相同意思、用法的語詞，是下列哪一個。請給代號畫圈。
ア　風邪をひいて熱が出たように思う。
イ　前よりも顔色が明るいように感じる。
ウ　寒風で手足は氷のように冷えきった。

エ あなたのように親切な人はいま少ない。

（四）針對「放たれて」的「れ」的品詞跟意思、活用形，請說明它的文法。

（五）跟「始めるだろう」的「う」有相同意思、用法的語詞，是下列哪一個。請給代號畫圈。

ア ぼくがやろう。
イ きみならできるだろう。
ウ さあ、元気を出して走ろう。
エ 次郎君、遊ぼう。

問題16

閱讀下列文章，並回答後面的問題。

湿原のキタヨシが黄色に枯れていた。その中で親子のタンチョウが餌(えさ)をついばんでいる。子の羽毛が、腹と翼のへりを除いてすっかり白くなっていた。
不思議な明るさが漂うそんな風景を横目で見ながら、私は駄(だ)じゃれを連発してSさんを笑わせた。湿原の道に入ってから、自分でも見違えるほど元気になっているのが分かった。
考えてみれば、熊(くま)に咬(か)まれてからの私は、日頃(ひごろ)の私らしくなかった。執着(しゅうちゃく)しないと覚悟(かくご)していたものを呼び戻(もど)

したり、体の変調に甘えてしまい　A　なった。うじうじと悩み、自分で自分に弱音を吐いた。私は再度決意した。
――何もかも自然の成行きに任せよう。行けるところまで行こうじゃないか。それでいいじゃないか。
もう一度腹をくくったのである。すると四囲がまた明るくなり、腕に力が戻ってきた。
（畑正憲(はたまさのり)『さよなら どんべえ』より）

（一）畫線部分ア～ク的「で」之中，是斷定的助動詞「だ」的活用形是哪一個。請在框內填入代號。
（二）針對畫線部分①「笑わせた」的「せ」的品詞跟意思、活用形，請說明它的文法。
（三）跟畫線部分②「咬まれて」的「て」有相同意思、用法的語詞，是下列哪一個。請給代號畫圈。

ア 行方不明のポチのことが思い出されて、眠れない。
イ 彼はだれからも尊敬されている。
ウ 彼女は、好きな短歌について話された。
エ 毎日遊ばれて、君がうらやましいよ。

248

（四）跟畫線部分③「私らしく」的「らしく」在文法上不一樣的語詞，從下列選項選出兩個，並在框內填入代號。

ア　彼女の動きは、バレリーナらしくとても優美だ。
イ　それは彼女らしく、真紅のワンピースだった。
ウ　バスが遅れているらしく、バス停は人でいっぱいだ。
エ　彼は男らしく、あやまちを認めた。
オ　大雨が降っているらしく、西の空はまっ暗だ。

（五）A框内要填入「様態」意思的助動詞。請用適當的活用形填入框内。（　・　）

（六）跟畫線部分④「任せよう」的「よう」有相同意思、用法的語詞，是下列哪一個。請給記號畫圈。

ア　このぶんだと明日は、晴れよう。
イ　もうすぐ彼も来ようから、落ち着いてくださいよう。
ウ　夏休みには、本を三十冊読んでみよう。
エ　来月には新築工事も終わっていよう。

問題 17　閱讀下列文章，並回答後面的問題。

型例は、次のような、いわゆる「ら抜き言葉」であろう。従来の規則に従うと、

1　この映画は　日本中　どこでも　見られる。

というべきところを「見れる」という人が多くなってきているという現象である。

ら抜き言葉を非難する人々が主張するのは、次のような「学校文法的説明」によるものである。…助動詞が動詞に接続する際には、一定の規則に従わなければならない。この場合（　ウ　）活用と（　イ　）活用動詞の1で「見れる」は間違いである。

しかし、最近ではこの「ら抜き言葉」を擁護する動きも一方では起きている。それは逆にいえば、これだけ「ら抜き」が浸透したことの理由でもある。

一つは助動詞の抱える文法的意味の多さである。前述の「れる」「られる」にもさまざまな文法的意味があるとされるが、これを整理する動きが「ら抜き」なのである。一例を挙げよう。次の例2は少なくとも三通りの解釈が出来るが、傍線部を「食べれなかった」とすると、「食べることが出来なかった」の意であることがはっきりする。

2　先生は　お寿司を　全部は　食べられなかった。

俗にいう「若者ことば」は即「間違い」であり「言葉の乱れ」だとすぐに大人たちはやり玉にあげる。その典

そうすると「れる」「られる」の文法的意味は絞られることになり、今ほどの負担の大きさはなくなる。そのための現象が「ら抜き」だというのである。

もう一つの理由は、可能動詞の存在である。可能動詞とは（　ア　）活用動詞を（　エ　）活用動詞にすることで、「見られる」などと同様、一語で「〜することができる」の意味を表すものだ。これは昔から普通の動詞と並存していたわけではない。室町時代にその祖と思われる例が出て、江戸後期から明治にかけて、この新しい可能の言い方が発生した、といわれている。となると、同じような現象が（　ア　）活用以外の動詞におこっても不思議ではない。この他、方言など、いろいろな要素が絡まって「ら抜き」は発生したのだといわれている。こうしてみると、ら抜き言葉は決して一時発生的なものではなく、歴史的な背景を持って登場してきたことがわかるだろう。

（一）分別在空欄ア〜エ填入最適當的語詞，但是會有相同代號放入相同語詞的場合。

ア（　）イ（　）ウ（　）
エ（　）

（二）畫線部分①「三通りの解釈が出来る」，其中一個是「食べることができなかった（可能）」的意思。那麼剩下兩個是什麼意思，請分別做淺顯易懂的說明。

（　）
（　）

第 8 章

助詞——沒有活用的附屬語

助詞是表示語詞之間的關係、添加詳細意思的單字。

重點整理

UNIT 1 助詞的性質

- 所謂的助詞……表示語詞之間的關係、添加詳細意思的單字。
- 助詞的性質……是附屬語且沒有活用。
- 助詞的分類……分成格助詞、接續助詞、副助詞、終助詞，四個種類。

解說頁 ▼ P.256

UNIT 2 助詞的種類跟功用

- **格助詞**……主要針對體言表達文節跟文節的關係。
  - 表達是主語。
    - 例 校長先生が　話を　される。（校長要講話。）
  - 表達是連體修飾語。
    - 例 校長先生の　お話が　ある。（校長有話要說。）
  - 表達是連用修飾語。
    - 例 校長先生の　お話を　聞く。（聽校長講話。）
  - 表達是並立關係。
    - 例 バスや　電車に　乗る。（搭公車或電車。）
  - 表達是比照體言的文節。
    - 例 勉強するのが　嫌いだ。（討厭念書。）

解說頁 ▼ P.257

好好記住助詞的性質跟功用吧！

252

第8章 助詞

UNIT 3 格助詞的意思跟接續

語詞	が	の	を	に
意思	表達那個文節是主語或對象	表達那個文節是連體修飾語　表達那個文節是主語　表達那個文節是並立關係　讓接在後面的語詞具有跟體言一樣的資格	對象　地點　時間　起點（出發點）　方向	場所　時間　目的　終點　對方　狀態　結果　動作發生的地點（受身）或目標（使役）　原因、理由　比較的基準　並立

語詞	へ	と	から	より	で	や
意思	方向　終點	共同行動的對象　引用　並立　結果　對象　比較的基準	起點　原因、理由	比較的基準　限定	地點　手段、材料　原因、理由　時限	並立

解說頁
▶ P.265

● 接續助詞……針對用言或助動詞，讓那個文節（連文節）的意思延續到後面的文節（連文節）。

・變成接續語。
・變成連用修飾語。
・變成並立關係。

● 副助詞……針對各種語詞，添加各種的意思。

● 終助詞……針對句尾或文節的段落，添加各種的意思。

假定的順接、假定的逆接、確定的順接、確定的逆接，四個種類。

253

UNIT 5 副助詞的意思跟接續

は	も	こそ	さえ	でも	しか
特別取出 強調 重複 主題	其中一個同類 強調 並立	強調	以此類推 限定 添加	以此類推 事情的概況	限定

だけ	ほど	くらい (ぐらい)	など	きり (ぎり)	なり
程度 限定	程度	程度 限度	舉例	限定	舉列 並立

解說頁 ▶ P.289

UNIT 4 接續助詞的意思跟接續

ば	と	ても (でも)	けれど けれども	が	のに	ので
假定的順接 確定的順接、並立	假定的順接 確定的順接	假定的逆接 確定的逆接	確定的逆接	確定的逆接 單純的接續 並立、對比	確定的逆接	確定的順接（原因、理由）

から	し	て (で)	ながら	たり (だり)	ものの	ところ	で
確定的順接（原因、理由）	並立	確定的順接（原因、理由） 連接動詞、助動詞跟補助用言 並立 單純的接續	確定的逆接 同時	並立 舉出	確定的逆接	假定的逆接	

解說頁 ▶ P.276

254

8章 助詞

UNIT 6 終助詞的意思跟接續

助詞	意思
まで	終點（極限） 程度、限度 以此類推
ばかり	程度 限定 即將完成
か	疑問、質問 反諷 感動、欽佩
な	禁止
な（なあ）	感動、欽佩 叮囑
や	感動 叮囑 呼叫
ぞ	叮囑
とも	強調

助詞	意思
やら	不確定 並立
か/だの	並立
よ	感動 叮囑 呼叫
の	疑問 輕易斷定
わ	感動、欽佩 輕微叮囑
ね（ねえ）	感動、欽佩 吸引對方注意
さ	叮囑 輕鬆的語氣 強調 吸引對方注意

解說頁 ▶ P.300

255

UNIT 1 助詞的性質

目標 ▶ 理解助詞的性質跟分類。

1 所謂的祝詞 —— 表達語詞之間的關係跟添加意思的單字

助詞是針對用言、體言等其他語詞，表達語詞之間的關係、添加其他詳細意思的單字。

文節	文節	文節	文節
ぼくは→東京と	ぼくが→東京から	ぼくも→東京か	横浜へ 行く。
	横浜まで 行くよ。	横浜に 行くぞ。	

- 體言→助詞
- 體言→助詞
- 體言→助詞
- 用言→助詞

在右邊的範例中，只有「ぼく」、「東京」、「横浜」、「行く」等等的用言、體言無法組成句子。要連接各種助詞，讓語詞跟語詞之間的關係變得明確、添加詳細意思，才會變成一個語意完整的句子。

2 助詞的性質 —— 是附屬語且沒有活用

(1) 助詞無法單獨做出文節，一定會接在用言或體言等等的自立語後面變成文節的一個要素，所以是附屬語。

(2) 助詞跟同樣是附屬語的助動詞不同，沒有活用。

例題

從下列各個句子中選擇附屬語，並在其中的助動詞旁邊畫線，助詞後面畫上「○」。

① 三月になると、学校の前を流れる川は、山の雪どけ水でしだいに水かさを増し、春が来ることを告げる。

② 彼はもともと健康であったらしいが、二年間ばかり猛烈に勉強したので、病気になり、目立った成果をあげられずに終わった。

思路

附屬語是助動詞跟助詞。要注意助詞之中也有像「で」或「に」之類，跟助動詞或其他品詞的單字部分是相同形式的例。此外①的句子沒有助動詞，附屬語全部都是助詞。

另外要注意助詞之中也有分一個字的助詞或兩個字的助詞，容易混淆的部分。

答

① 三月に○なると、学校の○前を○流れる川は○、山の○雪どけ水で○しだいに○水かさを○増し、春が○来ることを○告げる。

② 彼は○もともと健康で○あったらしいが○、二年間ばかり○猛烈に○勉

8章 助詞

3 助詞的分類 —— 格助詞、接續助詞、副助詞、終助詞

助詞雖然有四十種以上，但是根據功用可以分成下列四個種類。

(1) 格助詞……（が の を に へ と から より で や）等等
ばとても（でも）けれど（けれども）が
(2) 接續助詞……のに ので から して（で）ながら
たり（だり）ものの ところで 等等
(3) 副助詞……は も こそ さえ でも しか まで
ばかり だけ ほど くらい（ぐらい）など 等等
きり（ぎり）なり やら か だの
(4) 終助詞……わ ね（ねえ）さ
か な な（なあ）や ぞ とも よ の 等等

著眼點
● 分辨「で」
① 助詞
② 助動詞「だ」、「そうだ」的連用形
③ 形容動詞的活用語尾（連用形）

● 分辨「に」
① 助詞
② 副詞的一部分（例）しだいに
③ 形容動詞的活用語尾（連用形）

● 容易搞混的助詞
・「の」、「で」、「に」、「て」、「も」（一字）
・「ので」、「のに」、「ても」、「でも」（二字）

強したので、病気になり目立った成果を、あげられずに、終わった。

UNIT 2 助詞的種類跟功用

目標 ▼ 理解格助詞、接續助詞、副助詞、終助詞的功用。

1 格助詞 —— 主要接在體言後面表達文節關係

格助詞主要接在體言後面，表達那個體言的文節對於同個句子中的其他文節有著什麼樣的資格（關係），也就是表達文節跟文節的關係。什麼樣的格助詞具有表達什麼樣的文節關係的功用，大致上可以整理成下列幾個關係。

257

(1) 表達是**主語**……「が」、「の」

富士山 が きれいだ。
（主語）（述語）

先生 の 描いた 絵。（老師畫的畫。）
（主語）（述語）

> 針對主語的述語「描いた」是作為連體修飾語跟後面連接，修飾體言「絵」。

(2) 表達是**連體修飾語**……「の」

これは 先生 の 自動車だ。（這是老師的車子。）
（連體修飾語）

先生 の 描いた 絵。（老師畫的畫。）
（連體修飾語）

(3) 表達是**連用修飾語**……「を」、「に」、「へ」、「と」、「から」、「より」、「で」等等

先生は 自動車 に 乗った。（老師搭上車子。）
（連用修飾語）

先生は 自動車 から 降りた。（老師從車子裡面下來。）
（連用修飾語）

先生は 自動車 を 運転する。（老師開車。）
（連用修飾語）

先生は 自動車 で 帰った。（老師開車回家。）
（連用修飾語）

例題

從下列各個句子中挑出有格助詞的文節，並回答具有什麼資格（關係）。

① 山々のもみじが、きれいな色になった。
② 朝から英語と数学を勉強し、午後は学校へ行って、みんなで遊んだ。
③ 年の暮れも近い、雪の降る晩、貧乏神（びんぼうがみ）がその家を訪れたのを、だれも知りませんでした。

思路 分解成文節→在文節中的附屬語裡面分辨助詞→在助詞之中分辨格助詞跟它的資格，照這個順序去思考。

但是③「訪れたのを」的「の」是將該文節變成跟體言有相同資格的語詞。這個被稱作準體言助詞（準體助詞），也可以用「もの」或「こと」之類的體言來代替。

另外③「雪の降る晩」的「の」、「雪の」是主語，述語「降る」作為連體修飾語跟後面的體言「晩」產生關係。

此外②「午後は」的「は」、③「暮れも」、「だれも」的「も」是副助詞。

8章 助詞

(4) 表達是並立關係……「と」、「や」、「の」等等

先生と　ぼくは、　一緒に　電車や　バスに　乗った。
［並立關係］　　　　　　　　　　　　［並立關係］
主部（連文節）　　　　　　　　　　修飾部（連文節）　　　　述語

（老師跟我一起搭電車或公車。）

右邊的句子中有接「と」、「や」、「の」的文節分別跟後面接的文節有相同資格並且表達是對等地並立在一起。像這樣具有相同資格而且並立在一起的兩個以上的文節關係叫做<u>並立關係</u>（→ P.23）。

(5) 表達比照體言的文節……「の」

這個雖然沒有表達文節關係的功用，但是在用言後面接格助詞「の」後，那個文節就會具有<u>跟體言相同的資格</u>，也就是變成比照體言的語詞。這個比照體言的文節後面在接上助詞後，就變成主語、修飾語。

勉強するのが　嫌いだ。（討厭念書。）
比照體言
　　主語　　　　述語

新しいのを　買った。（買了新的。）
比照體言
連用修飾語　　述語

著眼點

● 格助詞的功用
　表達該文節針對其它文節具有的資格（關係）。

● 準體言助詞「の」
　可以用「もの」或「こと」等等的體言代替。

答
① 山々の（連體修飾語）もみじが（主語）色に（連用修飾語）② 朝から（連用修飾語）英語と（並立關係）数学を（連用修飾語）学校へ（連用修飾語）みんなで（連用修飾語）③ 年の（連體修飾語）雪の（主語）訪れたのを（「の」讓文節具有跟體言相同資格，「を」是連用修飾語）家を（連用修飾語）貧乏神が（主語）

✓ 練習 1

從後面ア〜ウ的選項中挑出跟下列畫線部分「の」具有相同資格的助詞，並給代號畫圈。

ア このテレビゲームは私の弟のだ。
イ これから校長先生のお話があります。
ウ 富士山の見える場所に行こう。

理科の勉強をするのが得意だ。

解答 → P.390

2 接續助詞 —— 接在用言或助動詞的後面讓意思延續下去

接續助詞主要接在用言或助動詞的後面，讓那個文節（連文節）的意思延續到後面的文節（連文節），發揮**連接前後文節（連文節）**的功用。

有接續助詞的文節（連文節）的一大特徵是**主要會變成接續語（接續部）**。這個場合接續助詞分別會表達以下的意思（條件或接續的關係）。

(1) 假定的順接　「ば」、「と」
(2) 假定的逆接　「と」、「ても（でも）」
(3) 確定的順接　「ば」、「と」、「ので」、「から」、「て（で）」等等
(4) 確定的逆接　「ても（でも）」、「けれど（けれども）」、「が」、「のに」、「ながら」、「ものの」等等

假定指的是那件事情是想像中的場合，確定則是那件事情是事實的場合。

另外**順接**指的是在前面的事情之後發生的事情是合理的接續關係，逆接則是在前面的事情之後發生的事情是相反（反對）的接續關係。（→ P.95）

(1) 假定的順接
　　→　　接續語　　連用修飾語　　述語
晴れれ　ば、　星を　　観測しよう。
（放晴的話就來觀測星星吧。）

例題

從下列各個句子中挑出有接續助詞的文節，並回答該接續助詞是以什麼意思將前後文節（連文節）連接起來。

① どこへ行こうと、私の勝手だ。
② よく見ると、新しい芽が出ていた。
③ 疲れたので、練習を休みたい。
④ みんなが賛成すれば、すぐ実行します。
⑤ 雨が降りそうだが、やはり出かけよう。
⑥ いくら働いても、生活は苦しかった。
⑦ 快晴だし、風もさわやかだ。
⑧ 読んだり書いたりして、一日を過ごす。

思路

有接續助詞的文節的後面常常會加逗點（、）。

①②的接續助詞「と」根據使用方式可以變成順接或逆接，也能表達假定或確定。因此要掌握接續助詞的意思是很重要。在那之後才能判斷有接續助詞的文節跟後面的文節之間是順接、逆接、其他等等，以哪一種關係連接在一起。然後該接續關係如果是順接、逆接其中一種的話，可以思考有接續助詞的文節是表達假定、確定其中一個的條件。

⑧的「読んだり」、「書いたり」、「たり（だり）」的「て」是表達並立的接續助詞，後面的「し」「て」是表達單純的接續，「読んだり

8章 助詞

參考

在確定的順接關係中，也包含了雖然那件事情還不是事實，但是如果那件事情變成事實的話，在自然或世間的法則中後面一定會發生理所當然的結果的場合。這樣的接續關係區分成確定的順接，也叫做**一般條件**。

例）
春に なれ**ば**、桜が 咲く。（春天一來，櫻花就開了。）
春に なる**と**、桜が 咲く。（一到春天，櫻花就開了。）

有接續助詞的文節（連文節）除了使用前面(1)～(4)的意思的場合之外，會變成**連用修飾語（修飾部）**或**並立的關係**。

(2) 假定的逆接

たとえ 苦しく ても、ぼくは がんばります。
　　　接續語（連文節）　　主語　　　　　　　述語

（即使很痛苦，我也會加油。）

(3) 確定的順接

雨が 降った ので、運動会は 中止に なった。
　　　　　接續語（連文節）　主語　　連用修飾語　述語

（因為下雨，所以運動會停辦了。）

(4) 確定的逆接

風は ないが、花が 散る。
接續語（連文節）　主語　述語

（雖然沒有風，花朵卻飄落。）

答

① 行こうと（假定的逆接）② 見ると（確定的順接）③ 疲れたので（確定的順接＝原因、理由）④ 賛成すれば（假定的順接）⑤ 降りそうだが（確定的逆接）⑥ 働いても（假定的逆接）⑦ 快晴だし（並立）⑧ 読んだり・書いたり（單純的接續）

書いたりして」這個連文節不是接續語而是變成修飾語。
此外像③的「ので」的例，確定的順接是表達原因、理由的場合很多。

著眼點

① 掌握接續助詞的意思判斷接續關係。→順接、逆接、其它
② 判斷條件。（如果是順接、逆接）→假定條件、確定條件

261

3 副助詞 —— 接在各式各樣的語詞後面添加各式各樣的意思

副助詞不只會接在用言或體言後面，還會接在各式各樣的語詞後面添加各種意思的語詞。

先生は 優しいし、親切だ。
主語　　　並立關係　　述部（連文節）
　　　　　　　　述語

道を 歩きながら 食べるな。
　　修飾部（連用修飾語）　　述部（連文節）
　　　（連文節）

雖然格助詞或接續助詞是一旦省略掉就會讓句子的意思變得不通順，但是副助詞有就算省略掉句子的意思也不會改變的場合。另外副助詞會有接在其它種類的助詞或同樣副助詞後面的情況。

私 だけ しか そこ へ は 行かない。
　主語　　　　　連用修飾語　　述語
（副助詞）　其他種類的助詞）（只有我不會去那裡。）

接著來並排使用常用副助詞的句子吧。但是相同形式的副助詞會有用於其他意思的時候。（　）內是使用於各個句子中的場合的意思。

> 副助詞的「副」有「添える（添加）」的意思。「か」以外的副助詞因為沒有其他相同形式的其他種類的助詞，所以記住經常會用到的吧。

> **例題**
> 將下列句子中畫線的部分，改成像後面①～⑧的句子後，會添加什麼樣的意思。注意①～⑧的畫線部分的助詞並回答。
>
> 彼が欠席した理由を、私が知っている。
>
> ① 私だけが知っている。
> ② 私しか知らない。
> ③ 私は知っている。
> ④ 私が知っているよ。
> ⑤ 私も知っている。
> ⑥ 私でも知っている。
> ⑦ 私が知るものか。
> ⑧ 私か彼が知っている。

262

8章　助詞

勉強を した。（念書）（「を」是格助詞）
勉強は した。（有念書。）……〔跟其他區分，**特別提出來**〕
勉強も した。（還有念書。）……〔表達是**其中一個同類**〕
勉強こそ 大事だ。（念書才重要。）……〔**強調**〕
勉強さえする時間がない。（甚至沒有時間念書。）……〔表達是**其中一個同類**〕
勉強しかしない。（除了念書沒做其他事。）……〔表達事情**概況**〕
勉強でもしよう。（來去念書吧。）……〔舉出一個例後以**此類推**〕
宿題以外の勉強まで できない。（沒辦法做回家作業以外的學習。）……〔只能是那件事＝**限定**〕
勉強ばかりしている。（老是在念書。）……〔表達**程度、限度**〕
勉強だけしている。（只有念書。）……〔只能是那件事＝**限定**〕
勉強するほど実力がつく。（念越多書越能增加實力。）……〔表達**程度**〕
勉強くらい嫌なものはない。（沒有比念書更討厭的事。）……〔表達**限度**〕
勉強などやめて遊ぼう。（別做念書那種事，來玩吧。）……〔表達**舉例**的意思〕
十分間勉強したきりだ。（只有念書十分鐘。）……〔只能是那件事＝**限定**〕

思路　在思考副助詞或終助詞的意思的時候，可以跟將去除副助詞或終助詞後的句子做比較，或是將副助詞或終助詞替換成格助詞再跟原本的句子做比較也行。

在這個問題可以拿「私が」跟使用格助詞的句子做比較。

副助詞、終助詞的意思從句子整體的意思來看可以理解大概的意思，但是要用言語表達卻很難。這些在文法上可以用於強調、限定、程度、舉例、疑問、呼叫等等的意思的語詞需要一點時間去習慣吧。

答
① 限定　② 限定　③ 特別取出　④ 特別強調
⑤ 同類的一種　⑥ 舉一例而類推其他
⑦ 反語　⑧ 並列

著眼點
・掌握副助詞、終助詞的意思
・跟拿掉副助詞或終助詞後的句子做比較。
・跟把副助詞、終助詞替換成格助詞後的句子做比較。

勉強なり手伝いなりせよ。（不管要念書還是要幫忙。）

【並立 表達沒有決定好的事情】

どんな勉強やらわからない。（不知道要念什麼書。）

【表達不確定的事】

勉強かクラブ活動をする。（要念書還是去社團活動。）

【表達並立】

4 終助詞 ── 接在句尾後面添加各式各樣的意思

終助詞會接在句子結尾或文節的段落後面，添加疑問、感動、禁止等等，各式各樣的意思或感情。終助詞特別會在句子的結尾，也就是常接在述語（述部）的後面，發揮表達說話者的心情的功用。下列舉例的是主要的終助詞跟它們的意思。

その人はだれの。（那個人是誰呢。）

その人はだれか。（那個人是誰。）【疑問】

そんなこと知るものか。（那種事我哪知道。）【反問】

道路で遊ぶな（なあ）。（別在馬路上玩耍。）【禁止】

すばらしいな（なあ）。（真棒。）

すばらしや。（真棒呢。）【感動】

出発だよ。（出發了喔。）

出発だぞ。（出發了喔。）【叮囑】

出発だね。（出發了呢。）【吸引注意】

✓ 練習 2

解答→P.390

從後面畫線部分的助詞的意思，挑出下列各個句子畫線部分的助詞的意思，並在框內填入代號。

① 駅で一時間ばかり待ちました。（　）
② 彼がどこにいるか、知らない。（　）
③ そればかりはやめてください。（　）
④ 私の成績はよくも悪くもない。（　）
⑤ 生命の安全をこそ守らなければならない。（　）
⑥ 君にまで迷惑をかけたくない。（　）
⑦ 問題が易しいから、彼さえ満点だった。（　）
⑧ 午後からは英語の授業もある。（　）
⑨ 地震が起きても、あわてるな。（　）

【意思】
ア　表示禁止
イ　表示強調
ウ　表示並列
エ　表示疑問
オ　舉出一例並類推其他情況
カ　表示屬於同類的一種
キ　表示程度・限度（極限）
ク　表示大致的程度
ケ　表示限定

8章 助詞

太郎よ、行こう。（太郎啊，走吧。）〔呼叫〕
太郎や、行こう。（太郎啊，走吧。）
失敗もあるさ。（一定會有失敗啦。）〔輕易斷定〕

到此這裡為止，應該大略掌握助詞的文法了吧。對於之後出現的一個個助詞，就根據需要去學習就好了。

UNIT 3 格助詞的意思跟接續

目標 ▼ 理解格助詞的各種意思跟接續。

が の を に へ と から より で や

が

● 表達那個文節是主語或對象。

在左邊下面的例句中「これが」可以改成「これを」，表達述語「ほしい」的對象（連用語）。

例
<u>花が</u> 咲く。（花朵盛開。） 主語
<u>これが</u> ほしい。（想要這個。） 對象

> 格助詞跟接續動詞之中有●記號的是表達文節跟文節的關係。有●記號的則是沒有文節關係的功用的語詞喔。

例題

從下列各個句子中挑出有接格助詞的文節，並回答那個格助詞是表達什麼資格（關係）。

① 自転車に乗った中学生が、ふたりづれで麦畑を学校のほうへ横切っていく。
② 彼女の歌った「海は荒海、向こうは佐渡よ。」という歌は、どんな題名ですか。
③ 家に着いてから冷たいお茶を飲もうと思い、のどが渇かくのを我慢して、道を急いだ。

の

接續 ┤ 接體言（連體形）──色が きれいだ。（顏色很漂亮。）
　　　├ 接用言（連體形）──泳ぐが よい。（可以去游泳。）
　　　├ 接助動詞（連體形）──泳がせるが よい。（讓他去游泳。）
　　　└ 接助詞「の」（準體言助詞）……泳ぐのが 上手だ。（很擅長游泳。）

右邊的格助詞「の」是讓前面接的語詞具有跟體言相同資格的準體言助詞（準體言助詞）。

● 表達那個文節是連體修飾語。

例　来年の　春には、高等学校の　入学試験を　受ける。
　　　連體修飾語　　　　　　　連體修飾語
（明年春天要去考高中入學考試。）

● 表達那個文節是主語。這個場合針對那個主語的述語會作為連體修飾語接在後面。

例　森林の　燃えさかる　炎は、山腹を　上へと　向かった。
　　　主語　述語（連體形）
　　　　連體修飾語
（燃燒森林的火炎從山腰往上燃燒了。）

● 表達那個文節是並立關係。

例　行くの と、いつまでも すねて いる。
　　　並立關係
（要為了去跟不去鬧彆扭到什麼時候。）

思路　格助詞主要是接在體言後面，表達那個文節對於句子中其他文節有什麼樣的資格（關係）。有接格助詞「の」的文節是主語的場合叫做主格、是連體修飾語的場合叫做連體格、連用修飾語的場合叫做連用格、並立關係的場合叫做並立格。

在這之中主格的有接「の」的文節，絕對不會是整個句子的主語。針對這點來比較下列三個句子吧。

・（有下雪的晚上很冷。）
・雪の　ふる　晩は、……×
　　主語　述語
連體修飾語
・雪が　降る。（下雪。）
　主語　述語
・雪の　降る　晩は、寒い。
　主語　述語

光靠「雪の降る。」無法完成句子，但是後面接上「晚」這個體言後，「雪の降る」就能當作具有主、述關係的連文節變成連體修飾部，與文節「晚は」產生連結。像這樣的連文節中的主語、述語可以稱作部分的主語、部分的述語。

針對②的「彼女の歌った」應該也能理解了吧。另外②的③的「と」是表達引用的格助詞，來承接句子。

266

8章 助詞

● 讓接了那個助詞的語詞具有跟體言相同資格（比照體言的語詞）。這個場合的「の」可以叫做準體言助詞（準體助詞）。

例）
比照體言
走る**の**が　速い。（跑得很快。）

比照體言
この　本は　友人のだ。（這本書是我朋友的。）

接續
接體言——**来年**の　春、高校へ　進学する。
（連體形）（明年春天要升學去念高中。）

接用言——**にぎやかな**のが、好きだ。
（連體形）（我喜歡熱鬧的氣氛。）

接助動詞——行け**ない**のは、病気だからです。
（連體形）（沒辦法去是因為生病。）

接助詞——それは、ぼく**だけ**の　秘密だ。
（那是只屬於我的秘密。）

を

(1) 表達那個文節是連用修飾語。

例）父は、新聞**を**　読んでいる。（父親在看報紙。）

● 表達動作、作用的對象

答
①自転車に（連用格）　中学生が（主格）　ふたりづれで（連用格）　麦畑を（連用格）　学校の（連體格）　ほうへ（連用格）
②彼女の（主格）　佐渡よ。」と（連用格）
③家に（連用格）　着いてから（連用格）　お茶を（連用格）　飲もうと（連用格）
のどが（主格）　渇くのを（「の」使其和體言具同樣資格，「を」是連用格）　道を（連用格）

此外②的「海は」等等的「は」是副助詞。③的「のどが渇くのを」的「の」是準體言助詞，並不是表達文節資格（關係）的助詞。

著眼點
● 格助詞表達的資格
「が」、「の」…主格／「の」…連體格／「を」、「に」、「へ」、「と」、「から」、「より」、「で」等等…連用格／「と」、「や」、「の」…並立格

● 表達整個「の」不是表達整個句子，而是表達部分的主語。

267

● 表達那個文節是連用修飾語。

(2) 表達經過的場所、時間。
㉚ 自動車で 高速道路を 走る。(在高速公路上開車。)

(3) 表達動作、作用的起點（出發點）。
㉚ 一日を 読書で過ごす。(看書渡過一整天。)

(4) 表達動作、作用的方向
㉚ 懐かしい 故国を 離れる。(離開令人懷念的祖國。)

㉚ みんな、右を 見ろ。(各位看右邊。)

接續
接體言　新聞を 読む。(看報紙。)
接助詞「の」（準體言助詞）…… 大きいのを ください。
(請給我大的。)

に

㉚ 表達場所。
㉚ 生徒が 運動所に 集合する。
(學生到操場集合。)

(2) 表達時間。
㉚ 私は、毎夜、十時に 寝る。
(我每天晚上十點睡覺。)

(3) 表達動作的目的。
㉚ 魚を 釣りに 行く。(去釣魚。)

💡
試著用雙關語來記住格助詞吧。把「鬼が戸より出、空の部屋（鬼從門出去，空房間）」這個句子變成平假名後就是「を、に、が、と、より、で、から、の、へ、や」了。在腦中想像場面的樣子就更容易記住喔。

✓ 練習 3
在下列各個句子的格助詞的右邊畫線。
① 空が高い。煙突やアンテナが、背伸びをしている。
② おばあさんの予想どおり、今年は冬の来るのが早く、十月末にもう雪が降りました。
③ 全員の集まる総会では、賛成と反対とに、議論が分かれてなかなかまとまらない。

解答→P.390

✓ 練習 4
針對下列各個句子中畫線部分的格助詞，回答它們是表達什麼樣的資格（關係）。
① よく晴れた空を、渡り鳥が飛んでいく。
（　　）
② 兄の使っていた万年筆で、手紙を書いた。
（　　）
③ 新聞や雑誌を読むのが、本当の読書と言えるのだろうか。
（　　）
④ 五時から始まる公会堂での音楽会へ行くことを、友人と約束した。
（　　）

解答→P.390

268

8章 助詞

(4) 表達動作的終點。
〔例〕私たちは、東京に 着いた。（我們到了東京。）

(5) 表達動作、作用的對象。
〔例〕この 仕事を 君に 頼もう。（這份工作就拜託你吧。）

(6) 表達動作、作用的狀態。
〔例〕髪を 長めに 伸ばす。（把頭髮留長。）

(7) 表達作用或變化的結果。
〔例〕すべてが 失敗に 終わった。（一切都以失敗告終。）

(8) 表達受身句子的動作的出發點、使役句子的動作的目標。
〔例〕犬に かまれた。（受身）（被狗咬。）
　　 （使役）（讓嬰兒喝奶。）赤子に 乳を 飲ませる。

(9) 表達動作、作用的原因、理由。
〔例〕人々は ひどい 災害に 打ちひしがれた。（人們受到嚴重災害的摧殘。）

(10) 表達比較的基準。
〔例〕彼は 私に 比べて 体が 丈夫だ。（他跟我比起來身體更強壯。）

● 表達那個文節是並立關係。

(11) 兩個以上的文節有相同資格且並排在一起。
〔例〕明日は、国語に 数学に 英語の 試験が ある。（明天有國文、數學、英文的考試。）

✓ 練習 5

回答下列各個句子中畫線部分的格助詞的意思。

① 生徒は、みんな教室に集まった。（　　）
② 彼は、努力して音楽家になった。（　　）
③ ぼくは、父を迎えに行くところだ。（　　）
④ そのことは、先生に教えていただこう。（　　）

解答 → P.391

269

```
接體言 ┬ 體言………体育館に 集まれ。（到體育館集合。）
       │ （連用形）
       ├ 接用言 ┬ 野球を 見に 行く。（去看棒球賽。）
       │       │ （連用形）
       │       └ 見るには お金が 必要だ。（需要花錢才能看。）
       │        （連體形）
接續 ──┤ 接用動詞 ┬ 事件を 調べさせに 行く。
       │         │ （連用形）（讓他去調查事件。）
       │         └ 歩きたいにも 歩けない。
       │           （連用形）（想走路也沒辦法走。）
       └ 接助詞「の」（準體言助詞）… 見るのに お金が 必要だ。
         （連體形）                  （看這個需要花錢。）
```

● 表達那個文節是 <u>連用修飾語</u>。

へ

(1) 表達動作的方向。
例 探検隊は、一路 東**へ** 向かった。（探險隊一路向東邊前進。）

(2) 表達動作的終點。
例 向こう**へ** 着いたら 手紙を くださいね。（到那邊後要寫信給我喔。）

例題 從下列句子中畫線部分選擇格助詞「に」，並挑出那個文節。

自然にできた言語の中に、不規則に、不完全に働いている力を、これからつくり出す言語のために完全に使うことは、どれほど意義があるかということを理解しました。

思路 格助詞「に」容易跟形容動詞的活用語尾（連用形）搞混所以要小心。形容動詞的活用語尾的話可以將「に」替換成「な」並在後面接適合的體言，然後前面接連用修飾語。以問題句舉例的話可以改成「真に自然な姿」、「とても不規則なできばえ」、「ほんとうに完全な答え」等等的文節，所以可以知道它們是形容動詞的活用語尾。

答 中に・ために

著眼點 ●分辨格助詞「に」跟形容動詞的方法
形容動詞的活用語尾可以將「に」替換成「な」並在後面接體言。另外也可以在前面接連用修飾語。

第8章 助詞

接續 ┐
　　├ 接體言……荷物を 家へ 運ぶ。(把行李搬入家裡。)
　　└ 偶爾會接助詞「の」(準體言助詞)……ぼくのへ 入れて ください。(請放入我的裡面。)

と

● 表達那個文節是連用修飾語。

(1)「～とともに」的意思，表達共同行動的對象。
　例 母と 買い物に 出かける。(跟媽媽去買東西。)

(2) 表達動作或作用的結果。
　例 氷が 水と なる。(冰塊變成水。)

(3)「～を相手にして」的意思，表達動作的對象。
　例 君と けんかを しても しかたが ない。(跟你吵架也於事無補。)

(4) 表達比較的基準。
　例 あの 山は、この 山と 岩石の 成分が 違う。(那座山跟這座山的岩石成分不同。)

(5) 表達引用。
　例 父は、顔さえ 見れば、「がんばって いるか。」と 言う。(父親只要看到我就會說「有在努力嗎？」。)

✓ **練習 6**

解答→P.391

從下面的文章中挑出有接格助詞的文節，並回答格助詞的意思。

　男は、笛を 吹きながら、表通りから 裏通りへと、町の 中を すみずみまで 歩きました。すると、その 音色は、美しく あたりに 流れました。音色に ひかれたのか、どこの 家からも、ねずみが ちょろちょろ 出て きました。

外国へ 行った と いう ことだ。（意思是就是去國外了。）

海と 思ったのは、間違いだった。（以為是海是我想錯了。）

表達引用的格助詞「と」每個用法都會承接句子。右邊的例句「海と」的「海」也是包含了「海である（是海）」、「海だ（是海）」的意思，所以能判斷是句子。

(6) 表達並立。

例 鉛筆と ノートを 買う。（買鉛筆跟筆記本。）

接續
├ 接體言……弟と 一緒に 遊ぶ。（跟弟弟一起玩。）
├ 接助詞「の」（準體言助詞）…君のと 私のとを 買おう。（買你的份跟我的份吧。）
└ 接句子……「どこへ 行くのですか。」と 尋ねられた。（被問「你要去哪裡」。）

から

● 表達那個文節是連用修飾語。

(1) 表達動作、作用的起點。

例 父から 手紙が 来た。（父親寄信來了。）
　　仕事が すんでから 休みます。（等工作完成後再休息。）

> 要注意格助詞「から」也可以接在接續助詞「て（で）」的後面。

練習 7

回答下列各個句子中畫線部分的格助詞的意思。

解答→P.391

① 新しい生活が いよいよ 始まる。（　　）
② 海を 渡って、アメリカへ 行く。（　　）
③ 明日は 天気だろうと 思う。（　　）
④ 水泳大会は、午後四時に 開始された。（　　）
⑤ 幼虫を 殺してしまうより ほかはない。（　　）

例題

說明下列各組畫線部分的語詞的品詞跟意思用法。

A
① ちらちらと 雪が 降る。
② 雪と 雨が 降る。
③ もっと 勉強しろと しかられた。

B
① 私は、あちらに おります。
② 廊下は、静かに 歩きましょう。
③ 天気が 崩れそうに なった。

C
① ひどい 寒さで 苦しみました。
② 彼は 学級委員長で、人望も ある。
③ 練習を どこで やりますか。

8章 助詞

(2) 表達動作、作用的原因、理由。

例 風邪**から** 肺炎に なる。（從感冒變成肺炎。）

接續
- 接體言
- 接接續助詞「て（で）」……私は **東京から** 帰った。（我從東京回來了。）
- 接助詞「の」（準體言助詞）……店を 閉めて**から** 帰る。（把店關起來後再回去。）
  古い**の**から 捨てよう。（從舊東西開始丟掉。）

より

● 表達那個文節是連用修飾語。

(1) 表達比較的基準。

例 これ**より** あれが よい。（比起這個，那個更好。）

(2) 表達只能是那個、限定的意思。後面會接否定的語詞。

例 試合に 勝つには、練習する**より** ほかは ない。（要打贏比賽，沒有比練習更好的方法。）

思路 先分辨品詞，如果有相同品詞的話順便比較意思用法。

A 組裡面在副詞（狀態的副詞）後面接「と」的句子很多，要注意這個跟格助詞的「と」很容易搞混。

B、C 組的話，為了分辨助詞「に」、「で」跟其他品詞跟一部分助詞，重新確認文法吧。

答
A① 副詞的一部分
② 格助詞，表示並列
③ 格助詞，表示引用
B① 格助詞，表示場所
② 形容動詞連用形的活用語尾
③ 助動詞「そうだ」的連用形的一部分
C① 格助詞，表示原因・理由
② 助動詞「だ」的連用形
③ 格助詞，表示場所

著眼點
● 注意有接「と」的副詞接在擬聲語（擬音語）、擬態語後面的「と」是狀態副詞的一部分。

接體言 ── 兄は **父**より 背が 高い。
（哥哥比父親還要高。）

接用言（連體形） ── **眠る**より ほかは ない。
（除了睡覺沒有其他辦法。）

接助動詞（連體形） ── **眠らせる**より ほかは ない。
（除了讓他睡覺沒有其他辦法。）

接助詞「の」（準體言助詞） ── **君の**より 私のが 大きい。
（你的比我的還要大。）

● 表達那個文節是連用修飾語。

で

(1) 表達場所。
〈例〉今夜、公園**で** 音楽会が 開かれる。（今晚公園要舉辦音樂會。）

(2) 表達手段、材料。「～によって」的意思。
〈例〉東京まで 飛行機**で** 行く。（搭飛機去東京。）
紙**で** 人形を 作る。（用紙張做人偶。）

(3) 表達原因、理由。「～のために」的意思。
〈例〉ぼくは 今 試験勉強**で** 忙しい。（我現在忙著準備考試。）

(4) 表達時限。
〈例〉来年**で** 父は 還暦を 迎える。（明年父親就滿六十歲。）

✓ 練習 8

回答下列各個句子中畫線部分的格助詞的意思。

① 昨日は、あらし**で**帰れなかった。（　　）
② 私の兄は、都会**で**育った。（　　）
③ その書類は、筆**で**書くのがよかろう。（　　）
④ 今日**で**申し込みは締め切ります。（　　）

解答→P.391

8章 助詞

や

● 表達那個文節是並立關係。

(1) 兩個以上的文節有相同資格且並排在一起。

例）
- 電車や バスが 通っている。(有電車或巴士在行駛。) 〔接續：電車や＝接體言〕
- 米や 麦の 産地で ある。(稻米跟小麥的產地。)
- 高いのや 安いのが ある。(有昂貴的跟便宜的。) 〔接助詞「の」（準體言助詞）〕

〔接續〕
- 接體言……彼と 音楽会で 会った。(在音樂會上遇到他。)
- 接副助詞「だけ」、「ほど」之類的……人形を 紙だけで 作る。(只用紙張做人偶。)
- 接助詞「の」（準體言助詞）……電車の 速いので 行こう。(搭乘速度快的電車過去吧。)

275

UNIT 4 接續助詞的意思跟接續

目標 ▼ 理解各個接續助詞的意思跟接續。

ば と ても（でも） けれど（けれども） が のに ので から して（で） ながら たり（だり） ものの ところで

● 那個文節變接續語。

ば

(1) 表達假定的順接。

〈例〉もし 明日 晴れれば 行こう。（如果明天放晴的話就去吧。）

(2) 表達確定的順接。

這個場合的確定的順接表達的是雖然還不是事實，但是如果那件事情變成事實的話，在自然或世間的法則中後面一定會發生理所當然的結果。（一般條件）

〈例〉風が 吹けば 波が 立つ。（起風後就會引起波浪。）

假定的逆接…針對想像中的事情，後面發生情況逆轉（相反）的事情。

假定的順接…針對想像中的事情，後面發生理所當然的事情。

💡 品詞之中有活用的語詞是動詞、形容詞、形容動詞、助動詞。這些叫做「活用語」。「ながら（→P.285）」以外的接續助詞只會接這種活用語喔。

例題 從下列各個句子中挑出接續助詞。

① 七月から二か月も雨が降らなかったから、この雨を農家の人たちは大変喜んだ。
② その方法はまことによいが、だれがその鈴(すず)をつけに行くのかね。
③ 目には見えないのに、耳で聞くことができる。
④ 犬も歩けば、棒にあたる。
⑤ 友人に笑われようと、ぼく自身の考えで行動したいと思う。
⑥ 長時間本を読んで、目が疲れました。

思路 接續助詞跟格助詞不同，主要接在用言、助動詞的後面，像接續詞一樣把前面的文節（連文節）的意思延續到後面的文節（連文節）。因此可以根據接在什麼語詞的後面來區分格助詞跟接續助詞。

① 的「七月から」的「から」因為是接在體言（名詞）後面所以是格助詞，「降らなかったから」的「から」因為是接在有過去意思的助動詞後面所以是接續助詞。因為格助詞跟接續助詞之中有像這樣兩者

276

第 8 章 助詞

> 確定的順接…針對事實，後面發生理所當然的事情。很多場合是原因、理由。
>
> 確定的逆接…針對事實，後面發生情況逆轉（相反）的事情。

と

● 那個文節變接續語。

(1) 表達假定的順接

接續 { 接用言
       接助動詞 (假定形) } …… 雨ならば、中止する。

例）馬も いれば、牛も いる。（既有馬也有牛。）

(1) 表達並立。「～も……ば」等等的形式。

例）雨が **降れ**ば、中止する。

(2) 表達**確定的順接**。提出「そのとき、その場合（那個時刻、那個場合）」的條件，再接後續。

例）早く 行かない**と**、母に しかられる。（不快點去的話會被媽媽罵。）

例）窓を 開ける**と**、夜風が 吹き込んだ。（一打開窗戶，晚風就吹進來。）

另外也會表達雖然還不是事實，但是如果那件事情變成事實的話，在自然或世間法則中後面一定會發生理所當然的結果（一般條件）。

具備相同形式的例子存在，所以要注意。⑤的「笑われようと」跟「行動したいと」也需要做區別。

答）（畫線部分是接續助詞）
① 降らなかったから ② よいが
③ 見えないのに ④ 歩けば
⑤ 笑われようと ⑥ 読んで

著眼點

・分辨接續助詞跟格助詞的方法
　接續助詞 主要接在用言、助動詞的後面。
　格助詞 主要接在體言後面。

● 是接續助詞也是格助詞的語詞
「と」、「が」、「から」、「で」

277

（例）春に なると、桜が 咲く。（一到春天，櫻花就開了。）

(3) 表達假定的逆接。

（例）なんと 言われようと、私は 平気だ。

接續 ┤ 接用言（終止形）……山に 登ると、海が 見える。（爬到山上就會看到海。）

└ 接助動詞（終止形）……早く 行かないと、遅れる。（不快點去就會遲到。）

● ても（でも）

那個文節變接續語。

(1) 表達假定的逆接。

（例）たとえ 失敗しても、へこたれは しません。（即使失敗也不會氣餒。）

(2) 表達確定的逆接。

（例）いくら 呼んでも、返事は なかった。（怎麼呼叫都沒有回應。）

此外接續助詞「ので」、「のに」、「ても（でも）」，要注意不要跟格助詞「の」、「で」、「に」或副助詞「も」等等的語詞組合起來的場合搞混（→P.257下段）。

✓ 練習 9　解答→P.391

將下列各個句子中畫線部分的助詞，分成A接在體言後面的種類，跟B接在用言或助動詞後面的種類。

① 昔からの古い町を訪れると、職人の仕事の名をとった町名の多いのに気づく。
A（　）
B（　）

② テレビは、政治や経済などの大事なニュースについて解説したり、国会の開会中であれば、その審議の様子を実況放送したりして、国民に世の中の動きを知らせる。
A（　）
B（　）

278

8章 助詞

```
接続 ┬ 接用言（連用形）…… 寒くても、我慢しよう。
    │                      （就算很冷也要忍耐。）
    └ 接助動詞（連用形）…… 走らなくても、間に合う。
                          （即使不用跑的也來得及。）
```

> 注意
>
> 「ても」是ガ行五段動詞的イ動詞音便，接在ナ行、マ行、バ行五段動詞的鼻動詞音便後面的時候，會變成「でも」。另外「寒くとも、我慢しよう。（就算很冷也要忍耐。）」這樣使用。還有另一種講法叫做「とも」。表達假定的逆接，例如「寒くとも、

● けれど（けれども）

那個文節變成接續語。

(1) 表達確定的逆接

例 雨が 降った**けれど（けれども）**、ひどくは なかった。（雖然下雨了，但是沒有下很大。）

● 那個文節變成連用修飾語。

(2) 表達單純的接續

例 その 話です**けれど（けれども）**、私も 聞きました。（關於那件事，我也聽說了。）

✓ 練習 10

針對下列各個句子畫線部分的「と」，是接續助詞的場合就在框內畫圈，然後如果是表達順接的意思的話就填入「順」，如果是逆接的話就在框內填入「逆」。另外不是接續助詞的場合，就在框內填入 ×。

① 彼は、堂々と戦った。（　）
② 生産高が少ないと、価格は高くなる。（　）
③ 君も帰ると言ったではないか。（　）
④ 今日は、早く帰らないと、母が心配するだろう。（　）
⑤ 電報がKの手に渡された。と、見るまにKの顔が生き生きしてきた。（　）
⑥ ふと外を見ると、いつのまにか雨が降り出していた。（　）
⑦ 行こうと行くまいと、ぼくの勝手だ。（　）
⑧ だれにとめられようと、ぼくの決心は変わらない。（　）

解答 → P.391

- 那個文節變成並立關係。
  - 例 表達並立、對比。
  - (3) 君も 健康だ**けれど**、ぼくも 丈夫だ。（雖然你也很健康，不過我也很強壯。）

が

- 那個文節變成接續語。
  - (1) 表達確定的逆接。
  - 例 雨は 降った**が**、少しだった。（雖然下雨了，但是很小。）
  - (2) 表達單純的接續（前言等等）。
  - 例 その 話です**が**、私も 聞きました。（那件事，我也聽說了。）
- 那個文節變成並列關係。
  - (3) 表達並立、對比。
  - 例 君も 健康だ**が**、ぼくも 丈夫だ。（雖然你也很健康，不過我也很強壯。）

接續 ┬ 接用言（終止形）
     │   **けれど**（けれども）、ぼくも 丈夫だ。（雖然你也很健康，不過我也很強壯。）
     │   例 君も 健康だ**けれど**
     │   寒いけれど、我慢しよう。（雖然很冷但是忍耐吧。）
     └ 接助動詞（終止形）
         行き**たい**けれど、行けない。（雖然想去但是去不了。）

例題

針對下列各個句子畫線部分，回答是什麼句子成分。

① 雨の 降る 日に、私は 展覽会へ 出かけた。
② 雨が 降っても、私は 展覽会へ 出かける。
③ 雨が 降って いるので、私は 展覽会へ 出かけない。

280

第8章 助詞

接続 ┃ 接用言（終止形）……**寒い**が、外へ 出よう。
　　　　　　　　　　　（雖然很冷但是到外面去吧。）
　　　┃ 接助動詞（終止形）……行き**たい**が、行けない。
　　　　　　　　　　　（雖然想去但是去不了。）

注意：「が」跟「けれど（けれども）」的意思和接続方法幾乎一樣。

● のに

(1) 表達確定的逆接。

例　彼は、何も 知らない**のに**、知った ふりを する。（他明明什麼都不知道，卻假裝自己知道。）

接続 ┃ 接用言（連體形）……**静かな**のに、勉強が できない。
　　　　　　　　　　　（雖然很安靜，但無法學習。）
　　　┃ 接助動詞（連體形）……行き**たい**のに、行かなかった。
　　　　　　　　　　　（雖然想去，但沒去。）

形容動詞、助動詞「だ」會有接在（斷定）的終止形後面的時候。

思路
① 的「日に」的「に」是格助詞。「雨の降る」接到「日に」這個文節，變成「雨の降る日に」這個連文節，變成句子成分的修飾部。

② 的「降っても」的「も」這個述語跟「降っ（降る）」這個主語是表達假定的逆接的接續助詞。「雨が」這個主語跟「降っ（降る）」てつ也這個述語變成連文節，變成句子成分的接續部。

（就算下雨我也會去展覽。）
　雨が　降っても、私は　展覧会へ　出かける。
　主語　　述語　　　　主語　修飾語　　述語
　　接続部

③ 的「降って」的「て」因為後面有接補助用言「いる」，所以「降って」這個文節不是接續語。接在「いる」後面的「ので」是表達確定的順接的接續助詞，具有發揮接續語（接續部）的功用。

　雨が　降って　いるので、私は　展覧会へ　出かけない。
　主語　　述語　　　　　　主語　修飾語　　述語
　　　　接続部

答　① 修飾語　② 接続部　③ 接続部

のに

例 静かだ**のに**、勉強ができない。（明明很安靜卻沒辦法念書。）

例 学校が 休みだ**のに**、彼は 登校した。（學校明明放假，他卻去學校。）

ので

(1) 表達確定的順序。

接續 ┌ 接用言（連體形）…… 静かな**ので**、よく 眠れる。（因為很安靜所以能睡得安穩。）
　　 └ 接助動詞（連體形）…… 行けない**ので**、残念だ。（因為不能去所以很遺憾。）

例 あまりに 寒い**ので**、風邪を ひいた。（因為太冷，所以感冒了。）

● 那個文節變成接續語。

から

(1) 表達確定的順接接續語。

例 機械が 古い**から**、たびたび 故障する。（因為機器很老舊，所以常常故障。）

著眼點
● 變成接續語（接續部）的文節
　有連接表達「假定、確定」的「順接、逆接」的接續助詞的文節。

✓ 練習 11　解答→P.391

下列各個句子中如果有接續部的話請在右邊畫線。

① どこへ行こうと、君の勝手だ。
② 午後からは雨が降るということだ。
③ 卵から幼虫になるのに、七日かかった。
④ このことは事実なのに、彼は認めようとしない。
⑤ もうすぐ日が暮れるから、仕事をすませてしまおう。
⑥ 彼が熱心なのには感心した。
⑦ 彼は手伝いをしてから、ぼくたちと遊ぶそうだ。
⑧ よく勉強しているが、成績は中程度だ。

282

8章 助詞

接続 ┐
　接用言（終止形）……**静かだから**、よく 眠れる。
　　（因為很安靜所以能睡得安穩。）
　接助動詞（終止形）……行け**ない**から、残念だ。
　　（因為不能去所以很遺憾。）

し

● 那個文節變成並立關係
(1) 表達並立
例 雨が 降る**し**、風も 吹く。（有下雨也有颱風。）

接続 ┐
　接用言（終止形）……彼女は、**きれい**だ**し**、優しい。
　　（她既漂亮又溫柔。）
　接助動詞（終止形）……何も 食べ**ない**し、飲まない。
　　（不吃任何東西也不喝水。）

て（で）

● 那個文節變成接續語。
(1) 表達確定的順接（原因、理由）。
例 体が 疲れ**て**、返事が 書けません。（身體很累沒辦法寫回信。）

● 那個文節變成連用修飾語。

✓ **練習 12**　　解答→P.391

比較下列各組畫線部分的助詞，並說明種類跟意思用法。

A ┌ ア どこへ 行くの**が**いいかしら。
　└ イ 父は 行く**が**、ぼくは 行かないよ。

B ┌ ア 勉強を 終えて**から**、一緒に 遊ぼう。
　└ イ 勉強を 終えた**から**、一緒に 遊ぼう。

C ┌ ア 授業が 終わる**と**、野球の 練習を した。
　└ イ 姉は 今年の 春、大学生**と**なった。

D ┌ ア 今度買った 新しい**ので**、サイクリングに 行った。
　└ イ 今度の 自転車は 新しい**ので**、軽やかに 走れる。

E ┌ ア 今度買った 新しい**のに**乗り、サイクリングに 行った。
　└ イ 今度の 自転車は 新しい**のに**、もう故障してしまった。

(2) 表達單純的接續。

這個場合是提出比之後的事情還要早發生，表達跟「(～て)から」（表達起點）一樣的意思。

例　長い　冬が　過ぎて、春が　来た。（漫長的冬天過後，春天來了。）

(3) 表達並立。

● 那個文節變成並立關係。

例　海は　広くて　大きい。（海又寬廣又大。）

(4) 接在動詞、助動詞後面然後後面會接補助用言。

● 那個文節的後面會接補助用言。

例　姉は　本を　読んで　いる。（「いる」是補助動詞）（姊姊在看書。）

本当に　しかられて　しまった。（「しまう」是補助動詞）（真的被罵了。）

接續
｛
接用言（連用形）……その　山は　高くて　険しい。（那座山又高又險峻。）
接助動詞（連用形）……行きたくて、泣きわめいた。（哭著說想要去。）
｝

注意
「て」接在ガ行五段活用動詞的イ動詞音便、ナ行、マ行、バ行的五段活用動詞的鼻音便的時候，會變成「で」。

例題　回答下列各個句子中畫線部分的接續助詞的意思。

① そのことだが、山本君は知っているよ。
② 天気が悪ければ、行くのはやめるよ。
③ お正月はきたが、楽しくもない。
④ いくら呼んでも、返事がない。
⑤ 地図がないから、道がわからない。
⑥ もう、どうなろうとかまわない。
⑦ 道が悪くて、先へ進めない。
⑧ 東京は大都市だが、パリも大都市だ。

思路　在接續助詞的用法上，先抓住順接、逆接、並立這些接續關係。再來如果是順接或逆接的場合，思考有接續助詞的文節（連文節）是提出假定、確定哪一種條件（→P.261下段）。但是接續助詞還有表達除了順接、逆接、並立以外的意思的場合。

舉例來說①的「そのことだが」這個連文節，對於後面的「山本君は知っているよ」具有前言的意思，不符合順接、逆接、並立的任何一種關係。另外⑧的「東京は大都市だが」這個連文節是並立關係到後面的句子。要掌握接續助詞的意思，理解句子的前後關係是很重要的。

8章 助詞

ながら

● 那個文節變成接續語。

(1) 表達確定的逆接。類似「〜にもかかわらず」的意思。

例 悪いと 知り**ながら**、改めない。（知道是壞事依然不去改變。）

● 那個文節變成連用修飾語。

(2) 表達兩個動作是同時發生的意思。

例 先生は にこにこ 笑い**ながら**、おっしゃった。（老師一邊微笑一邊講話。）

> 「ながら」的接續跟其它接續助詞不同所以要注意。會接體言或形容動詞的語幹喔。

例 忘れ物を急いで取りに行った。（ガ行五段、イ音便）（趕緊去拿忘掉的東西。）

例 彼は知り合いの手品師を呼んできた。（バ行五段、鼻音便）（他請認識的魔術師過來。）

答
① 表示單純的連接（引言）
② 表示假定的順接
③ 表示確定的轉折
④ 表示確定的轉折
⑤ 表示確定的順接（原因或理由）
⑥ 表示假定的轉折
⑦ 表示確定的順接（原因或理由）
⑧ 表示並列

接續｛
接**動詞**（連用形）……**歩き**ながら、考える。（邊走邊思考。）
接動詞型活用的**助動詞**（連用形）……笑わせながら、話した。（一邊笑一邊說。）
接**形容詞**（終止形）……**遅い**ながら、走る。（用跑的卻很慢。）
接形容詞型活用的**助動詞**（終止形）……知らないながら、言う。（不知道卻說知道。）
接**體言**……**子ども**ながら、感心だ。（是個孩子卻令人佩服。）
接**形容動詞**的語幹……**派手**ながら、似合う。（很誇張卻很適合。）

注意　接名詞後面的「ながら」有下列多種意思、用法。

(1) 表達維持這樣的狀態繼續。
例　昔ながらの町並みが残っている。（昔日的街道依然留著。）
涙ながらに語る。（一邊流淚一邊訴說。）

(2) 表達姑且容忍負面狀態。
例　我ながらそそっかしい。（以我來說真是慌張。）
どもを大学までやった。（領低薪依然把孩子養到上大學。）薄給ながら子

(3) 表達那些同類都維持一樣的狀態。
例　兄弟三人ながら背が高い。（三個兄弟都長得很高。）

這個「ながら」還有不是接續助詞，而是「接尾語」的說法。
另外具有跟「ながら」一樣意思用法的接續助詞還有「つつ」。
「つつ」會接在動詞以及動詞型活用的助動詞的連用形後面。

8章 助詞

たり（だり）

● 那個文節變成並立關係。

(1) 表達並立。用「〜たり、〜たり（する）」形式。

例：病人は 寝**たり** 起き**たり** して いる。（病人一下睡一下醒。）

● 那個文節變成連用修飾語。

(2) 表達從類似的事情之中選擇一個提出來。

例：悪口を 言っ**たり** するな。（不要做講人壞話這種事。）

接續
　接用言……暑かっ**たり** 寒かっ**たり** する。
　　　　　　　　　　　　（一下熱一下冷。）
　接助動詞（連用形）…父に よく しかられ**たり** した。
　　　　　　　　　　　　（常常被父親責罵。）

> 参考
>
> 「たり」接在ガ行五段動詞的イ動詞音便、ナ行、マ行、バ行五段動詞的鼻動詞音便的時候，變成「だり」。

> 著眼點
>
> ● 接續助詞應該要注意的意思
>
> 單純的接續……が、て（で）、けれど（けれども）
>
> 同時……ながら 等等
>
> 提示……たり

もの

● 那個文節變成接續語。

(1) 表達確定的逆接。

例 そうは 言う**もの**の、実行しない。（話雖這麼說，但是不會去執行。）

接用言（連體形）

接助動詞

昼は **暖かな**ものの、夜は 寒い（白天雖然很溫暖，晚上卻很冷。）

待った**もの**の、だれも 来ない。（雖然等了，但是都沒有人來。）

> 「もの」、「ところ」、「ところで」是形式名詞（→P.64）的「もの」、「ところ」接上格助詞「の」、「で」的接續助詞。

ところで

● 那個文節變成接續語。

(1) 表達假定的逆接。

例 今から 行った**ところ**で、間に合わないだろう。（現在過去也趕不上吧。）

接助動詞「た」（連體形）

争った**ところ**で、何も ならない。（爭吵對事情也沒有幫助。）

> 「ところで」也有出現在轉換的意思的接續詞呢（→P.98）。

練習 13

解答 → P.392

針對下列各個句子中畫線部分的接續助詞，分類成是表達順接、逆接、並立哪一種接續關係，並回答句子的號碼。

① これなら、少し考えて**も**わかるまい。
② 暖かい**ので**、散歩に出かける。
③ 行け**ば**、すぐにわかる。
④ 夕暮れになる**と**、なんだか悲しくなる。
⑤ 苦しくて**も**、仕事は絶対にやめない。
⑥ ここは風が入らない**し**、光も入らない。
⑦ 父にしかられ**たり**、どなられ**たり**した。
⑧ 自分ながら、悪かった**と**思っている。
⑨ 朝早く出発した**けれど**、まだ着かない。
⑩ 夏は、山にも登れ**ば**、海でも泳ぐよ。

順接（　）
逆接（　）
並立（　）

UNIT 5 副助詞的意思跟接續

目標 ▼ 理解各個副助詞的意思跟接續。

は も こそ さえ でも しか まで ばかり だけ ほど く らい（ぐらい） など きり（ぎり） *なり やら か だの

※「なり」也有包含接續助詞的時候。

は

(1) 表達跟其他做區分，特別提出來講的意思。
- 例 私は 行きません。（我不會去。）

(2) 表達說話時強調。
- 例 ぼくは 泣きは しない。（我不會哭。）

(3) 表達反覆。
- 例 公園へ 行っては 遊ぶ。（去公園都是去玩耍。）

(4) 表達主題。
- 例 富士山は、姿が 美しい。（富士山的外觀很美。）

接續　會接在體言跟其它語詞的後面。對於用言、助動詞會接在連用形的後面。（下個例是接體言跟用言的場合。）
- 例 太陽は、東から 出る。（太陽從東邊出來。） ひとりでも さび しくは ない。（一個人也不寂寞。）

💡 副助詞基本上不管什麼語詞都可以接，所以對於接續不用想得太複雜。

例題

從下列各個句子中挑出副助詞。

① どこからか 聞こえてくるのは、カナリアの さえずりであろうか。
② やがて、そのてっぺんは、雲に届くばかり になりました。
③ 弟は、背中のあたりまで泥をはねあげて、三百メートルぐらい 走りました。
④ 一国の中央銀行(ちゅうおうぎんこう)は 一つだけしかなく、通貨の発行ばかりでなく、「政府の銀行」としての役割などを果たしている。

思路

副助詞主要接在體言後面的格助詞，以及主要接在用言、助動詞後面的接續助詞不同，副助詞會接在各種語詞的後面。舉例來說④的「一つだけ│しか」或「役割など も」，會有兩個副助詞連在一起的場合。

因為副助詞會像這樣接在各種語詞的後面，所以要從接續或句子中的位置去判斷是很難的。因此希望能記住屬於副助詞的語詞並習慣用法。「こそ」、「さえ」、「しか」、「まで」、「ばかり」等等，不容易跟格助詞或接續助詞搞混的語詞很多，所以比較容易記住吧。

も

(1) 表達是其中一個 同類。

例 私**も** 行きます。（我也要去。）

(2) 表達說話時 強調。

例 雪が 一メートル**も** 積もった。（雪推積了一公尺高。）

(3) 表達 並立。

例 日に 焼けて、顔**も** 手足**も** 真っ黒に なった。（被太陽曝曬，臉跟手腳都變得很黑。）

接續 會接在體言跟其它各種語詞後面。接用言、助動詞時會接在連用形後面。

例 彼は、数学**も** よくできる。（他也很擅長數學。）
に 暑く**も**ない。まだ そんな（還沒有那麼熱。）

こそ

(1) 表達說話時 強調。

例 今年**こそ** がんばって 優勝するぞ。（今年一定要加油拿到冠軍喔。）

接續 接在體言跟其它語詞的後面。接用言、助動詞的時候會接在連用形的後面。（下列的例是接體言跟用言的

著眼點 ● 副助詞的接續
副助詞會有重複接續（副助詞彼此連接）的時候。※終助詞也一樣。

答
① どこからか 聞こえてくるのは、カナリアの さえずりであろうか。
② やがて、そのてっぺんは、雲に届くばかりに なりました。
③ 弟は、背中の あたりまで泥をはねあげて、三百メートルぐらい走りました。
④ 一国の中央銀行は一つだけ しかなく、通貨の発行ばかりでなく、「政府の銀行」として の役割なども 果たしている。
（畫線部分是副助詞）

290

第8章 助詞

さえ

跟「さえ」有相同意思的副助詞有「すら」喔。

例 今度**こそ**　弟を　連れて　参ります。（這次一定要帶弟弟去。）
痛み**こそ**　するが、歩く　ことは　できる。（雖然會痛但是可以走路。）

(1) 表達舉一個例並以此類推的意思。

例 みんな、驚きの　あまり、口**さえ**　きけなかった。（大家驚訝到連話都說不出來。）

(2) 表達只能是那個，沒有其他可能的意思（限定）。

例 それを　見つけ**さえ**　すれば　よい。（只要找到那個就行了。）

(3) 表達添加。類似「そのうえに（再加上）」的意思。

例 暗い　うえに、あかり**さえ**　ついて　いない。（這裡不但黑暗而且連燈光也沒有。）

接續

接在體言跟其它各種語詞的後面。接用言、助動詞的時候會接在連用形的後面。（下列的例是接體言跟用言的場合）

例 水**さえ**　のどを　通らない。（連水也吞不下去。）
定期券を　見せ**さえ**　すれば　電車に　乗れる。（只要出示定期票，就能搭電車。）

✓ 練習 14　解答→P.392

在下列各個句子的副助詞的右邊畫線。

① だれでも、幼いころのことは懐かしい。
② 安全ということさえも考えない人が多いのには、ただもう、あきれるばかりである。
③ ペンなり鉛筆なり、何か書く道具だけは持ってきなさい。
④ あまり広くもない道の両側の土ど塀の上から、槐や、柳や、ねむの木の枝などが、ずっと伸び出ている。
⑤ その古い土器を目のあたりに見ているばかりでも、慰めになった。しかし、自分の発見を、得意になって、一生懸命説明を引き受けているのさえある。

でも

(1) 表達舉一個例並以此類推的意思。

[例]
犬でも 恩は 知って いる。(連狗都知道要感恩。)

(2) 舉例一件事情表達事物的概況。

接續 接在體言跟其它各種語詞的後面。接用言、助動詞的時候會接在連用形後面。

[例]
疲れたから、お茶でも 飲もうか。(很累了，要不要來喝杯茶。)

そんな ことは 子どもでも 知って いる。(那種事情連小孩子都知道。)

大切な ことを **忘れ**でも すると 困る。(忘掉重要的事情就麻煩了。)

しか

(1) 表達只能是那個（限定）。後面會接否定的語詞。

[例]
背が 低いので、相手の 頭しか 見えません。(因為長得矮所以除了頭看不到對方的其它部分。)

接續 接在體言跟其它各種語詞的後面。接動詞、助動詞的時候會接連體形，接形容詞、形容動詞的時候會接在連用形後面。(下列的例是接體言、動詞、形容詞的場合)

例題

對於下列各個句子畫線部分的「でも」，請用文法來說明。

① わずかでもよいから、お金を渡しておいたら、こんなことにはならなかったろうに。
② この傘は、君のものでもないとすると、いったいだれのだろう。
③ 私の家でも、朝、ラジオ体操をしている。
④ 何度呼んでも、返事がない。
⑤ 大きな声で騒いでもかまいません。
⑥ 彼に聞けば、なんでもわかる。

292

8章 助詞

まで

例 発車までに 十分しか 時間が ない。（距離發車只剩十分鐘。）

駅までは 歩くしか 方法が ない。（去車站除了用走的沒有其它方法。）

例 これでは 短くしか 切れない。（這樣子除了剪短沒有別的選擇。）

(1) 表達動作、作用觸及的終點（極限）。

例 線路は、一直線に 地平線まで 続いて いる。（鐵軌筆直地延伸到地平線的盡頭。）

(2) 表達程度、限度。

例 行けば よかったのにと 思ったまでさ。（甚至覺得要是有去就好了。）

(3) 表達舉一個例並以此類推的意思。

例 子どもにまで 笑われる 始末だった。（落到甚至被小孩嘲笑的下場。）

接續 接在體言跟其它各種語詞的後面。接用言、助動詞的時候會接連體形的後面。（下列的例是體言跟用言的場合）

例 道は どこまで 続くのだろう。（這條路會延伸到哪裡呢。）

君が 来るまで、ここで 待って いるよ。（到你來之前，我會在這裡等。）

思路 雖然很少有其它語詞容易跟副助詞搞混，但是麻煩的是容易搞混的語詞之中有「でも」。

這時候如果句子中有「でも」的形式的話，要思考那是單獨語詞的「でも」，還是接了副助詞「も」的「（…）で＋も」。是語詞後面接副助詞「も」的場合，就利用副助詞的〈有時候即使去掉副助詞，語意也不會改變〉的性質，試試去掉「も」。①②③⑤就算去掉「も」後語意也通順。這些「でも」可以想成是語詞接了副助詞「も」的形式。再來就是跟「で」做區別。

「でも」是單獨語詞的場合，不是接續助詞就是副助詞，所以能從意思或接續來分辨。此外，接續助詞「て」、「ても」接在動詞的動詞音便的場合，會變成「で」、「でも」。

答
① 形容動詞「わずかだ」的連用形的活用語尾＋副助詞「も」
② 斷定助動詞「だ」的連用形＋副助詞「も」
③ 格助詞「で」＋副助詞「も」
④ 接續助詞「でも（ても）」
⑤ 接續助詞「で（て）」＋副助詞「も」
⑥ 副詞「でも」

293

ばかり

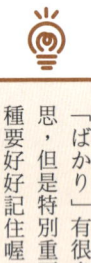

(1) 表達程度。

例 費用は 五百円**ばかり** かかった。(費用花了五百日圓。)

(2) 表達只能是那個的意思（限定）。

例 あの 人は、大きな こと**ばかり** 言って いる。(那個人老是說大話。)

(3) 表達動作剛剛完成。

例 ぼくは、学校から 今 帰った**ばかり**です。(我剛剛才從學校回來。)

接續 接體言跟其它各種語詞的後面。接用言、助動詞的時候，會接連體形的後面。（下列的例是接體言跟用言的場合）

例 目先の こと**ばかり** 考えて いては だめだ。(不能只顧慮眼前的事情。)

夕方から 降りだした 雨は、ひどく なる**ばかり**だった。(傍晚開始下的雨越下越大。)

だけ

(1) 表達程度。

例 それ**だけ** わかれば、問題は ない。(只要知道這點就沒問題了。)

(2) 表達只能是那個的意思（限定）。

> 「ばかり」有很多種意思，但是特別重要的三種要好好記住喔。

著眼點

● 分辨「でも」

① 確認就算去掉「でも」的「も」之後語意是否還通順。
② -1：不通順⋯是單獨語詞的「でも」。→是副助詞還是接續助詞，可以從意思或接續來分辨。
② -2：通順⋯是副助詞接在其它接了「で」的語詞的後面。
→ 分辨「で」是什麼詞。
・形容動詞的連用形的活用語尾「で」
・助動詞「だ」的連用形「で」
・格助詞「で」
・接續助詞「で」

294

8章 助詞

例 聴くだけで 踊らずに 帰ります。(只有聽音樂沒有跳舞就回去了。)

接續 接在體言跟其它各種語詞的後面。接用言、助動詞的時候會接在連體形的後面。(下列的例是接體言跟用言的場合)

例 私だけ あとに 残ります。(只有我要留下來。)

見るだけなら 行って いらっしゃい。(如果只是看的話你就去吧。)

ほど

(1) 表達程度。

例 この 本は、読めば 読むほど おもしろい。(這本書越看越有意思。)

接續 接在體言跟其它各種語詞的後面。接用言、助動詞的時候會接在連體形的後面。(下列的例是接體言跟用言的場合)

例 三日ほど かかって、仕事は 完成した。(花了三天的時間完成工作。)

車に 乗るほど 遠くは ない。(距離沒有遠到要開車去。)

くらい（ぐらい）

(1) 表達大概的程度。

例 夏休みには、本を 三冊くらい（ぐらい）読みたい。(暑假大概想讀三本書。)

✓ 練習15 針對下列各個句子關於畫線部分的「でも」的文法說明，從後面的ア～カ之中選擇適當的選項並回答代號。

解答 → P.392

① 遊んでばかりいないで、少しは本でも読みなさい。
② 雑誌でもなく、新聞でもない。
③ このパンフレットは、どこの本屋でも売っている。
④ いくら読んでも、難しくて意味がわからない。
⑤ 読んでもみないで本の批評をするのはよくない。
⑥ 彼は毎朝青汁ドリンクを飲んでいるが、思ったほど健康でもなかった。

① (　) ② (　) ③ (　)
④ (　) ⑤ (　) ⑥ (　)

ア 形容動詞的連用形的活用語尾「で」＋副助詞「も」
イ 格助詞「で」＋副助詞「も」
ウ 接續助詞「ても（でも）」
エ 接續助詞「て（で）」＋副助詞「も」
オ 斷定助動詞「だ」的連用形＋副助詞「も」
カ 副助詞「でも」

295

(2) 表達限度。

例　先生に 呼ばれたら、返事ぐらい（くらい）しなさい。（被老師叫到的話起碼要回應。）

接續　接在體言跟其它各種語詞的後面。接用言、助動詞的時候會接在連體形的後面。（下列的例是接體言跟助動詞的場合）

例　私でも 絵ぐらいは 描けます。（畫圖這種事我也會。）

みんなに 笑われるくらい（ぐらい）嫌な ことは ない。（沒有比被大家嘲笑更討厭的事。）

など

(1) 表達舉例的意思。

例　山には、松や 杉や ひのきなどが 生えて いる。（山上有長松樹、杉樹、扁柏之類的樹。）

接續　接在體言跟其它各種語詞的後面。接用言、助動詞的時候會接在終止形的後面。另外也有接在句子後面的場合。（下列的例是接體言、用言、句子的場合）

例　みんなで 影絵などを して 遊ぶ。（大家一起玩手影遊戲。）

忙しくて、眠いなどと 言っては いられない。（忙碌到沒有空說想睡覺。）

「速く 走れ。」などと 無理を 言う 監督。（說出「跑快點」）

例題

回答下列各個組別畫線部分的助詞的意思。另外針對各個組別有接助詞的文節，回答文節在句子中有什麼樣的資格（關係）。

A
① りんごが 好きだ。
② りんごも 好きだ。
③ りんごは 好きだ。
④ りんごだけ 好きだ。
⑤ りんごこそ 好物だ。

B
① 父は みかんを 食べる。
② 父は みかんも 食べる。
③ 父は みかんは 食べる。
④ 父は みかんだけ 食べる。
⑤ 父は みかんしか 食べない。

第8章 助詞

きり（ぎり）

(1) 表達只能是那個的意思（限定）。

例 最初の **一回きり**で やめて しまった。（做過最早的第一次後就放棄了。）

接續 接在體言跟其它各種語詞的後面。接用言、助動詞的時候會接在連體形的後面。（下列的例是接體言跟助動詞的場合）

例 父は **それきり** 何も 言いませんでした。（父親從那之後就什麼也沒說。）

ちょっと 頭を 下げ**たきり**で、あとは 知らぬ 顔です。（稍微低頭道歉後就一副事不關己的樣子。）

なり

(1) 舉例然後表達謙虛地表達只能是那個的意思（限定）。類似「～でも」的意思。

例 せめて 私に**なり** 知らせて もらいたかった。（跟我說也好，至少先說一聲。）

(2) 並立表達數個無法選擇的事情。

這種無理要求的教練。）

思路 副助詞因為每個語詞都有很多種意思，所以一個個思考吧。

畫線部分的助詞之中，A、B兩個的①的句子有的是格助詞，②〜⑤的句子有的是副助詞。

A ①的「りんごが」是主語的話，②的「りんごは」跟③的「りんごだけ」跟⑤的「りんごこそ」有接副助詞，會變成主語。也就是說就算沒有接格助詞，也會變成主語。

B ①的「みかんを」是連用修飾語，所以②「みかんも」跟③的「みかんは」跟④的「みかんだけ」跟⑤的「みかんしか」都是連用修飾語。

因此 A、B 的②〜⑤的副助詞，A ②〜⑤的可以替換成格助詞「が」，B ②〜⑤的可以替換成格助詞「を」。

就像這樣，要分辨只有接副助詞的文節是表達什麼資格，可以拿格助詞去替換副助詞試看。但是換成格助詞後語意不通的場合除了去掉副助詞之外，也可以從句子整體的意思來思考那個文節表達的資格。

297

やら

(1) 表達不確定的事情。這個場合前面常常會接表達疑問意思的語詞。

例 表達並立

例 どこへ 行くのやら わからならい。（不知道要去哪裡。）

(2) 表達並立

例 子どもたちが 泣くやら 叫ぶやらで 大騒ぎだった。（孩子們又是哭又是大叫，搞得一團亂。）

接續 接在體言跟其它語詞的後面。接用言、助動詞的時候會接在終止形的後面。（下列的例是接體言跟用言的場合）

例 だれやらが これを 置いて いったそうだ。（似乎是某個人把這個放在這裡的。）

おもしろいやら 楽しいやらで、心が うきうきする。（既有趣

答
A① 表示主語　② 表示同類中的一個　③ 表示特別舉出來　④ 表示限定　⑤ 表示強調
B① 表示連用修飾語，表達動作或行為的對象
②〜④（與A相同）　⑤ 表示限定
注意
A 全部是主語、B 全部是連用修飾語

著眼點
● 只有接副助詞的文節常常會變成主語或連用修飾語。有時候拿格助詞去代替副助詞後可以分辨文節有什麼資格。

✓ 練習 16

回答下列各個句子中畫線部分的副助詞的意思。

解答→P.392

① 何やらしきりにつぶやいている。
（　　　）
② 考えれば考えるほどわからなくなる。
（　　　）
③ 彼こそ、もっともそれに適した人物だ。
（　　　）
④ 私の家までおいでください。
（　　　）
⑤ だれかわかりません。
（　　　）

298

第8章 助詞

か

又開心，內心覺得很雀躍。）

(1) 表達不確定的事情。這個場合在前面常常會接表達疑問的語詞。

例 犬は、どこかへ 行って しまった。（狗跑到某個地方去了。）

(2) 表達並立。

例 駅に 着いたのか 着かないのか、はっきり しない。（是到車站了還是沒到，沒有講清楚。）

接續 接在體言跟其它語詞的後面。接用言、助動詞的時候會接在終形的後面。（下列的例是接體言跟用言的場合）

例 だれか 来るでしょう。（會有人來吧。）
私が、行くか 電話を かけるか します。（不是我去就是我打電話。）

だの

表達並立。

例 予習だの 復習だのと、忙しい ことだ。（又是預習又是複習的，真是忙碌。）

接續 接在體言跟其它語詞的後面。接用言、助動詞的時候會接在終止

✓ **練習 17**　解答→P.392

關於下列①～③的各個句子中畫線部分的（文節）的功用，從後面的A～D中選擇並回答代號。另外請寫出粗體字的副助詞的意思。

① 夕焼けの 空は、目を 奪う**ばかり**の 美しさだった。
功用（　）　意思（　）

② 君**さえ** 承知すれば、ほかの 人は どうだって いい。
功用（　）　意思（　）

③ 友人を 町はずれ**まで** 送って 行った。
功用（　）　意思（　）

A 主語　　　　B 述語
C 連用修飾語　D 連體修飾語

形的後面。（下列的例是接用言跟助動詞的場合）

例 行くだの　行かないだのと、すぐ　気持ちが　変わる。（一下說去一下說不去，心意改變得很快。）

UNIT 6 終助詞的意思跟接續

目標 ▶ 理解各個終助詞的意思跟接續。

か な な（なあ）や ぞ と も よ の わ ね（ねえ）さ

か

(1) 表達疑問、質問的意思。

例 あなたは　だれですか。（請問你是誰。）

(2) 表達反問的意思。

例 私だけ　ひとり　怠けて　いて　よいのだろうか。（只有我一個人這麼懶惰真的好嗎？）

反問表達是說話者在內心對於某件事實有著明確的答案（這邊的例句是對於只有自己這麼懶惰是件壞事），卻將反對的內容以疑問的形式質問對方的表達。

(3) 表達感動、感嘆的意思。

例 なんだ、そうだったのか。（搞什麼，是這樣啊。）

例題

從下列文章中挑出終助詞。

「何か買ってあげようか。」
「本がほしいなあ。」
「いいとも。どんな本かな。」
「SFがいいわ。」
「SF?　それはどんなことかね。」
「まあ、そんなことを知らないの。常識がないわよ。」
「おじいさんは、なにしろ大正生まれだからね、横文字には弱いのさ。」

300

8章 助詞

か

接續 接在體言跟其它語詞的後面。接動詞、形容詞、助動詞的時候會接在連體形的後面。（下列的例是接體言跟動詞跟助動詞的場合）

例 そんな ことが **ある** **もの**か。（怎麼會有那種事。）

君も 一緒に **行く**か。（你也要一起去嗎。）

彼も 一緒に 行か**せる**か。（要讓他一起去嗎。）

な

(1) 表達禁止的意思。

接續 接動詞以及某種助動詞的終止形。（下列的例是接動詞跟助動詞的場合）

例 この ことは、友だちにも 話す**な**。（這件事對朋友都不能說。）

彼を 一緒に 行か**せる**な。（不要讓他一起去。）

例 この 失敗は、決して **忘れる**な。（這個失敗絕對不能忘。）

な（なあ）

(1) 表達感動、感嘆的意思。

例 今日は、よい お天気だ**な**（**なあ**）。（今天天氣真好呢。）

(2) 表達叮囑的意思。

例 これを 壊したのは おまえたちだ**な**。（弄壞這個的是你們吧。）

思路 終助詞一般來說會接在句子的結尾，所以會著重在句子的位置。但是也有像「ね（ねえ）」、「さ」等等，接在句子中途的文節的段落。舉例來說問題句子中的「何か買ってあげようか」前面的「か」就放在句子的中途，是表達不確定的事情的副助詞「か」。

跟終助詞相同形式的助詞除了「か」以外還有「や」、「の」、「とも」等等。

另外格助詞「と」或接續助詞「と」的後面接副助詞「も」變成「とも」，也是跟終助詞「とも」相同的形式。

終助詞也跟副助詞一樣，要記得會有終助詞彼此連在一起的場合。問題句子中的「どんな本かな」之類的就是這個例。

此外問題句子最後的「弱いのさ」的「の」跟「弱いのだ」一樣是準體言助詞。

答 何か買ってあげようか。本がほしいな**あ**。いいとも。どんな本かな。SFがいいわ。それはどんなことかね。まあ、そんなことを知らないの。常識がないわね。

おじいさんは、なにしろ大正生まれだからね、横文字には弱いのさ。

（畫線部分是終助詞）

や

接續　接在用言、助動詞的終止形的後面。另外也會接助詞的後面。（下列的例是接用言的場合）

例　みんなと　一緒に　行けて、とても **うれしい**な（なあ）。（能跟大家一起去，真的非常高興呢。）

(1) 表達感動的意思。

例　この　景色は　本当に　すばらしい**や**。（這個景色真的很棒呢。）

(2) 表達叮囑（勸誘）的意思。

例　みんなで　一緒に　行こう**や**。（大家一起去吧。）

(3) 表達呼叫的意思。

例　花子**や**、ちょっと　お使いに　行って　おくれ。（花子啊，幫我去跑個腿。）

接續　接在體言或用言、助動詞的終止形、命令形的後面。（下列的例是接體言跟助動詞的場合）

例　**シロ**や、こっちへ　おいで。（小白，來這邊。）
　　一緒に　歌いましょう**や**。（一起來唱歌吧。）

著眼點

●終助詞接的位置
一般來說接在句子的結尾。
※除了「ね（ねえ）」、「さ」

講法

跟終助詞相同形式的語詞
「や」、「の」…格助詞
「か」…副助詞
「とも」…接續助詞（「ても」的另一種

✓ 練習 18

解答 P.392

在下列各個句子的終助詞的右邊畫線。

① 水がなくならないのはね、ときどき雨が降るからさ。
② 負けるものか。いまに追い越すぞ。
③ そのくらいはありましたとも。とても私たちかはかないませんよ。
④ 「君は、なかなかうまいなあ。」「それほどでもないよ。」「そうかね。」
⑤ 雨が降りそうだなと思ったけれど、そのまま出かけようとすると、「傘を忘れるな。」と、兄が言った。

302

8章 助詞

ぞ

(1) 表達叮囑的意思。

例 さあ、今から 出かけるぞ。（來，現在要出門了。）

接續 接在用言、助動詞的終止形的後面。（下列的例是接助動詞的場合）

例 雨が 降り出して きたぞ。（開始下雨喔。）

とも

(1) 表達強調的意思。包含類似「もちろん（當然）」的意思。

例 五キロぐらい 歩けるとも。（我當然能走五公里。）

接續 接在用言、助動詞的終止形的後面。（下列的例是接用言的場合）

例 これから おおいに 勉強するとも。（接下來當然會好好念書。）

よ

(1) 表達強調的意思。

例 この 小説は、なかなか おもしろいよ。（這本小說相當有意思喔。）

(2) 表達將感情或主張傳達給對方（感動）的意思。

例 そんな ことを しては いけないよ。（不可以做那種事情喔。）

表達在禁止或委託的時候特別叮囑的意思。

✓ 練習 19 （解答→P.392）

對於下列各個組別畫線部分的語詞，用文法來說明。

A　ア 君が行くのはいつか。
　　イ いつかきっと行きますよ。

B　ア この本は私のだ。
　　イ この本はだれの本なの。

C　ア ハイキングには、ぼくも行くとも。
　　イ なんと言われようとも、ぼくは行くよ。

D　ア 君は歴史や哲学を学ぶべきだ。
　　イ この人が書いた歴史の書物はすごいや。

の

(1) 表達疑問的意思。

例 なぜ、君だけ 行かない**の**。(為什麼只有你不去呢。)

(2) 表達輕微的斷定。主要由女性使用。

例 いいえ、もう 大丈夫ですの。(不,已經沒事了。)

接續 接在用言、助動詞的連體形的後面。(下列的例是接用言的場合)

例 ここは とても 静かなの。(這裡非常安靜。)

わ

(1) 表達感動、感嘆的意思。

主要是女性的語調,但是男性也可以低音發音來使用。

(3) 表達呼叫的意思。

例 懐かしい ふるさと**よ**、また 会う 日まで。(懷念的故鄉啊,下次再見吧。)

接續 接在體言跟其它各種語詞的後面。接用言、助動詞的時候會接在終止形、命令形的後面。(下列的例是接體言跟用言的場合)

例 **雨よ**、降らないで おくれ。(雨啊,拜託別下。)
この 車は、とても **速いよ**。(這輛車非常快喔。)

例題 針對下列各個組別的㊀的句子,②③的句子加了什麼意思進去。注意畫線部分的語詞,從後面ア～オ中選擇添加的意思,並回答代號。

A ① あなたはこの花が好きだ。
② あなたはこの花が好きだね。
③ あなたはこの花が好きか。

B ① 子どもだけで泳ぎに行く。
② 子どもだけで泳ぎに行くの。
③ 子どもだけで泳ぎに行くな。

ア 輕微的斷定
イ 確認強調
ウ 疑問
エ 禁止
オ 限定

思路 終助詞一般來說接在句子的結尾(述部)。雖然日文常會在句子的結尾決定句子的意思,但是終助詞之中也有發揮重要功用的語詞。
此外B②的句子的意思會根據在什麼場合跟誰講話而改變。

答 A②イ ③ウ B②ア或ウ ③エ

8章 助詞

ね（ねえ）

接在用言、助動詞的終止形的後面。（下列的例是接助動詞的場合）

〈例〉彼は　すてきな　歌手だわ。（他是很棒的歌手。）

接續　接在用言、助動詞的終止形的後面。（下列的例是接助動詞的場合）

〈例〉彼は　すてきな　歌手だわ。（他是很棒的歌手。）

(1) 表達感動、感嘆的意思。

〈例〉あなたが　描いた　絵は、すばらしいね（ねえ）。（你畫的圖非常棒呢。）

(2) 表達吸引對方的注意。

〈例〉京都ではね（ねえ）、毎日、有名な　寺を　拝観しましたよ。（在京都啊，每天都去參觀知名的寺廟喔。）

接續　接在各種語詞的後面。不只會接在句子的結尾，也常常接在文節的段落。（下列的例是接助詞跟體言的場合）

〈例〉今度の　先生はね、とても　背の　高い　人ね。（這次的老師啊，長得非常高喔。）

> **著眼點**
> ●終助詞的功用
> 終助詞一般來說接在述部後面，發揮決定句子意思的重要功用。
> 根據說話者或當時的狀況不同，表達的心情跟意思會有所改變。

> 當終助詞接活用語的場合，幾乎會接在終止形或命令形的後面。但是「か」跟「の」會接在連體形的後面喔。

✓ 練習 20

解答 → P.393

從後面ア〜ウ的各個句子中畫線部分的語詞之中，選擇跟下列①②的各個句子中畫線部分的語詞有相同意思的語詞，並給代號畫圈。

① 君はどこへ行くのかね。

ア　それで、弟はもう帰っていましたか。
イ　おまえのような大ばかがありますか。
ウ　どんなに心配したことか。

② ご心配くださいますな。

ア　その解答で間違いないな。
イ　今日は寒いな。
ウ　帽子を忘れるな。

305

さ

(1) 表達叮囑或是輕鬆的語氣的意思。

例 たまには 失敗も ある**さ**。（偶爾也會失敗啦。）

(2) 表達強調或是吸引對方的注意。

例 山本君が**さ**、一緒に 行こうと 言って いるよ。（山本他啊，說要一起去喔。）

接續 接在各種語詞的後面。不只會接在句子的後面，也常常接在文節的段落。（下列的例是接在接續詞的助動詞的場合）

例 だから**さ**、彼は きっと 承知しない**さ**。（所以說啊，他一定不會容忍的。）

参考 「ね（ねえ）」、「さ」之類的語詞，因為也會接在句子中途的文節的段落，所以為了跟終助詞做區分，可以叫做**感嘆助詞**。

✓ **練習 21** 解答→P.393

回答下列各個句子中畫線部分的終助詞的意思。

① 決して荷物を忘れるな。
（　　　）
② この問題はなかなか難しいや。
（　　　）
③ みんなで一緒に行くぞ。
（　　　）
④ ええ、かまいませんとも。
（　　　）
⑤ そんな人になってはいけないよ。
（　　　）

提升實力考題

考驗在第8章學到的文法，掌握能實際活用的實力吧。

問題 1

從下列各個句子中選擇助詞並在右邊畫線。

① これから二、三日休んで、のんびりするつもりだ。
　ア 左の道路を進んで、次の信号のところで右へ曲がると、目的地にだどり着ける。
　イ 父が誕生日プレゼントで買ってくれた天体望遠鏡で、月の表面を見ます。
　ウ こんなに静かで、空気のいいところは少ないよ。

② 当地へ来て、とても寒いのに閉口しています。
　ア 雨が降っているのに太陽の光がさしている。
　イ 汚い川なのにだれかが泳いでいる。
　ウ 声援が球場をゆるがすのに動揺したのか、投手のコントロールは乱れてきた。

③ そんなことを悲しんでも仕方がない。
　ア その花は、思ったよりきれいでもなかった。
　イ 飲み物でも食べ物でも、どんどん出してくれ。
　ウ 千メートル泳いでも、まだ余力がある。

問題 2

① 土用波という高い波が、風も吹かないのに海岸にうち寄せるころになると、海水浴に来ている都会の人たちも、だんだん別荘をしめて、もどって行くようになります。

② 山の頂上の方から楓やぶななどの木々の葉が色づきはじめ、紅や黄色の色彩の帯がふもとへとたどりついて、全山が美しく染まると、山の季節は静かに秋から冬へと移るのです。

③ 君が、卑劣なことや、下等なことや、ひねくれたことを憎んで、男らしいまっすぐな精神を尊敬しているのを見るとほっと安心したような気持ちになる。なくなったお父さんも、そんな男になってもらいたいと強く希望していた。

跟下列①～③的句子中畫線部分有相同意思、用法、性質的語詞，分別從ア～ウ的各個句子中畫線部分選擇，並給句子的代號畫圈。

解答→P.393

問題 3

跟下列 A 群的各個句子中畫線部分的「が」有相同意思、用法的語詞，從 B 群的ア～カ的各個句子中畫線部分各選一個，並填入那個句子的代號。

【A群】
① つらい<u>が</u>、我慢しよう。
② 字もうまい<u>が</u>、文章もうまい。
③ 雨<u>が</u>降る。
④ 私も見た<u>が</u>、なかなかよかった。

【B群】
ア 小説を読みたい<u>が</u>、どんなのがおもしろいだろう。
イ 役者もそろっている<u>が</u>、設備もすばらしい。
ウ 雨が降っている<u>が</u>、出かけよう。
エ 仕事はつらい。<u>が</u>、最後までやるつもりだ。
オ わ<u>が</u>国は島国である。
カ 先生<u>が</u>くださった本は、これです。

問題 4

針對下列 AB 回答各個問題。

A 春<u>がきた</u>。　B 寒<u>い</u>。

(一) 要將右邊 AB 兩個句子語意通順地連在一起，要使用下列哪一個語詞？請選擇兩個適當的答案，並填入號碼。

① のに　② けれども　③ そのうえ　④ し
⑤ そして

(　)(　)

(二) ①的「のに」的品詞名稱是什麼？另外②「けれども」的品詞名稱是什麼？②的問題請寫出兩種場合的答案。

①(　)　②(　)(　)

(三) (一)的①跟②是同一個品詞的場合，跟前面的語詞連接的方式不同。要以什麼形式連接，從下列選項中分別選擇並填入代號。

ア 未然形に　　イ 連用形に　　ウ 終止形に
エ 連體形に　　オ 假定形に　　カ 命令形に

①(　)　②(　)

(四) (一)用到的語詞是將 AB 兩個句子以什麼意思連接在一起。從下列選項中選擇一個適當的答案，並填入代號。

ア 順接　　イ 逆接　　ウ 並立

問題 5

比較下列 A～K 各組的兩個句子中畫線部分，在意思上有差異的組別畫 X，有相同意思的組別畫圏，把答案畫在各組的框內。

A (　) { ① 本も読む<u>し</u>、文も書く。
　　　　② 病人ではあるまい<u>し</u>、自分でしなさい。

B（　）
① 小さいながら、いろいろなことができますね。
② テレビを見ながら、勉強などするな。

C（　）
① あなたはどこまでおばかさんなの。
② いつまでもぐずぐずしているから遅れるのだ。

D（　）
① あの人も中学生ですか。
② そんな所で立ち話をするな。

E（　）
① 勉強も大切だ。
② また今度、おいでなさいな。

F（　）
① あのときばかりは、あわててしまいました。
② 買ったばかりの時計を落としてしまった。

G（　）
① だれと一緒に泳ぎに行くのか。
② だれも君と一緒に泳ぎに行くものか。

H（　）
① 眠りさえすればとれる疲れだ。
② 当日は時間さえあれば出席いたします。

I（　）
① 気分が悪くてどこへも行く気がしない。
② 早く部屋を片づけてしまいなさい。

J（　）
① 私も読んだが、とてもおもしろい本だった。
② 先生から聞いたけれど、転校するのだってね。

K（　）
① 私は歌をうたうより何の才能もない人間です。
② 歌をうたうしか気をまぎらせる方法がなかった。

問題 6

從後面ア〜エ各個句子中畫線部分的格助詞有相同性質的，選擇跟下列①②的句子畫線部分的格助詞有相同性質的語詞，並填入那個句子的代號。

① 犬がほえる。………（　）
② 水が飲みたい。………（　）

ア 父の仕事の都合で幼少期はパリに住んでいたため、私はフランス語が話せます。
イ 試験が受けられなくなった。
ウ どんな人でも、正直なのがいちばんだと、よく祖父が口ぐせのように言っていた。
エ 父がくれた本です。

問題 7

閱讀下列文章並回答後面的問題。

　富士がよく見えたのも立春までであった。〈午後は雪におおわれ日に輝いた姿が丹沢山の上に見えていた。〉A夕方になって日がかなたへかたむくと、富士も丹沢山もいちょうの影絵をあかねの空に写すのであった。

——われわれは、「扇をさかさまにした形」だ（　B　）、「すり鉢を伏せたような形」だ（　C　）、あまり富士山の形ばかりを見すぎている。あの広いすそ野をもち、あの高さをもった富士の容積、高まりが想像でき、その実感がもてるようになった、——そんなことを念じながら日になんども富士を見たう——どうだろう、自然に対してもった、冬のころの情熱の激しさを、今はふり返るような気持ちであった。

（梶井基次郎『路上』より）

（一）如果要把畫線部分A「見えていた」改成「見せていた」的話，要改寫〈　〉内的句子中哪一個單字？挑出那個單字並將它改寫（改寫的單字只有一個）。

（二）最適合填入空欄B、C的講法，請用兩個平假名填寫（雖然B、C要填入的答案一樣，但是不能用到濁音文字）。

（三）跟畫線部分D「の」有相同意思、用法的語詞，從下列ア～エ的選項中選一個並填入它的代號。

ア　私の妹はフランス人形のようにかわいい少女だ。（　　）
イ　ピアノがひけるようになったのがうれしかった。（　　）
ウ　なぜ草花ばかり買い集めたの。（　　）
エ　蚊の鳴くようにか細い声で身の上をうちあけた。

問題 8　閱讀下列文章並回答後面的問題。

東京—香港の空の旅は、約四時間である。成田を離陸したDC—10型機は、四本の黒煙を長く引き（　A　）、四十五度くらいの傾斜角度をもって、まっすぐ大空へ翔け昇って行く。金属的な音をかき立てつつ怪鳥のごとく上昇して行く旅客機を地上で眺めていると、とても人間の乗り物のようには思えない。けれど、機内の座席についているとやや傾斜したかなと思う程度で、別段さしたる違和感を覚えはしないものである。——何も見えんな——彼は窓の外にある一望果てしない青空を眺めやった。そこには、雨の日も霧の日もなく、頭上には太陽がある（　B　）なのだ。

（一）空欄A要填入表達同時意思的接續助詞，空欄B要填入表達限定的副助詞，答案請分別用三個字填寫。

A（　　　）　B（　　　）

（二）在文章中找出兩個包含感動的意思的終助詞的文節，分別以一個文節挑出來。

（　　　）（　　　）

問題 9

閱讀下列文章並回答後面的問題。

小さい坊主のいたずらがしつこすぎるので、うるさくなってきた。ふと思いついて、「あまりいたずらをすると、こわいぞ。とうさん、ほんとうは宇宙人なのだぞう」と小さな声でささやきかけてやった。すると、かれはひどくおどろき、目をみはって、ぴくんとほおをぴくつかせた。その子供らしいおどろきの表情の真剣さが、かえって私をうろたえさせた。刺激が強すぎたらしい――。

（一）從畫線部分①〜⑤的「と」之中，選擇所有不是助詞的語詞，並填入代號。（　）

（二）從畫線部分①〜⑤的「と」之中，選擇一個跟下列句子中畫線部分的「と」是相同種類助詞，另外將該助詞的意思從後面ア〜カ的選項中選擇並填入代號。（　）

ア　表示共同的對象　　イ　表示動作或作用的結果
ウ　表示動作的對象　　エ　表示比較的基準
オ　表示引用　　　　　カ　表示並列

問題 10

格助詞「の」具有下列A〜D的功用。後面各個句子中畫線部分如果有發揮A〜D的功用的語詞的話，將該代號填入框內。如果不屬於A〜D任何功用的話就在框內填入X。

A　「の」がついた文節が連体修しゅう飾語であることを示す。

B　「の」がついた文節が主語であることを示す。

C　「の」がついた文節が並立の関係になることを示す。

D　「の」がついた語を体言と同じ資格にする。

① ぼくは、山に登るのが大好きだ。（　）
② それは、雨の降る晩であった。（　）
③ この鉛筆は、たしか山田君のだったね。（　）
④ 彼はいつも、黙ってばかりいるの、なんのかのと文句を言う。（　）
⑤ なぜ、黙ってばかりいるの、あなたは。（　）
⑥ 漢字を書くのは難しい。（　）
⑦ 朝のさわやかな空気を吸う。（　）
⑧ 今すぐお出かけになるのですか。（　）
⑨ はい、今はもうすっかり元気になりましたの。（　）
⑩ それは、人のいない島であった。（　）
⑪ 母からの手紙を読む。（　）
⑫ どうしたらそんなに速く泳げるの。（　）

⑬ 英語の話せる人はいない。……（　）
⑭ 私、ひとりだと、怖くてたまらないのよ。…（　）
⑮ やるのやらないのと、はっきりしないでいる。（　）

問題11

下列A群的畫線部分「と」跟B群的畫線部分「と」之中，將有相同意思、用法的兩個選項分成一組，A群、B群各要做三組。

〔A群〕
ア せっかくの努力も、水の泡になった。
イ 第二次世界大戦後の日本の急速な経済発展は、世界の人々に注目された。
ウ 彼の話を聞いて不快に思った。
エ 午後のひととき、私は静かに読書した。
オ 隣の犬にかまれて、弟が泣いている。
カ やっと高校生になれてうれしかった。

〔B群〕
ア 台風が接近しているということである。
イ 道路で遊んでいると、事故にあいますよ。
ウ 山と見えたが、実は雲だったのか。
エ あまりあせると、失敗する。
オ なぜ、こんな結果となったかわからない。
カ 高校生ともなれば、もっと勉強するよ。

A群（　）・（　）（　）・（　）（　）・（　）
B群（　）・（　）（　）・（　）（　）・（　）

問題12

從後面ア～ケ的選項中選擇下列各個句子中畫線部分「で」的說明，並分別填入代號。

① 子供というものは、例外なく好奇心を持っている。動物でも子供は好奇心のかたまりである。
② ここでは知的好奇心を、生存に一義的にかかわっていないものごとについての探求心、とでも定義しておこう。
③ 好奇心の「奇」とは、日常の環境、自分が馴れ親しんでいる環境と異質なもののことである。
④ 人間は生きるために環境に適応しなければならないのだが、ひとたび環境に適応してしまうと、逆に生きるための実感を失わせてしまう。つまり、生きるための刺激がなくなることで、生命の力がすっかり弛緩してしまうのだ。

ア 動詞的活用語尾　イ 形容動詞的活用語尾
ウ 格助詞　エ 接續詞的一部分
オ 副詞的一部分　カ 接續助詞
キ 接續助詞　ク 終助詞　ケ 助動詞

①（　）②（　）③（　）④（　）

問題13 閱讀下列文章並回答後面的問題。

人は、さまざまの姿勢で、本を読む。寝床（ねどこ）の中で読むものもあれ（　A　）、列車にゆられながら読むのもある（　B　）、また、図書室（　C　）勉強部屋などで机の前にきちんと座（すわ）っ（　D　）、だんろの前の安楽いすにくつろい（　D　）して読むこともある。

（一）填寫適合填入空欄A的助詞（一個字的助詞）。
（　　　）

（二）從後面選項中選擇一個適合填入空欄B的助詞，並填入代號。
（　　　）

（三）從下面選項中選擇一個適合填入空欄C的助詞，並填入代號。
（　　　）

ア と　　イ に　　ウ か　　エ も　　オ し

（四）空欄D（兩個地方）會填入相同的助詞。請填入那個助詞。
（　　　）

ア や　　イ と　　ウ も　　エ も　　オ し

（五）有接A～D的助詞的文節，發揮下列哪一個功用。選擇適當的選項並填入代號。
（　　　）

問題14 閱讀下列文章並回答後面的問題。

人波をかきわけ、親に抱（だ）きあげてもらいなどし（　A　）、お神輿（みこし）や山車（だし）の練るのをみたり、露店（ろてん）をのぞいたり、新しい浴衣（ゆかた）がうれしかったり。わが家の前を通って祭から帰る人の下駄（げた）の音が少なくなってゆくのをさびしがりつつ眠（ねむ）ったことなども夏祭の記憶（きおく）です。

春（　B　）秋に行なわれる祭が豊作を祈願する農耕儀礼（ぎれい）にかかわるものであったのに対し、夏祭はもともと、この時期に多い疫病（えきびょう）や虫の害などの災厄（さいやく）を封（ふう）じるために行なわれてきたものだとされています。そうしたものがそれぞれの地方の生活や信仰（しんこう）と結びつき、さまざまな特色ある夏祭がうまれてくるのです。たとえば山鉾巡行（やまぼこじゅんこう）などで知られる日本三大祭のひとつ祇園祭（ぎおんまつり）は、平安時代、疫病が大流行したため鉾を立てて除疫の神牛頭天王（ごずてんのう）をまつったのが起源だといわれています。公の営むものだった祭が庶民（しょみん）の手になってゆくなかでいっそうの趣向（しゅこう）がこらされ、華（はな）やかな活気あふれるものとなっていったものも多いらしく、文芸のなかに祭がいきいきととらえられるようになるのは江戸時代、悪霊（あくりょう）を鎮（しず）めるといった本来の意義は忘れられて、祭を楽しむ

人びとや風俗が描かれてゆきます。
神田川祭の中をながれけり

浅草に生まれた万太郎は、東京下町をこよなく愛した作家として知られています。この句もいかにもすっきりと、野暮ったいのを嫌うふうで、神田明神の祭でしょう（　C　）、川を抱いて流れるような祭の人波を悠々と映しだしています。

久保田万太郎
（米川千嘉子『四季のことば100話』より）

（一）填入適合放進空欄A的三個字的接續助詞。
（　　　　　　　）

（二）從下列選項中選擇一個適合填入空欄B的助詞，並填入代號。
ア の　イ に　ウ や　エ から　オ なり
（　　　）

（三）填入適合放入空欄C的助詞。
（　　）

（四）畫線部分a〜f的格助詞「を」之中，選擇意思不同的選項，並填入代號。另外從下列選項中選擇該語詞的意思，並填入代號。
ア 表示動作或作用的狀態
イ 表示手段或材料
ウ 表示動作或作用的起點
エ 表示原因或理由
オ 表示經過的場所或時間
（　　　・　　　）

（五）從下列選項分別選出畫線部分①〜④的助詞「と」的意思，並填入它的代號（答案可以重複）。
ア 表示動作或作用的結果
イ 表示比較的基準
ウ 表示共同的對象
エ 表示引用
オ 表示並列
①（　　）②（　　）③（　　）④（　　）

問題 15
閱讀下列文章並回答後面的問題。

まず次の例を見ていただきたい。
(a)この文の筆者は、次の二通りのどちらを表現したかったのであろうか。
　保健所員が次回にまた訪ねてくるから、そのときには既にネコが始末されてしまっているようにせよ、と言われた。

外から店へ帰って来てみると、留守中に保健所員が衛生検査に来て、二匹いる飼いネコをこんどは自分が来るまで始末しておけと言ったそうだ。まるで戦前の憲兵を思いだす。
（「朝日新聞」声欄）

(b)保健所員が次回にまた訪ねてくるが、今からそのときまでの間だけ始末しておき、以後はまたネコを元通りに置け、と言われた。

小学生の国語の問題みたいだが、筆者はもちろん ① を表現したかったのだろう。しかしこの文章では ② になってしまう。文法的には、全く逆になるのだ。筆者は「こんど自分が（ A ）始末しておけ……」と書けばよかったのである、このように助詞一字で、論理の重大な食い違いを生ずるので注意されたい。

列車ガ名古屋ニ着ク ｛マデ／マデニ／マデデ｝ 雑誌ヲ読ムノヲヤメタ。

マデは動作の継続をあらわす動詞を必要とするから「読ムノヲヤメタ」は（ B ）の意味、マデニはある動作が行われる最終期限（締め切り）をあらわすから（ C ）の意味、マデデは何かある点までし続けて、その点で終了することをあらわすから「名古屋に着くまで読み続け、着いたときにやめた」意味になる。もうひとつ「マデハ」を加えてみると、ハという限定の助詞によって、（ D ）となろう。

（一）填入空欄①②的是前面例句(a)(b)的哪一個。請分別填入代號。

① （　） ② （　）

（二）填入適合空欄 A 的表達語詞。

（三）以畫線部分為範例，在空欄 B C D 分別填入適當的語詞，讓句子意思變得通順。

B （　）
C （　）
D （　）

memo

敬語

第 9 章

敬語是對聽話者或話題中的人物表示敬意的語詞。

重點整理

UNIT 1 敬語的意義跟種類

● 敬語的意義……對聽話者或話題中的人物表達敬意的語詞。

● 敬語的種類，尊敬語、謙讓語、丁寧語，共三種。

● 尊敬語……說話者對於話題裡的人物，以提高地位的方式來對執行動作者表示敬意的表達。

● 謙讓語……說話者對於話題裡的人物，以提高地位的方式來對承受動作者表示敬意的表達。

● 丁寧語……說話者藉由提高聽話者的地位來表示敬意的表達。

解說頁 ▼ P.321

→ 尊敬語跟謙讓語的差異，在於是要提高執行動作者的地位、還是要提高承受動作者的地位。

→ 尊敬語跟謙讓語要明確分開來使用。

UNIT 2 尊敬語

● 包含尊敬的意思的體言……「先生（老師）」、「殿下（殿下）」、「君（你）」、「あなた（你）」、「どなた（哪一位）」等等。

● 有接表達尊敬意思的接頭語、接尾語的語詞　接頭語「お」、「ご（御）」、接尾語「さん」、「様」、「殿」、「君」等等。

● 包含尊敬的意思的動詞（尊敬動詞）

解說頁 ▼ P.322

例 あなたの**おっしゃる**とおりです。（您說得沒有錯。）何を**なさる**のですか。（請問您要做什麼。）

💡 敬語表達的特殊語詞跟講法要好好記住喔！

318

9章 敬語

UNIT 3 謙讓語

解說頁 ▼ P.327

- 有接表達尊敬意思的助動詞的語詞　助動詞「れる」、「られる」。
  - 例 お話しくださる。（他願意說。）
- 「お（ご）〜になる」的形式
  - 要變成「お（ご）〜なさる」、「お（ご）〜くださる」等等的語詞的場合。
    - 例 立っていらっしゃる。（站著。）
  - 「くださる」、「いらっしゃる」等等的語詞作為補助動詞使用的場合。
    - 例 お帰りになる。（要回去。）
  - 作為尊敬動詞要變成特定的動詞變化的型態的場合。

- 包含謙讓的意思的體言……「わたくし（我）」、「せがれ（小犬）」、「手前（我）」等等。
  - 例 小生（我們）（接頭語）
  - 例 私ども（我們）（接尾語）
- 有接表達謙讓意思的接頭語、接尾語的語詞。
- 包含謙讓意思的動詞（謙讓動詞）
  - 「伺う」、「申す」、「いたす」、「差しあげる」、「いただく」、「参る」等等。
    - 例 先生の家へ伺う。（拜訪老師的家。）
    - 例 私がいただく。（由我收下。）
- 變成「お（ご）〜申しあげる」、「お（ご）〜いたいだく」等等的形式的場合。
  - 例 お願い申しあげる。（拜託您。）
  - 例 お待ちいたいだく。（請稍等。）
- 「あげる」、「さしあげる」、「いただく」等等的語詞作為補助動詞使用的場合。
  - 例 教えていただく。（請您教我。）
- 「お（ご）〜する」的形式
  - 例 お待ちする。（等待。）
  - 例 ご報告する。（報告。）

UNIT 4 ｜ 丁寧語

- 包含丁寧的意思的動詞……「ございます」等等。
- 有接表達丁寧意思的助動詞的語詞……助動詞「です」、「ます」。
- 有接表達丁寧意思的接頭語的語詞……接頭語「お」、「ご」。

解說頁 ▼ P.331

例 ずいぶん寒うございます。
（變得還真是冷。）
娘は中学生でございます。
（女兒是國中生。）

也會變成**補助動詞**。

UNIT 5 ｜ 敬語正確的使用方式

- 要小心指名他人的敬語……對自己人不需要使用尊敬語。
- 小心分別使用尊敬語跟謙讓語
- 小心重疊使用敬語
- 小心接頭語「お」、「ご（御）」的使用方法

解說頁 ▼ P.334

例 ○私の**父**はもうすぐ**帰り**ます。
（我父親很快就會回來。）
×私の**お父さん**はもうすぐお**帰**りに**なり**ます。（我父親很快就會回來。）

320

9章 敬語

UNIT 1 敬語的意義跟種類

目標▼ 理解敬語的意義跟三個種類。

1 敬語的意義
——對聽話者或話題裡的人物表示敬意的語詞。

舉例來說要表達「行く」這個意思也有像「先生もいらっしゃる。」（老師也要去。）」（提高執行動作的「老師」的地位的場合）「彼が行きます。（他去。）」（單純有禮貌講話的場合）「彼の所に伺う。（去拜訪老師。）」（提高目的地的「老師」的地位的場合）一樣，有很多種講法。像這樣對聽話者或話題裡的人物表示敬意的語詞就叫做敬語。

日文是對於敬語的使用方式特別發達的語言，但是現代人對於敬語的關注減少，使用方法也混淆在一起。但是敬語作為讓人際關係順利發展的工具，在日常生活跟社會上是不可或缺的。

2 敬語的種類
——尊敬語、謙讓語、丁寧語的三種類

(1) 尊敬語……說話者對於話題裡的人物，以提高執行動作者的地位來表示敬意的表達方式是尊敬語。

(2) 謙讓語……說話者對於話題裡的人物，以提高承受動作者的地位來表示敬意的表達方式是謙讓語。

(3) 丁寧語……說話者用禮貌的講法，以提高聽話者的地位來向對方表示敬意的表達是丁寧語。

✓ **練習 1**　解答→P.395

下列各個句子中畫線部分的語詞是三種敬語中的哪一種。從前面的語詞開始按照順序回答。

① どうぞ、ご遠慮(えんりょ)なく、召しあがって ください。
（　）（　）

② 明日、母が、お宅まで 伺うと 申して おります。
（　）（　）（　）

③ 先生が おっしゃった ことは、わたくしが、山田さんに お伝えすれば よろしいですね。
（　）（　）（　）（　）

UNIT 2 尊敬語

目標 ▶ 理解表達尊敬的意思的語詞跟包含尊敬意思的語詞。

尊敬語是說話者對話題裡的人物，以提高其地位的方式來對執行動作者表示敬意的表達。

> **參考**
>
> 以尊敬語的說明來說，經常會用「敬う（尊敬）」來代替「高めて扱う（提高地位）」的心情或姿態。但是尊敬語的用法並不是表達「敬う（尊敬）」的說法，而是站在使用包含敬意的語詞的立場，所在這裡用「提高地位來表示敬意」的說法。雖然還有「言葉の上で高く位置づけて述べる（在言語上讓對方站在更高的位置來講述）」、「立てて述べる（捧高對方來講述）」之類的講法，內容可以當成一樣。

1 包含尊敬意思的體言

「先生（老師）」、「殿下(でんか)（殿下）」、「君(きみ)（你）」、「どなた（哪一位）」、「あなた（你）」、「そのかた（那一位）」等等。

> **例題**
>
> 針對下列各個句子中畫線部分的語詞，回答是尊敬語還是謙讓語。
>
> ① ぼくは、Y先生を存じています。
> ② 先生が校門を出られるところを見た。
> ③ 皆様に申すことは、あくまで推測です。
> ④ あのかたは、席にお座りになった。
> ⑤ しばらくお待ちくださると幸いです。
>
> **思路**
> ① 是提高承受「知る」這個動作的「Y先生」地位的語詞。② 是「出る」接上助動詞「られる」的說法，是提高執行「出る」這個動作的老師地位的講法。③ 是提高執行「言う」這個動作的皆樣地位的講法。④ 是提高執行「座る」這個動作的「あのかた」地位的講法。⑤ 的「お待ちくださる」是提高執行「待つ」這個動作的對方地位的講法。
>
> **答**
> ① 謙讓語 ② 尊敬語 ③ 謙讓語 ④ 尊敬語 ⑤ 尊敬語

9章 敬語

2 有接表達尊敬意思的接頭語、接尾語的語詞

(1) 接頭語「お」、「ご(御)」……會接體言、形容詞、形容動詞的前面。

例 先生の ご説明は よく わかる。(老師的說明很容易理解。)
（提高執行「說明」動作的「老師」的地位）

先生は お忙しいようですね。(老師好像很忙呢。)
（提高處於「忙碌」狀態的「老師」的地位。）

(2) 接尾語「さん」、「様」、「殿」、「君」等等……接體言後面。

例 鈴木さん（鈴木先生、小姐）　佐藤様（佐藤先生、小姐）　山田殿（山田閣下）　太郎君（太郎）　父上（父親大人）

(3) 同時使用接頭語跟接尾語的場合也很多。

例 お母さん（媽媽）　お兄様（兄長）　お父上（父親大人）　ご一行様（一行人）

3 包含尊敬意思的動詞 ── 叫做尊敬動詞

(1) 作為尊敬動詞變成特定動詞變化的型態的場合。

例 先生は 来週 海外へ いらっしゃるのでしたね。(←行く（去）)
（老師下週要去國外對吧。）

右邊的例句跟「先生は 来週海外へ行くのでしたね（老師下週要去國外對吧）」是一樣的內容，但是使用「いらっしゃる」取代「行く」，就變成包含對「老師」表示尊敬的講法。「いらっしゃる」不只是「行

著眼點

● 尊敬語跟謙讓語的差別

尊敬語……提高執行動作者的地位。

謙讓語……提高承受動作者的地位。

く」的尊敬動詞，也是「来る」、「いる」的尊敬動詞。尊敬動詞還有下列的語詞。

例 あなたの **おっしゃる** とおりです。(←言う) (您說得沒有錯。)

(2)
例 院長が 治療方針を **お決めなさる**。(院長決定治療方針。)
いつも この 部屋を **ご利用なさる**。(總是使用這個房間。)
体に 良い ものは、何でも **召し上がる**。(←食べる、飲む)(吃、喝)(對身體好的東西，不管什麼都吃。)
あなたは、何を **なさる** のですか。(←する (做事)) (您要做什麼呢。)
それを 私に **くださる** のですか。(←くれる (給)) (您要把那個給我嗎。)

「なさる」、「くださる」等等變成「お(ご)〜なさる」、「お(ご)〜くださる」形式的場合。

(3)
例 先生が、指導して **くださる**。(老師來指導。)
あそこに 立って **いらっしゃる** のが、先生です。(站在那裡的是老師。)
気軽に **お話しくださる**。(隨意地聊天。)
率先して **ご案内くださる**。(率先帶路。)

「くださる」、「いらっしゃる」等等的語詞作為補助動詞使用的場合。

練習 2

下列各個句子中畫線部分是 A 尊敬語還是 B 謙讓語，請用代號回答。

解答 →
P.395

① 先生だから申しあげるのです。(　)
② どんな話か伺いたいものです。(　)
③ お目にかかってお話しします。(　)
④ もうお帰りになるのですか。(　)
⑤ 先生はお茶を飲んでいらっしゃる。(　)
⑥ 社長はよく存じあげています。(　)
⑦ 監督にはお知らせするほうがいい。(　)
⑧ その時には、私も呼んでください。(　)
⑨ ご心配なさることはありません。(　)

例題

下列的上段是沒有敬意的一般語詞，中段是尊敬語，下段是謙讓語。請將意思對應的語詞連在一起。

① 見る　　ア いらっしゃる　　a いたす
② 言う　　イ おっしゃる　　　b いただく
③ 食べる　ウ なさる　　　　　c 拝見する
④ 行く　　エ ご覧になる　　　d 申しあげる
⑤ 取る　　オ 召しあがる　　　e お取りする
⑥ 来る　　カ お取りになる　　f 参る
⑦ する

9章 敬語

4 「お（ご）～になる」的形式

「なる」雖然不是尊敬動詞，但是可以「お（ご）～になる」的形式來表達尊敬的意思。此外，不會用命令形。

一般來說動詞是和語的場合，會像「読む（閱讀）」→「お読みにな

參考

「くださる」的場合除了有提高執行動作者的地位來表示敬意，這種普通尊敬語的功用之外，還有表達「從執行動作者那裡得到恩惠」的意思。

舉例來說「先生が指導してくださる。」（老師來指導。）」這個句子，也有表達那件事（＝「老師來指導」）是值得感激的心情。

注意

尊敬動詞還有下列的特徵。

① 是ラ行五段活用。
   例 なさらない　くださらない　いらっしゃらない

② 接「ます」的連用形會變成イ音便。
   例 なさいます　くださいます（「召し上がります」是例外）

③ 命令形的語尾會變成「い」。
   例 なさい　ください　いらっしゃい（「召し上がれ」是例外）

思路

可以明確區分尊敬語跟謙讓語的差別是最理想的。舉例來說像這種問題，試著把包含普通話的語詞在內將有對應的語詞進行分組。

● 荷物をお持ちしますか。（要幫您拿行李嗎。）
● 荷物をお持ちになりますか。（您要帶著行李嗎。）

在這裡需要特別注意的是這一點：舉例來說，在問對方是不是要帶著行李回去的場合，下列的講法才是正確的。

用這個講法會變成問的人把行李帶走。

答

① エ─c　② イ─d　③ オ─b
④ ア─f　⑤ カ─e　⑥ ア─f
⑦ ウ─a

著眼點

「お（ご）～になる」是尊敬語。
「お（ご）～する」是謙讓語。

5 有接表達尊敬意思的助動詞的語詞

動詞後面接表達尊敬意思的助動詞「れる」、「られる」。這些助動詞除了「尊敬」之外還有「可能」、「自發」等等的意思，這點要注意。

例 先生の 話される ことを よく 聞きましょう。（老師說的話要注意聽。）
お客様は、いつ 来られる のですか。（客人您什麼時候可以過來呢？）

る」、「出かける（出門）→お出かけになる」一樣變成「お〜になる」，漢語サ變動詞（→P.121）的場合則會像「利用する（利用）→ご利用になる」、「出席する（出席）→ご出席になる」一樣變成「ご〜になる」。

例 先生が、お手紙を お書きに なる。（→書く（書寫））（老師要寫信。）
五時に お帰りに なる。（→帰る（回去））（五點要回去。）
お客様が ご使用に なる お部屋です。（→使用する（使用））（這是給客人使用的房間。）
ご乗車に なる 際は、（→乗車する（搭車））（搭乘時變成「お（ご）〜になる」的形式之中，還有像「お休みになる」、「ご覧になる」一樣有慣用講法的語詞。

✓ 練習 3

將下列語詞變成「お〜になる」的形式。

① 聞く（　　）
② 書く（　　）
③ 話す（　　）
④ 読む（　　）
⑤ 待つ（　　）

解答→P.395

UNIT 3 謙讓語

目標 ▼ 理解表達謙讓意思的語詞或包含謙讓意思的語詞。

說話者對於話題裡的人物，以提高地位的方式來對承受動作者表示敬意的表達是謙讓語。雖然也有說話者用對自己或自己這方的動作表達謙卑的方式，來對承受動作者表示敬意的解釋，但是謙讓語的功用的重點在於表示敬意，並不是表達謙卑。

1 包含謙讓意思的體言

例

「わたくし」（我）「せがれ」（小犬）「家内」（かない）（內人）「手前」（まえ）（我）等等……包含謙讓的意思。

これが **わたくしの せがれ** と **家内** です。（↓わたし、息子、妻）
（我、兒子、妻子）（這是小犬跟內人。）

すべて **手前** の 責任で ございます。（↓わたし（我））（一切都是我的責任。）

2 有接表達謙讓意思的接頭語、接尾語的語詞

(1) 接頭語「小」、「愚」、「拙」、「弊」、「粗」等等……會接體言。

例 **小生** は **愚息** を 伴って 旅に 出ます。（↓わたし、息子（我、兒子））
（小生將帶著犬子一起去旅行。）

例題

將下列語詞的尊敬語跟謙讓語，變成可以放入框內的形式來回答。

① する
  A 先生は今から何を（ ）のですか。
  B 私が責任を持って（ ）ます。

② 行く・来る
  A 部長が（ ）まで待ちましょう。
  B 明日の二時ごろ（ ）ます。

③ 知る
  A 田中さんのことを（ ）ですか。
  B 田中さんのことは（ ）ております。

3 包含謙讓意思的動詞——叫做謙讓動詞

(1) 作為謙讓動詞變成特定動詞變化的型態的場合。

例 私は、明日、先生の 家へ 伺う予定です。(↓行く（去）)（我預計明天要去拜訪老師家。）

這邊的例跟「私は、明日、先生の家へ行く予定です（我明天要去老師家）」是一樣的內容，但是變成藉由「伺う」代替「行く」的方式來提高「老師」地位的講法。

謙讓動詞有以下的語詞。

例
伺う（→聞く、尋ねる、訪問する（問、尋問、訪問、去））
参る（→行く、来る（去、來））
承る（→聞く（聽取））
申す、申しあげる（→言う（說話））
いたす（→行く、来る（去、來））
いただく（→もらう、食べる、飲む（接收、吃、喝））
頂戴する（→もらう（收下））
さしあげる（→やる（給予））

(2) 接尾語「ども」、「め」等等……接體言。

例 娘どもが いないので なんの おかまいも できません。(↓自己的店、物品)（因為女兒們不在，所以沒辦法做出像樣的招待。）
わたくしめに おまかせください。（盡管交給敝人。）

拙著を 送りしました。(↓自己寫的書)（送了拙作過去。）
弊店の お客様には 粗品を 進呈いたします。(↓自己的店、物品)（本店贈送小禮物給客人。）

思路 ① A…老師要做什麼「する」的場合，尊敬語會用「なさる」。B…自己要做什麼「する」的場合，要提高對方地位的表達會用謙讓語「いたす」。
② A…因為要提高執行「来る」這個動作的部長的地位，所以要用尊敬語。B…因為是「自己」到對方的所在地是執行「行く」這個動作，所以變謙讓語。這個場合的謙讓語要用「参る」、「伺う」都可以。
③ A…因為是對方「知っている」，所以要改成尊敬語。B…要思考句子中「田中さんのことを知っている」的人是誰。尊敬語跟謙讓語的形式因為很相似，所以要小心不要弄錯。

答
① A なさる　B いたし
② A いらっしゃい　B 参り／伺い
③ A ご存じ　B 存じあげ／存じ

著眼點
● 尊敬動詞跟謙讓動詞
有固定講法的尊敬動詞跟謙讓動詞
也有複數的動詞會變成相同意思的敬語。

328

9章 敬語

お目にかかる（→会う（見面））　拝見する（→見る（看））
お目にかける、ご覧に入れる（→見せる（給人看））
存ずる、存じ上げる（→思う、知る（想、知道））

> 注意
>
> 下列舉出的動詞同時有尊敬動詞跟謙讓動詞兩種型態。
>
> | 普通動詞 | 尊敬動詞 | 謙讓動詞 |
> |---|---|---|
> | 行く、来る | いらっしゃる | 参る、伺う |
> | 食べる、飲む | 召し上がる | いただく |
> | する | なさる | いたす |
> | 言う | おっしゃる | 申す、申し上げる |

(2) 變成「お（ご）～申す」、「お（ご）～申し上げる」、「お（ご）～いたす」、「お（ご）～いただく」的形式的場合。

例 さぞかし ご心配の ことと **お察し申す**。（想必您一定非常擔心吧。）

どうぞ よろしく **お願い申し上げる**。（還請您多多關照。）

くわしい 内容は、のちほど **ご連絡いたす**。（詳細內容待會兒再連絡您。）

順番が 来るまで、しばらく **お待ちいただく**。（在輪到您之前還請稍待一會兒。）

✓ **練習 4**

下列動詞是 A 尊敬動詞還是 B 謙讓動詞，請用代號回答。另外回答各自對應的沒有表示敬意的一般動詞。

解答→P.396

① おっしゃる　（　）
② 承うけたまわる　（　）
③ 召しあがる　（　）
④ 伺う　（　）
⑤ くださる　（　）
⑥ いただく　（　）
⑦ 申す　（　）
⑧ いたす　（　）

329

> **注意**
>
> 看到右邊四個例句，應該會有人感到不對勁吧。那是因為不像敬語的關係。一般來說會像「お願い申し上げます」、「ご連絡いたします」，跟丁寧的助動詞「ます」一起使用。因為這裡是說明謙讓語，所以特地省略掉丁寧語，但是通常「謙讓語」跟「丁寧語」會一起使用。

(3)「あげる」、「さしあげる」、「いただく」等等的語詞作為補助動詞使用的場合。

例 宿題を 見て **あげる**。（幫他看功課。）

机を ふいて **さしあげる**。（幫他擦書桌。）

先生に 教えて **いただく**。（請老師教。）

4 「お（ご）～する」的形式

「する」雖然不是謙讓動詞，但是可以用「お（ご）～する」的形式變成表達謙讓意思的單獨動詞。

例 私は、ここで 皆様が 来られるのを **お待ちする** ことに しましょう。（我會在這裡等著各位的到來。）

会議の 経過を **ご報告する**。（將開會過程報告給上頭吧。）

例題

針對下列各個句子中畫線部分，回答是對誰表示敬意。

① Aさんは Bさんに「先生も<u>いらっしゃる</u>よ。」と言った。
② Aさんは Bさんの作品を<u>拝見した</u>。
③「Aさん、Bさんが作った手料理をどうぞ<u>お召しあがりください</u>。」

思路 ①「いらっしゃる」是「行く」、「来る」的尊敬語，所以是對話題中的執行「来る」這個動作的老師表示敬意。
②「拝見する」是「見る」的謙讓語。執行「見る」動作的是A，而承受那個動作的是創作作品的B，所以是間接地表達對B的敬意。
③「召し上がる」是「食べる」的尊敬語，所以這裡是對執行「食べる」這個動作的聽話者的A表示敬意。

答 ①先生 ②Bさん ③Aさん

著眼點

● 表示敬意的對象

執行動作者跟承受者、聽話者、話題裡的人物，要注意直接、間接等等的關係。

9章 敬語

UNIT 4 丁寧語

▶目標

理解包含丁寧意思的語詞或表達丁寧意思的語詞。

說話者有禮貌地講話，慎重地講給聽話者的語詞。這類語詞稱作「丁寧語」，可以跟一般的「謙讓語」當作是不同語詞。舉例來說要說「明日から海外に参ります。（明天起要到國外。）」的時候，並沒有提高承受那個動作的「海外」的地位。這是用「参る」代替「行く」的方式，用別種講法表達自己的行為。

參考
丁重語……一般被稱作「謙讓語」的語詞之中，有將自己這邊的行為、事物等等，慎重地講給聽話者的語詞。

1 包含丁寧意思的動詞

動詞跟補助動詞的「ございます」。

(1)「ございます」（→動詞「ある」）。

例 その 品物は、どこの 店にも **ございます**。（那件商品不管哪裡的店都有。）

(2)「ございます」等等的語詞作為補助動詞的場合。

例 娘は 中学生で **ございます**。（女兒是國中生。）

例題

將下列語詞的尊敬語跟謙讓語，變成可以放入框內的形式來回答。

① する
A 先生は今から何を（　　）のですか。
B 私が責任を持って（　　）ます。

② 行く・来る
A 部長が（　　）まで待ちましょう。
B 明日の二時ごろ（　　）ます。

③ 知る
A 田中さんのことを（　　）ですか。
B 田中さんのことは（　　）ております。

2 有接表達丁寧意思的助動詞的語詞

有接助動詞「です」、「ます」。

例

桜の 花も、まもなく 咲く**でしょう**。
（櫻花也很快就要開了吧。）

朝食には、パンを 食べ**ました**。
（早餐吃了麵包。）

> 丁寧語的「です」、「ます」經常跟尊敬語跟謙讓語一起使用喔（→P.337）。

3 有接表達丁寧意思的接頭語的語詞

有接接頭語「お」、「ご」。

例

お話を聞いて、あなたの**お**気持ちがよくわかりました。（聽完您說的話後，我十分明白您的心情了。）

ご注文の品を届けたいので、**ご**住所を教えてください。（因為要把訂購的商品送去，請告訴我您的住址。）

みんなで、**お**菓子を食べよう。（大家一起吃零食吧。）

お昼の**ご**飯が炊けたよ。（午餐吃的米飯煮好了喔。）

例題 下列①〜⑤的場合，具體來說要用什麼語詞才適合。從後面ア〜オ的選項中選擇並用代號回答。

① 尊敬すべき目上の人の動作を話す場合。
② 自分と親しい目上の人や、あまり親しくない知人に対する場合。
③ 友人どうしの間柄や、目下の者に対する場合。
④ 目上の人に自分の動作を話す場合。
⑤ 他人に自分の親のことを話す場合。

ア ようやく春らしくなってきたね。
イ 西洋史の本を拝借できるでしょうか。
ウ 博物館へ、昨日いらっしゃいました。
エ 父は社用で、昨夜上京いたしました。
オ 毎日、暑いですね。

思路 ① 當然是使用尊敬語。
② 包含輕微尊敬的意思，使用丁寧語就好。尊敬語跟謙讓語的動詞雖然有很多種，丁寧語的動詞「ございます」或丁寧語的助動詞「です」、「ます」經常被使用，所以要好好記住。
此外要注意「です」、「ます」經常跟尊敬語或謙讓語一起使用。
③ 不需要使用敬喔，用普通的講法。
④ 當然是使用謙讓語。

9章 敬語

> **注意**
>
> 丁寧語跟美化語……有看法是丁寧語可以分成下列兩種。
>
> ● 丁寧語……表達提高聽話者的地位的心意，將講話用詞變禮貌的語詞。
>
> ● 美化語……像「お茶」、「お料理」，美化事物來講述的語詞。
>
> 舉例來說講「あなたからいただいたお手紙を大切に持っています（我有謹慎保管從您那裡收到的信）」的時候，有提高聽話者的地位，所以能說是「丁寧語」，但是講「冷たいお水がほしい（想要冰水）」的場合的「お水」跟單純講「水」比起來，就變成用高雅美麗的方式去表達。這就是「美化語」。這是因為句子並不是對聽話者表達敬意，所以就跟「丁寧語」做區別的看法。
>
> 在女性之間的對話，比起對對方的禮貌，有時候更想讓自己的用字遣詞變的高雅，會頻繁地使用「お」。這些也包含在美化語裡面。
>
> 例 **お**昼の献立は、**お**魚のフライと**お**豆のスープよ。（今天的午餐菜單，是炸魚跟豆子湯喔。）

> **著眼點**
>
> ● 經常使用的丁寧語
>
> 動詞……ございます
>
> 助動詞……です、ます（經常跟尊敬語或謙讓語一起使用）

答
① ウ　② オ　③ ア　④ イ　⑤ エ

⑤ 雖然要對自己的父母表達尊敬，但是對他人講自己的父母的場合，不用尊敬語而是用謙讓語。

UNIT 5 敬語正確的使用方式

目標 ▶ 理解不同場面的敬語的正確使用方式。

敬語對於語詞在什麼樣的場合下使用是非常重要的。下列是 A 把跟家人旅行去沖繩的事說給老師聽的場面。用 A 跟老師的對話為範例，來學習敬語正確的使用方式吧。

在下列對話句子的畫線部分之中，選擇敬語的使用方式用錯的部分，並思考用錯的理由吧。

A「①先生、おれの旅行の写真を拝見してください。」（老師請您看我去旅行時的照片。）

老師「これは沖縄の海だね。家族で行ってきたの？」（這是沖繩的大海呢。你跟家人去的嗎？）

A「はい。④お父さんとお母さんが、連れて行ってくださいました。」（是的。爸爸跟媽媽帶我去。）

老師「仲の良い家族だね。」（你們一家人感情真好呢。）

A「そういえば、先生は来週、⑦海外へお行きになられるのですよね。⑧また先生のお話が聞けるのを楽しみにしています。」（說起來，老師下週要去國外對吧。我很期待聽老師去國外的故事。）

錯誤 ②③④⑤⑥⑧

✓ 練習 5

將最適合填入下列書信的空欄 A〜D 的語詞，從後面的選項中各選一個並填入代號。

解答→P.396

私は○×中学校三年一組の鈴木次郎と（A）。私たちの中学校の歴史についてのお話を、吉田先生に（B）と思っております。八月五日の午前中の、先生のご都合は（C）。またこちらからご連絡させて（D）ますので、よろしくお願いします。

A
① おっしゃいます
② 言います
③ 申します （　）

B
① 伺うがいたい
② 聞こう
③ お聞きになろう （　）

C
① どのようか
② どうでしょうか
③ いかがですか （　）

D
① もらい
② いただき
③ さしあげ （　）

第9章 敬語

1 注意指稱他人的敬語

針對前一頁的對話①、②、④思考看看。

① 的「先生」正確。要稱呼長輩的場合，如果有表達職稱的稱呼的話就直接用那個稱呼，一般都是直接叫「先生」。

② 的「おれ」錯誤。面對老師用「おれ」稱呼自己是不適當的。應該要用「ぼく」或是「わたし／わたくし」。在公共場合要稱呼自己要用「わたし」、「わたくし」。男性的場合雖然也能用「ぼく」，但是跟「わたし」、「わたくし」比起來是很少見的表達。

④ 的「お父さんとお母さん」錯誤。在說自己人的場合，就算那個人物是自己的長輩，一般來說也不會用「○○さん」的講法。在這裡雖然是對老師表示敬意，但是不用對是自己人的父母表示敬意，用「父と母」才是正確的。

2 注意分開使用尊敬語跟謙讓語

針對③、⑤、⑧思考看看。

③ 的「拝見してください」錯誤。「先生の話を聞く」是 A 的動作，承受動作的對象是「老師」，所以這個場合必須使用謙讓語。這裡用「聞く」的尊敬語以不適合，要使用提高老師地位的尊敬語。「拝見し」是謙讓語所以是老師，所以需要使用提高老師地位的尊敬語。「拝見し」是謙讓語所以不適合，要使用「見る」的尊敬語「ご覧になる」，講「ご覧になってください」。

⑧ 的「聞ける」錯誤。「先生の話を聞く」是 A 的動作，承受動作的對象是「老師」，所以這個場合必須使用謙讓語。這裡用「聞く」的謙讓表達的「伺える」或「伺うことができる」就好了。

⑤ 的「くださいました」也錯誤。在④也說明過，對於自己人的動

例題

下列各個句子中畫線部分，不是正確的敬語。請回答為什麼是錯誤或不適當的理由。

① どなたが東京へ参りますか。
② 「あなたは、何と申されましたか」
③ 冷えますね。お変わりいらっしゃいませんか。
④ ご出席になりますかたは、九時にお集まりください。
⑤ 皇太子はイギリスをご訪問しました。
⑥ 私の母は茶道の先生がたてたお茶をおいしく召しあがりました。

思路

容易搞錯的敬語的例。

① 明明使用「どなた」這個尊敬語，但是那個人的動作卻用謙讓語「参る」。應該要改成「いらっしゃる」等等的尊敬語。

② 在「あなた」是主語的地方，用謙讓語「申す」是錯的。雖然後面接的「れ」是表達尊敬的助動詞「れる」的連用形，但是這樣並不能抵消前面的錯誤。

③ 使用丁寧語「ございませ（ん）」就好。使用「いらっしゃる」的話，就變成「お変もなくいらっしゃいますか」。

④ 的丁寧語「ます」出現在句中途的場合，一般來說省略掉會比較通順。

⑤ 雖然是想用尊敬語，但是卻用「ご～す

作一般是不用尊敬語。在這裡講「連れて行ってくれました」就好。下列的表格是整理了「沒有敬意的普通語詞」、「尊敬語」、「謙讓語」。要好好記住。

意思	普通語詞	尊敬語	謙讓語
拿	言う	おっしゃる	申す、申しあげる
給	する	なさる	いたす
做	食べる、飲む	召し上がる	いただく、頂戴する
給	いる	いらっしゃる、おいでになる	おる
想	行く、来る	いらっしゃる、おいでになる	参る、伺う
知道	見る	ご覧になる	拝見する
見面	会う	(お会いになる)	お目にかかる
聽	聞く	(お聞きになる)	伺う、承る
看	知る	(お知りになる)	存ずる、存じ上げる
來去	思う	(お思いになる)	—
在	与える	(お与えになる)	さしあげる
做	やる	—	—
吃喝	くれる	くださる	—
說	もらう	—	いただく、頂戴する

答

① 應使用尊敬語的地方卻使用了謙讓語。
② 應使用尊敬語的地方卻使用了謙讓語。
③ 應使用丁寧語的地方卻使用了謙讓語。
④ 過度使用丁寧語。
⑤ 應使用尊敬語的地方卻使用了謙讓語。
⑥ 應使用謙讓語的地方卻使用了尊敬語。

る」的形式變成了謙讓語。應該要改成「訪問される」、「ご訪問になる」「ご訪問なさる」才對。

⑥是對自己人「私の母」的行動用尊敬語的「召し上がる」是錯誤的。應該要改成謙讓語「いただく」才對。

著眼點

● 敬語容易搞錯的地方
① 搞錯尊敬語跟謙讓語
② 把尊敬語當成丁寧語使用。

336

9章 敬語

③ 注意敬語的重疊使用

回到 P.334 頁的對話吧。⑥的「お行きになられる」錯誤在要表達「行く」這個老師的動作，一般會用尊敬動詞「いらっしゃる」。用「お行きになる」會感覺不通順。另外後面直接接了「れる」這個表達尊敬的助動詞，重疊用兩個尊敬語這點也是錯的。

> **注意**
>
> 敬語的重疊……想表達更強烈的敬意的場合，可以將尊敬語或謙讓語搭配丁寧語（「です」、「ます」）重疊在一起使用。
>
> 例 先生が　いらっしゃる　でしょう。（尊敬語＋丁寧語）（老師在吧。）
>
> お願い　申し上げ　ます。（謙讓語＋丁寧語）（拜託您了。）
>
> 但是如果重疊使用太多敬語，在某些場合反而會很失禮，這點要注意。
>
> 例 × お乗りに　なります　方に　お願いいたします。（麻煩要搭乘的人。）
>
> 　　○ お乗りに　なる　方に　お願いいたします。（麻煩要搭乘的人。）
>
> （→句子中途的「ます」省略掉比較好。）

✓ **練習 6**

解答→P.396

從下列ア～エ之中選出敬語的使用方式適當的選項，並回答代號。（　）

ア　私の両親がいらっしゃいました。

イ　私の家に先生が伺いました。

ウ　拝見していただき、ありがとうございます。

エ　部長はもうお召しあがりになりましたか。

4 注意接頭語「お」、「ご（御）」的使用方式

⑦的「お話」正確。對於表達提高地位的人事物的語詞，用接上表達丁寧意思的接頭語「お」、「ご（御）」的方式，可以表達尊敬的意思。「先生からお手紙をいただく。」的「お手紙」是對寫信的老師表示尊敬的意思，「先生にお手紙を書く。」的「お手紙」是對自己的物事接「お」，變成表達謙讓的意思。

> 掌握不同場面的敬語的正確使用方式吧！

練習 7

解答 → P.396

在下列各個句子中有錯誤或是敬語使用不當的文節的右邊畫線，並且改成正確的句子。

① うちの娘は、あなたのことをよくご存じですよ。
（　　　　）

② 私のお母さんが、先生によろしくと申しておりました。
（　　　　）

③ 私どもの社長が、あなたにぜひ会いたいとおっしゃっております。
（　　　　）

④ 先生、ごちそうが冷めないうちにいただいてください。
（　　　　）

⑤ 校長先生が、朝礼で今朝の新聞をお読みになられた。
（　　　　）

提升實力考題

考驗在第 9 章學到的文法，掌握能實際活用的實力吧。

問題 1

下列的語詞分為 A 尊敬表達、B 謙讓表達、C 丁寧表達，請用代號填寫答案。

① お聞きなさる（　）
② お通りになる（　）
③ お帰りだ（　）
④ ご通知申しあげる（　）
⑤ お目にかける（　）
⑥ 花をさしあげる（　）
⑦ 苦しゅうございます（　）
⑧ 寒いですね（　）
⑨ お教えいただく（　）
⑩ 買ってくださった（　）
⑪ お運びする（　）
⑫ お菓子（かし）です（　）
⑬ どこへ行きますか（　）
⑭ ご心配なさるな（　）
⑮ 買っていただいた（　）
⑯ お教えくださる（　）
⑰ 帰ります（　）

問題 2

下列各個句子中畫線部分的意思，符合後面ア～ウ的哪一個選項。請用代號填寫答案。

(1)
① あなたも夜の音楽会に<u>いらっしゃいますか</u>。（　）
② 応接室には、お客さまが<u>いらっしゃいます</u>。（　）
③ 先生は、まもなく<u>いらっしゃるでしょう</u>。（　）

ア 行く　　イ 来る　　ウ いる

(2)
① 冷蔵庫にあるジュースを<u>いただこうかしら</u>。（　）
② 早くごはんを<u>いただきましょう</u>。（　）
③ このリンゴを、おばさんに<u>いただきました</u>。（　）

ア もらう　　イ 食べる　　ウ 飲む

問題 3

對於下列各個句子畫線部分，遵照（　）內的指示，將各個句子改寫。

① 明日、お宅へ<u>行く</u>つもりです。〔謙讓動詞〕
（　　　　　　　　　　　）

② これは、校長先生から聞いた話です。　　【謙譲動詞】（　　）
③ ぼくの絵を見てくれ。
　　【「～くださる」の形の複合動詞】（　　）
④ 父と話しているのは先生です。　　【尊敬動詞】（　　）
⑤ 新しい時計を買ってもらった。　　【謙譲動詞】（　　）
⑥ そんなことをすると、笑われますよ。　　【尊敬動詞】（　　）
⑦ あなたの絵を見たいものです。　　【謙譲動詞】（　　）
⑧ 先生は、何を食べるのか。　　【尊敬動詞】（　　）
⑨ 今、何と言いましたか。　　【尊敬動詞】（　　）
⑩ あの方は、よく本を読む。　　【尊敬表現「お～になる」】（　　）

問題 4

完成「おっしゃる」的活用表格並回答後面的問題。

基本形	語幹	未然形	連用形	終止形	連體形	假定形	命令形
おっしゃる							

（一）基本上跟什麼活用一樣。（　　）
（二）跟那個活用有什麼地方不一樣。（　　）

問題 5

將下列各個句子依照表達的敬意的強烈程度，從表達敬意最強烈的開始排順序，並用號碼填寫答案。

① 私にもいただきたい。（　　）
② ぼくにもいただきたい。（　　）
③ 私にもいただきとうございます。（　　）
④ おれにもくれ。（　　）
⑤ ぼくにもおくれ。（　　）

問題 6

下列各個對話句子中，講法正確的句子填寫○，錯誤的句子填寫×，把答案填入框内。

①（　　）「先生も、私にそう申しましたわ。」
②（　　）「先生、ぼくのお母さんがいらっしゃいました。」
③（　　）「きみのお父さんは、いま家にいるかね。」

問題 7

下列各個句子在敬語的使用方式上各有一個錯誤或不適當的地方。給那個部分畫線，並且只把改寫後的部分填入框內。另外對於錯誤或不適當講法的講法，從後面ア～オ中分別選擇適合當說明的選項，並用代號填寫答案（答案可以重複）。

① あいにく今日は、父がお留守です。（　・　）

② 先生は正しいと申しました。（　・　）

③ うちの母はあなたが来られるのをお待ちなさっております。（　・　）

④「ぼくの先生も、そう言いましたよ。」（　）

⑤「先生、私の母がよろしくと申しましたよ。」（　）

⑥「お父さんは、ご在宅でございますか。」（　）

⑦「はい、おいでになります。少々お待ちください。」（　）

⑧「さあ、私たちも会場へ参りましょう。」（　）

⑨「この床はすべりやすいから、どうかご注意してください。」（　）

⑩「その件について、お答えすることはできない。」（　）

⑪「私の描いた絵を拝見してください。」（　）

④ 明日、拙宅までお伺いいたきたい。（　・　）

⑤ 両親がぜひあなたに会いたいと申しております。（　・　）

ア　不應該使用敬語的地方卻用了敬語。
イ　在需要使用尊敬語的地方卻用了普通的說法。
ウ　因為同時使用了兩個意思不連貫的敬語，導致表達不自然。
エ　在應該使用尊敬語的地方卻用了謙讓語。
オ　在應該使用謙讓語的地方卻用了尊敬語。

問題 8

下列各個句子各有一個敬語使用方式錯誤的地方。請遵照例句改成正確的句子。

例　その件ですが、わたしの母にも話してあげてくださいませんか。

① お尋ねいたします。山田さん、おりましたら案内所までおいでください。

② いただくのなら当店の温かいコーヒーが自慢ですので、どうぞ。

③ 校長先生がいつの日だったか、私わたくしどもにそう申されました。

④ お手紙をくれましたのに、まだお返事も差しあげておりません。

⑤わたしはこれからうちに帰りますが、あなたも参りませんか。

例）（あげてください（ませんか）→いただけ（ませんか。

問題9　假設有某家公司的社長、課長、新進員工三個人物，以C對A說B到了的句子來說，設想了下列四種場合。針對①〜④的句子，請填寫各個句子的C（說話者）是誰。

①「Bが来られました。」（　　）
②「Bが来ました。」（　　）
③「Bが来たよ。」（　　）
④「Bが来られたよ。」（　　）
⑤　↓　↓　↓　↓　↓

問題10　填寫下列各個句子空欄中應該填入的正確表達。

(1)「されておる」という敬語が近頃耳につく。これはもともと「なさっておられる」又は「なさっておいでにな

る」の形が正しいが、これだと敬語が重なるから、一つ省いてしまおうというところからきている。省くこと自体は悪いことではないが、省き方に問題がある。「なさっておられる」と二つ重なった時は、前を省いて後を生かす、つまり（　A　）が正しい。「されておる」では逆さまである。

(2)幼児を対象にした絵本に「おおどおりの　ことりやで　リスが　うって　います。」という一節があるが、奇妙な文章である。リスが小鳥屋の店員であるのかと思えば、そうではなく、リスは売られる商品である。それなら「リスを（　B　）」とするか、あるいは「リスが（　C　）」としなければならない。

A（　　）
C（　　）　B（　　）

C（　　）
A（　　）B（　　）

特輯｜複合語、派生語

複合語

單字除了有「犬（狗）」、「立つ（站立）」、「早い（早）」這樣單獨就是一個單字的類型之外，也有像「犬小屋（犬＋小屋）（狗屋）」、「立ち上がる（立つ＋上がる）（站起來）」一樣由複數單字組合成一個單字的種類。像這樣兩個以上的單字連結在一起的單字叫做複合語。

複合語根據它的品詞種類可以分成複合名詞、複合動詞、複合形容詞。要記住複合語的品詞會根據後面接的語詞的品詞而決定。

❶ 複合名詞

由複數的單字組合而成的名詞。

名詞 ＋ 名詞

（例）
朝日（朝陽）　三日月（新月）
花火（煙火）　雨戶（遮雨窗）

動詞 ＋ 名詞

（例）
編み物（編織物）　落ち葉（落葉）
語り手（說話人）

名詞、動詞 ＋ 形容詞語幹

（例）
気短（急躁）　手近（手邊）
売り高（銷售額）

形容詞語幹 ＋ 名詞

（例）
赤字（赤字）　高値（高價）
短夜（夏天的短夜）

形容詞語幹重疊起來

（例）
遠浅（とおあさ）（沙灘）　高低（こうてい）（高低）
浅瀬（あさせ）（淺灘）

● 也有像「山登り（山＋登り）（爬山）」一樣，在名詞後面接從動詞轉乘的名詞而組成的複合語。

❷ 複合動詞

動詞之中也有複數單字組合而成的動詞。

名詞 ＋ 動詞

（例）
名づける（命名）　物語る（談）
運動する（運動）　旅立つ（啟程）

動詞 ＋ 動詞

（例）
見送る（送行）　思い出す（想起）
受け取る（接收）

343

| 形容詞語幹 | + | 動詞 |

（例）近寄る（靠近）　近づく（接近）　長引く（延長）

- 有接「する」的複合サ行變格活用動詞（→P.121）也是複合動詞的一個例。
- 所有複合動詞後面都是接動詞。因此活用只要遵照後面接的動詞去活用變化就好。

❸ 複合形容詞

形容詞之中也有複數單字組合而成的形容詞。

| 名詞 | + | 形容詞 |

（例）名高い（知名）　力強い（強大）　心細い（不安）
　　　末恐ろしい（前途令人擔心）

| 動詞 | + | 形容詞 |

（例）読みにくい（難以閱讀）　寝苦しい（難以入睡）
　　　信じやすい（容易相信）

| 形容詞語幹 | + | 形容詞 |

（例）細長い（細長）　暑苦しい（熱得難受）
　　　古くさい（過時）

所有複合形容詞後面都是接形容詞。因此活用只要遵照後面接的形容詞去活用變化就好。此外，沒有複合形容動詞。

派生語

有接接頭語、接尾語的單字叫做派生語。接頭語跟接尾語，無法單獨當作單字使用，是個必須跟其它單字連結，發揮添加某種意思功用的語詞。舉例來說「ま昼（ま+昼）」「正中午」的「ま」是接頭語，「甘味（甘+味）」「甜味」的「み」是接尾語。派生語還有下列的種類。

❶ 派生語的名詞

這一類的語詞大部分都是名詞接接頭語、接尾語，但是也有動詞或形容詞語幹接上接頭語、接尾語後變成名詞的例。

- 接了接頭語組合而成的名詞

| 接頭語 | + | 名詞 |

（例）お茶（茶）　ご苦労（辛苦了）　すっぱだか（赤裸）
　　　ま夜中（深夜）　み心（上帝的心）

- 接了接尾語組合而成的名詞

| 名詞 | + | 接尾語 |

（例）親たち（家長們）　先生がた（老師們）　ぼくら（我們）　私ども（我們）
　　　森さん（森先生）　八分め（八分滿）
　　　ほこりだらけ（滿是灰塵）

344

動詞 ＋ 接尾語

例　遊びがてら（玩的時候順便）　たずねがてら（拜訪時順便）

形容詞語幹 ＋ 接尾語

例　暑さ（熱）　赤み（紅色）　細め（細一點）

❷ 派生語的動詞

● 接了接頭語組合而成的動詞

接頭語 ＋ 動詞

例　そらとぼける（裝糊塗）　かき消える（抹除）
　　たなびく（飄揚）　とりそろえる（湊齊）
　　ひきはがす（扯下來）　うちあける（坦白）

● 接了接尾語組合而成的動詞

名詞 ＋ 接尾語

例　春めく（有春意）　汗ばむ（冒汗）
　　学者ぶる（擺學者架子）

形容詞語幹 ＋ 接尾語

例　苦しがる（感到痛苦）　高める（提高）

❸ 派生語的形容詞

● 接了接頭語組合而成的形容詞

接頭語 ＋ 形容詞

例　おめでたい（恭喜）　うら悲しい（莫名悲傷的）
　　か弱い（弱小的）　こ憎らしい（令人生氣）
　　すばやい（快速的）　そら恐ろしい（令人可怕的）
　　たやすい（簡單的）　ま新しい（新的）
　　まっ白い（純白的）

● 接了接尾語組合而成的形容詞

名詞 ＋ 接尾語

例　男らしい（有男子氣概的）　子どもらしい（像孩子般）
　　理屈っぽい（愛講道理）　ほこりっぽい（滿是灰塵）
　　水っぽい（水分多的）　油っこい（很油的）

動詞 ＋ 接尾語

例　たのもしい（可靠的）　望ましい（期望的）
　　晴れがましい（盛大的）　捨てがたい（捨不得丟的）
　　救いがたい（無可救藥的）

形容詞語幹 ＋ 接尾語

例　重たい（沉重的）　けむたい（難以親近的）

❹ 派生語的形容動詞

● 接了接頭語組合而成的形容動詞

接頭語 ＋ 形容動詞

例 お静かだ（安靜的） お元気だ（有精神的）
こぎれいだ（滿乾淨的） 大好きだ（很喜歡的）

● 在形容動詞語幹或名詞後接了接尾語「的」組合而成的形容動詞

形容動詞語幹、名詞 ＋ 接尾語「的」 ＋ 「だ」

例 健康的だ（很健康的） 衛生的だ（很有衛生的）
文化的だ（有文化教養的） 情熱的だ（很有熱情的）

● 接了接頭語跟接尾語組合而成的形容動詞

接頭語 ＋ 形容動詞語幹、名詞 ＋ 接尾語 ＋ 「だ」

例 おあいにくさまだ（真不湊巧）
ご苦労さまだ（辛苦您了）

安っぽい（廉價的） 赤っぽい（微紅的）
古めかしい（古老的）

346

特輯 句子的種類

句子的分類

句子的分類有從性質（意思）去分類，跟從構造去分類兩種方法。

- 性質（意思）上的種類
  - 平述句
  - 疑問句
  - 感嘆句
  - 命令句

- 性質（意思）上的種類
  - 單句
  - 複合句
  - 並列句

※尊敬動詞（→P.325）的命令形語尾會變成「い」。

句子性質（意思）上的種類

句子從性質（意思）上去分類，可以分成以下四個種類。

平述句

敘述斷定、推測、決心等等的意思的句子叫做平述句。一般來說平述句裡面終止句子的文節會以用言、助動詞的終止形做結尾。

例 春が やって くる。
（春天到來了。）
　　　　　　　用言、終止形

例 やがて、梅の 花も 咲くだろう。
（再過不久梅花也會開吧。）
　　　　　　　　　　　　助動詞、終止形

疑問句

敘述疑問或反問的意思的句子叫做疑問句。一般來說疑問句裡面經常會有表達疑問意思的語詞，並且在終止句子的文節裡用助詞「か」做結尾。

例 だれが そんな ことを 言う ものか。（誰會講那種話。）
　　表達疑問的語詞　　　　　助詞（反問）

例 今 何時ですか。（現在是幾點。）
　　表達疑問的語詞　　助詞（疑問）

感嘆句

敘述感動意思的句子叫做感嘆句。一般來說感嘆句裡面經常會在句子開頭放感嘆詞，並且在句子的結尾放表達感動意思的助詞。

例 ああ、楽しいなあ。
（啊啊，好開心啊。）
　感嘆詞　　　　助詞（感動）

例 すぐ 集まれ。（馬上集合。）
　　　　用言、命令形

例 決して 油断するな。（絕對不能大意。）
　　　　　　　　助詞（禁止）

命令句

敘述命令、禁止、願望意思的句子叫做命令句。在命令句裡面有時會在終止句子的文節以用言、助動詞的命令形做結尾，有時會在句子的結尾使用表達禁止意思的助詞「な」。

例 また、会って ください。
（請再跟我見面。）
　　　　　用言、命令形

347

句子構造上的種類

句子從構造（結構）上以主、述關係為基準去分類，可以分成以下三個種類。

單句

主、述關係只要出現一次就能成立的句子叫做單句。

例
猫は ねずみを とる。（貓抓老鼠。）
- 猫は：主語
- ねずみを：修飾語
- とる：述語

例
懐かしい 故郷が しきりに 思い出されて くる。（頻繁地想起令人懷念的故鄉。）
- 懐かしい：修飾語
- 故郷が：主語
- しきりに：修飾語
- 思い出されて くる：述語

複合句

主、述關係出現兩次以上，並且有一組的主、述關係包含在句子成分裡面的句子叫做複合句。

例
雨が 降れば、体育祭は 延期だ。（要是下雨的話運動會就要延期了。）
- 雨が：主語
- 降れば：述語
- 体育祭は：主語
- 延期だ：述語
- 接續部＝包含主、述關係

（接續部「雨が降れば」裡面包含了主語（雨が）、述語（降れば）的關係。）

例
これは、私が 子どもの ころ 作った おもちゃだ。（這是我小時候做的玩具。）
- これは：主語
- 私が：主語
- 子どもの：連體修飾部（連文節）＝包含主、被修飾語
- ころ：被修飾語
- 作った：述語
- おもちゃだ：述語（連文節）

（述部「私が子どものころ作ったおもちゃだ」裡面包含了主語（私が）、述語（作った）的關係。）

例
私が 富士山に 登ったのは、昨年の ことです。（我爬富士山是去年的事。）
- 私が：主語
- 富士山に：連用修飾部
- 登ったのは：主部（連文節）＝包含主、述關係
- 昨年の：連體修飾語
- ことです：被修飾語・述語

（主部「私が富士山に登ったのは」裡面包含了主語（私が）、述語（登ったのは）的關係。）

並列句

主、述關係出現兩次以上且關係是並列的句子叫做並列句。

例
雨が 降るし、風も 強い。（不但下雨，風也很強。）
- 雨が：主語
- 降るし：述語
- 風も：主語
- 強い：述語

例
父の 兄弟は、兄は 公務員で 弟は 医者だ。（父親的兄弟，哥哥是公務員，弟弟是醫生。）
- 父の：主語
- 兄弟は：主語
- 兄は：主語
- 公務員で：述語
- 弟は：主語
- 医者だ：述語

（主、述關係的並列因為是包含在句子成分中，所以不是並列句而是複合句。在這個句子述部「兄は公務員で弟は者だ」包含了兩次的主、述關係。）

348

特輯 古典文法

以前的日本的文章（古文）使用跟至今學習的口語文法不同的古典文法（文語文法）。這裡來看看口語文法跟文語文法的差異吧。

> 理解古文特有的活用方式吧。

◎活用形的差異

口語文法	文語文法
未然形	未然形
連用形	連用形
終止形	終止形
連體形	連體形
假定形 ←→ 這裡不同	已然形
命令形	命令形

如同右邊的比較，口語文法中的「假定形」在古典文法變成「已然形」。「已然形」是文語的活用形的一種，具有表達已經是那種狀態的功用。

◎動詞的活用方式不同

口語文法	文語文法
五段活用	四段活用
力行變格活用	サ行變格活用
サ行變格活用	下一段活用
上一段活用	ナ行變格活用
下一段活用	ラ行變格活用
	上二段活用
	下二段活用
	上一段活用
	力行變格活用
→五種	→九種

349

◆ 接著舉出古典文法動詞的活用表格

古典文法動詞的活用表格

活用種類	例語	語幹	未然形	連用形	終止形	連體形	已然形	命令形	備註	口語活用
四段活用	咲く	(け)	ーか	ーき	ーく	ーく	ーけ	ーけ		五段活用
ナ行變格活用	死ぬ	し	ーな	ーに	ーぬ	ーぬる	ーぬれ	ーね	只有「死ぬ」、「往ぬ（去ぬ）」兩個語詞	
ラ行變格活用	あり	あ	ーら	ーり	ーり	ーる	ーれ	ーれ	只有「あり」、「居り」、「待り」、「いますがり（いまそがり）」四個語詞。	
下一段活用	蹴る	さ	け	け	ける	ける	けれ	けよ	只有「蹴る」一個語詞。	
上二段活用	見る	(み)	み	み	みる	みる	みれ	みよ	只有十幾個語詞。	上一段活用
上一段活用	起く	お	ーき	ーき	ーく	ーくる	ーくれ	ーきよ		
下二段活用	受く	う	ーけ	ーけ	ーく	ーくる	ーくれ	ーけよ		下一段活用
カ行變格活用	来	(く)	こ	き	く	くる	くれ	こ(よ)	只有「来」一個語詞。	カ行變格活用
サ行變格活用	す	(す)	せ	し	す	する	すれ	せよ	只有「す」、「おはす」兩個語詞。	サ行變格活用
後面主要會接的語詞			ず	たり	ー。	とき	ども	ー。		

350

◎形容詞、形容動詞的活用方式不同

在文語文法中形容詞的活用種類有「ク活用」、「シク活用」兩個種類，形容動詞的活用種類有「ナリ活用」、「タリ活用」兩個種類。

◆ 接著舉出文動詞變化的型態容詞、文動詞變化的型態容動詞的活用表格吧。

文動詞變化的型態容詞的活用表格

活用種類	例語	語幹	未然形	連用形	終止形	連體形	已然形	命令形
ク活用	近し	ちか	（ー）く　ーから	ーく　ーかり	ーし	ーき　ーかる	ーけれ	ーかれ
シク活用	美し	うつく	（ー）しく　ーしから	ーしく　ーしかり	ーし	ーしき　ーしかる	ーしけれ	ーしかれ
後面主要會接的語詞			（は）ず	なるけり	ー。	とき　べし	ども	ー。

文動詞變化的型態容動詞的活用表格

活用種類	例語	語幹	未然形	連用形	終止形	連體形	已然形	命令形
ナリ活用	静かなり	しづか	ーなら	ーなり　ーに	ーなり	ーなる	ーなれ	ーなれ
タリ活用	堂々たり	だうだう	ーたら	ーたり　ーと	ーたり	ーたる	ーたれ	ーたれ
後面主要會接的語詞			（は）ず	なるけり	ー。	とき　べし	ども	ー。

351

◎口語文法無法使用的助動詞

在文語文法中有很多口語文法無法使用的助動詞。

文語助動詞的活用表格

種類	助動詞	未然形	連用形	終止形	連體形	已然形	命令形	主要意思，解釋
受身 尊敬 自發 可能	る	れ	れ	る	るる	るれ	れよ	受身〔〜（ら）れる〕 尊敬〔〜なさる〕 自發〔（自然地）〜（ら）れる〕 可能〔ことができる〜〕
受身 尊敬 自發 可能	らる	られ	られ	らる	らるる	らるれ	られよ	
使役 尊敬	す	せ	せ	す	する	すれ	せよ	尊敬〔〜なさる〕 使役〔〜（さ）せる〕
使役 尊敬	さす	させ	させ	さす	さする	さすれ	させよ	
使役 尊敬	しむ	しめ	しめ	しむ	しむる	しむれ	しめよ	
希望	たし	(たく) たから	たく たかり	たし	たき たかる	たけれ	○	希望〔〜たい〕
希望	まほし	(まほしく) まほしから	まほしく まほしかり	まほし	まほしき まほしかる	まほし けれ	○	
斷定	なり	なら	なり に	なり	なる	なれ	なれ	斷定〔〜である〕
斷定	たり	たら	たり と	たり	たる	たれ	たれ	

352

	推測							否定	比照	傳聞推定
らし	めり	けむ(けん)	らむ	べし	まし	むず(んず)	む	ず	ごとし	なり
○	○	○	○	(べく)べから	(ませ)ましか	○	○	(ず)ざら	(ごとく)	○
○	(めり)	○	○	べく／べかり	○	○	○	ず、ざり	ごとく	(なり)
らし	めり	けむ(けん)	らむ	べし	まし	むず(んず)	む	ず	ごとし	なり
らし	める	けむ(けん)	らむ(らん)	べき／べかる	まし	むずる(んずる)	む	ぬ、ざる	ごとき	なる
らし	めれ	けめ	らめ	べけれ	ましか	むずれ(んずれ)	め	ね、ざれ	○	なれ
○	○	○	○	○	○	○	○	ざれ	○	○
推定〔~らしい〕	推定〔~ようだ〕	過去推測〔~ただろう〕	現在推測〔現在~ているだろう〕	推測〔~だろう〕意志〔~(よ)う〕當然適當〔~べきだ、~はずだ〕適當〔~のがよい〕可能〔~ことができる〕命令〔~せよ〕	反事實假設〔(もし)…としたら~だろう〕	勸誘〔~しませんか〕委婉〔委婉地表達〕(~ような)	推測〔~だろう〕意志〔~(よ)う〕	否定〔~ない〕	比照〔比喻〕(~ようだ)	傳聞〔~そうだ〕推定〔~ようだ〕

文語文法上有幾個只能在古文使用的特別的用法（例「關係連結」等等）。這些用法可以透過實際的古文作品來確認。

否定推測、否定意志	否定推測、否定	完成				過去	
じ	まじ	り	たり	ぬ	つ	き	けり
○	（まじく）まじから	ら	たら	な	て	（せ）	（けら）
○	まじくまじかり	り	たり	に	て	○	○
じ	まじ	り	たり	ぬ	つ	き	けり
じ	まじきまじかる	る	たる	ぬる	つる	し	ける
じ	まじけれ	れ	たれ	ぬれ	つれ	しか	けれ
○	○	れ	たれ	ね	てよ	○	○
否定的推測〔〜ないだろう〕否定的意志〔〜ないつもりだ〕	否定的推測〔〜ないだろう〕否定的意志〔〜ないつもりだ〕當然的否定〔〜べきでない、〜はずがない〕不適當〔〜ないのがよい〕不可能〔〜ことができないだろう〕禁止〔〜（する）な〕	完成〔〜た〕存續〔〜ている〕	完成〔〜た〕	加強語氣〔きっと〜する〕完成〔〜た〕	加強語氣〔きっと〜する〕完成〔〜た〕	過去〔〜た〕	過去〔〜た〕詠嘆〔〜たなあ〕

※表格內的（　）是限定的使用例。
※助動詞「る」、「らる」在自發、可能的場合沒有命令形。

資料　動詞、形容詞、形容動詞的活用表格

動詞的活用表格

活用種類	五段活用	五段活用	五段活用	五段活用	上一段活用	下一段活用	下一段活用	カ行變格活用	サ行變格活用	後面主要會接的語詞
基本形	書く	読む	切る	消す	起きる	見る	受ける	出る	来る	する	
語幹	か（書）	よ（読）	き（切）	け（消）	お（起）	○	う（受）	○	○	○	
未然形	―か／―こ	―ま／―も	―ら／―ろ	―さ／―そ	―き	―み	―け	で	こ	し／せ／させ	ない、ぬ、う、よう
連用形	―き／―い	―み／―ん	―り／―っ	―し	―き	―み	―け	で	き	し	ます、た
終止形	―く	―む	―る	―す	―きる	―みる	―ける	でる	くる	する	終止句子
連體形	―く	―む	―る	―す	―きる	―みる	―ける	でる	くる	する	とき
假定形	―け	―め	―れ	―せ	―きれ	―みれ	―けれ	でれ	くれ	すれ	ば
命令形	―け	―め	―れ	―せ	―きろ／―きよ	―みろ／―みよ	―けろ／―けよ	でろ／でよ	こい	しろ／せよ	命令並終止句子

注意點

- 連用形在接助詞「て」、「ても」或助動詞「た」、「たり」的時候活用語尾會有變化。這個變化叫做**音便**。動詞音便有**イ音便**（「い」）、**鼻音便**（「ん」）、**促音便**（「っ」）三種。此外サ行五段活用的動詞不會有動詞音便。

- 「射る」、「居る」、「着る」、「煮る」、「似る」、「見る」等等的語詞，**語幹跟活用語尾沒有區別**。

- 「得る」、「経る」、「出る」、「寝る」等等的語詞，**語幹跟活用語尾沒有區別**。**可能動詞**全都是下一段活用。

- 只有「来る」一個語詞。

- 只有「する」一個語詞，加上「～する」的複合動詞。

355

形容詞的活用表格

基本形	語幹	未然形	連用形	終止形	連體形	假定形	命令形
よい	よ	—かろ	—かっ / —く	—い	—い	—けれ	○
美しい	美し	—かろ	—かっ / —く	—い	—い	—けれ	○
後面主要會接的語詞		う	た、たり、なる、ない	終止句子	とき、こと、のに	ば	

注意點
- 活用方式**只有一種**。
- 「**—く**」跟「ございます」、「存じます」連結後會變成「—」。這個叫做**ウ音便**。有時連**語幹的一部分也會變化**。

形容動詞的活用表格

基本形	語幹	未然形	連用形	終止形	連體形	假定形	命令形
きれいだ	きれい	—だろ	—だっ / —で / —に	—だ	—な	—なら	○
きれいです	きれい	—でしょ	—でし	—です	(—です)	○	○
こんなだ	こんな	—だろ	—だっ / —で	—だ	(—な)	—なら	○
同じだ	同じ	—だろ	—に	—だ	○	—なら	○
後面主要會接的語詞		う	た、たり、なる、ない	終止句子	とき、こと、のに	ば	

注意點
- 「**同じだ**」也在連接體言等等的語詞的場合會使用**語幹**本身,但是只有在連接「**の**」、「**のに**」的時候才會出現「**—な**」這個連體形。
- 「**こんなだ**」、「**そんなだ**」、「**あんなだ**」、「**どんなだ**」沒有**連體形**,連結體言等等的語詞的場合會使用**語幹**本身。
- 以「**です**」做結尾的形容動詞沒**有假定形**,連體形的「**—です**」只有在連接助動詞「**ので**」、「**のに**」的場合才會使用。
- 活用的方式只有兩種。

資料　語詞的分辨

掌握容易混淆的語詞的分辨方法吧！

語詞	品詞	例	分辨方法
が	① 格助詞	きれいな花が咲く。（漂亮的花開了。）	像「何（だれ）が」一樣表達主語。
	② 接續助詞	雨は降ったが、少しだった。（雖然有下雨，但是很小。）	發揮連接兩個句子的功用。
	③ 接續詞	空は快晴だ。が、波は高い。（天空很晴朗，但是海浪很大。）	是自立語且常常放在句子的開頭。
れる	① 助動詞（受身等等）	弟は父にしかられる。（弟弟被父親責罵。）	接在五段活用、サ行變格活用動詞的未然形後面。
	② 一部分動詞	川が静かに流れる。（河川靜靜地流著。）	跟前面的部分結合變成一個動詞
ない	① 形容詞	帽子に名前が書いてない。（帽子上沒有寫名字。）	也可以換成「ぬ」的說法。
	② 助動詞（否定）	兄は全く本を読まない。（哥哥完全不看書。）	在「ない」的前面，文節會分段。
	③ 一部分形容詞	人生は、はかないものだ。（人生是虛無飄渺的。）	跟前面的部份結合變成一個形容詞。
に	① 格助詞	生徒が運動場に集合する。（學生到操場集合。）	接名詞。
	② 一部分接續助詞	知らないのに、知ったふりをする。（明明不知道卻不懂裝懂。）	用「のに」發揮逆接的功用。不會跟「の」分開。
	③ 一部分助動詞	彼のように正直な人はいない。（沒有人像他一樣誠實。）	以「ように」、「そうに」的形式變成助動詞。
	④ 形容動詞的活用語尾	犬が元気にかけまわる。（狗很有精神地到處跑。）	可以跟「―だ」、「―な」活用變化。
	⑤ 一部分副詞	すぐに出発しよう。（馬上出發吧。）	不能跟「―だ」、「―な」活用變化。

語詞	品詞	例	分辨方法
な	① 終助詞	このことは、友達に話すな。（這件事別跟朋友說。）	會放在句尾。
な	② 助動詞（斷定）	春なのに、まだまだ寒い。（明明是春天卻還很冷。）	後面會接「の」、「のに」、「ので」。
な	③ 一部分助動詞	そのような話は聞かなかった。（沒有聽過那種事。）	以「ような」、「そうな」的形式變成助動詞。
な	④ 形容動詞的活用語尾	静かな図書館で勉強する。（在安靜的圖書館念書。）	可以跟「―だ」、「―に」活用變化。
な	⑤ 一部分連體詞	校庭に、大きなくりの木がある。（校園裡有很大的栗樹。）	不能跟「―だ」、「―に」活用變化。
だ	① 形容動詞的活用語尾	ここは田舎なので、交通が不便だ。（這裡是鄉下，所以交通不方便。）	把「だ」改成「な」就能連接體言。
だ	② 助動詞（斷定）	あれは桜の木だ。（那是櫻花樹。）	接在名詞後面，不能改成「な」。
だ	③ 助動詞（過去、完成）	一日中プールで泳いだ。（一整天在游泳池游泳。）	接動詞的動詞音便「い」、「ん」。
だ	④ 一部分助動詞	彼は遅れるそうだ。（他好像會遲到。）	以「そうだ」、「ようだ」的形式變助動詞。
で	① 格助詞	公園で、音楽会が開かれる。（公園有舉辦音樂會。）	表達場所、手段、材料、理由等等的意思。
で	② 接續助詞	飛行船が飛んでいく。（飛船飛過去。）	接動詞，改成「な」會變得不通順。
で	③ 助動詞（斷定）	ここは山の中である。（這裡是山上。）	接名詞，改成「な」會變得不通順。
で	④ 形容動詞的活用語尾	この問題の解決は、困難である。（要解決這個問題很困難。）	把「で」改成「な」就能連接體言。
で	⑤ 一部分助動詞	雨が降りそうである。（好像快下雨了。）	以「そうだ」、「ようで」的形式變助動詞。

詞	分類	例句	說明
でも	❶副助詞	ちょっとお茶でも飲もうか。（來喝杯茶吧。）	表達類推，或以舉例表達事物的概況。
	❷接續助詞	何度読んでも、理解できない。（不管看多少次都無法理解。）	接動詞的動詞音便「い」、「ん」。
	❸接續助詞	車内はあまり混んでもいない。（車子裡面沒有很擠。）	⎫
	❹形容動詞的活用語尾＋副助詞	それほど暖かでもない。（沒有那麼溫暖。）	⎬ 即使去掉「も」句子的意思也不會改變，剩下以「で」做區分。
	❺格助詞＋副助詞	テレビでも報道された。（甚至上電視新聞。）	⎭
	❻助動詞（斷定）＋副助詞	悪い人でもなかろう。（不會是壞人啦。）	
また	❶副詞	今日もまたあの人に会った。（今天也去見那個人。）	也可以改成講「再び（再次）」。
	❷接續詞	医者であり、また小説家である。（是醫生也是小說家。）	也可以改成講「そして」。
ので	❶格助詞＋格助詞	君ので見てみよう。（用你的來看吧。）	「(の)もの＋で」的意思，有連用修飾語的功用。
	❷格助詞＋助動詞（斷定）	この本を読むのである。（讀這本書。）	可以改成講「のだ」。
	❸接續助詞	あまりに寒いので、コートを着た。（因為真的很冷所以穿外套。）	表達原因、理由。
らしい	❶助動詞（推定）	今日はデパートは休みらしい。（百貨公司今天休息。）	「らしい」的前面可以補加「である」。
	❷一部分形容詞（接尾語）	彼はいかにも男らしい人物だ。（他是很有男子氣概的人物。）	可以改成講「～にふさわしい（適合）」。
ある	❶動詞	今週は、運動会がある。（這週有運動會。）	可以改成講「存在する（存在）」。
	❷連體詞	ある日の出来事。（某天發生的事。）	不能改成講「存在する（存在）」。

359

ANSWERS

1章 文法的基礎

練習

1
(1) さようなら。
(2) 幸子ちゃんは、/ハンカチで/目を/おさえながら、/私の/差し出した/手を/かたく/にぎりしめた。
(3) 幸子ちゃんは、/ハンカチで/目を/おさえな/がら、/私の/差し出した/手を/かたく/にぎりしめた。

〔思路〕
「幸子ちゃん」是一個單字（「ちゃん」是接尾語）。「にぎりしめる（緊緊握住）」是「にぎる（握住）」跟「しめる（縮緊）」組合起來的單字。跟參考的句子「船長は……ゆっくり見た。」比較起來要注意「は」、「で」、「を」、「ながら」、「の」、「た」等等的單字的使用方法。

2
① 月が・地面を ② 今夜も・月が・空に
③ 木も・ほうきに ④ 花火は・いろどる

3
① イチョウの 葉が ② 高原のような 涼しさを
③ 真っ白な 雪化粧だ

4
① ヒンドゥー教徒は 食べない ② 花が 咲いた
③ 私は 歩き続けた ④ 使うのは 普通だ
⑤ 私も 登った

〔思路〕
「連文節」是兩個以上意思連續的文節連在一起，具備跟一個文節相同功用的文節。

5
① 私どもの（A）→学校の
　学校の（A）→創立二十周年です
② 白い（A）→文鳥が
　小さな（A）→首を
　首を（B）→かたむけた
　少し（B）→かたむけた
③ その（A）→瞬間
　瞬間（B）→なりました
　ふと（B）→なりました
　気持ちに（B）→なりました
　悲しい（A）→気持ちに
④ 店員の（A）→後に
　後に（B）→ついて
　ついて（B）→行った
　シマリスの（A）→カゴ
　カゴの（A）→前に
　前に（B）→行った

〔思路〕
是連體修飾語還是連用修飾語，可以根據被修飾語的文節是體言文節還是用言文節來分辨。①的「創立二十周年です」雖然變成述語，但是因為是包含體言（名詞）「創立二十周年」的文節，所以跟該文節產生關係的「学校の」是連體修飾語。

6
(1) 人は→立ち 人は→しゃべり出す
(2) 一歳くらいで→立ち 二歳くらいで→しゃべり出す

〔思路〕
一個主語跟複數的述語產生關係，複數的主語跟一個述語產生關係。另外很多場合下，同一個文節既是述語也是被修飾語。也就是說文節之間的關係不一定是一對一。另外也有好幾個關係重疊在一起變成一個句子的例子。
「人は」這個主語跟兩個述語「立ち（站立）」、「しゃべり出す（說話）」產生關係。另外「立ち」、「しゃべり出す」也分別是「一歲くらいで」、「二歲くらいで」的被修飾語。

7
① だが ② 疲れたので ③ つらくても

〔思路〕
除了連接句子跟句子的接續詞之外，在文節的結尾有接「ので」、「から」（表達原因、理由）或「ば」、「と」、「ても」、「が」、「のに」（表達條件）等等的接續助詞的也是接續語的文節。

360

第 1 章　文法的基礎

8

例
① 呼んだ。しかし、彼は 返事を しなかった。
② 疲れていた。それで、夕食を 食べなかった。
③ 晴れた。だから、遊びに 行こう。
④ 暗い。けれども、母は もう 起きて いる。

思路　將「が」、「ので」、「から」、「のに」的接續助詞變成兩個句子。在右邊的是範例。由於具備相同意思的接續詞有好幾個，舉例來說①的例子使用「けれども」、「でも」等等的接續詞也可以。

9
① しかし　② また　③ 疲れると　④ 言えないが
⑤ 反対したけれども　⑥ 雨なら

思路　使用連接句子跟句子的接續詞的句子很好分辨吧。在文節的結尾有接「ので」、「から」（表達原因或理由）或「は」、「と」、「ても」、「が」、「のに」（表達條件）等等的順接的接續助詞所以要注意。③是接了表達確定的順接的接續助詞「と」、④是接了表達確定的逆接的接續助詞「が」，這些都變成接續語。⑤是接了表達確定的逆接的接續助詞「けれども」，另外⑥是用把表達假定的順接的接續助詞「ば」省略掉的形式變成接續語。

10
① 主、述關係　② 並立關係　③ 接續關係
④ 補助關係　⑤ 補助關係
⑥ 修飾、被修飾的關係　⑦ 主、述關係

思路　「ぼくも」⑦「人影の」等等，有接「が」以外的助詞且變成主語的場合要注意。這時候可以將助詞替換成「が」來確認。像④的「しまった」或⑤的「ない」這種補助用言要記住常用的語詞。但是⑦的「ない」因為是普通的形容詞（意思是不存在），所以要注意區別。

11
① 彼が読んでいる本は、私の本です。
　　主語　　　　　　　　　　述語

12
① イ・修飾語　② ア・主部　③ ア・接續語

思路　①イ是跟「態度を」產生關係的連體修飾部（連文節）。以「青く、広かった」變成句子成分的述部。②イ的「青く」跟「広かった」是並列關係，以「彼の無責任で軽率な態度を」變成句子成分的修飾部（修飾部）。③イ的「ぼくの力が」是跟「及ばなかったので」變成句子成分的主部（連文節），「ぼくらの力が及ばなかったので」變成句子成分的接續部。④是主語跟述語都被省略掉。

② 女性アナウンサー、それは いえるだろう。
　　獨立部　　　　　　主語　　述語
③ 私は みんなのあこがれの職業と
　　主語　　修飾部
　　希望に満ちた気持ちで、新しい高校の門を
　　　　　修飾部
　　くぐった。
　　述語
④ とても疲れたので、今日は休ませてもらいたいと
　　　　接續部　　　　　　　　修飾部
　　思いますが
　　述語

思路　因為也有像③這種修飾語（修飾部）有兩個以上的場合所以要注意。④是主語跟述語都被省略掉。

13
(1) ① 警官は 血まみれになって 逃げる 犯人を
　　　　主語　　修飾部　　　　　　　　　修飾部
　　　追う。
　　　述語
　　② 警官は 血まみれになって 逃げる 犯人を
　　　　主語　　　　修飾部　　　　　　　修飾部
　　　追う。
　　　述語

(2) A ②　B ①

14 ①イ ②ア ③ウ ④エ

15
①是主部「私の夏休みの計画は」跟述部「寝なさい」沒有正確地呼應。要將句子排成「私の夏休みの計画は……泳ぐことだ」或是「私は夏休みに……泳ぎたいと思う」才行。②因為「記事と」跟「学習方法とを」看起變成並列關係，所以句子變得很奇怪。③需要把句子整理成「ご協力に感謝し、ご迷惑をおわびする」。

思路 ①必須將「早く」放在跟它產生關係的「寝なさい」的前面。②將句子排成「私の夏休みの計画は……泳ぐことだ」跟述部「思う」沒有正確地呼應。

15
①見・いる・美しい・ある・する
②夕焼け・空・ぼく・あの・雲・下・国・気
③ような
④の・を・て・と・は・の・に・が・が

思路 需要正確地判斷有沒有活用的語詞。要特別去注意「ような（よ うだ）」這種是附屬語且有活用的語詞。

16
①キ ②イ ③ウ ④ケ ⑤ク ⑥コ
⑦カ ⑧ア ⑨オ ⑩エ
（①〜③、⑤〜⑧順序可以不同）

17
①どこ・あたり ②驚い・上げ・見当たり
③白く・早い
④不思議な

思路 將可能是用言的語詞變成終止句子的形式看看。驚い→驚く（驚訝）、上げ→上げる（抬起）、見当たり→見当たる（發現）、不思議な→不思議だ（不可思議）、白く→白い（白色的）、早い→早い（很快的）。此外「ところが」是接續詞，「ひらひら（飄動的）」是副詞。

18
①ア ②選手たちは ③イ ④は ⑤軽快で

思路 轉成品詞後文法上的性質也會改變。可以記住動詞變成述語，名詞變成主語這種基本的性質。

19 ①落ち着き・いたわり ②かわり・裏返し

提升實力考題

① 十一月中旬のことであった。ある朝私は潮の押し寄せてくるような音に驚かされて目が覚めた。空を通る風の音だ。ときどきそれが静まったかと思うと急にまた吹きつける。戸も鳴れば障子も鳴る。ことに南向きの障子にははらばらと木の葉のあたる音がしてその間には千曲川の川音も平素からみるとずっと近く聞こえた。

解說 句點不受句子的長短影響，會接在意思的段落的地方。
↓句子數量＝六

② 人間は、ことばをもっているために、自分の思っていることを相手に知ってもらえるし、他人の考えていることを知ることができるのです。おたがいにことばをかわしながら、だんだん新しいことを覚えることもできるし、自分の考えを言ってみて、その考えをしっかりしたものにすることもできるのです

③
①レントゲン室の／重い／とびらを／開くと、／暗がりの／中から／機械が／異様に／うかんで／くる。
②いったい、／人間は、／いつごろから／ことばを／使うように／なったのでしょうか。
③杜子春は、／たいへん／喜んで、／老人の／ことばが／まだ／終わらない／うちに、／彼は、／大地に／ひたいを／つけて、／何度も／おじぎを／しました。

第1章 文法的基礎

解説 要分割文節可以在即使加入「ネ」或「サ」也不會顯得突兀的地方分割就好（→參考 P.14）。

④
① 7　② 4　③ 7　④ 8　⑤ 6　⑥ 10

解説
① 常に／他人と／共通の／場面を／持つ／ことは／できない。
② 父親が／姉に／話して／いた。
③ それゆえ／私は／その／ことを／そう／うれしくは／感じなかった。
④ 家の／前に／立って／いる／かわいい／女の子は／彼の／妹らしい。
⑤ 昨日から／激しく／降りしきった／雪は／すっかり／やんだ。
⑥ もう／少し／老人の／立場に／寄って／みる／必要の／ある／ことなのだと／感じた。

⑤
いるうちに→いる／うちに　着ている→着て／いる
しまうことを→しまう／ことを
このやまどりの→この／やまどりの

⑥
① 木々／が／若葉／を／つけ／静かに／気長に／しかし／雄々しく／育っ／て／ゆく／の／を／見る／と／自分／は／こう／し／て／は／いら／れ／ない／むだ／な／時間／を／費やす／の／が、／たまら／ない

解説 一個文節理應只有一個自立語，所以要調查有沒有包含兩個自立語。「いる」、「着」、「しまう」是動詞，「うち」、「こと」、「やまどり」是名詞，「この」是連體詞。

解説 詩或短歌的場合因為省略掉句點逗點的地方很多，所以希望能從意思上去抓段落的地方。此外①的「たまらない（受不了）」雖然是動詞「溜まる（堆積）」跟助動詞「ない（沒有）」組合起來的語詞，但是在這裡具有「どうにもがまんができない（無論如何無法忍住）」的意思，可以想成是一種形容詞。

およそ、／自然／は／時間／を／浪費し／ない
② たとえば／「君、／ガサッと／落ち葉／すくう／ように／わたし／を／さらって／行って／は／くれ／ぬ／か」／と／「寒い／ね」／と／話しかけれ／ば　「寒い／ね」／と／答える／一人／の／いる／あたたかさ

⑦
a 文節＝4　単語＝6　　b 文節＝4　単語＝5
c 文節＝2　単語＝4　　d 文節＝2　単語＝3

解説（文節用｜標示、單字用―標示。）
a とっくに｜陽―は―山陰―に―かくれ
b 黒っぽく｜より｜沈ん―で｜見える
c あたっ―て｜い―て
d その｜熱―を

⑧
① たぶん雨が降るだろう。
② 疲れたので、少し休んでいこう。
③ 羽の赤い鳥が、松の太い枝にいた。
④ こんにちは、どちらへお出かけですか。
⑤ 遠い山並みを背景にして、茶畑が右に見えてきました。

⑨
① エ　② ア　③ オ　④ イ　⑤ ウ　⑥ オ
⑦ ウ　⑧ エ　⑨ ア

【解説】①的「山中くん」是呼叫的獨立語。⑥的「参加すれば」變成接續語。⑧的「自由」是提示的獨立語。讓後面的「これこそ」吸引注意。⑨主語跟述語的位置顛倒過來了。

⑩
① K ② E・I ③ J・M ④ B
⑤ A・F・H・L ⑥ G ⑦ C・D

【解説】(1) B 的「本だ」雖然是述語，但是也變成承接「ぼくの」的被修飾語。(4) H 的「はっきり」是跟「見えて」產生關係的修飾語。I 的「光が」雖然是主語，但也是承接「見えていた」的被修飾語。(5)是述語的文節放在開頭的句子。(6) M 的只有述語的文節的句子。

⑪
① イ ② イ ③ ア ④ エ ⑤ オ ⑥ ウ
⑦ オ ⑧ ア ⑨ エ ⑩ オ

【解説】①的「世界に」是連用修飾語。②的「途中での」是連體修飾語。③的「父の」因為被替換成「父が」所以是主語。④的「雨だから」是一個語詞的接續詞。⑨的「だから」是接了接續助詞「から」的接續語。

⑫
①そこは平和で静かな町だった。
②広場に集まった群衆は喜びの声をあげた。
③生物に対し非常に有害なものがある。
④英語ができ、ドイツ語もうまい。
⑤あの人は確かに山口君のお父さんだ。
⑥我々の祖先の創造した文化の偉大なことが、よくわかる。
⑦情けないやらくやしいやら、なんとも残念だったよ。
⑧ぼくは、いつもより早く出発したのに、遅れた。
⑨雨が音もなく降り始めた。

⑬
①いろいろ考え、工夫して、本棚を作れ。
⑪苦しいが、私は練習をがんばります。
⑫君が読んでいるのは、ぼくの本だ。

【解説】要注意也有從承接文節開始需要關係文節連接的場合。①的「町だった」是述語，所以要找到它的主語。②是「集まった」是修飾後面馬上接的文節所以要注意。⑥的「創造した」是述語，所以只要找到主語就好，但是主語文節是「祖先の」跟助詞「の」接起來的形式。可以將助詞的地方替換成「が」變成「祖先が創造した」。

①子ども用のプールは浅くて狭い。
②いい音が出るか、一度試してみよう。
③ぼくは夏休みに山へも海へも行きました。
④閉めてある戸を開くと、古い本があった。
⑤行きたくないなら、勉強していろ。
⑥石油化学コンビナートは、石油化学工場と石油工場群とが結合した工場群である。
⑦勉強してしまうまで、遊ばないぜ。

【解説】各自的關係①跟⑥的第一個是並列關係，②④⑤⑦跟⑥的第二個是補助關係。④要注意「閉めてある」跟「本があった」之間的差異。⑤的「行きたくない」的「ない」是補助形容詞，⑥的「工場群である」的「勉強していろ」的「いろ」是補助動詞。⑥的「工場群である」的「である」的「で」接上補助動詞「ある」的連用形。⑦的「遊ばないぜ」的「ない」是否定的助動詞「だ」的連用形。

⑭
① ア ② キ ③ コ

⑮
(一) 主部＝いったんやんだ雪が　述語＝降り出した
(二) 三つ

第 1 章　文法的基礎

16

(1) ① かすめて
② 修飾部

(2) ① ふたりの兄弟で分けるのと
② ひとりの分け前が↓違うかを

(3) ア

(4) ① 述部・補助の関係
② わたしがあしたから学校へ着ていく
わたしがあしたから学校へ着ていく普段着が、あまりに汚れていることを

(5) ① 接続部
② (a) いう
(b) 五という長さの辺と向かい合っている角は

解說 (3)是跟「何日かが」這個體言的文節產生關係。
(5)②的「直角になると」是跟下面的「いう」這個用言產生關係。此外，「直角になると」的「と」是表達引用埃及人想的內容的意思。

17

(一) ウ・エ

(二) A② B④ C⑥ D⑦ E⑩

解說 (一) b 的部分是主部，而它的述部是 d。從句子整體的成

分來說 a 是主部、e 是述語，「その専門の知識なり技能なりが……つながっているということを」的部分是修飾部。

(二) 要擴大規模掌握句子的構造。要注意針對②的述語是並列關係「あなたがが……後悔するか」「あなたがが……立ち直るかを」是跟「決定する」產生關係的連用修飾部。然後針對「あなたがが……決定するものは」這個整體的句子的主部的述部是「後悔の原因を……眺めるか、という心構えだろう」。

18

(一) A＝イ・ウ　B＝イ・エ
(二) D ア　E ウ

(三) 雲は

(四) 樹木や・葦や

解說 (一) A 是「人の↓起きている」是主、述關係、「起きている↓ころには」變成修飾、被修飾關係。B 因為在尾端有接續助詞所以是接續部，另外也是修飾部。「雲は」這個主語的述部。(二) D 是跟「定まらない」產生關係的部分的主部。「方向の」的「の」可以替換成「が」變成「方向が」。E 是跟「含まれていて」產生關係的修飾部。

19

(一) 14

(二) 主語＝球は　述語＝入った

(三) 1

(四) 第一段落＝アンパイヤーのポケットから、捕手に渡った新しい真っ白な球は
第二段落＝前の打者は

(五) よい当たりであった。／そしてサイレン。

(六) 真っ白な・真っ

解說 (一) アンパイヤーの／ポケットから、／捕手に／渡った／

新しい／真っ白な／球は、／やがて／弧を／描いて／長身の／投手の／手に／入った。

（五）「よい当たりであった。『そしてサイレン。』」是主語被省略掉。「そして」是述語被省略掉。

（六）「真っ」是接頭語。

20
（一）Ａウ　Ｂイ　Ｃア　Ｄア　Ｅウ
（二）付属語（助動詞、助詞）
（三）倒置
（四）う

解說
（二）接在活用語並決定句子意思的語詞。
（四）「きれいだろう」的「う」是表達推測的助動詞（「きれいだろ」是形容動詞的未然形）。

21
（一）⑴Ｂ
⑵例）東京湾や瀬戶內海では、航路が分離されているのか分離されていないのかという点。（三十八字）
（二）Ａ思いました↓いうです
　　Ｂいわれる↓いう（人たちは↓人たちに）

解說
（一）⑴在Ａ的句子裡「東京湾、瀨戶內海のように」是跟「決められ」和「運行する」產生關係還是跟「分離されていない」，沒有表示清楚。因此這個句子裡面航線在東京灣或瀨戶內海上會分離，還是不會分離，讓人很難搞清楚。

22
①お手本が示されたであろうか・Ｃ・お手本を示したであろうか
②実行しない・Ｂ・実行しなかった
③先輩のことばです・Ａ・先輩です

23
（一）Ａ⑥　Ｂ④　Ｃ①　Ｄ⑤　Ｅ②
（二）ａおちおち　ｂそこで
（三）⑴接続詞　⑵名詞＋助詞

解說
（一）①「別段」跟「何事もなく」產生關係，所以不放在前面的話意思就變得曖昧不明。②就像問題句也有的，「そこで」是「その場所で」的意思嗎，還是「そうして」的意思呢，變得曖昧不明。③「おちおち」是後面接否定表達的副助詞。「おちおち遊んでいられない日が」才是正確的。④因為主部是「彼の欠点は」，所以述部的末尾是「忘れてしまうことだ」，句型必須是「何が～何だ」才是。⑥是主、述關係混亂了。句子要改成「ぼくの希望は……人になることです。」或是「ぼくは……人になろうと思っています。」オ行。

24
①イ　②オ　③ク　④ケ　⑤ウ　⑥エ
⑦オ　⑧キ　⑨ク　⑩カ　⑪イ
（⑤～⑦順序可以不同）

25
（一）Ｂ・Ｄ・Ｆ・Ｈ・Ｊ・Ｍ・Ｏ
（二）Ｃ・Ｅ・Ｇ・Ｉ・Ｌ・Ｎ・Ｐ

【其他解答】
④聞こえた・Ｄ・聞こえたことはなかった

解說
①因為是「われわれ（我們）」對「下級生（低年級生）」示範，所以用「示された」這個受動態（受身）是錯誤的。要用「示した」這個能動態。②從「試驗が近づいた時」、「計画を立てたが」可以知道這是過去的句子。把「実行しない」變成過去式。③是主語「人は」跟述語「ことばです」扭曲了。要讓主語跟述語可以對應，將其中一個改正過來。④的「その時ほど」的「ほど」是表達程度的副助詞，但是要表達以程度做比較基準的場合，後面會伴隨否定的講法。即使不知道這個文法，只要能察覺這個句子很奇怪就好。

366

第 1 章　文法的基礎

(三) A 動詞　B 形容詞　C 名詞　D 動詞
　　E 名詞　F 形容動詞　G 動詞　H 形容動詞
　　I 動詞　J 形容詞　K 形容動詞　L 形容詞
　　M 接続詞　N 連體詞　O 動詞　P 名詞

(四) 見つける・受け入れる

(五) B ウ・②　H ウ・②　J ウ・①　K ア・×
　　O ウ・②　P イ・×

解説　將有接附屬語的文節以單字分割看看。A 是「な/て/から/は」、C 是「友情/を」、E 是「真実/を」、G 是「持っ/て」、I 是「でき/て」、K 是「必要な/の/は」、「L 是「なく/て」、N 是「その/ような」、P 是「素直さ/です」。

26　ここ（名詞）・あちら（名詞）・こちら（名詞）・その（連體詞）
　　・あの（連體詞）・それ（名詞）・そう（副詞）・どの（連體詞）
　　・どんな（形容動詞）・この（連體詞）・そんな（形容動詞）

解説　要記住指示語（「こそあど」語詞）包含了名詞（代名詞）、形容動詞、副詞、連體詞，四個品詞。「いつ」是表達不曉得是什麼時候的意思的名詞（代名詞）。「だれ」是表達不曉得是誰的意思的名詞（代名詞）。「ある」是模糊表達事物的連體詞。此外也有把「どんな」、「そんな」當連體詞的說法。

27　① 町はずれに、一軒の小さな家がある。
　　② そのとき、私は、子どもごころに将来の自分を誓ったのであった。
　　③ 春さきになると、衣類のバーゲンがさかんに行われる。

解説　① 的「町はずれ」是「町」跟「はずれ」組合起來的複合名詞。② 的「子どもごころ」、③ 的「春さき」都是名詞＋名詞的形式的複合名詞。「はずれ」是「町はずれ」這個動詞轉成的名詞。

28　① ウ　② オ　③ イ　④ ア　⑤ エ

解説　將組成各個的動詞的要素分解開來。① 是名詞「気」＋動詞「つく」、② 是動詞「見る」＋動詞「送る」、③ 是形容詞「偉い」的語幹「偉」＋接尾語「ぶる」、④ 是形容詞「長い」的語幹「長」＋動詞「ひく」、⑤ 是名詞「学者」＋接尾語「ぶる」。

29　① 名詞＋形容詞　② 動詞＋形容詞
　　③ 形容詞語幹＋形容詞　④ 形容詞語幹＋形容詞

367

ANSWERS 2章 名詞（體言）

練習

1
普通名詞＝①絵・自然 ②雨・朝・いなか・人・少年・わきの下・着物・包み・病院・門番・前・手紙
代名詞＝①私 ②彼
固有名詞＝②ナポリ
数詞＝②三月・ひとり・一通
形式名詞＝①こと

思路 ①的「同じ」就算接上「が」變成「同じが」，在句子裡也不會變成主語，所以從這點來看「同じ」不是名詞。②的「ひとり」是數詞。「わきの下」習慣作為單一語詞。「包み」是從動詞「包む」轉成的名詞。

2
(A) ②⑥⑪
(B) ⑤⑩
(C) ①⑧⑨⑭
(D) ④⑫⑬
(E) ③⑦⑮

3
①考え・動詞
②白・形容詞
③近く・形容詞
④思い・動詞

思路 ①的「よく考えて」是動詞「考える」的連用形。「自分の考え」是從該動詞的連用形轉成的名詞。

4
ア＝良平　イ＝二月・三人　ウ＝村はずれ
エ＝土工たち　オ＝それ・どこ

思路 要注意複合語跟派生語的差異。「村はずれ」是名詞「村」跟動詞「はずれる」轉成的名詞。「土工たち」的「たち」是接尾語。此外，關於複合語跟派生語可以參考 P.268 的特輯。

5
①だれ　②どなた　③彼・これ
④君・どっち

6
(1) 鈴木君・あそこの・山の・頂に・雪が
(2) 主語＝雪が　述語＝見えるよ
(3) 連體修飾語＝あそこの・山の　連用修飾語＝頂に
(4) 獨立語

7
イ・エ・オ

思路 ア的「あなた」不是主語，而是表達呼叫的獨立語。「あなた」的後面的逗點是表示句子到那裡是一個段落。ウ的「いくつ」雖然發揮連用修飾語的功用，但不是副詞而是名詞（數詞）。

提升實力考題

1
ウ・エ・オ・カ・キ・ク・サ・シ・セ・ソ・チ・ツ・ニ・ヌ・ノ

解說 ク的「苦しみ」是形容詞「苦しい」的語幹「苦し」接上接尾語「み」組合而成的名詞，也可能是動詞「苦しむ」的連用形「苦しみ」轉成名詞的語詞。

2
①山・注意・近ごろ・山登り・スポーツ・登り方・岩登り・雪・冬山・危険・意味・万人・国・山岳・人・大半・朝夕・環境
②それ・だれ・われわれ
③日本列島　④一つ

368

第2章　名詞（體言）

⑤もの・わけ

解説　形式名詞容易忽略掉所以要注意。
名詞搞混。此外「軽はずみに」、「じゅうぶんに」是形容動詞的連用形、「ことに」、「常に」是副詞。
する）」、「成立し（成立する）」這種サ行變格活用的動詞也容易跟

③
場所を指し示す指示代名詞＝Ｃ
①どれ　②こちら　③あちら　④
⑤あそこ　⑥どこ　⑦こっち　⑧そっち
⑨このかた　⑩あのかた

④
③雪あかり・窓ぎわ・鉢植え
①ぼくら・二番め　②素足・砂遊び

解説　①的「ぼくら」、「二番め」是接了接尾語的語詞。②的「砂遊び」跟③的「雪あかり」、「窓ぎわ」、「鉢植え」都是複合名詞。

5
A ク　B ア　C エ　D オ　E キ

6
（一）①太郎　②太郎　③太郎　④太郎　⑤太郎　⑥太郎　⑦僕　⑧僕　⑨僕　⑩僕　⑪太郎
（二）オ

解説　（一）小時候被叫做「太郎ちゃん」，自己以前雖然也說「太郎ちゃん」但是後來變成說「僕ちゃん」。
（二）「人稱代名詞」雖然必須要具有可以對任何人使用的「交換可能性」，但是這裡敘述的是「僕ちゃん」跟「太郎ちゃん」一樣，對本人是習慣使用的稱呼。

7
（一）マダガスカル・アフリカ大陸・モザンビーク・インド洋・イギリス・スマトラ島・スリランカ・インド
（二）四〇〇キロ・十九世紀・五、〇〇〇キロ
（三）ア・⑤　イ　④　ウ・②・⑦
（四）川遊び
（五）例『キツネザル』がマダガスカルから五、〇〇〇キロも離れたスマトラ島やスリランカに生息しているにも拘らず、アフリカ大陸に居ないこと

解説　（一）固有名詞是指地名、國名之類，表達獨一無二的名詞。「キツネザル」之所以有加括號是為了強調，狐猴理所當然地有很多隻。
（三）ア　①就像「マダガスカルは、〜島国です。」一樣，變成主語、述語。イ　⑤「動物学者が〜気が付いていたのです。」、イ　④「アフリカ大陸の」是跟名詞「一部（が）」產生關係的連體修飾語。ウ　②「インド洋に」是對「浮かぶ」、⑦「アフリカ大陸に」是對「居ない」進行修飾。
（四）「陸続き」是名詞「陸」跟動詞「続く」轉成的名詞「続き」組合而成的複合名詞。「川遊び」也是相同的構造。

8
①ア・オ　②ウ　③ア・イ　④カ・キ
⑤エ・カ　⑥エ・カ　⑦ア・ク

解説　①的表示時間的名詞是單獨變成連用修飾語。②「ぼく」的後面接的助詞「は」被省略掉了。要小心不要搞錯成獨立語。③「ぼく」是跟「木を」產生關係的連體修飾語、⑥的「面影を」是跟「見た」產生關係的連用修飾語。⑦的「お母さん」是表達呼叫的獨立語。

ANSWERS 3章 副詞、連體詞

✏️ 練習

1
① A　② A　③ B　④ B　⑤ A　⑥ B
⑦ A　⑧ B　⑨ B　⑩ B

思路
副詞的句子＝②④⑤⑧⑨⑩
②⑤是表達程度的副詞變成連體修飾語。確認一下副詞以外的畫線部分的品詞吧。①是動詞、③是名詞、⑥是形容詞、⑦是形容動詞。
③的「二冊」沒有接附屬語只用名詞（數詞）就變成連用修飾語。

2
① どう→すれば（動詞）
② ごく→わずか（副詞）
③ ほとんど→寝ずに（動詞）
④ わずか→動かしても（動詞）
⑤ じっと→のぞきこんだ（動詞）

思路
「ごくわずか」的「ごく」是程度的副詞，而這個副詞去修飾同樣是程度副詞的「わずか」。要注意也有副詞去修飾其它副詞的例子。

3
① くださいう
② ように
③ だろう
④ ても
⑤ ない・う
⑥ まい

思路
要注意某些場合下承接呼應的副詞的特別講法會有好幾種。雖然「お休みなさい」雖然也能表達意思，但是字數不合所以要想符合字數的語句。⑤的「ないだろう」跟⑥的「まい」兩個都是表達否定的推測的講法，但是一般對話比較常使用前者。

📋 提升實力考題

1
副詞＝②④⑥⑦⑧⑨⑪
連體詞＝③⑩⑫⑭⑮

①的「静かに」、⑤的「きれいな」是形容動詞、⑪的「ものすごく」是形容詞。⑥的「やや」是對「しばらく」這個副詞、⑨的「ただ」是對「一度しか」這個體言進行修飾。

2
解説（標示出修飾的語句，並在自立詞上加上「──」線。）
① 動詞（思い出される）
② 形容詞（厳しい）
③ 動詞（歩きます）
④ 形容動詞（見事に）
⑤ 名詞（外側を）
⑥ 動詞（黙り込み）
⑦ 名詞（向こうから）
⑧ 副詞（少し）
⑨ 形容詞（小さい）
⑩ 副詞（のんびり）

副詞一般來說會修飾體言的文節，但是也有像⑤⑦⑧⑩的例子，程度的副詞去修飾體言或副詞的時候。

3
解説
① 副詞・A
② 形容動詞・A
③ 副詞・A
④ 名詞・A
⑤ 副詞・B
⑥ 連體詞・A
⑦ 副詞・B
⑧ 副詞・A
⑨ 副詞・B
⑩ 動詞・B
⑪ 連體詞・B

①的「やや」雖然是對「広げながら」進行修飾，但是中間有放入「川幅を」這個文節。⑪的「その」雖然是對「歌声は」進行修飾，但是中間有放入「美しい」這個文節。

4
(1) ① 副詞　② 連體詞
(2) ① 動詞　② 連體詞
(3) ① 形容詞　② 名詞

370

第 4 章 接續詞、感嘆詞

ANSWERS 4章 接續詞、感嘆詞

練習

1 しかし・および・したがって・ところで・あるいは・しか も

思路 要注意容易跟接續詞搞混的語詞。第七行的「漁業國であった が」的「が」是助詞（接續助詞）。

2 ①ウ ②オ ③ア ④イ ⑤カ ⑥エ

思路 ①雖然可以用並列關係的接續詞，但是用イ的「および」的話 句子的意思會不通順。②前面的句子雖然是「気持ちよく起きた」，但 是在後面的句子是「頭がひどく痛み始めた」，因此要用逆接的接續詞。 ③在後面的句子是前面的句子的理所當然的結果。⑤的「水曜日か」 「金曜日か」的「か」是表達並列的助詞。要用表達選擇其中一方的對 比，選擇的接續詞

3
A ①接續詞 ②副詞
B ①接續詞 ②名詞＋助詞
C ①副詞 ②接續詞

思路 A組的「また」在①是表達並列的接續詞，在②則是表達「再 次」的意思，是對「来てください」進行修飾副詞。①的「また」要是 移動位置就會讓句子語意不通，但是②的「また」就算放在句子的開頭 也不會讓意思改變。**副詞就像這樣跟接續詞不同，它可以改變在句子中 的位置。**

B組的「そこで」在①是表達順接的接續詞，但是在②則是「川の浅 瀬で」的意思，是表達場所的連用修飾語。換句話說就是「そこ」（名詞）

（注）上半部：

(5) ①形容動詞 ②連體詞

解說 (一)要注意副詞接「の」、②是「近く」（名詞）＋「の」。②是有容易跟其它品詞搞混的語詞，②〜(5)的連體詞因為有容易跟其它品詞搞混的語詞，所以要清楚地區分。

5 ①でも ②まい ③だろう ④くだきい ⑤よう ⑥まい ⑦れば ⑧ない ⑨でしょう（であろう）⑩ない

解說 ①的「たとえ」跟⑦的「もし」是呼應假定條件、②的「まさか」跟⑦的「もし」是呼應否定的推測、③的「たぶん」跟⑨的「おそらく」是呼應推測、④的「どうか」是呼應願望、⑤的「まるで」是呼應比喻、⑥的「まさか」是呼應否定的推測、⑧的「どうも」跟⑩の「とうてい」是呼應否定。**放在呼應的副詞後面的固定講法要好好地記住。**

6 ①ウ ②キ ③ク ④ア ⑤エ ⑥オ

解說 ①要放入跟疑問、②要放入跟推測、③的「（心配が）ならう」是推測的表達、④是否定的表達，所以只要放入各自呼應的副詞就好。⑤要放入跟比喻、⑥要放入跟願望的表達呼應的副詞。另外③是伴隨「の」變成連體修飾語。

7（一）①カ ②エ
（二）②副詞 ④副詞

8 連體詞＝この・その
副詞＝いよいよ・たまたま・みるみる

解說 連體詞因為數量也很少，所以可以都記下來。**副詞因為數量很多所以沒有活用，會修飾用言的語詞為中心去找。**

＋「で」（助詞）的文節。

C組的①是修飾「広い」的程度副詞。②的「もっとも」要是移動位置就會讓句子語意不通。

4 ────「こんにちは・ああ・えっ・いや・うん・あら・まあ

📋 提升實力考題

1 ①エ・コ ②イ・シ ③キ・サ ④ア・ク
⑤カ・ケ ⑥オ・ス ⑦ウ・ケ

〔解說〕要注意容易跟順接跟累加（添加）搞混的語詞。「それで」是順接，「それに」是累加。

2 ア＝おや・ああ　イ＝さあ　ウ＝ええ・ああ

〔解說〕「ああ、嫌だわね。」跟「ああ、わかっているよ。」雖然一樣都是「ああ」，但是意思不同。前者是感動，後者則是回答。

3 ①ウ ②ウ ③ウ ④イ ⑤イ

〔解說〕變成接續詞的單字，大部分都是從其它品詞轉成的語詞，或是兩個以上的語詞組合起來的。①的「ですから」是助動詞「です」跟助詞「から」組合起來的接續詞。②的「ですが」也是助動詞「です」接上助詞「が」組合起來的接續詞。

4 (一) そのまま維持し、あるいはさらにいっそう立派なものにするには、
(二) エ
(三) ウ
(四) エ

〔解說〕(一)「あるいは」是表達要選擇前面或後面其中之一的內容。
(二)「ことばについて見ると」的「と」是接續助詞，這個連文節是接續部。ア是修飾部、イ是獨立部、ウ是主部、オ是述部。
(四)「したがって」是表達順接。

372

ANSWERS 5章 動詞

練習

1 ア・ウ・オ

2
例 ①もっとゆっくり歩け。
②今日出せば、今週中には届くだろう。
③駅で待つことにしよう。
④すぐに荷物を送る。
⑤みんなで楽しく歌います。
⑥窓が開かない。
⑦文法を正しく学ぼう

思路 ①是命令形、②是假定形、③是連體形、④是終止形、⑤是連用形、⑥跟⑦是未然形。

3

基本形	未然形	連用形	終止形	連體形	假定形	命令形
歩く	—か	—き	—く	—く	—け	—け
	—こ					
待つ	—た	—ち	—つ	—つ	—て	—て
	—と					
飲む	—ま	—み	—む	—む	—め	—め
	—も					
返す	—さ	—し	—す	—す	—せ	—せ
	—そ					

4 ①連體形・連用形 ②終止形・命令形 ③未然形・假定形

思路 ①的「あります」因為是連接「ます」的形式所以是連用形。「ある」雖然是五段活用，但是要注意它的未然形「あら」不會接「ない」，會接不同於「ない」的否定語詞「ぬ」變成「あらぬ」。

5 イ音便＝かつぐ・鳴く　促音便＝打つ・笑う　撥音便＝飛ぶ・死ぬ

思路 音便形在動詞只會以五段活用的連用形的形式出現。所以除了五段活用以外的語詞就忽略掉。但是即便是五段活用，因為サ行裡有活用的語詞沒有音便形，所以這也忽略掉。剩下的選項只要想想連結「た（だ）」的形式就好。

6 ①ち・連用形 ②ちろ（ちょ）・命令形 ③ちれ・假定形 ④ち・未然形

思路 注意各個題目後面接的語詞。連接「ない」的形式是未然形。終止句子形式的是終止形。連接「ます」等等的體言形式的是連用形。終止句子形式的是連體形。放入「ちたなら」是錯誤的，這樣子會變成像「落ち／た／なら／ば」一樣是複數的單字組合。另外從句子內容判斷是命令形。

7 ①借り ②起きる ③降り ④見・感じ ⑤着・いる ⑥過ぎれ ⑦足り

思路 要注意④的「見」或⑤的「着」、「いる」等等，**語幹跟活用語尾無法區別的動詞**。

8 ①下一段活用・連用形 ②上一段活用・假定形 ③上一段活用・連體形 ④下一段活用・未然形

9 ①サ行・下一段活用
②マ行・下一段活用
③マ行・上一段活用
④ア行・下一段活用

⑤下一段活用・命令形
⑥上一段活用・連體形
⑦下一段活用・終止形

思路 要注意⑤的「並べ」的基本形是五段活用動詞的「並ぶ」，並不是下一段活用動詞的「並べる」的命令形是「並べろ（並べよ）」。

10 ①終止形・く
②未然形・こ
③連體形・く
④假定形・く
⑤連用形・き
⑥未然形・こ

思路 各自的基本形①是「見せる」、②是「見つめる」、③是「見る」、④「見える」。要清楚地區分。

11 ①さ・未然形
②する・連體形
③する・終止形
④しろ（せよ）・命令形
⑤せ・未然形
⑥する・連用形
⑦すれ・假定形

思路 跟③雖然同樣有「來る」，但是①的「から」會接續連用形或助動詞的終止形，是表達順接的接續助詞，因此①是終止形。⑤是接續連用形，後面連接表達完成意思的助動詞「た」跟表達確定的順接的接續助詞「ので」。⑥的「よう」、接體言「とき」，能連結這些的是未然形，這點要記住。

12 ①似・上一段活用／着・上一段活用／られる
②教える・下一段活用／招か・五段活用
③据えつける・下一段活用／使う・五段活用／来・カ行變格活用

思路

①「似」、「着」都是無法分辨語幹跟語尾的語詞，因此挑出來的動詞會變成一個文字。連接「ナイ」的形式會變成「似ナイ」、「着ナイ」，由於活用語尾是變成イ段，所以兩個都是上一段活用的終止形。

②是サ行變格活用的終止形。

③連接「ナイ」後面變成「据えつけナイ」，活用語尾的「け」是エ段，所以是下一段活用。「置い」連接「ナイ」後的形式是「置かナイ」，活用語尾因為是ア段所以是五段活用。是名詞「繁盛」接上サ行變格活用的動詞「する」的複合動詞。

要挑出來的動詞，依照順序是「教える」、「招か」、「来」。「教える」連接「ナイ」後的形式是「教えナイ」，活用語尾是エ段，所以是下一段活用。「招か」連接「ナイ」後的形式是「招かナイ」，活用語尾因為是ア段所以五段活用。「来」不用說也能知道是カ行變格活用。

「据えつける」是「据え」跟「つける」組合起來的複合動詞。

13 ①假定形
②終止形
③連體形
④連用形
⑤命令形
⑥未然形

思路 ①「熟する」的假定形。順帶一提有相同意思的「熟す（ば）」的假定形是「熟せ（ば）」。④終止句子的形式是「聞かす」是五段活用。連接「て」所以是連用形。

14 ①B・變わる（自動詞）
②A・集める（他動詞）
③B・續く（自動詞）
④A・負かす（他動詞）
⑤B・沈む（自動詞）
⑥A・出す（他動詞）
⑦A・並べる（他動詞）
⑧B・殘る（自動詞）
⑨A・届ける（他動詞）
⑩○
⑪○
⑫○

⑩～⑫的自動詞、他動詞是同樣形態

第 5 章　動詞

思路
要區分自動詞跟他動詞，從後面是要接「～を」（他動詞）還是接「～が」（自動詞）來思考也能判斷。但是因為也有像⑩～⑫一樣自動詞跟他動詞是相同形式的語詞，所以去調查兩者場合也是很重要的。

15
① 吹く
② 折れる
③ 消える
④ あく
⑤ あてる
⑥ 鳴らす
⑦ 覚ます
⑧ 痛む
⑨ 散らす
⑩ つける

思路
要注意不要將①變成可能動詞「吹ける」，或是將②變成受身形「折られる」。

16
① 昨日／スーパーで／買って／きた／ものだ。
② 冷蔵庫に／入れて／おくと／よいでしょう。
③ 早く／宿題を／して／しまいましょう。
④ 注意しようと／大きな／字で／書いて／ある。
⑤ まっすぐ／歩いて／いくと／パン屋が／ある。
⑥ よく／考えて／みると／答えが／わかった

思路
補助動詞跟一般動詞一樣，可以單獨做出文節。意思上雖然是補助性的，但是在分割文節時卻是當作一般的動詞。問題句裡面①「き」、②「おく」、③「しまい」、④「ある」、⑤「いく」、⑥「み」是補助動詞。

17
① 接續語・假定形
② 述語・未然形
③ 述語・連用形
④ 連體修飾語・連體形
⑤ 主語・連體形
⑥ 接續語・終止形
⑦ 連體修飾語・連體形

思路
① 是動詞「解く」的假定形接續助詞「ば」。② 是動詞「す る」的未然形接上接續助詞「よう」（中止法）。④ 的「ため」是體言（形式名詞）。③ 是動詞「つく」的連用形。⑤ 是動詞「読む」的連體形接上助詞「の」跟「も」，發揮主語的功用。⑥ 的「本質を理解すると」是伴隨接續助詞「と」，變成「接續語」。⑦ 的「読む」是跟後面的「習慣」產生關係的連體修飾語。

提升實力考題

1
① 学校から帰ると、私は、人々が夕げのしたくでせわしく働いているすきに、かけすてあったはしごから、そっとおもやの屋根に登っていった。
基本形＝帰る・働く・いる・ある・登る・いく
② 科学ということばは、このごろ、ひじょうに広い意味に使われているが、もとは、自然科学をさしたことばである。自然科学はわれわれの住んでいる、この自然界の中にあるものの本態を見きわめ、その間に存在する法則を知る学問である。
基本形＝いう・使う・いる・さす・ある・住む・ある・見きわめる・存在する・知る・ある

解說
選出動詞的場合要好好思考活用語尾，並且注意不要包含到接續的其它語詞。② 的「使われて」是動詞「使う」的未然形「使わ」+助動詞「れる」的連用形「れ」+助詞「て」。

2
① 過ごす（五段活用）
② ○（上一段活用）
③ 始める（下一段活用）
④ 信ずる（サ行變格活用）
⑤ 飛ぶ（五段活用）
⑥ 起きる（上一段活用）

⑦ 上／げる（下一段活用）　　⑧ ○（カ行變格活用）
⑨ 育／てる（下一段活用）　　⑩ ○（下一段活用）
⑪ あ／ける（下一段活用）　　⑫ 思／う（五段活用）
⑬ 知／る（五段活用）　　⑭ 注意／する（サ行變格活用）

解說
活用種類從連接「ない」的未然形的最後面的發音來判斷。④的「信ずる」跟「信じる」不要搞混了。「信ずる」是サ行變格活用的動詞，「信じる」是サ行上一段活用的動詞。

3

基本形	語幹	未然形	連用形	終止形	連體形	假定形	命令形
①泣く	な	ーか／ーこ	ーき／ーい	ーく	ーく	ーけ	ーけ
②泳ぐ	およ	ーが／ーご	ーぎ／ーい	ーぐ	ーぐ	ーげ	ーげ
③行く	い	ーか／ーこ	ーき／ーっ	ーく	ーく	ーけ	ーけ
④落ちる	お	ーち	ーち	ーちる	ーちる	ーちれ	ーちろ／ーちよ
⑤借りる	か	ーり	ーり	ーりる	ーりる	ーりれ	ーりろ／ーりよ
⑥煮る	○	ーに	ーに	ーにる	ーにる	ーにれ	ーにろ／ーによ
⑦まぜる	ま	ーぜ	ーぜ	ーぜる	ーぜる	ーぜれ	ーぜろ／ーぜよ
⑧比べる	くら	ーべ	ーべ	ーべる	ーべる	ーべれ	ーべろ／ーべよ
⑨来る	○	ーこ	ーき	ーくる	ーくる	ーくれ	ーこい
⑩愛する	あい	ーさ／ーせ／ーし	ーし	ーする	ーする	ーすれ	ーせよ／ーしろ

4
① 未然形　　② 連體形　　③ 命令形　　④ 連用形
⑤ 未然形　　⑥ 連用形　　⑦ 未然形　　⑧ 連用形
⑨ 假定形

解說
⑥的「書い」跟⑧的「近づい」的音便形是連用形。

5
(1) ① 持て　② 持て　③ 持て　④ 持て
(2) ① 急い　② 急ご　③ 急げ　④ 急が　⑤ 急ぐ

6
(1) 通じる A イ B オ
(2) 燃える C ク D ケ
(3) 寝る E ウ F ア
(4) 食える G カ
(5) 交わる H キ

解說
除了活用種類，也可以從自動詞、他動詞、可能動詞、複合動詞等等的思路來思考。(2)(4)全都是下一段活用的動詞，所以可以想到是其它條件。(2)的「燃える」變成「火が燃える」是自動詞，除此之外的「お金を入れる」、「ゴミを捨てる」、「ボールを投げる」都是伴隨「〜を」這個目的語，所以是他動詞。

7
(一) ① 歩い・泳い　② 摘ん・楽しん　③ 通っ・釣っ
(二) ① 五段活用・連用形
(三) ① 歩く・泳ぐ・通る　② 摘む・釣る・楽しむ

解說
(一) 會變成音便形的動詞只有五段活用的連用形而已。
(二) 他動詞經常會在前面伴隨「〜を」這個修飾語。但是除了①的「森を歩く」以外，雖然沒有出現在文章裡，不過「川を泳ぐ」、「トンネルを通る」的「〜を」是表達經過點的語詞，所以是自動詞。

第5章　動詞

8
（一）A 五段　B 可能　C 上一段　D 下一段
（二）①②⑥

解説
（二）將各個錯誤修正成正確的形式後，①變「出られる」、②變「借りられる」、③的「眠れる」、④的「渡れる」、⑤的「降りられる」。③的「眠れる」、④的「渡れる」是可能動詞。

9
（一）A 五段　B 連用　C イ音便　D ん
E 促音便
（二）飛ぶ・囲む・読む・悲しむ・沈む

解説
「笑う」、「行く」、「曲がる」、「座る」、「言う」、「怒る」是促音便，「泣く」是イ音便。

10
ア・エ・カ・キ・ケ

解説
②的句子的「ある」是作為補助動詞去使用。找補助動詞可以去注意語詞前面是「～て（で）」的形式。

11
（一）走れる・きれる・送れ
（二）下一段活用
（三）走る・きる・送る
（四）出られる

解説
（一）「続けられる」是動詞「続ける」的未然形「続け」接上可能意思的助動詞「られる」組合而成的語詞。
（四）可能動詞只能從五段活用的動詞做出來，所以下一段活用的「出る」要變成在它的未然形後面接上助動詞「られる」的講法才行。

12
（一）五段活用・下一段活用
（二）

a 連體形	基本形	語幹	未然形	連用形	終止形	連體形	假定形	命令形
	する	○	し／せ／さ	し	する	する	すれ	せよ／しろ
	来る	○	こ	き	くる	くる	くれ	こい

	基本形	語幹	未然形	連用形	終止形	連體形	假定形	命令形
見る		○	み	み	みる	みる	みれ	みろ／みよ
来る		○	き	き	きる	きる	きれ	きい

（三）b 假定形

解説
（四）因為是「上一段化」，所以跟現在的上一段活用進行一樣的活用。基本形的「くる」會變成「きる」。
（五）a、b 分別可以從在後面接「こと」、「ば」這點來思考。

13
①ア　②エ　③ア　④ウ　⑤イ

解説
①イ是假定形、ウ是命令形、エ是未然形。②ア的他動詞是「建てる」、イ的自動詞是「焼ける」、ウ的「読む」是他動詞，沒有對應的自動詞。エ的「開く」可以說「ドアが開く」或是「ドアを開く」都行。
③イ的「読まれ」跟エ的「寝られ」的「れ」是可能意思的助動詞，這些並不是可能動詞。④ア是從動詞轉成的名詞、イ是連體形、エ是命令形。⑤的包含畫線部分的文節，ア是接續部、イ是連體形、ウ是修飾語、エ是接續部。

14
（一）ラ行五段活用
（二）難しい・イ
A 終止形　B 未然形　C 連用形　D 未然形

解說

(一)「難しい」是形容詞。
(六)「手にし」是「する」的連用形並且用中止法。
(八) ②是兩個文節，所以是「接續部」。

(三) くれる・下一段活用　いく・五段活用
(四) 始まっ・誘っ・なっ
　　音便的種類＝促音便
(五) 始まる・始める　慣れる・慣らす
(六) サ行變格活用　連用形
　　基本形＝する
(七) 慣らす・行く
(八) ① 主語　② 接續部　③ 修飾語　④ 修飾語
　　⑤ 修飾語　⑥ 述語

6章　形容詞、形容動詞

練習 ANSWERS

1　① なく・すごい・早く・おもしろかっ・怖かっ
　　② 大丈夫だろ・急に

2　① 清らかで・ほのかな

3　① おもしろい・終止形
　　② おもしろかっ・連用形
　　③ おもしろけれ・假定形
　　④ おもしろく・連用形
　　⑤ おもしろかろ・未然形
　　⑥ おもしろい・連體形

思路
① 的空欄的下面因為是接「。」變終止句子的形式所以是終止形。② 後面是接「た」所以是連用形。③ 因為後面是接「ば」所以是假定形。④ 是接動詞「なる」所以是連用形。⑤ 因為是接「う」所以是未然形。⑥ 是接「本」所以是連體形。記住正確的形容詞的活用方式，小心不要接上其它的語詞，例如把③變成「おもしろいなら（ば）」、⑤變成「おもしろいだろ（う）」等等。

4

基本形	語幹	未然形	連用形	終止形	連體形	假定形	命令形
早い	早	ーかろ	ーかっ／ーく	ーい	ーい	ーけれ	○
長い	長	ーかろ	ーかっ／ーく	ーい	ーい	ーけれ	○
美しい	美し	ーかろ	ーかっ／ーく	ーい	ーい	ーけれ	○
正しい	正し	ーかろ	ーかっ／ーく	ーい	ーい	ーけれ	○

第6章　形容詞、形容動詞

5
① ア ようございます
② ア あそうございます
③ ア 大きゅうございます
　イ ひろうございます
　イ たこうございます
　イ 正しゅうございます

思路
① 不管哪一個的語幹最後的發音都是オ段，在變成音便形的時候語幹最後的發音會變成「う」。② 不管哪一個的語幹最後的發音會變成オ段，在變成音便形的時候語幹最後的發音是イ段，在變成音便形的時候語幹最後的發音會變成拗音「ゅ」。

6
① なかった　② 眠くなかった

思路
連文節是②

① 的「なかった」是形容詞「ない」的連用形接上助動詞的語詞。
② 是形容詞「眠い」的連用形接上補助形容詞「ない」的連用形跟助動詞「た」組合起來變成連文節。要記住補助用言會跟前面的文節連結在一起變成連文節。

7
① 山ははるかに遠く、海はとても近い。
② 顔つきが愛らしく、まゆがすんなりとして美しい。

思路
把前面的述語變成中止法（連用形），接後面的句子。

8
寂しい（連體形）・なく（連用形）・悲しい（終止形）・
明るい（終止形）・濃く（連用形）・広い（連體形）・小
さく（連用形）・厳しく（連用形）

思路
形容詞的「ない」跟助動詞的「ない」要清楚地分辨。形容詞「ない」是自立語且會放在文節的開頭，所以在「ない」的前面只要能放入「サ」或「ネ」的話就能知道是形容詞。「絶え間もなく」是形容詞「近寄らない」、「判別できない」是助動詞。另外要注意也有像「明るいが」這種終止形接助詞或助動詞的場合。

9
① 動詞・形容詞・助動詞　② 副詞・形容詞・名詞

思路
① 的「いない」的「ない」是否定意思的助動詞。② 的「深い」的語幹接上接尾語「さ」組合而成的名詞。

10
① 丈夫なら・假定形
② 丈夫で・連體
③ 丈夫で・連體
④ 丈夫だろ・未然形
⑤ 丈夫だっ・連用形
⑥ 丈夫だ・終止形
⑦ 丈夫に・連用形

思路
要注意以「だ」做結尾的形容動詞變的連用形有三種形式。此外活用語尾在每個活用形都不一樣。

11
① 連體形・連體形
② 假定形・未然形
③ 連用形・連體形
④ 連用形・未然形
⑤ 連用形・終止形

12

基本形	語幹	未然形	連用形	終止形	連體形	假定形	命令形
なだらかです	なだらか	でしょ	でし	です	(-です)	○	○
あんなだ	あんな	だろ	で／だっ／に	だ	な	なら	○
静かです	静か	でしょ	でし	です	(-です)	○	○
立派だ	立派	だろ	で／だっ／に	だ	な	なら	○
どんなだ	どんな	だろ	で／だっ／に	だ	(-な)	なら	○
同じだ	同じ	だろ	で／だっ／に	だ	(-な)	なら	○

379

思路

13
① 〇
② それとこれとは、同じものです。
③ この服は、前に買ったのと同じなのに、少し安い。
① 是正確的。但是就像「同じのを持っている。」一樣，也有語幹後面接「の」的講法。這個「の」是讓前面接的語詞具備跟體言相同資格的準體言助詞。

14
① きれいで（形容動詞・連用形）+は（助詞）+ない（補助形容詞・終止形）
② 美しい（形容詞・連體形）+こと（名詞）
③ 美しく（形容詞・連用形）+ない（補助形容詞・終止形）
④ 魅力的で（形容動詞・連用形）+あり（補助動詞・連用形）
⑤ きれいで（形容動詞・連用形）+ある（補助動詞・終止形）

思路

15
① に ② な ③ で（なら）④ だろ
⑤ なら ⑥ で ⑦ けれ ⑧ だ
① 是形容動詞、連用形。② 是形容動詞、連體形。③ 是形容動詞、未然形、連用形（中止法），就算是假定形意思也通順。④ 是形容動詞、未然形。⑤ 是形容動詞、假定形。⑥ 是形容動詞、連用形（中止法）。⑦是形容詞、假定形。⑧ 是形容動詞、終止形。

16
① 主語・連體修飾語・述語
② 連用修飾語・連用修飾語・述語
③ 連用修飾語・連用修飾語・述語
④ 連用修飾語・連體修飾語・連用修飾語・述語
⑤ 主語・連體修飾語・連用修飾語

提升實力考題

1
① この果物を一口食べてみたが、少しも甘味がない。→ない
② この子を知っていますが、ほんとうは正直なのです。→正直だ
③ この小説はおもしろくないから読まないつもりです。→おもしろい・ない
④ その魚、たいそう大きゅうございますね。→大きい
⑤ 私の話を素直に聞いて、じゅうぶん考えてください。→素直だ
⑥ 北海道の冬は、こちらと比べてずいぶん寒かろうね。→寒い
⑦ （×）沒有形容詞、形容動詞
⑧ 頑固なのが、父の長所であり、欠点でもあるのです。→頑固だ
⑨ 慈照寺銀閣は、簡素ではあるが、深い趣のある建物である。→簡素だ・深い
⑩ 性格が弱いばかりに、自分にも他人にも余計な不幸を招いている人が少なくない。→弱い・余計だ・少ない・ない

解説 ③⑩是補助形容詞的「ない」。像①的「ない」一樣跟「存在」有關的是一般形容詞「ない」。⑦沒有形容詞、形容動詞，「できない」的「ない」是助動詞，「美しさ」是名詞。

2
(1) ① 涼しけれ ② 涼しかっ ③ 涼しく
    ④ 涼しかろ ⑤ 涼しい ⑥ 涼しい
(2) ① まじめに ② まじめな ③ まじめ
    ④ まじめだっ ⑤ まじめだろ ⑥ まじめなら
    ⑦ まじめで

380

第6章　形容詞、形容動詞

③
解説　連接(2)③的「らしい」的形容動詞會變成只剩語幹（→參考本書 P.165）。

3
① 終止形　② 連體形　③ 假定形　④ 未然形
⑤ 連用形　⑥ 連體形　⑦ 假定形　⑧ 連體形

解説　在煩惱是形容詞的終止形還是連體形的時候，可以用以「だ」做結尾的形容動詞來做確認。連接①的「し」的場合會變成「きれいだし」所以是終止形、連接②的「ので」的場合會變成「きれいなので」所以是連體形。⑥是接「夢」這個體言。

4
① 連體形　② 連體形　③ ×　④ 連用形
⑤ ×　⑥ ×　⑦ 連用形　⑧ 連用形
⑨ 連體形　⑩ 終止形　⑪ ×　⑫ 未然形

解説　①的「お天気だ」、③的「だれな」、⑪的「本物なら」分別是助動詞「だ」的終止形、連體形、假定形（→參考本書 P.229）。⑤的「日曜に」的「に」是助詞。⑥是助動詞的「ようだ」（→參考本書 P.222）。

5
① 活用形＝連用形　基本形＝ない
② 活用形＝假定形　基本形＝正確だ

解説　自分のつとめを正確に果たせるように心がけよ。
ことばがなければ、自分の意志は伝わらない。

6
(一) A どんなだ　B 例ほんとうの　C 例ほんとうに　D 形容動詞語幹
(二) ① イ・ウ・カ・キ・ケ　② ア・コ
③ エ・オ・ク・サ・シ

解説　①「伝わらない」的「ない」因為可以改成「伝わらぬ」的講法，所以是助動詞的「ない」。

(三) 例 あなたの計画はたいへん現実的だ。
(四) ア イ

解説　這是針對區分名詞跟形容動詞的語幹而提出的問題。
(一) B 跟 C 要分別放入連體修飾語、連用修飾語。要用「真の」或「真に」也可。
(三) 三個漢字的形容動詞有「積極的だ」、「不愉快だ」等等很多種。
(四) ア跟ウ兩個都是名詞。

7
(一) A是形容動詞「柔らかだ」的連體形、B是形容詞「柔らかい」的連用形。
(二) ① 動詞　② 連用形・③ 連體形・④ 連用形
⑤ 終止形・⑥ 連用形
⑦ 形容動詞
⑧ 連用形・⑨ 連體形
⑩ 形容詞
⑪ 連用形・⑫ 連體形・⑬ 連用形・⑭ 連用形

解説　(一) 就算「柔らか」的部分相同，如果終止句子的形式是「だ」、「です」的話就是形容動詞，「い」的話就是形容詞。要注意活用語尾「な」、「く」。
(二) 舉例動詞、形容詞、形容動詞以外的語詞。①「らしい」是推定的助動詞（→參考本書 P.229）、④「これだけ」接上副助詞「だけ」（→參考本書 P.294）組合而成的、⑥「丈夫」「傷み」是名詞、⑩「少し」是副詞、⑪「ずっと」是副詞、⑫「よい」是名詞、⑮「な」是比喩的助動詞「ようだ」的連體形（→參考本書 P.222）。「な」因為可以換成「出来ぬ」的講法，所以是否定的助動詞（→參考本書 P.194）。

8
(一) ⑫ 只有⑫是動詞，其他是連體詞。
(二) ⑩ 只有⑩是形容詞，其他是助動詞。
(三) ⑨ 只有⑨是主要動詞，其他是補助動詞的用法。
(四) 無神経な（連體形）・無法な（連體形）・あいまいに（連用形）

ANSWERS 7章 助動詞

練習

1
① 受身＝育てられ・教えられた・はぐくまれて
可能＝いられない・いられるような
尊敬＝① 指名されなかったのだろう

2
① 尊敬　② 自発　③ 受身　④ 可能
⑤ 尊敬　⑥ 可能

思路　受身是〈承受他人的動作〉的意思，可能是〈できる〉的意思，自發是〈動作自然發生〉的意思，尊敬是〈提高動作的地位表示敬意〉的講法。① 是〈動作自然發生〉的意思。② 是提高「お客さん」的地位的講法。③ 是被「友人に」做了那樣的事。④ 是「気の毒に思う」這個動作是自然發生的。⑤ 是提高聽話者的地位的講法。⑥ 是「食べることができる（可以吃）」的意思。

3
① れ・受身・假定形
② れ・尊敬・連用形
③ られ・自發・連用形
④ られる・可能・終止形
⑤ れ・尊敬・未然形
⑥ られ・受身・連用形
⑦ られ・自發・連用形

思路　① 的動詞「しかる」的未然形因為是「しから」，所以這個部分可以用單字切割成「市から／れれ／ば」。② 挑出來的助動詞是「れ」，後面有接「た」所以是連用形。③ 挑出來的助動詞是「られ」，後面有接「感じ」的是自發的意思，所以是可能的意思。⑤ 挑出來的助動詞是「れ」，後面有接「な接「れ」，後面有接「な

解説　(一) ⑫ 的「ある」是發揮表達存在的「有無」功用的動詞。
(二) ⑩ 的「ない」是形容詞、詳細來說是補助形容詞。
(三) ⑨ 雖然是表達動作、作用、存在，發揮本來功用的動詞「する」，但是其它三個是針對其它語詞發揮補助功用的補助動詞。
(四) 表達事物的性質、狀態，終止句子的形式以「だ」、「です」做結尾的話是形容動詞。如果有其它能當候補的語詞，就從是否有活用來判斷。

382

第7章　助動詞

い。所以是未然形。⑥挑出來的助動詞是「られ」，後面有接「た」所以是連用形。⑦挑出來的助動詞「られ」是自發的意思，因為有用到中止形所以是連用形。

4
例①父に　弟が　呼ばれた。
例②先生に　生徒たちが　号令を　かけられた。
例③ぼくに　弟は　荷物を　運ばせられた。

要做出受身的句子，要在動詞的文節裡放入受身的助動詞，將接上「を」、「に」變成文節的主語。③的「運ばせた」是給動詞「運ぶ」接上使役的助動詞「せる」，所以不是接「れる」而是要接「られる」來做出受身的句子。

5
例①弟に　妹は　おもちゃを　壊された。
例②その　少年は　美しい　少女に　紹介された。

根據要把「妹」當主語，還是把「妹のおもちゃ」當主語的場合，因為妹妹的所有物的「おもちゃ」被弄壞了，所以是物主的受身。②是分別將「～を」、「～に」的文節當主語可以做出兩種受身句。

6
①母は、私たちに、一枚の紙でも無駄に捨てさせない。
②母は、私たちの行動については私たちに責任を持たせます。
③母が、私たちを笑わせるので、家はいつもにぎやかだ。

可以做出兩種句子。把「妹」當主語的場合，因為妹妹的所有物的「おもちゃ」被弄壞了，所以是物主的受身。

7
①運動させれば・サ變・假定形
②苦労させろ・サ變・命令形
③来させる・カ變・連體

①的「運動させれ」是給サ行變格活用的動詞「運動する」的未然形「運動さ」接上助動詞「せる」的假定形來接續句子。另外②的「苦労させろ」是給サ行變格活用的動詞「苦労する」的未然形「苦労さ」接上助動詞「せる」的命令形來接續句子的語詞。要注意不要跟③或⑥的助動詞「させる」搞混了。

8
エ・カ

ア、ウ、オ是只靠「ない」就做出了文節，所以是自立語的形容詞「ない」。イ的「ない」是形容詞「はかない」的一部份。

9
①連用形　②連體形
③連用形　④假定形
⑤連體形

10
①連用形　②假定形
③終止形

基本形＝ぬ（ん）

終止形在③雖然變成「ん」，但基本形是用「ぬ（ん）」的形式呈現。

11
イ・エ

例句的「よう」是推測的意思。ア是意志的意思。ウ是助動詞「ようだ」的一部分。

12
①書こう　②晴れよう　③来よう
④よかろう　⑤静かだろう　⑥行かれよう
⑦来させよう　⑧知らなかろう
(1)未然形　(2)よう　(3)う

13
① 否定意志　② 推量　③ 否定推量
④ 意志　⑤ 意志

思路 要分辨①的「否定意志」跟③的「否定的推測」，可以替換成「ないことにしよう」（否定的意志）或「ないだろう」（否定的推測）看看。

14
① し（す）　② し（す）　③ る　④ る　⑤ せ
⑥ られ　⑦ え

思路 ③的動詞「ある」、④的動詞「おる」都是五段活用，都是以終止形接上「まい」來接續句子但是用除此之外的動詞，會以對話句為中心造成混亂。舉例來說①的「失敗する」這種サ行變格活用的動詞雖然會接未然形，但是也能使用「終止形古老的形式」或「するまい」（終止形）。同樣地⑦的下一段活用動詞「植える」會變成「植えるまい」（終止形），但是在⑤的助動詞「させる」的場合會有使用「させるまい」（終止形）。其他像力行變格活用動詞「來」的場合，除了接未然形的「來（こ）まい」之外，也有使用「來（く）まい」（終止形的古老形式）或「來るまい」（終止形）的時候。

15
① 終止形　② 假定形　③ 未然形　④ 連用形
⑤ 未然形　⑥ 假定形　⑦ 連用形　⑧ 連體形
⑨ 終止形　⑩ 連用形

思路 「たい」、「たがる」的終止形跟連體形因為是相同形式，所以很難區分，但是這種場合可以在終止形跟連體形的情況下放入不同的形容動詞試試看。舉例來說連接「から」這種形容動詞的終止形（連體形是「靜かな」），所以能看出連接「から」的是活用語的終止形。

16
① 歸りたければ・言いたくは　② 眠りたがって

思路 ②的「眠たい」、「ありがたい」是單獨的形容詞。要好好記。

17
① 終止形　② 未然形　③ 假定形　④ 假定形
⑤ 終止形　⑥ 未然形　⑦ 連體形

思路 住「たい」、「たがる」的活用變化。

18
① 終わりました　② 遊びません
③ 話しませんでした　④ 行きましょう

思路 ③的「話さなかった」包含了否定的助動詞「ない」跟過去的助動詞「た」。但是助動詞「ない」跟「ます」不會接續，所以要用否定的助動詞「ぬ（ん）」去代替「ない」變成「ません」。另外助動詞「た」因為不會接續「ぬ（ん）」，所以要加上禮貌地斷定的助動詞「です」變成「でした」的形式。

思路 各個助動詞的終止句子的形式。無變化型一般來說只有終止形，但是在特定場合下會變連體形。特殊型只能記住它特殊的活用方式，跟終止句子的形式相差很多所以要注意。針對至今學過的助動詞的活用，可以確認本書P.184的「以活用去分類」，記在腦裡。
要先理解助動詞怎麼活用變化。① 是れる、② 是れる、③ 是ぬ（ん）、④ 是ない、⑤ 是ぬ（ん）、⑥ 是ない、⑦ 是られる。

19
① 行った（終止形）・蒸し暑かったが（終止形）・降りた（連體形）・辛かった（終止形）・滿員だった（連體形）・行ったろうか（未然形）・着いたら（假定形）

20
① 未然形・イ　② 連用形・ウ
③ 終止形・ア　④ 連體形・ウ

思路 關於活用變化，可以根據後面接的語詞來判斷。①是接推測的助動詞「う」。②跟④後面接體言。
關於意思①是「ちょうど」表達動作剛剛做完，所以是完成的意思。

第7章 助動詞

㉑
①A ②B ③A ④B ⑤B ⑥A ⑦A

助動詞「そうだ」可以根據前面接的語詞的活用形來分辨意思。接動詞的連用形、形容詞、形容動詞的語幹的話是樣態的意思的「そうだ」，接用言或助動詞的終止形的話是傳聞的意思的「そうだ」。

㉒ ①ウ ②イ

思路 助動詞「そうだ」可以根據前面接的語詞的品詞或活用形來分辨意思。①ウ跟②イ前面接的語詞是形容詞的語幹，所以是樣態的意思的「そうだ」，除此之外選項的前面接的語詞是終止形，所以是傳聞的意思的「そうだ」。

㉓
①眠そうな・樣態　②証拠だそうだ・傳聞
③暖かそうです・樣態　④よさそうに・樣態
⑤涼しそうで・樣態　⑥帰国されるそうで・傳聞
⑦なさそうだ・樣態　⑧×

思路 ④的形容詞「よい」接上「そうだ」的場合，形容詞的語幹「よ」跟「そうだ」之間會放入「さ」，變成「よさそうだ」。⑧的「そうだろう」是副詞「そう」接上助動詞「だ」的未然形「だろ」跟助動詞「う」組合而成的語詞。

㉔
①連體形（樣態）　②連用形（樣態）　③連用形（傳聞）
④假定形（樣態）　⑤終止形（傳聞）

思路 「そうだ」根據意思是樣態還是傳聞，活用形會不一樣。傳聞

㉕
①きれいだった そうだ（イ・ク）
②眠られ そうだ（ア・ク）
③行きません（ぬ）そうだ（キ・エ）
④推薦され たい（ア・ウ）

思路 ①的動詞「眠る」接上表達可能的助動詞「れる」後就變成「眠れる」。「眠れる」是單獨可能的可能動詞，所以在這裡不會變「眠れそうだ」。②的意思的時候因為變化只有連用形的時候，要注意前面接的語詞的活用形是不是終止形。

㉖ ①ウ ②イ ③ア

思路 舉例跟比喻的意思要區別起來雖然很難，但是可以用「舉例」是在相同種類中舉一個例子來講述，「比喻」是提出雖然種類不同，但是從某種思路來看有共通點的事物來講述的想法來思考。

㉗ ①連用形 ②連體形・連用形

㉘
①連用形　②冷えるようだ　③研究するようだ
④暗いようだ　⑤きれいなようだ　⑥改めさせるようだ
⑦取られるようだ　⑧行かないようだ

思路 助動詞「ようだ」會接用言或助動詞等等，活用語的連體形。形容動詞的終止形雖然是「ようだ」，但是要注意變連體形會變成一樣的「ような」。

㉙
①終止形　②連體形　③連用形　④連用形
⑤終止形　⑥連用形

思路 ②跟⑤的「らしい」要注意後面接的語詞。②是接體言「樣子」。

所以是連體形。⑤用形容動詞去替換成「らしい」，舉例來說替換成「穏やかだから」後，就能知道是以終止形去接續助詞的「から」。

30
① × ② 春なので・連體形 ③ ×
④ 降るだろう・未然形
⑤ 中学生なら・假定形
⑥ 町長である・連用形 ⑦ ×
⑧ 友情だったろう・連用形 ⑨ ×

31
①「結んだ」、⑦的「騒いだ」、⑨的「飛び込んだ」的「だ」是過去的助動詞「た（だ）」。從連接動詞的音便形（連用形）這點去判斷。另外要注意不要忽略連用形的「で」、連體形「な」、假定形「なら」。

誕生日には、友だちを呼んで、大いに騒ごうというのです。友だちといっても、ほんの四、五人だけです。忙しいでしょうが、君も来てくれるでしょうね。

32
① でしょ・禮貌斷定／う・推量
② た・過去／そうです・傳聞
③ れる・受身／まい・否定意志
④ させ・使役／たがっ・希望た・過去
⑤ ず・否定／よう・意志
⑥ られ・尊敬／まし・丁寧た・過去
⑦ ように・舉例／たい・希望
⑧ そうに・樣態／らしい・推定

33
① 先生でしょうか ② 来たかったでしょう

思路
助動詞是附屬語，沒辦法單獨做成文節，所以要找到助動詞以去注意動詞、形容詞、形容動詞後面接的語詞。另外要注意很多場合會使用好幾個助動詞。

提升實力考題

1
ノーベル賞は、その 年に、人類の 文化や 平和の ため に、大きな 功績を 残した 人に おくられる、もっとも 名誉の ある 賞です。これを もらった 人は、世界的に 偉大な 人と 認められた ことに なる わけです。

解説
助動詞是附屬語，所以文節中一定是接在自立語後面。另外「認められた」這種一個自立語有接兩個以上的助動詞的場合。

2
① ウ ② エ ③ ア ④ イ

思路
① 是表達尊敬、② 是表達自發、③ 是表達受身、④ 是表達可能的意思。④ 因為有接否定的助動詞「ぬ」，所以要注意不要搞錯意思。另外自發有很多像「思う」或「思い出す」這種表達內心動向的語詞。

3
① 襲われた・不気味な沈黙の中で、私を（に）恐怖が襲った。
② 食べさせる・最後まで残しておいたパンを、子どもが食べる。
③ 任せられて・議長に出席者全員が（は）議事の進行を任せていた。
④ 休ませれば・あの選手はゆっくり休めば、回復するはずだ。
⑤ 読まれて・聖書を、古い昔から世界中の人々が読んでいる。

思路
將加進去的助動詞變成終止句子的形式。① です、う。② た、です、う。③ れる、ない、た、そうだ。「そうだ」用「そうです」也行。④ せる、られる、ます。④ 本來就包含了過去的助動詞「た（だ）」。

③ しかられなかったそうだ
④ 運ばせられましたので

第 7 章　助動詞

⑥ 来させるべきで、重大な問題だから、学級委員長が（は）来るべきである。
⑦ 傷つけられた・彼のことばが（は）、私の気持ちをひどく傷つけた。
⑧ させられる・寒い冬でも、犬の散歩をする日が続いた。
⑨ 白状させられた・ぼくたちは先生に、昨日のいたずらを白状した。

解説　⑥只有使役的意思要改變，「べき」保持原樣留下來。⑨的「白状する」這個動詞的未然形「白状さ」接上使役的助動詞「せる」的未然形「せ」跟受身的助動詞「られる」的連用形「られ」跟過去的助動詞「た」的終止形組合而成的。使役跟受身兩者的意思要改變，但是這個場合主語跟修飾語不會變化。

④
① ○　② 読めません　③ 出られません　④ ○
⑤ 起きられなければ　⑥ ○　⑦ ○
⑧ やめたそうに　⑨ ○　⑩ ○

解説　①的「走れ」是能對應「走る」這個五段動詞的可能動詞「走れる」的連用形。②的「読める」的假定形，所以不會接「ます」。③沒有「出れる」這種可能動詞。要表達可能的意思，要在「出る」的後面接上可能的助動詞「られる」。④的「起き上がれ」是對應「起き上がる」這個五段動詞的可能動詞「起き上がれる」的未然形。⑤沒有「起きれる」這種可能動詞。要表達可能的意思，要在「起きる」的後面接上可能的助動詞「られる」。⑥的「知らなそうに」的「さ」是不需要的。助動詞「ない」的「な」是形容詞「ない」的語幹，在連接助動詞「そうだ」、「そうです」的時候要加入「さ」（→P.220）。⑩的「行きたそうだ」的「た」是助動詞「たい」的一部分，跟⑥的「ない」的接續一樣。

⑤
(1) ① 樣態　② 傳聞
(2) ① 可能　② 受身
(3) ① 推量　② 意志（勧誘）
(4) ① 意志（勧誘）　② 推量
(5) ① 自發　② 尊敬
(6) ① 舉例　② 推定
(7) ① 否定推量　② 否定意志
(8) ① 完了　② 斷定

⑥
(1) イ　(2) イ　(3) ア　(4) ア　(5) イ

解説　(1)ア是形容詞「ない」、ウ是形容動詞「つたない」的一部分。イ是形容詞「自由だ」的活用語尾。(2)ア跟ウ都是形容詞「自由だ」組合而成的。イ因為像「真の自由である」一樣有接連體修飾語，所以「自由で」是名詞「自由」接上斷定的助動詞「だ」的連用形組合而成的語幹。(3)イ跟ウ是「アメリカ人らしい」、「愛らしい」的一部分。ア的「元気な中学生らしい」是形容動詞「元気だ」以連體形接續，名詞「中学生」組合而成的。(4)イ跟ウ分別是接推定的助動詞「らしい」的活用語尾。動詞「着る」、「見る」接上使役的助動詞「させる」、「見せる」變成「着させる」、「見せる」。(5)ア是動詞「枯れる」、ウ是動詞「走れる」（可能動詞）的活用語尾。

⑦
① シ　② ウ　③ イ　④ キ　⑤ サ　⑥ コ
⑦ キ　⑧ エ　⑨ イ　⑩ ク

解説　各個助動詞要終止句子會變成下列的形式。①「です」、②「た」、③「た」、④「ぬ（ん）」、⑤「ます」、⑥「らしい」、⑦「ない」、⑧「そうだ」、⑨「だ」、⑩「だ」。⑧的「そうに」是「そうだ」的連用形，樣態意思的場合，會接形容詞的語幹。⑨的「な」是「だ」的連體形，會接助詞「の」。

⑧
① ア　② エ　③ エ　④ ウ　⑤ イ　⑥ ア
⑦ イ　⑧ オ　⑨ イ　⑩ ウ

⑨
(一) ア
(二) イ
(三) エ
(四) イ

解説
(一) 問題句的「た」是表達存續的意思。イ是過去、ウ是完成、エ是過去、オ是表達確認（想起）。
(二) 問題句的「そうだ」是表達樣態。ア是傳聞、ウ是副詞「そう」接上斷定的助動詞「だ」組合而成的語詞，エ是形容動詞「かわいそうだ」的一部分。
(三)「あるんじゃないか」可以換成「あるのではないか」的講法，所以エ的「ない」可以換成「ない」全都是否定的助動詞。ア雖然是連體形。其它的「ない」全都是否定形式，但是「すぎない」是以「すぎる」的否定形式，用於強調斷定的講法。
(四) ア跟オ分別是連接「もの」、「とおり」這些名詞，所以是連體形。ウ因為連接「ような（ようだ）」所以是連體形。エ「なられたんでしょう」可以換成「なられたのでしょう」的講法，有接助動詞「の」所以這也是連體形。只イ是連接助動詞（接續助詞）「から」，所以是終止形。雖然細小的問題，不過可以把語詞替換成形容動詞，看後面的語詞是以什麼活用形來接續去分辨。接續很難懂的語詞，只要用形容動詞「元気だ」替換，就會變成下列的樣子。イ「元気だからだ」、ウ「元気なような気がした」、エ「元気なんでしょう」。以「だ」做結尾的形容動詞所有的活用形都不一樣，所以要分辨的時候可以拿來參考。

⑩
A ④・イ   B ⑥・オ   C ①・イ   D ⑦・ウ
E ③・エ   F ①・イ   G ⑨・イ   H ⑧・ウ
I ②・エ   J ⑨・イ

解説
以下是各個助動詞的終止句子的講法。A「だ」、B「た」、C「れる」D「まい」、E「た（だ）」、F「ようだ」、G「ない」、H「う」、I「そうだ」、J「ぬ（ん）」。E 的「だ」是接續動詞的音便形的場合的過去的助動詞「た」。活用形可以從後面接的語詞來判斷。

⑪
(1) イ・接續詞   (2) ウ・名詞和助動詞

解説
(1) 除了イ以外都是助動詞、(2) 除了ウ以外都是形容動詞。

⑫
① 名詞   ア 中学生らしい   イ 中学生でしょう   ウ 中学生だった   エ 中学生らしくない
② 形容詞   ア 厳しかったらしい   イ 厳しいだろう   ウ 厳しそうだった
③ 形容動詞   ア 困難だったそうだ   イ 困難だったでしょう   ウ 困難でないそうだ
④ 動詞   ア 帰ろう   イ 帰るまい   ウ 帰らなかった   エ 帰りません   オ 帰られない（ぬ）らしい（ようだ）

解説
要理解句子的述語（述部）可以透過添加各種助動詞，來讓句子的意思有微妙的變化。助動詞跟助動詞的接續，只要將各個助動詞的活用好好記住的話，就能在腦中自然連接起來。如同④的ア選項，如「帰るだろう」沒有指示，不能放入斷定的助動詞「だ」。在這裡只能使用推測的助動詞。

388

第7章　助動詞

13
(一) ア⑫　イ⑮　ウ⑥　エ⑯　オ②
　　カ③　キ⑰　ク㉑　ケ⑳
(二) ④⑬　⑰⑳㉑
(三) いる
(四) 受身助動詞「れる」の連用形
(五) ウ

解説
(一) 説明解答沒有提到的部分。①是助動詞「なくなる」的一部分。⑤是助動詞「かたづける」的一部分。⑦是形容詞「ない」。⑧是動詞（補助動詞）「くれる」的活用語尾。⑨是動詞（補助動詞）「いる」。⑩是助動詞（補助動詞）「くる」。⑪是助動詞「ば」。⑭是動詞（補助動詞）「いる」。⑮是動詞「いる」。⑱是名詞「もの」、⑳「もの」、㉑「はず」跟名詞（體言）連接，⑲跟形容詞「よい」的未然形則是②跟五段活用動詞「行く」的未然形、③跟④跟形容詞「できる」的連用形「でき」連結。其它選項是②跟五段活用動詞「なる」的未然形、⑫跟過去的助動詞「た」的連體形、③跟五段活用動詞「知る」的未然形、⑯跟五段活用動詞「残念がる」的連用形連結。
(三) 「られる」是接續助詞「食って」，但是這個助動詞前面的品詞，應該要變成「食っていられる」的形式，但是「いる」這個補助動詞被省略掉。

14
A よう　B 意志　C た　D 完了　E らしい
F 推定

解説
雖然是文語的助動詞，但是翻譯成現代話後就能思考它的意思吧。①的「む」相當於口語的「う」、「よう」。②的「ぬ」相當於口語的「た」（だ）」。③的「らし」相當於口語的「らしい」。關於文語的助動詞的意思請參考本書 P.352〜354。

15
(一) ① エ　② オ　③ イ
(二) イ

16
(一) ㋐
(二) ア・イ・ウ・オ・カ
(三) ウ・エ
(四) ウ・オ
(五) そうに
(六) ウ

解説
(一) ㋐㋑㋒㋓㋕㋖分別是助動詞。㋓㋗分別是助動詞「でも」、「まで」的一部分。
(二) 選擇表達使役助動詞「せる」的連用形的一部分。
(三) 選擇表達推測的選項就好。ア是表達意志、イ・エ是表達意志（勸誘）的意思。
(四) 選擇表達受身的選項就好。ア是表達自發、ウ是表達尊敬、エ是表達可能的意思。

解説
(一) 問題句的「ない」可以改成「選ばなくてはならぬ」的講法，因此從選項中選擇助動詞就好。ア是形容詞「ぬ」，所以是助動詞的「ない」可以改成「ない」。ウ是形容詞「はかない」的一部分，エ因為可以改成「つまらぬ」所以是助動詞「ない」（→參考本書 P.194）。
(二) ① エ是形容詞「つまらない」的一部分。② ウ是形容詞「ない」的一部分。③「熟すようで」是比喻的助動詞「ようだ」的連用形「ようで」的一部分。③「要約でなくては」接續名詞，所以是斷定的助動詞「だ」的連用形「で」。
(三) 問題句的「ように」因為在「まるで世界の夜であるように」裡面可以對「まるで」進行意思的補充，所以是表達比喻的意思。ア・イ因為可以放入「どうやら」所以是推定的意思，ウ因為可以放入「例えば」所以是表達舉例的意思。
(五) 選擇表達推測的選項就好。ア是表達意志、イ・エ是表達意志（勸誘）的意思。

ANSWERS 8章 助詞

練習

1　ア

2　①ク　②エ　③ケ　④ウ　⑤イ　⑥キ
　　⑦オ　⑧カ　⑨ア

思路　因為有像①跟③的「ばかり」或④跟⑧「も」等等，**使用的助詞一樣意思卻不同的情況，所以先掌握整個句子的意思後再解讀助詞的意思吧。**

3　①空が高い。煙突やアンテナが、背伸びをしている。
　　②おばあさんの予想どおり、今年は冬の来るのが早く、十月末にもう雪が降りました。
　　③全員の集まる総会では、賛成と反対とに、議論が分かれてなかなかまとまらない。

思路　要注意②的「今年は」或③的「総会では」的「は」是副助詞，不是格助詞。

4　①連用格・主格　②主格・連用格
　　③並立格・主格・連格
　　④連用格・連用格・連格

思路　回答「表達是連用修飾語」、「表達是主語」也可以。②的「兄の」可以換成「兄が」的講法，所以是主格的「の」。

(四) 畫線部分是形容詞「私らしい」的一部分，所以選擇除此之外的選項就好。**ア・イ・エ**各個都是名詞接上接尾語「らしい」組合而成的形容詞「バレリーナらしい」、「彼女らしい」、「男らしい」的一部分（派生語的形容詞→本書P.343）。**ウ・オ**是推定的助動詞「らしい」的一部分。

(五) 只要把樣態的助動詞「そうだ」做活用變化就好。後面有接動詞「なる」，所以變連用形。

(六) 選擇表達意志的選項。**ア・イ・エ**是表達推測。

17

(一) ア　五段　イ　サ行變格　ウ　未然　エ　下一段

(二) 例「ほかの人に食べられなかった（受身）」的意思。
　「召しあがらなかった（尊敬）」的意思。

解說　(二) 答案是助動詞「れる」、「られる」的四種意思之中，除了可能以外的三個意思。如果是自發的意思會讓例句變得語意不通。那麼清楚地說明答案是剩下的受身、尊敬兩種意思。

第8章　助詞

5
① 表示場所
② 表示動作的對象
③ 表示動作的目的
④ 表示結果

思路
笛を（表示對象）・表通りから（表示起點）・裏通りへと（表示方向或終點）・町の（表示動作的結果）・あたりに（表示場所）・中を（表示經過的地方）・音色に（表示受身的動作從何而來）・ひかれたのか（表示該詞同於體言）・どこの（表示是連體修飾語）・家からも（表示起點）・ねずみが（表示主語）

6
① 表示對象・表通りから、「へ」表示動作的結果，「と」是什麼意思可能都搞不清楚。這個走的動作的結果，但是沒有必要學到這麼細膩的部分，只要掌握大概的意思就好。
此外「が」、「の」以外的格助詞在文節關係上主要表達變成連用修飾語，但是要注意這個場合會帶有各種意思變成連用修飾語。

7
① 表示是主語
② 表示經過的地方
③ 表示引用
④ 表示時間
⑤ 表示限定

思路
對於格助詞「が」、「の」的意思，用「表達是主語或連體修飾語」這種文節資格來回答。但是其它格助詞的意思，如果那個文節是連用修飾語的場合，要根據有什麼意思內容來回答。要注意回答格助詞的意思的時候，答案會因為「が」、「の」跟其它格助詞而有所不同。

8
① 表示原因・理由
② 表示場所
③ 表示手段
④ 表示時限

9
① A＝昔から・町を・町名の
　B＝訪れると・多いのに

思路
「ながら」以外的接續助詞會連接用言或助動詞這種活用語。另一方面格助詞主要跟體言連接。
② A＝政治や・ニュースに・様子を・動きを
　B＝解説したり・あれば・して

10
① ① ×　② ○・順　③ ×　④ ○・順
　⑤ ×　⑥ ○・順　⑦ ○・逆　⑧ ○・逆

思路
① 的「堂々と」是副詞的一部分。③的「帰ると」是表達引用的格助詞。⑤的「と」是接續詞。接續助詞「と」可以用於順接跟逆接，所以從句子意思去判斷正確的用法。

11
① どこへ行こうと　④ このことは事實なのに
⑤ もうすぐ日が暮れるから　⑧ よく勉強しているが

思路
要注意格助詞跟接續助詞之中有像「と」、「が」、「から」等等，形式一樣語詞。另外④⑥的格助詞「の」接上格助詞「に」組合而成的「のに」，跟④的單獨接續助詞的「のに」是相同形式，這類的區分也要注意。

12
A ア 表示主語的格助詞
　イ 表示確定的逆接關係的接續助詞
B ア 表示動作起點的格助詞
　イ 表示確定的順接關係的接續助詞
C ア 表示作用結果的格助詞
　イ 表示確定的順接關係的接續助詞
D ア 加上表示手段的格助詞「で」
　イ 由使前面的詞具有與名詞相同資格的格助詞「の」組成
E ア 加上表示確定的順接關係的格助詞「に」
　イ 由使前面的詞具有與名詞相同資格的格助詞「の」組成
　イ 表示確定的逆接關係的連接助詞

13
思路 順接＝②③④ 逆接＝①⑤⑧⑨ 並立＝⑥⑦⑩

由。
14
① だれでも、幼いころのことは懐かしい。
② 安全ということさえ も考えない人が多いのには、ただもう、あきれるばかりである。
③ ペンなり鉛筆なり、何か書く道具だけは持ってきなさい。
④ あまり広くもない道の両側の土塀の上から、槐や、柳や、ねむの木の枝などが、ずっと伸び出ている。
⑤ その古い土器を目のあたりに見ているばかりでも、慰めになった。しかし、自分の発見を、得意になって、一生懸命説明を引き受けているのさえある。

思路 表達原因、理由的接續助詞是確定的順接。②是表達原因、理

15
① カ ② オ ③ イ ④ ウ ⑤ エ ⑥ ア

思路 副助詞跟其它助詞比起來不同的形式比較多，所以要好好記住。⑤的「ばかりでも」的「で」是助動詞「だ」的連用形。

16
① 表示不確定的事情
② 表示程度
③ 表示強調
④ 表示動作所及的終點
⑤ 表示不確定的事情

思路 是「でも」的單獨語詞，還是「で」+「も」組合起來的語詞，可以去掉「も」來清楚地區分。

思路 要注意像 D 的ア「ので」或 E「のに」這種，兩個助詞連在一起的語詞。

17
① D・表示程度
② A・表示沒有其他考量的含義（限定）
③ C・表示動作所及的終點

思路 文節的功用①是因為在文節的結尾有接格助詞「の」（連體格）所以是連體修飾語，②的「君さえ」就算改成「君が」的講法後語意也通順所以是主語，③的「町はずれまで」改成「町はずれに」的講法後語意也通順所以是連用修飾語。

18
① 水がなくならないのはね、ときどき雨が降るからさ。
② 負けるものか。いまに追い越すぞ。
③ そのくらいはありましたとも。とても私たちはかないませんよ。
④ 「君は、なかなかうまいなあ。」、「それほどでもないよ。」、「そうかね。」
⑤ 雨が降りそうだなと思ったけれど、そのまま出かけようとすると、「傘を忘れるな。」と、兄が言った。

思路 終助詞一般來說會接在句子的結尾。但是「ね（ねえ）」或「さ」就像①的「なくならないのはね」一樣，會接在文節的段落。另外要注意⑤像的「降りそうだな」這種心中的想法不會加括號。

19
A ア 表示疑問的終助詞
  イ 表示不確定事物的副助詞
  ウ 使前面的詞具有名詞資格的格助詞（準體言助詞）
B ア 表示疑問的終助詞
  イ 表示強調的終助詞
C ア 表示假定逆接的接續助詞
  イ 表示並列關係的格助詞
D ア 表示感嘆的終助詞
  イ

392

第8章　助詞

思路　Cイ的「とも」是「ても」的另一種講法，是表達假定的逆接的接續助詞。

20 ①ア　②ウ

思路　①「か」是表達疑問的終助詞。イ是表達反問的終助詞。ウ是表達感動、詠嘆的終助詞。②「な」是表達禁止的終助詞。ア是表達提醒的意思的終助詞。イ是表達感動的終助詞。

21
① 表示禁止
② 表示確認的意思
③ 表示確認的意思
④ 表示感動的意思
⑤ 表示強調

提升實力考題

1
① 土用波という高い波が、風も吹かないのに海岸にうち寄せるころになると、海水浴に来ている都会の人たちも、だんだん別荘をしめて、もどって行くようになります。
② 山の頂上の方から楓やぶななどの木々の葉が色づきはじめ、紅や黄色の色彩の帯がふもとへとたどりついて、全山が美しく染まると、山の季節は静かに秋から冬へと移るのです。
③ 君が、卑劣なことや、下等なことや、ひねくれたことを憎んで、男らしいまっすぐな精神を尊敬しているのを見ると、ほっと安心したような気持ちになる。なくなったお父さんも、そんな男になってもらいたいと強く希望していた。

解説　①的「ように」是助動詞「ようだ」的連用形。②的「静かに」是形容動詞「静かだ」的連用形。③的「ほっと」是單獨的副詞。要注意容易搞混的語詞。

2
① ア　② ウ　③ ウ

解説　①只要選擇有用表達單純接續的接續助詞「が」的選項就好。イ是表達手段的格助詞「が」，ウ是形容動詞「静かだ」的活用語尾。②只要選擇讓前面的語詞具備體言資格的格助詞「の」的選項就好。ア・イ都是表達確定的逆接的接續助詞「のに」的格助詞「に」的選項就好。③只要選擇表達假定的逆接的接續助詞「ても（でも）」的接上表達原因、理由的格助詞「に」的選項就好。ア是形容動詞「きれいだ」的活用語尾接上表達強調的副助詞「も」的語詞，イ是表達舉出一個例子並以此類推的意思的副助詞「でも」。

3
① ウ　② イ　③ カ　④ ア

解説　①選擇表達確定的逆接的接續助詞「が」、②選擇表達主語的格助詞「が」、③選擇表達並列、對比的接續助詞「が」、④選擇表達逆接的接續助詞「が」就行了。B群的エ是表達單純的接續助詞（開場白）的接續助詞「が」，オ是連體詞「わが」的一部分。

4
(一) イ
(二) ① エ　② ウ
(三) ① 助詞　② 助詞・接續詞
(四) イ

解説　(一) 春天來了之後，理所當然的結果是變溫暖，但是後面的句子是「寒い（冷）」，所以應該要選擇表達相反結果的接續助詞。(三) 因為跟「春がきたのに」、「春がきたけれども」連接，這個場合所有活用形都不一樣，試著用以「だ」做結尾的形容動詞來接續句子。變成「静かだけれども」所以「けれども」是連接終止形。「に」所以「のに」是連接連體形，變成「静かなのに」所以「けれ（ども）」是連接終止形。

5

A ×　B ×　C ○　D ×　E ×　F ×
G ×　H ○　I ×　J ○　K ○

解說　A ①是表達並列的接續助詞、②是表達確定的順接助詞。雖然在本書 P.283 只有提到並列的意思，但是也有像這種確定的順序表達的時候。B ①是表達確定的逆接的接續助詞，作用觸及的終點（極限）②是表達同時動作的接續助詞。C ①②都是表達確定的終助詞。D ①是表達提醒的意思的副助詞，②是表達禁止的終助詞。E ①是表達是其中一個同類的副助詞，②是表達動作剛完成的副助詞。F ①是表達只能是那個的意思（限定）也是雖然語詞形式不同，但是①②都是表達限定的副助詞。G ①是表達單純的接續助詞，②是接在補助用言後面的接續助詞。H ①②都是副助詞。①是格助詞，②是副助詞。I ①是表達確定的順接（原因、理由）的接續助詞、②是表達反話的終助詞。J 雖然語詞形式不同，但是①②都是表達限定的副助詞。K ①是表達質問、疑問的終助詞、②是表達並列的副助詞。

6

① ウ・エ　② ア・イ

解說　格助詞「が」有分成在那個文節是述語的主體的場合跟述語的對象的場合。①的「犬」是「ほえる」這個述語的主體（舉例來說我覺得「飲みたい（想喝）」的東西是主體）②的「水が」是主體，②的「水が」是「飲みたい（想喝）」（對象）。

7

㈠ が→を
㈡ とか
㈢ ア

解說　㈠ 變成使役的句子就好。「見せる」是包含使役的意思的動詞，不是接了助動詞「せる」的語詞。㈡ 只要思考並列意思的助詞就好，平假名兩個字的表達並列的助詞，有「やら」、「なり」、「だの」、「とか」等等。「やら」、「なり」

因為會連接活用語的終止形，所以在這裡不適用。另外「だの」因為有放入濁音的文字所以不適用。㈢「の」是格助詞，表達連體修飾格，可以替換成「こと」。イ則是讓連體修飾格具有跟體言相同資格的格助詞，可以替換成「が」。ウ是表達疑問的終助詞。エ是表達主格的格助詞，可以替換成「が」。

8

㈠ A ながら　B ばかり
㈡ 傾斜したかなと・見えんな

解說　㈠ B 的表達限定的副助詞除了「ばかり」之外還有「だけ」。這裡要回答符合問題指定的「ばかり」。㈡ 選擇表達引用的格助詞「と」就好。②是表達假定的順接的接續助詞「と」。

9

㈠ ①　④　⑤
㈡ ③・オ

解說　㈠ ①⑤分別是副詞「ふと」、「ぴくんと」的一部分。④是接續助詞「すると」的一部分。

10

① D	⑦ A	⑬ B
② B	⑧ D	⑭ ×
③ D	⑨ ×	⑮ C
④ C	⑩ A	
⑤ ×	⑪ B	
⑥ D	⑫ ×	

解說　⑤⑫是表達質問、疑問的終助詞「の」、⑨⑭是表達輕微的斷定的終助詞「の」。

11

A 群　ア・エ・ウ・オ
B 群　ア・ウ／イ・エ／オ・カ

解說　A 群的ア、カ是表達作用、變化的結果的格助詞，ウ・オ是形容動詞的活用語尾。B 群的

第 9 章　敬語

ア・ウ是表達引用的格助詞，イ・エ是表達假定的順接的接續助詞，オ・カ是表達動作、作用的結果的格助詞。

12 ①ケ　②カ　③キ　④オ

13 (一)ば
(二)オ
(三)ア
(四)たり（だり）
(五)エ

解說　①是斷定的助動詞「だ」的連用形，②是表達事物的概況的副助詞「でも」的一部分，③是接在補助用言後面的接續助詞「て」連接音便形並變成濁音，④是表達原因、理由的格助詞。

14 (一)ながら
(二)ウ
(三)か
(四)b・オ
(五)エ　②エ　③ア　④エ

15 (一)(四) b 以外全都是表達動作、作用的對象的格助詞「を」。
(二)①(a)　②(b)
(三)例 B　來るまでに
　　例 C　名古屋に着くまでの間に読むのをやめた
　　例 D　名古屋に着くまでの間だけ読むのを一時中止した

ANSWERS
9章 敬語

練習

1
① 尊敬語・尊敬語
② 尊敬語・尊敬語
③ 尊敬語・謙讓語・丁寧語
④ 謙讓語・謙讓語
⑤ 尊敬語・謙讓語
⑥ 尊敬語・謙讓語・丁寧語

思路　①的「ご遠慮」、「召し上がっ」是尊敬動詞「くださっ」是尊敬動詞「くださる」的命令形。②的「お宅」乍看之下會覺得是丁寧語，但是這是包含尊敬對方的家的意思的語詞。「伺う」、「申し」是提高承受該動作的人的地位的語詞。「ます」是有禮貌意思的助動詞。③的「おっしゃ」是提高執行該動作的人的地位的語詞。「わたくし」是包含謙讓意思的語詞，「山田さん」是包含尊敬意思的語詞。「お伝えすれ」是「お～する」的形式，是提高承受該動作的人的地位的語詞。「です」是表達禮貌的斷定的意思的助動詞。

2
① B　② B　③ B
④ A　⑤ A　⑥ B
⑦ B　⑧ A　⑨ A

3
① お聞きになる　② お書きになる
③ お話しになる　④ お読みになる
⑤ お待ちになる

思路　要分辨是尊敬語還是謙讓語，需要好好記住尊敬動詞跟謙讓動詞。另外還要記住像④的「お帰りになる」的「お～になる」（尊敬語）、⑦的「お知らせする」的「お～する」（謙讓語）這種形式。

395

4

① A・言う
② B・聞く
③ A・食べる/飲む
④ B・行く/聞く
⑤ A・くれる（あたえる）
⑥ B・もらう/食べる/飲む
⑦ B・言う
⑧ B・する

思路 在提高對方或第三者的動作的時候用的是尊敬動詞。提高承受我方動作的人的地位的時候使用的是謙讓動詞。因此只要思考那個動作是對方或第三者執行的，還是我方執行的動作的話，自然就能區分清楚了。

5

A ③　B ①　C ③　D ②

思路 A 是報上自己的名字的場面，所以要用謙讓語。①是尊敬語、③是謙讓語。
B 在沒有敬意的一般對話的場合會變「聞きたい」。承受「聞く」這個動作的人是老師，所以用謙讓語「伺う」是最適合的。
C 的尋問老師預定的場合，用丁寧語比較適合。在尋問狀態的時候使用的「どう」的丁寧語是「いかが」。
D 是藉由提高承受鈴木同學的「連絡する」這個動作的老師的地位來表示敬意，所以要用謙讓語。③的選項雖然也是謙讓語，但是接起來不自然。

6

エ

思路 ア的句子是對第三者講自人的事情的場合，對自己人一般不會用尊敬語「いらっしゃる」。在這裡用不適合。
イ的句子是對老師的動作使用尊敬語。「伺う」是謙讓語，所以在自己去老師家，執行「行く（去）」這個動作的場合會使用。用「いらっしゃいました」比較合適。
ウ的「拝見する」是謙讓語。執行「見（看）」這個動作的是聽話者，

承受「見てもらう」這個動作的是說話者，把「見る」變尊敬語，「もらう」變謙讓語，改成「ご覧いただき」就好。
エ的「食べる」、「飲む」的尊敬語是「召しあがる」。雖然有點嘮叨的表達，但是在這裡要把表示敬意的對象的部長的動作講得更有禮貌，更正確。（根據文化廳的資訊，這是容許範圍內的二重敬語。）

7

① ご存じですよ→存じてますよ
② お母さんが→母が
③ 会いたいと→お会いしたいと（お目にかかりたいと）
④ いただいて→召しあがって　おっしゃって→申して
⑤ なられた→なった

思路 ①的「ご存じ」是對「存じ」（知道）這個體言直接上尊敬的接頭語「ご」組合而成的語詞，是尊敬語。動詞「存ずる（存じる）」是謙讓語，所以為了不要搞混，需要先區分清楚。②的「お母さん」是自己人，所以不用尊敬語。③就算是「社長」也是自己這一方的人，所以要用謙讓語。④的「いただく」是「食べる」、「飲む」的謙讓語。在這裡吃東西的是「老師」所以要用尊敬語「召し上がる」。⑤因為「お」讀成になる」有尊敬的意思，所以不能再額外接上表達尊敬意思的助動詞「れる」。

提升實力考題

1

① A　② A　③ A　④ B　⑤ B　⑥ B
⑦ C　⑧ C　⑨ B　⑩ A　⑪ B　⑫ C
⑬ C　⑭ A　⑮ B　⑯ A　⑰ C

解說 ④的「ご通知申しあげる」是「ご通知する」的部分變成謙讓語「申しあげる」，變得更強烈的謙讓表達的

第 9 章　敬語

②
(1) ①ア　②ウ　③イ
(2) ①ウ　②イ　③ア

解說
⑨的「お教えいただく」跟其它語詞組合，變成謙讓表達、尊敬表達的語詞。⑨的「お教えいただく」、「くださる」跟其它語詞組合，變成謙讓表達、尊敬表達的語詞。
(二)「おっしゃる」以外還有「なさる」、「くださる」等等的尊敬動詞都是變得像「なさい」、「くださ い」一樣，命令形的語尾不會變「～れ」（エ段音）而是變「～い」，所以需要注意（只有「召し上がれ」是例外）。

③
① 明日、お宅へ伺う（参る）つもりです。
② これは、校長先生から伺った話です。
③ ぼくの絵をご覧ください。
④ 父と話していらっしゃるのは先生です。
⑤ 新しい時計を買っていただいた。
⑥ そんなことをなさると、笑われますよ。
⑦ あなたの絵を拝見したいものです。
⑧ 先生は、何を召しあがるのか。
⑨ 今、何とおっしゃいましたか。
⑩ あの方は、よく本をお読みになる。

解說
④的「父と話している」的「いる」是補助動詞，「いらっしゃる」也是作為補助動詞使用。⑦的「見る」的謙讓動詞是「拝見する（拝見）」，有接「拝」的謙讓動詞還有「拝聴する（聆聴）」、「拝読する（拝読）」等等。

④
(一)
基本形	語幹	未然形	連用形	終止形	連體形	假定形	命令形
おっしゃる	おっしゃ	ーら／ーろ	ーっ／ーり	ーる	ーる	ーれ	ーい

(二) 例命令形的語尾不會變成「れ」，而是「い」。

⑤
① 2　② 3　③ 1　④ 5　⑤ 4

解說
在敬語表達上，表達敬意的方式是有等級的。①跟②兩者雖然都是謙讓表達，但是要注意第一人稱的「私」跟「ぼく」之間的差異。另外也要注意④跟⑤的「おれ」跟「ぼく」、「くれ」之間的差異。

⑥
① ×　② ×　③ ○　④ ×　⑤ ○　⑥ ×
⑦ ○　⑧ ×　⑨ ○　⑩ ×

解說
列舉不適當的講法跟改正後的範例。①「申しましたわ」→「おっしゃいましたわ」。因為是「老師」的動作，所以不用謙讓語而是用尊敬語。②「お母さんがいらっしゃいました」→「母が来ました（参りました）」。「母親」是自己這一方的人，所以不用尊敬語。④「言いましたよ」→「おっしゃいましたよ」。就算是自己的班級導師，對「老師」也要用尊敬語。⑥「おいでになります」→「おります（います）」。因為針對自己的父親，所以不會用尊敬語。⑧「ご注意なさってください」→「ご注意してください」。要小心地板是對方做的動作，所以用尊敬語。⑩「拝見してください」→「ご覧になってください」。這句也是因為看畫是對方做的動作，所以不用謙讓語而是用尊敬語。

⑦
① お留守・留守・ア
② 申し・おっしゃい・エ
③ なさって・して・オ
④ お伺い・おいで（お越し）・エ

⑤ 会い・お会いし・イ

解説 ③因為是講自己母親（自己人）的事情，所以一般來說不會用尊敬語「お〜なさる」。④的「お伺いいただく」是在讓對方要尊敬的第三者的地方的場合使用的講法，在來自己這裡（拙宅（舎下））的時候的場合會用「おいでいただく（お越しいただく）」。

⑧
① おり（ましたら）→いらっしゃい（ましたら）
② いただく（のなら）→召しあがる（のなら）
③ 申され（ました）→おっしゃい（ました）
④ くれ（ましたのに）→くださいい（ましたのに）
⑤ 参り（ませんか）→いらっしゃい（ませんか）

解説 ①使用尊敬語。用「おられ（ましたら）」也行。③是把謙讓語「申す」改成尊敬語「おっしゃる」。⑤的解答雖然邀請來自己家的意思是詢問對方要不要也回自己家去的話，用「お帰りになり（ませんか）」也行。

⑨ ①新入社員 ②課長 ③社長 ④課長

解説 ①因為是對B的尊敬語「られ（られる）」跟對聽話者A的丁寧語「まし（ます）」，所以對C來說A跟B都是自己的長輩（上司）。②只有用「まし（ます）」的丁寧語，所以A是長輩（上司）、B是晚輩（下屬）。③因為完全沒有使用敬語，所以A跟B都是晚輩（下屬）。④只有對B使用尊敬語「られ（られる）」，所以A是晚輩（下屬），B是長輩（上司）。

⑩ Aしておられる
Bうっています
Cうられています

語言學習NO.1

國際學村 · **LA PRESS 語研學院** Language Academy Press

- 學英語：祝福人生的英文聖經抄寫奇蹟
- 學韓語：每天3分鐘睡前學韓語
- 學日語：我的第一本日語課本 QR碼行動學習版
- 第二外語：我的第一本越南語發音 QR碼行動學習版
- 考多益：新制多益 最新！TOEIC 閱讀題庫解析 Reading
- 考日檢：跟讀學日檢文法 JLPT N3
- 考韓檢：NEW TOPIK 新韓檢初級應考祕笈
- 考英檢：GEPT 初試1次過 全民英檢 初級 聽力測驗

想獲得最新最快的語言學習情報嗎？

歡迎加入 國際學村&語研學院粉絲團

台灣廣廈 國際出版集團
Taiwan Mansion International Group

國家圖書館出版品預行編目（CIP）資料

自學日語文法看完這本就會用：專為自學者設計！動詞活用＋助詞＋
副詞＋接續詞＋敬語一次學會！/田近洵一編著；曾修政譯. -- 初版. --
新北市：語研學院出版社，2025.04
　　面；　公分
ISBN 978-626-99160-2-3(平裝)

1.CST: 日語 2.CST: 語法

803.16　　　　　　　　　　　　　　　　　　　　　114001738

LA PRESS 語研學院
Language Academy Press

自學日語文法看完這本就會用
專為自學者設計！動詞活用＋助詞＋副詞＋接續詞＋敬語一次學會！

編　著　者／田近洵一	編輯中心編輯長／伍峻宏・編輯／尹紹仲
譯　　　者／曾修政	封面設計／陳沛涓・**內頁排版**／菩薩蠻數位文化有限公司
	製版・印刷・裝訂／皇甫・秉成

行企研發中心總監／陳冠蒨　　　線上學習中心總監／陳冠蒨
媒體公關組／陳柔彣　　　　　　企製開發組／張哲剛
綜合業務組／何欣穎

發　行　人／江媛珍
法　律　顧　問／第一國際法律事務所 余淑杏律師・北辰著作權事務所 蕭雄淋律師
出　　　版／語研學院
發　　　行／台灣廣廈有聲圖書有限公司
　　　　　　地址：新北市235中和區中山路二段359巷7號2樓
　　　　　　電話：（886）2-2225-5777・傳真：（886）2-2225-8052
讀者服務信箱／cs@booknews.com.tw

代理印務・全球總經銷／知遠文化事業有限公司
　　　　　　地址：新北市222深坑區北深路三段155巷25號5樓
　　　　　　電話：（886）2-2664-8800・傳真：（886）2-2664-8801
郵　政　劃　撥／劃撥帳號：18836722
　　　　　　劃撥戶名：知遠文化事業有限公司（※單次購書金額未達1000元，請另付70元郵資。）

■出版日期：2025年5月　　　ISBN：978-626-99160-2-3
　　　　　　　　　　　　　　版權所有，未經同意不得重製、轉載、翻印。

KUWASHII CHUGAKU KOKUBUMPO edited by Junichi Tajika
Copyright © 2021 Bun-eido Publishing Co., Ltd.
All rights reserved.
Original Japanese edition published by Bun-eido Publishing Co., Ltd.
This Traditional Chinese language edition is published by arrangement with Bun-eido Publishing Co., Ltd.,
Kyoto in care of Tuttle-Mori Agency, Inc., Tokyo, through JIA-XI BOOKS CO LTD, New Taipei City.